Corina Brosch

Meine Hände - Deine Stimme

Roman

Impressum

„Meine Hände – deine Stimme“

1.Auflage 2023

c/o WirFinden.Es
Naß und Hellie GbR
Kirchgasse 19
65817 Eppstein

www.corinabrosch.com

Lektorat: Annett Kreil – SchreibAtelier, München
Korrektorat: Markus Bocionek – zukunftsich, Kempten
Umschlaggestaltung: Dream Design – Cover and Art, Eitzweiler

Love is a language which the blind can see and the deaf can hear

Mark Twain

Kapitel 1

Manchmal fragte ich mich, ob es ein perfektes Leben gab? Oder ob es nur eine Illusion der Fantasie war, der wir alle nachjagten. Jeder wollte weiter, höher, schneller fliegen. Aber das meinte ich nicht. Ich meinte ein Leben, das wir nach unseren Wünschen und Vorstellungen formen dürfen, und in dem wir uns frei entfalten, in dem wir alle Möglichkeiten ausschöpfen konnten – egal mit welchem Handicap, egal mit welcher Herkunft, egal mit welchem Geschlecht. Denn für was waren wir hier auf dieser Erde? Ich blickte hinaus vom Balkon und atmete die noch frische Luft ein. Es war erst vier Uhr morgens und die meisten schliefen noch in ihren warmen Betten. Selbst die Sonne war noch nicht aufgewacht. Aber ich liebte diese Ruhe, diese klare Nacht. Es war die einzige Zeit, die ich nur für mich allein hatte.

Ich steuerte auf die achtundzwanzig zu und es war beängstigend, denn ich hatte nicht wirklich etwas im Leben erreicht. Im Gegenteil. Meine Träume waren nur eine Fassade, die nicht einmal existierte.

Aber Elena, schau dich doch an. Du hast alles, wovon die meisten nur träumen konnten. Vor allem als gehörloser Mensch. Du hast eine sichere Arbeit, eine tolle Wohnung, einen tollen Freund und hast für den Rest deines Lebens ausgesorgt.

Das sagten meine Freunde immer wieder, allen voran Patrick, mein fester Freund und ich denke mir dann, nur weil ich aus einer wohlhabenden Familie kam und ich für meinen Vater in einem millionenschweren Unternehmen arbeitete, musste ich mich damit zufriedengeben? Es spielte keine Rolle, was ich tat oder sagte. Das war schon immer so. Diese

Abhängigkeit fraß mich innerlich auf und die tägliche Demütigung, dass gehörlose Menschen wie ich nicht zu mehr fähig sein konnten oder durften.

Dafür sprichst du nicht gut genug.

Dafür bist du nicht stark genug.

Dafür musst du hören.

Das Einzige, was du kannst, ist gut aussehen und deine Arbeit machen.

Diese Sätze von meinem Vater kommen jedes Mal wieder hoch wie ein Hammer, wie ein Automatismus, wie eine Dauerschleife, wenn ich anfange, über mein Leben nachzudenken.

Mein Gott Elena, du solltest nicht so viel nachdenken und so empfindlich sein.

Ich schloss die Augen und versuchte an etwas Schönes zu denken, um diese Worte wieder von mir abzuschütteln.

Irgendwo habe ich mal gelesen, dass wir uns selbst ständig die schlimmsten Dinge vorwerfen und uns runtermachen, sobald wir aber diese von anderen über uns selbst hören, sind wir schockiert darüber. Wir sollten uns selbst wie unseren besten Freund behandeln, denn wir würden ihn nie so abwerten, wie wir es mit uns tun, oder?

Aber trotzdem machen wir weiter und es ist wie ein Teufelskreis.

Jetzt ist aber Schluss damit. Reiß dich zusammen, Elena.

Und damit wand ich mich vom Balkon ab, um mich umzuziehen und für die Arbeit fertig zu machen.

***

Ich betrat das riesige moderne Gebäude, wurde von unserem Wachmann Jaron mit einem überaus freundlichen Guten

Morgen in Deutscher Gebärdensprache begrüßt, was die einzige Gebärde war, die er gelernt hatte. Immerhin war es eine nette Geste, die ich zu schätzen wusste, da Jaron schon seit Jahren hier arbeitete und immer hilfsbereit war. Ich strahlte ihn an, wünschte ihm dasselbe und betrat den Aufzug. Im gesamten Büro war es noch leer und ich war meistens die Erste, die frühmorgens schon die wichtigsten Aufgaben erledigte. Ich wollte keine Almosen und ich wollte beweisen, dass ich genauso hart arbeitete wie alle anderen. Und nicht nur die behinderte Tochter vom Chef war, der man aus Mitleid die Stelle angeboten hatte.

Ich schaltete das Licht an und setzte mich in meinen Drehstuhl, um den Computer hochzufahren.

Kaum hatte ich mein E-Mail-Postfach geöffnet, ploppte schon eine Nachricht von meinem Vater auf. Er musste mich beobachtet haben, wie ich das Bürogebäude betreten hatte.

Kommst du bitte mal rüber zu mir. Es gibt etwas zu besprechen.

Natürlich fiel der Apfel nicht weit vom Stamm. Mein Vater war stets der Erste und der Letzte im gesamten Haus und arbeitete noch härter. *Für seine behinderte Tochter, damit sie sich keine Sorgen für die Zukunft zu machen brauchte,* wie er zu sagen pflegte.

Aber er hatte sich noch nie die Mühe gemacht, in meinem Büro vorbeizukommen, um mich abzuholen oder mit mir direkt zu sprechen. Es war einfach seine Art, auch wenn vielleicht andere sagen würden, dass er es nur tat, um seinen Mitarbeitern zu zeigen, dass er mich nicht bevorzugen würde. Aber das war Quatsch. Ich wusste es einfach besser. Er konnte nicht anders und in dieser Beziehung würde er sich niemals ändern. Ich seufzte und stand von meinem Schreibtisch auf. Warum beschwerte ich mich? Denn auf irgendeine Art bevorzugte er mich doch, denn ich hatte im Gegensatz zu den anderen Mitarbeitern ein eigenes Büro mit einer wahnsinnigen Aussicht für mich allein und konnte hier tun und lassen, was ich wollte. Ich konnte mir Urlaub nehmen, wann ich wollte. Ich durfte kommen und gehen, wann ich wollte, solange ich meine Aufgaben erledigte. Und dann bekam ich auch noch ein hohes Gehalt, wovon die meisten Chefsekretärinnen nur träumen konnten. War es vielleicht doch das, was mich störte? Weil ich wusste, dass er mir nichts anderes zutraute und er Angst hatte, ich würde wieder abstürzen oder irgendeinen anderen Job annehmen, in dem er mich nicht mehr kontrollieren konnte? Ich strich eine Strähne aus dem Gesicht und band meine Haare neu zusammen. Dann machte ich mich auf den Weg zu meinem Vater. Natürlich hatte er das größte und beste Büro auf der ganzen Etage und als ich eintrat, hob er gleich einen Zeigefinger in die Höhe, während er hochkonzentriert an seinem Schreibtisch saß und irgendwelche Unterlagen studierte. Natürlich war er schwer beschäftigt und würde noch eine Weile brauchen, weshalb ich mir einen frischen Latte Macchiato aus seiner Monstermaschine zubereitete und gleichzeitig noch einen starken Espresso für meinen Vater. Ich stellte ihm die teure, original italienische Mini-Tasse neben seinem Bildschirm ab und setzte mich auf einen der cognacbraunen Sessel, um zu warten, bis er bereit war. Wir führten öfter Gespräche über die neuesten Projekte, daher nahm ich an, dass es auch heute nicht anders sein würde. Endlich blickte er auf und fuhr sich durch sein schon fast ergrautes, aber volles Haar. Eines musste man meinem Vater lassen. Er sah immer noch fit aus und gesund.

»Elena, gut, dass du da bist. Ich muss mit dir über etwas Wichtiges sprechen.«

Wenn jemand die Spannung in die Länge ziehen wollte, dann war mein Vater ein Meister darin und ich glaube auch, dass ihn das so erfolgreich machte.

Er nahm einen Schluck vom Espresso und starrte mich unergründlich an. Mir blieb nur zu warten und zu schweigen.

»Wir werden jemanden Neuen einstellen. Jemand, der auch als Nachfolger für die Geschäftsführung infrage kommen könnte.«

»Was?«, platzte es aus mir heraus. »Wie meinst du das?«

Ich musste sehr laut gesprochen haben, weil mein Vater etwas zusammenzuckte. Auch noch eine Sache, die ich hasste. Denn mein Vater hatte sich nie wirklich die Mühe gemacht, die Gebärdensprache zu lernen und mit mir damit zu kommunizieren. Weil er Angst hatte, dass ich sonst die Lautsprache verlernen könnte und ich so in Übung bleiben würde. Was absoluter Schwachsinn war. Aber er war stur wie ein Esel. So hatte ich es mir angewöhnt, bei ihm, während ich sprach, auch gleichzeitig dazu zu gebärden. Um ihm zu demonstrieren, dass ich mir nicht alles gefallen ließ und ihn daran erinnerte, dass ich diese Sprache brauchte, wie die Luft zum Atmen.

»Elena«, sagte er langsam und deutlich.

Schon wieder. Wie sehr ich es hasste, wenn er mich so nannte.

»Wir hatten schon einmal vor Jahren darüber gesprochen, dass du nicht in der Lage sein wirst, die Firma zu übernehmen und es war sehr schwer für mich, das zu akzeptieren.« Ich konnte die pure Enttäuschung in seinen Augen ablesen. Er seufzte und sprach weiter: »Außerdem liegt mir deine Mutter schon in den Ohren, dass ich nicht mehr so viel arbeiten sollte. Deshalb muss ich mich langsam mal darum kümmern, jemand Geeignetes für diese Position zu finden.«

Bam. Das saß.

Sprachlos sah ich ihn an und ließ mein Glas fast fallen. Zum Glück aber brauchte ich nur eine Hand zum Gebärden, während ich das Glas sicher in der anderen Hand festhielt. Zitternd stellte ich es auf den Beistelltisch ab und versuchte, ruhig zu bleiben. Trotzdem erhob ich meine Stimme, denn ich wusste, dass es noch eine viel stärkere Wirkung hatte, wenn man bei Hörenden laut wurde. Gleichzeitig bewegte ich automatisch beide Hände zu jedem einzelnen Wort so schnell, dass einem schwindlig davon werden konnte. Jeder, der nicht blind war, würde wissen, dass ich kurz davor war, auszuflippen.

»Du willst einem Fremden dein Unternehmen überlassen? Nur weil du eine Entscheidung vor gefühlten Millionen Jahren gefällt hast?« Wütend, aber beherrscht, stand ich auf. »Papa, ich war damals noch ein Kind. Jetzt bin ich erwachsen und wenn du mir auch nur eine Chance geben würdest, ich kann es dir beweisen, ich …«

Wieder hob er die Hand, um mich zu unterbrechen.

»Ich weiß, Elena. Ich sehe, wie gut du deine Arbeit machst, deswegen hatte ich mir überlegt, dass du weiterhin deine Position behältst und …«

»Den Boss weiterhin bedienst?«, diesmal unterbrach ich ihn. Ich musste das Glas nun doch umgeschmissen haben, als ich vor lauter Wut gebärdete und dabei den Tisch berührte. Denn mein Vater zuckte kurz zusammen und ich blickte zum Teppich. Ein brauner Fleck breitete sich aus. Aber das war mir egal. Ich konnte nicht fassen, was gerade vor sich ging.

Vater beugte sich demonstrativ bedrohlich vor und ich wusste, dass ich die Einzige war, die ihn derart aus der Fassung bringen konnte. Wir waren wie Feuer und Benzin. Es brauchte nur einen einzigen Grund, um das Ganze zum Explodieren zu bringen. Und bei dem beide Parteien nicht ohne Schaden davonkamen. War ich stolz drauf? Nein, ich hasste es. Denn es tat so weh. Und diesmal würde er mich wieder demütigen, mich wieder verletzen, mich wieder minderwertig fühlen lassen. Mit all seinen Mitteln, seinen Worten, seiner Art.

Und dann machte er genau das, was er immer tat. Er setzte sich aufrecht hin und sah mich an, so als ob er mit einem Mitarbeiter sprach. Nur, dass ich gehörlos und auf ein deutliches Mundbild angewiesen war.

»Ich habe die Entscheidung bereits gefällt, Elena. Du brauchst dir um deine Zukunft keine Sorgen zu machen. Du wirst einen großen Anteil der Firma erhalten und ausgesorgt haben. Das hast du mir zu verdanken. Kein anderer Vater würde so etwas für seine Tochter tun.« Dann war Stille. Seine Lippen bewegten sich nicht mehr und ich war nach wie vor verletzt und so wütend. Aber ich hatte keine Wahl. Mein Vater schaffte es immer wieder, das letzte Wort zu haben, immer zu gewinnen.

»Derrick wird morgen anfangen. Bitte führe ihn herum und sei freundlich zu ihm. Du bist das Gesicht der Firma.«

Plötzlich wurde mir etwas klar. Wenn ich mich wieder so verhielt wie ein kleines Mädchen, würde er es niemals begreifen. Wenn ich mich jedes Mal von seinen Worten beherrschen lassen würde, würde ich diesen inneren und äußeren Teufelskreis niemals durchbrechen.

Diesmal musste ich es anders machen.

Diesmal musste ich über ihm stehen.

Diesmal musste ich es ihm beweisen.

Was nur eines hieß:

Dass ich sein bescheuertes Spiel mitspielen würde.

Ich sah ihm direkt in die Augen, atmete tief durch und dann nickte ich.

»Okay. Dann werde ich das tun.«

Den überraschten Gesichtsausdruck meines Vaters konnte ich nur schwer deuten.

Doch ich spürte, dieses Mal würde ich gewinnen.

Kapitel 2

Der Vormittag war die reinste Katastrophe. Nach dem Gespräch mit meinem Vater war ich so aufgewühlt gewesen und hatte versucht, mich in die Arbeit zu stürzen. Aber ich war die ganze Zeit so abgelenkt, weil ich meinen Vater nicht verstehen konnte. Wie konnte er einfach so einen Fremden als potenziellen Nachfolger in Erwägung ziehen? Nur weil er hörend war? Das regte mich so auf, denn ich hatte mich die letzten Jahre abgerackert, um ihm zu beweisen, dass ich zu mehr fähig war. Aber das war ihm wohl nicht einmal aufgefallen, weil er eine Entscheidung vor Jahren fällte und seitdem seine Meinung nicht mehr geändert hatte. Meine Wut im Bauch wurde immer größer, dass ich es nicht länger aushielt und das Büro um die Mittagszeit verließ. Ich musste mit Patrick darüber sprechen und seine Meinung dazu hören. Wobei mir mein Gefühl schon sagte, dass er mich nicht wirklich verstehen würde. Immerhin waren wir schon über zehn Jahre zusammen und es war meiner Meinung nach seine Aufgabe, zu mir zu halten. Ganz besonders, was meinen Vater anging. Die beiden mochten sich ohnehin noch nie. Seufzend sah ich auf meine Pilotenuhr, wegen der ich schon öfter angesprochen wurde. Es war eine Männeruhr, die nicht in der Damenabteilung zu finden war und das Erste, was ich mir von meinem eigenen Geld gekauft hatte. Der Kauf mit meinem eigenen Geld symbolisierte für mich Unabhängigkeit und bewies, dass ich in der Lage war, Dinge alleine zu erreichen. So entkam ich dem Klischee einer zerbrechlichen jungen Frau, die nur auf ihr Aussehen reduziert wurde. Ich weiß, die meisten würden sagen, das ist doch nur eine Uhr. Aber hatte nicht jeder Mensch irgendetwas, woran er sich festhalten konnte?

Es war fast 13.00 Uhr und die Ampel schaltete auf Grün. Wunderbar, das hieß, dass ich Patrick in der Mittagspause erwischen würde. Mit schnellen Schritten erreichte ich den Fahrradladen Bike&Surf, der ein wirklich cooler Mix aus Werkstatt und Geschäft war und alles anbot, was das Herz eines Sportlers begehrte. Die Frage war nur, wie lange Patrick diesmal bei diesem Job blieb. Er war nie lange an einem Ort und ich weiß gar nicht mehr, was er alles schon ausprobiert hatte. Ich hatte ihm im Spaß mal vorgeschlagen, dass er als Berufsberater arbeiten könnte, woraufhin er nur lachte und meinte, dass das doch eine geniale Idee war, welche er auf seine ellenlange Liste setzen würde, wenn er wieder mal den Job wechseln musste, weil er zu viele Fehltage wegen seines Fußballs hatte. Es machte mich wahnsinnig, aber mit den Jahren musste ich akzeptieren, dass er sich in dieser Beziehung nicht ändern und sein Traum als Fußballer immer an erster Stelle stehen würde. Es war verrückt, dass er extra dafür seine Arbeit aufs Spiel setzte und das, obwohl er außer ein paar Hundert Euro in der Regionalliga sonst nichts verdiente. Bei den Gehörlosenvereinen dagegen gab es keinen einzigen Cent für die Spieler und trotzdem opferte er seine gesamte Lebenszeit dafür. In dieser Hinsicht waren wir so unterschiedlich und manchmal fragte ich mich, warum wir überhaupt noch zusammen waren. Wir hatten uns so oft wegen des Themas gestritten, aber er sagte immer wieder, dass er eines Tages den Durchbruch schaffen würde und dann würde ich als seine *Spielerfrau* ausgesorgt haben und ihn verstehen. Als er das sagte, hatte ich mich innerlich das zweite Mal von ihm getrennt, denn er wusste ganz genau, dass ich es hasste, als Spielerfrau wahrgenommen zu werden und er in diesem Punkt genauso wie mein Vater war. So nach dem Motto, Frauen konnten nicht allein für sich sorgen. Egal, ob sie behindert waren oder einfach nur hübsch. Und ich musste ohnehin schon dafür kämpfen, dass man mich nicht nur wegen meines Aussehens auf ein Model ohne Hirn reduzierte. Ja, ich war zu einer Feministin geworden, als ich anfing zu studieren und ließ mir nicht mehr alles gefallen. Vor allem als mir dann wirklich bewusst wurde, was ich als junges Mädchen schon alles durchmachen musste – dank meines Vaters. Und dank meines Freundes. Aber Patrick hatte dann wieder einmal alles dafür getan, sich zu entschuldigen und mich zurückzugewinnen. Vielleicht hatte ich einfach nur eine Schwäche für Bad Boys oder es war, weil er meine erste große Liebe war und wir zusammen schon vieles erlebt haben. Und wir natürlich auch dieselbe Sprache, dieselbe Identität, dieselbe Kultur teilten. Und ich seine Familie abgöttisch liebte, die allesamt gehörlos waren und die Deutsche Gebärdensprache als Muttersprache sprachen und mich von Anfang an in ihr Herz geschlossen hatten. Es war nicht so, dass alles schlecht war. Patrick war nicht nur charmant, sondern auch süß und aufmerksam, wenn er es wollte.

»Halloooo«, winkte Jonas direkt vor mir mit beiden Händen und ich musste lachen. Beim ersten Mal war ich so erschrocken, als ich den Laden betrat und niemand da war, bis plötzlich Jonas aus dem Nichts auftauchte und mich überschwänglich begrüßte. Ich hatte mich gewundert, woher er wusste, dass ich da war und daraufhin erklärte er mir, dass, wenn man das Geschäft betrat, die Klingel losging und nicht mehr zu überhören war, damit auch die Mitarbeiter in der Werkstatt Bescheid wussten, dass ein Kunde kam.

»Na, wie geht's? Suchst du unseren deutschen Antoine Griezmann?«, fragte Jonas und er sprach dabei sehr langsam und deutlich, damit ich ihm von den Lippen ablesen konnte. Dadurch, dass Patrick hier arbeitete, hatte Jonas ein paar Gebärden gelernt und die Regeln einstudiert, wie man mit gehörlosen Menschen kommunizieren sollte.

Er musste bemerkt haben, dass ich meine Augen bei diesem Satz verdrehte. Nichts gegen den französischen Fußballspieler, aber es nervte, da Patrick jedem auf die Nase band, wie stolz er auf seinen Nachnamen Grießmann war, der ähnlich wie der von seinem Idol lautete. Auch in der Gehörlosenkultur war es zu seinem Spitznamen geworden und ich fand es, zugegebenermaßen, einfach nur lächerlich. Zumal es meiner Meinung nach bessere Fußballspieler gab, aber das sagte ich ihm natürlich nicht. Und wäre er wie Griezmann, würde er mehr als nur ein paar Hundert Euro verdienen.

»Wenn du keine Lust mehr auf Fußballer hast, kannst du gerne meine Nummer haben«, zwinkerte Jonas und schob mir seine Visitenkarte zu. Ich wusste, dass er damit nur Spaß machte, aber auch gern mit mir flirtete. Ich war das gewohnt, da ich schon häufiger angesprochen wurde und selbst wenn ich dem Gegenüber klarmachte, dass ich nichts hörte und ihn nicht verstehen konnte, gab er nicht auf und schrieb entweder mit seinem Handy Nachrichten oder schob mir einen handgeschriebenen Zettel zu.

»Hey, Finger weg von meinem Mädchen«, gebärdete Patrick, der plötzlich aus der Hintertür kam und mit zwei Fingern an seinen Augen hin und zurück zu Jonas zeigte, was für *Ich habe dich gesehen* stand. Abwehrend und mit unschuldiger Miene hob Jonas beide Hände hoch. »Ich habe nichts getan.« Daraufhin lachten sie und Patrick gab ihm die Faust. Ich wartete, bis Patrick mit seinem Männergehabe fertig war und mir einen Kuss gab.

»Hello Sunshine«, gebärdete er zuerst in amerikanischer Gebärdensprache und wechselte dann automatisch in die Deutsche. »Was machst du hier?« Nur eine einzige Handbewegung, eine einzige fragende Mimik und ich musste lächeln. Ich liebte es, mit Patrick zu gebärden. Seine Bewegungen waren schnell und natürlich, aber gleichzeitig auch lässig. Im Gegensatz zu vielen anderen, die die Gebärdensprache erst später lernten oder als Zweitsprache benutzten. Das lag einfach daran, dass er aus einer tauben Familie kam, in der die Deutsche Gebärdensprache schon in mehreren Generationen weitergegeben wurde und Patrick damit zu den stolzen *Kulturträgern* zählte. *Das* waren gehörlose Kinder von gehörlosen Eltern. Doch nicht alle gehörlosen Eltern konnten auch wirklich gebärden oder waren so bekannt und aktiv in der Gehörlosen Community wie die Familie Grießmann.

»Ich würde gerne mit dir über was reden«, antwortete ich genauso schnell in Gebärden und genauso fließend. Denn auch ich hatte das Glück, von klein auf bilingual mit Deutsch und Deutscher Gebärdensprache aufzuwachsen. Aber es war immer die Gebärdensprache, die mein Zuhause war, weil ich dann loslassen konnte. Weil ich dann so sein konnte, wie ich wirklich war, wie ich wirklich dachte, wie ich wirklich fühlte.

»Hast du wenigstens Essen mitgebracht?«, fragte Patrick und grinste frech. Manchmal konnte er ein Idiot sein. Und er wusste genau, was ich dachte.

»War nur Spaß. Dann holen wir uns einfach einen Döner um die Ecke. Ich habe nämlich einen Mordshunger«, schlug er vor und ich willigte ein. Dann aber hob Jonas einen Zettel in die Höhe, auf der draufstand: *Ich hole mir einen Döner. Wollt ihr auch was?*

»Das passt ja perfekt«, gebärdete Patrick, lachte und zeigte Jonas beide Daumen nach oben. »Gedankenübertragung.«

Wir schrieben Jonas auf den Zettel, welchen Döner wir haben wollten und bedanken uns bei ihm, der nur abwinkte und anschließend den Laden verließ, um Essen für uns alle zu besorgen. Jonas war wirklich cool und ich hoffte sehr, dass Patrick diesen Job behielt. Es war nämlich nicht selbstverständlich, dass solche Leute auf der Arbeit sich bemühten, Gebärden zu lernen oder Rücksicht auf die Kommunikation mit gehörlosen Menschen zu nehmen.

»Also, wo brennt´s diesmal?« Patrick setzte sich auf einen Hocker und sah mich mit seinen grünen Augen an, die nicht nur mich verzauberten, sondern wegen denen viele Frauen Schlange standen. Dann nahm er sich einen Schraubenschlüssel, um damit zu spielen.

Ich redete nicht gern um den heißen Brei, also kam ich gleich auf den Punkt. »Mein Vater hat einen Fremden eingestellt, der die Firma eines Tages übernehmen soll.«

Patrick starrte mich an. »Und?«

Ungläubig musterte ich ihn. »Was und?! Würdest du denn so was machen? Jemanden Fremden einstellen und …«

Er legte den Schraubenschlüssel wieder zurück. »Warum regst du dich darüber auf? Es war doch eh klar, dass du niemals die Firma übernehmen wirst, weil du taub bist und dein Vater blöd.« Dann zuckte er mit den Schultern und ich weiß nicht, was es genau war, was meine Wut noch mehr fütterte. War es seine gleichgültige Art oder wie er die Worte gebärdete?

»Schatz, das Geld bekommst du eh und du wirst bis zum Lebensende ausgesorgt haben, dafür hat er schon gesorgt. Also warum Stress machen? Lass ihn doch.«

Ich musste den Mund offengelassen haben, denn er stand auf und klappte ihn wieder zu, gab mir einen Kuss und lief zu einem der Rennräder, die repariert werden sollten. Wie als ob das Gespräch nie stattgefunden hatte.

Das konnte ich jetzt nicht einfach so stehen lassen und stampfte wütend zu ihm.

»Ist das jetzt wirklich dein Ernst? Dein Ratschlag? Dir geht's nur ums Geld, aber mir geht es hier um Respekt. Um Anerkennung. Verstehst du das nicht?«

Ich sah, wie er sich genervt mit der Hand durch sein raspelkurzes blondes Haar strich. Das machte er immer, wenn ich wütend war und er keine Lust hatte, zu streiten.

»Ach Süße, was ist schon Respekt? Dafür bekommst du kein Geld.«

»Aber für Leistung schon, Patrick. Und darum geht es mir. Ich rackere mich ab, aber er sieht es nicht.«

»Dann such dir einen anderen Job. Nur wirst du dann halt nicht mehr alles bekommen, was dir jetzt gerade einfach so in den Schoß fällt.«

»Wie bitte?«

»Komm schon, Elena. Du verdienst am besten von all unseren Freunden und hast eine sichere Stelle. Kannst machen, was du willst, weil dein Papi dafür gesorgt hat. Du hast eben Glück und wenn du woanders arbeitest, hast du entweder Pech und bekommst keine Stelle oder wirst gemobbt.« Patrick gebärdete immer schneller, aber diesmal gleichgültig und provokativ. »Du weißt doch, die meisten gehörlosen Menschen haben keine Chance auf dem Arbeitsmarkt.«

Diese endlose Diskussion schmeckte nach alter Suppe, die wieder und wieder aufgewärmt wurde, die immer wieder gegessen und ausgespuckt wurde und ich hasste es. Weil einerseits Patrick damit recht hatte, andererseits es pure Demütigung war und nicht auf alle zutraf. Es gab sehr wohl auch erfolgreiche gehörlose Menschen, auch wenn diese leider nach wie vor die Ausnahme von der Regel waren und ich mir so sehr wünschte, dass das sich eines Tages ändern würde. Dass sich das am besten jetzt sofort ändern würde. Aber dafür war die Gesellschaft, die Politik auf deutschem Boden noch lange nicht so weit. Nur wie kann ausgerechnet mein Freund es wagen, mir nicht mehr zuzutrauen? Statt mir Mut zu machen und zu mir zu halten, kam er wieder mit der alten Leier, dass ich eben das Glück hatte, einen reichen, blöden Papi zu haben, der es sich erlauben durfte, mich zu degradieren, eben weil ich gehörlos war?

»Du bist also der Meinung, dass es nur ein Privileg ist und ich mich von meinem eigenen Vater deshalb kleinmachen lassen darf?«

Meine Wut war kurz davor zu explodieren und ich ließ ihn nicht mehr zum Gebärden kommen. »Du bist also der Meinung, dass ich nicht die Fähigkeiten dazu habe, mehr zu erreichen und dafür zu sorgen, ihn vom Gegenteil zu überzeugen? Findest du nicht, dass wir gehörlose Menschen sehr wohl auch in der Lage sind, ein Familienunternehmen zu übernehmen?«

Seine Mimik blieb ausdruckslos, was mich nicht mehr halten ließ. »Und das sagt der, der sonst gegen Audismus ist. Das sagt der, der seiner eigenen Freundin nichts zutraut.«

»Ich finde, jetzt übertreibst du. Komm mal wieder runter und nimm das Leben nicht so ernst.«

Ich musste tief Luft holen. Mein Bauchgefühl lag also richtig. Patrick würde mich nicht ernst nehmen. Meine Gefühle nicht verstehen. In diesem Punkt waren wir wohl doch zu verschieden.

Ich brauchte sofort den größtmöglichen Abstand zwischen ihm und mir, bevor sich meine Wut vollends entladen würde und ich Dinge tat oder sagte, die ich später bereuen würde und verließ ohne ein weiteres Wort die Werkstatt.

Kapitel 3

Auf dem Nachhauseweg vibrierte mein Handy und ich zog es heraus, in der Hoffnung, dass es Patrick war, um sich für sein Verhalten zu entschuldigen.

Enttäuschung machte sich in mir breit, als stattdessen Melanie auf dem Display leuchtete. Ich nahm den FaceTime Anruf entgegen.

»Hey. Endlich erreiche ich dich. Kommst du nachher zu uns? Papa hat extra fünf Kilogramm Fleisch gekauft, und jetzt ist er unsicher, ob es zu wenig ist«, gebärdete Melanie theatralisch.

Meine Augen weiteten sich. »Fünf? Ach, du meine …«

Melanie winkte ab. »Ich weiß. Lass mich nicht allein bei meiner verrückten Familie. Du musst kommen! Erik ist auch da.«

Warum musste ausgerechnet heute Abend das Treffen bei Patricks Familie sein, wo wir uns wieder gestritten haben … ich liebte sie, und deshalb wollte ich keine schlechte Stimmung mitbringen.

Seine Schwester holte mich aus den Gedanken zurück. »Was ist los?«

Und sie merkten es sofort. Egal, was war. Man konnte es einfach nicht vor ihnen verbergen.

Ich seufzte und noch bevor ich ihr antworten konnte, kam sie mir zuvor. »Ihr habt euch wieder gestritten. Ist mir egal. Mein Bruder ist ein Idiot und kann von mir aus fernbleiben. Aber du musst kommen.« Sie blickte mit flehenden Augen in die Kamera. »Bitte, bitte. Ich habe dich am meisten von allen lieb und du musst mich retten.« Dann stellte sie das Handy ab, um sich auf die Knie zu setzen und zu mir zu beten.

Ich konnte nicht anders und musste lachen. »Okay, okay. Aber nur, wenn du wieder aufstehst. Wir sehen uns dann später.«

Sie strahlte und knutschte das Display ab. »Ich freue mich so. Bis später.« Und dann legte sie auf.

Keine fünf Minuten später vibrierte mein Handy erneut und diesmal war es Sabine, Patricks Mutter. Diese Familie war wirklich verrückt.

»Meine Süße. Was hat mein Sohn schon wieder angestellt? Ich habe bei ihm kläglich versagt, und verstehe einfach nicht, warum er dich …«

Ich unterbrach sie. »Alles gut. Patrick und ich werden uns schon wieder vertragen. Ich wollte nicht, dass ihr davon erfahrt und ich damit miese Laune mitbringe.«

Sie machte ein empörtes Gesicht. »Aber Schätzchen, wir sind doch eine Familie und du gehörst sehr wohl dazu. Wir können darüber reden und eine Lösung finden. Deshalb kommst du.«

Ihre Mimik machte klar, dass Widerrede unmöglich war.

Ich wusste, dass es keinen Sinn machte, mit ihr zu diskutieren. Auch nicht, dass es eine Sache zwischen Patrick und mir war und wir das alleine regeln würden. Diese Familie war großartig, aber sie konnte einen auch wahnsinnig machen. Denn Grenzen und Privatsphäre waren für sie wie Fremdwörter und sie hatte das Gefühl, dass, wenn sie sich nicht einmischte, alles außer Kontrolle geraten würde.

»Ich komme nur, wenn ihr keine Fragen stellt, okay?«

Sabines Gesicht hellte sich auf. »Okay, abgemacht.«

Ich sah sie mit strengem Blick an. »Ich meine es ernst. Es ist eine Sache zwischen Patrick und mir, so sehr ich euch auch liebe. Aber das müsst ihr respektieren.«

Sie machte eine dramatische Miene und legte ihre Hand aufs Herz. »Mein Gott, was denkst du denn von uns? Selbstverständlich respektieren wir das.«

Kritisch beäugte ich sie.

»Versprochen«, gebärdeten ihre Hände liebevoll und sanft. »Hauptsache, du kommst.«

Ich musste schmunzeln. »Natürlich komme ich.« Jetzt strahlte auch ihr Gesicht und es war so ansteckend, dass ich tatsächlich für eine Weile meinen Ärger vergaß.

Wir legten auf und ich beschleunigte meine Schritte, da ich feststellte, dass mir nicht mal mehr zwei Stunden Zeit blieben, um bei den Grießmanns aufzukreuzen.

Ob Patrick auch kommen würde?

Es war mir offen gesagt egal, aber ich brauchte nach der Bombe, die mein Vater hochgehen ließ und nach dem Zoff mit Patrick, etwas Liebe und Ablenkung.

***

Die Grießmanns wohnten am Stadtrand von München in einem älteren, renovierten Haus mit angrenzender Werkstatt und einem großen, weitläufigen Garten. Der Familienbesitz überdauerte mittlerweile mehrere Generationen. Thomas, der Vater, arbeitete zwar als Mechaniker, aber hatte auch ein Händchen für Hausarbeiten und modernisierte das Haus nach und nach mit ein paar Freunden. Was hieß, dass sie eine Zeit lang auf der Terrasse mit Gaskocher und Grill ihr Essen zubereiten mussten, weil die Küche erneuert wurde. Dafür wurden Wände eingeschlagen, Rohre ausgetauscht und wie auf einer Baustelle gelebt. Dann kam er auf die Idee, doch gleich das ganze Erdgeschoss in Beschlag zu nehmen und auch das Bad zu renovieren. Dafür hatte er extra ein Toilettenhäuschen im Garten aufgestellt.

Dieser Teil der Geschichte war meine Lieblingsstelle, weil Thomas sie voller Stolz erzählte und nicht verstand, was bei den Frauen das Problem war. Sabine und Melanie fanden es weniger lustig, weil sie jedes Mal, wenn sich ihre Blase meldete, in den Garten laufen mussten. Auch mitten in der Nacht. Schmunzelnd stand ich vor der Haustür und wollte gerade auf die Klingel drücken, als plötzlich die Tür aufgerissen wurde und Melanie mir um den Hals fiel.

Sie drückte mich so fest, dass ich fast keine Luft mehr bekam. Lachend löste ich mich von ihr und entdeckte Erik, der lässig am Türrahmen stand.

»Hey«, grüßte er mich cool mit einer Hand. »Lange nicht gesehen. Wie gehts?«

Ich freute mich aufrichtig, ihn wiederzusehen. Er war der Älteste von den Geschwistern und schon vor einer ganzen Weile ausgezogen und das Gegenteil von Patrick. Während Patrick sich völlig seinem Fußball verschrieben hatte und nicht wirklich etwas aus seinem Leben machte, war Erik auf die Uni gegangen und arbeitete als Lehrer an einer Schule für Gehörlose in Nürnberg. Schon damals schwärmte ich heimlich für ihn und hoffte, dass Patrick eines Tages seinem Bruder nacheifern würde. Vom Äußeren her hätten sie Zwillinge sein können, nur dass Erik größer und breiter gebaut war, männlicher aussah und eine starke Wirkung auf Frauen ausübte.

»Es ist wirklich lang her. Schön, dass du da bist«, gab ich zurück.

Er zwinkerte mir zu. »Ich finde es auch schön, dich wiederzusehen.« Und er sorgte dafür, dass es knisterte.

Aber ich durchschaute ihn. Denn als ich erfuhr, dass er Frauen liebte und sie wie Unterhosen wechselte, war er zu einem No-Go für mich geworden und er wusste das. Daraus wurde eine Art Spiel, das wir spielten, wenn wir uns sahen.

Aber wir wussten beide, dass es eine unsichtbare Grenze gab und mein Herz Patrick gehörte.

»Schluss! Aus! Erik hau ab! Du lässt Elena in Ruhe«, schoss Melanie dazwischen und zerrte mich in den Flur hindurch zur Terrasse. Ich drehte meinen Kopf zu Erik und sah ihn lachen und mir schelmisch zuzwinkern. Mir blieb nichts anderes übrig, als mich von der guten Laune anstecken zu lassen und war froh, dass ich hergekommen war.

Sabine kam mit Kochschürze auf die Terrasse und begrüßte mich überschwänglich. Dann fing sie wieder an, sich über Patrick aufzuregen. Melanie verdrehte die Augen. »Mama, hör auf. Du hast es versprochen. Sonst haue ich mit Elena ab.«

Daraufhin fingen die beiden an, zu diskutieren und ich musste erneut lachen. Wie aus dem Nichts tauchte nun auch noch Thomas auf und ging zwischen den Damen hindurch zu mir, um mich fest zu umarmen und mir einen dicken Schmatzer aufzudrücken. Dann entführte er mich zu seinem riesigen Grill, um ihn mir voller Stolz zu präsentieren und die Geschichte zu erzählen, wie er darauf gekommen war. Erik versuchte, mich vor seinen unnötigen, ausführlichen Beschreibungen zu retten und scheiterte kläglich.

Irgendwann saßen wir alle am Tisch und die einzige Person, die mich zu dieser Familie gebracht hatte, fehlte. Patrick hatte sich nach wie vor nicht gemeldet und war auch nicht aufgetaucht. Ich hatte schon fast damit gerechnet, trotzdem versetzte es mir einen Stich und ich beobachtete seine Familie, die alle wild durcheinander gebärdeten. Melanie schielte immer wieder zu mir hinüber und rollte mit den Augen. Sie empfand es als peinlich, wenn ihre Eltern sich über irgendetwas aufregten und brachte mich damit zum Lachen. Melanie fiel alleine schon vom Aussehen her aus dem Rahmen. Während alle blond waren und entweder grüne oder blaue Augen hatten, trug sie schulterlange braune Haare und hatte die schönsten hellbraunen Augen.

Plötzlich starrten mich alle an und ich zog meine Augenbrauen fragend hoch.

»Wo bleibt Patrick?«, gebärdete Sabine verärgert. »Ich rufe ihn nochmal an.«

Ich fühlte mich unbehaglich, denn ich wollte nicht über meinen Freund vor der Familie diskutieren und sie mit reinziehen. Aber dafür war es zu spät.

Melanie schmiss die Gabel auf den Teller. »Patrick ist so ein Arschloch. Wahrscheinlich verlängert er das Training in der Bar.«

Hilfesuchend blickte ich zu Erik, der bei jeder Situation entspannt blieb und versuchte den Ball flachzuhalten.

Er verstand den Wink mit dem Zaunpfahl und richtete sich auf.

»Vielleicht solltest du dir überlegen, mich mit Patrick auszutauschen.« Dann grinste er mich vielsagend an.

O Gott, bitte nicht diese Richtung.

Thomas schubste ihn verärgert von der Seite. »So habe ich dich nicht erzogen.«

Sabine war kurz abgelenkt gewesen und klinkte sich wieder in das Gespräch ein. Sie fragte, was Erik zu mir gesagt hatte, woraufhin Thomas für sie wiederholte. Daraufhin schimpfte sie mit Erik und auch Melanie konnte sich nicht mehr halten. »Erik ist genauso dumm wie Patrick. Du solltest die beiden zum Mond schießen.« Dann feixte sie mit einem bösen Blick.

»Was war eigentlich mit Stella? Seid ihr jetzt zusammen oder was?«

Erik blieb cool und lehnte sich zurück in den Stuhl. »Welche Stella meinst du?«

»O mein Gott, du bist so doof«, kam es von Melanie zurück und sie zog ein ekelerregtes Gesicht. Sabine fasste sich ans Herz und drehte sich nun zu Erik, der sie gelassen ansah. »Du kannst doch nicht ständig Sex mit verschiedenen Frauen haben. Was haben wir nur falsch gemacht?« Sie sah Thomas mit verzweifelter Miene an. Er zuckte ratlos mit den Schultern.

»Vielleicht haben wir eine viel zu glückliche Beziehung und sind keine Vorbilder für unsere Kinder«, mutmaßte er.

»Möglich. Oder wir haben zu offen über unser Sexleben gesprochen …«

»Mamaaaaaaa«, Melanie warf beide Hände in die Luft. »Hört auf. Ich will davon nichts mehr wissen …«

Erik warf mir einen weiteren Blick zu und ich wusste, dass er das mit Absicht gemacht hatte, um sie von Patrick und mir abzulenken. Dankbar nickte ich ihm zu, auch wenn es jetzt in eine völlig andere, ziemlich unverblümte Richtung über sexuelle Freiheit ging. Etwas, womit wir in der Gehörlosenkultur ziemlich offen und intensiv diskutierten und es mir manchmal zu intim war, dass ich in diesem Punkt froh war, hörende Eltern zu haben.

***

Tatsächlich war Patrick den ganzen Abend nicht aufgetaucht, dass ich mich irgendwann gegen 22:00 Uhr von seiner Familie verabschiedete und alleine nach Hause fuhr, in der Hoffnung, Patrick dort anzutreffen. Aber als ich die Tür aufschloss und alles dunkel war, wusste ich, dass er nicht vorhatte, heimzukehren. Wütend und verletzt machte ich mich bettfertig und dachte darüber nach, wie ich stattdessen dem besagten Feind namens Derrick morgen gegenübertreten konnte. Ich war allein auf mich gestellt und musste mir eine Strategie überlegen.

Plötzlich kamen mir Eriks Worte wieder in den Sinn. Ich hatte ihm von der Sache mit meinem Vater und dem Nachfolger erzählt, denn er hatte immer gute Ideen und Vorschläge und konnte zuhören.

Männer sind einfach gestrickt. Wenn ein Mann eine Frau haben will, sie aber kein Interesse an ihm hat, hat er keine Chance. Aber, wenn eine Frau einen Mann um die Finger wickeln will, hat er keine Chance. Damit kannst du ihn mit der stärksten Waffe, die eine Frau haben kann, schlagen. Und das heißt nicht, dass du dich hochschlafen musst. Das heißt nur, schau dich an, du bist ziemlich attraktiv, der Traum aller Männer. Du müsstest nicht einmal mit der Wimper zucken, um ihn abzulenken. Und dann schlägst du zu, mit deiner Intelligenz, mit deiner Kompetenz und zeigst deinem Vater, was du wirklich drauf hast.

Sosehr ich es auch verabscheute, mit solchen Mitteln zu arbeiten, in diesem Fall war es das Einzige, was mir einfiel und Erik hatte in diesem Punkt recht, was schöne Frauen und Waffen anging. Es war dumm, wenn ich sie nicht nutzen würde. Schon gar nicht, wenn es um einen Nachfolger für unser Familienunternehmen ging. Und wie hatte es Carrie Bradshaw aus Sex and the City so schön gesagt?

Der Mann hat vielleicht das Feuer entdeckt, aber die Frau hat entdeckt, wie man damit spielt.

Kapitel 4

Heute war ich noch früher im Büro, um mich richtig vorbereitet zu fühlen, aber auch gleichzeitig, Patrick aus dem Weg zu gehen. Ich war gestern Abend irgendwann eingeschlafen und heute Morgen wie gewohnt ein paar Stunden vor ihm aufgestanden, da ich noch ziemlich sauer auf ihn war. Er kam mitten in der Nacht heim und hatte sich ebenfalls schlafen gelegt, ohne eine weitere Nachricht zu hinterlassen. Aber ich wollte mich jetzt nicht darauf konzentrieren, denn ich war auf mich allein gestellt und musste schauen, wie ich meine Konkurrenz eliminieren konnte. Ich stand in der Damentoilette vor einem riesigen Spiegel auf unserer Büroetage und sah eine junge, entschlossene Frau vor mir, deren blondes, lockiges Haar wieder einmal von allen Seiten abstand. Aus Reflex löste ich sie und band sie mit meinem schwarzen Haargummi neu zusammen. Sie waren zwar immer noch unordentlich, aber das gehörte irgendwie zu mir und ich war dankbar dafür, dass es ganz passabel aussah. Ich gehörte nicht zu der Sorte von Frauen, die ewig lange im Badezimmer brauchten. Meistens war ich nach fünf Minuten schon fertig und damit sogar viel schneller als Patrick, der mindestens eine halbe Stunde für sich beanspruchte. Dabei war es nicht so, dass ich mich nicht um mein Äußerstes kümmerte. Im Gegenteil, ich machte einfach alles gleichzeitig: duschen, Zähneputzen, Haare zusammenbinden und Wimperntusche drauf. Das war's. Doch heute war ich etwas nervös und angespannt. Ich fragte mich, wer dieser Derrick war und mit wem ich es zu tun haben würde. Ich richtete mich wieder auf, strich meine weiße XL-Bluse glatt, die perfekt zu meinen weißen Sneakers und zur schwarzen Jeans passte. Obwohl ich eher schmal gebaut war, stand es mir ganz gut und ließ mich nicht nur professionell, sondern auch cool aussehen.

Ich liebte diese Mischung. Stöckelschuhe kamen nicht infrage, auch wenn sie mir vielleicht stehen würden. Aber ich hasste sie wie die Pest und verstand nicht, wie man solch unbequeme Schuhe erfinden konnte. In dieser Firma war zwar die Kleiderordnung Business casual großgeschrieben, aber bei den Schuhen war der ausdrückliche Wunsch, dass eigentlich hohe Schuhe getragen werden sollten. Was ich etwas sexistisch fand und nicht damit einverstanden gewesen war. Daher machte ich mein eigenes Ding. In dieser Beziehung hatte es auch seine Vorteile, die Tochter des Bosses zu sein, der zwar immer wieder über meine Sneakers schnaubte, aber es war mir egal.

Ich verließ die Toilette und sah auf meine Uhr. Gleich war es acht Uhr und ich hatte bereits zwei Stunden durchgearbeitet, was gut war, da ich später nicht mehr dazu kommen würde, wenn ich Derrick herumführen musste. *Als das Gesicht der Firma.*

Diese Worte von meinem Vater tanzten vor meinen Augen und Wut kam wieder in mir hoch. Jetzt aber wollte ich mich nicht mehr aufregen, sondern professionell bleiben, ermahnte ich mich selbst und versuchte, noch etwas weiterzuarbeiten.

Dann wurde die Tür plötzlich aufgerissen und Maria kam herein. Ich erschrak so sehr, dass sie sich sofort die Hand vor den Mund hielt.

»Oh, Elena, tut mir leid, dass ich dich erschreckt habe. Ich habe total vergessen, dass du mein Klopfen gar nicht hörst.«

Mein Herz schlug immer noch wild, denn ich hasste solche Situationen, da ich jedes Mal überrascht wurde und das Gefühl hatte, aus dem Hinterhalt überfallen zu werden. Maria hatte erst vor kurzem bei uns angefangen und war für die

Personalabteilung zuständig. Wir waren ungefähr im gleichen Alter und teilten den Ehrgeiz sowie eine offene und freundliche Art. Maria war auch diejenige, die gleich darauf ein paar Gebärden gelernt und vorgeschlagen hatte, einen Gebärdenkurs für die gesamte Abteilung zu organisieren. Diese Geste fand ich sehr nett, denn als ich damals diese Idee meinem Vater nahelegte, hatte er nur gemeint, das wäre Zeitverschwendung, weil ich eh allein arbeiten würde.

»Schon gut. Was ist los?«

Maria strahlte übers ganze Gesicht. Dann versuchte sie gleichzeitig zu sprechen und zu gebärden, was wirklich süß aussah, da einzelne Gebärden total falsch waren.

»Derrick ist bereits hier. Er ist unglaublich charismatisch und …«, sie weitete die Augen und tat so, als ob sie sich mit der Hand vors Gesicht fächerte. »… mein Gott. Ein so schöner Mann. Du musst ihn dir selbst ansehen.«

Dann kicherte sie wie ein kleines Mädchen und ich musste meine Augenbrauen in die Höhe gezogen haben, dass sie sofort darauf wieder ein professionelles Gesicht aufsetzte. »Entschuldige, das war wohl nicht gerade professionell.«

Daraufhin lachte ich. Manchmal hatten die Mitarbeiter eine solche Angst vor mir, dass ich ihr Verhalten an den Chef rückmelden und er sie daraufhin feuern würde.

Marias Gesichtszüge wurden wieder weicher und dann stimmte sie mit ein. Sie war wirklich cool und wenn ich hörend gewesen wäre, wären wir bestimmt sowas wie die besten Freunde geworden.

»Dann bin ich ja echt mal gespannt, ob du recht hast«, antwortete ich ihr, indem ich zeitgleich in Lautsprache und Gebärdensprache sprach. Und ich hasste es. Es war so anstrengend und unnatürlich. Aber es war die einzige Möglichkeit, direkt mit den Mitarbeitern kommunizieren zu können.

Noch schlimmer war es dann, wenn hörende Menschen dann glaubten, dass das die Gebärdensprache war. Dabei benutzte man in der reinen Deutschen Gebärdensprache keinen einzigen Laut. Nur Mimik, Gestik und Gebärden, die Bilder erzeugten, die so klar und deutlich waren und eine ganz eigene Grammatik hatten. Und die für mich so viel mehr aussagten.

Maria zeigte mir beide Daumen nach oben, grinste breit und ich folgte ihr hinaus in das Foyer.

Schon von Weitem sah ich einen Mann, um den sich eine Schar von Mitarbeitern gebildet hatte und der mit meinem Vater scherzte, als wären sie alte Freunde.

Dieses Bild gefiel mir ganz und gar nicht.

Ich versuchte, lässig zu bleiben, und kam der Gruppe immer näher. Dabei fiel mir sofort ins Auge, dass dieser Herr einen eleganten, dunkelblauen, maßgeschneiderten Anzug trug. Der kam niemals aus einem gewöhnlichen Laden und kostete mehr als die Gehälter der meisten Mitarbeiter. Sein Sakko war offen und sein weißes Hemd schmiegte sich perfekt an seine definierten Brust. Seine Schultern waren breit und männlich, der Rücken kräftig, die Hüfte schmal, wie man es von einem Männermodel erwarten würde und ich konnte meinen Blick nicht von ihm abwenden. Dabei hatte ich sein Gesicht noch nicht einmal gesehen und das Gesicht war für mich entscheidend. Denn es war etwas, das ich mir notgedrungen täglich ansehen musste. Und dann entdeckte ich bei ihm noch etwas, was mich verrückt machte.

Seine Frisur. Er hatte seine dunkelbraunen Haare zu einem *Man Bun* zusammengebunden und ich hatte eine Schwäche für solche Männer. Denn Kerle mit längeren Haaren waren in der Regel nicht spießig, sondern voller Abenteuer. Und leidenschaftlich. *O Gott, Elena, reiß dich zusammen. Denk an deine Mission.*

Plötzlich breitete mein Vater die Arme in meine Richtung aus und strahlte mich an.

Ich hasste es, wenn er diese Nummer abzog. So war er immer vor allen Leuten. Um als der stolze, tolle Vater dazustehen, der er in Wirklichkeit gar nicht war.

Aber auch in solchen Situationen habe ich gelernt, mitzuspielen.

Ich setzte mein bestes Lächeln auf und ging auf ihn zu.

»Elena, endlich bist du da. Wir haben alle auf dich gewartet. Ich möchte dir Derrick vorstellen.« Mein Vater sprach dabei extrem langsam und überdeutlich, damit ich jedes einzelne Wort von seinem Mund absehen konnte. Und wieder würde ich ihn am liebsten töten.

Weil ich meinen Vater anschauen musste, um ihn zu verstehen, drehte ich mich erst jetzt direkt zu Derrick, um ihn anzusehen. Und ich erstarrte.

Darauf war ich jetzt nicht vorbereitet gewesen. Überhaupt nicht.

Er war viel zu gut aussehend, dass es schon fast verboten werden sollte.

Es war nicht so, dass ich keine schönen Männer kannte. Aber sie waren für mich einfach bisher immer tabu und uninteressant gewesen. Vor allem, wenn sie hörend waren. Außerdem hatte ich bereits einen Freund und keinen Kopf für andere Männer.

Doch dieser Mann mit seinen kastanienbraunen Augen und diesem verwegenen Blick war gefährlich.

Viel zu gefährlich.

Weil er irgendetwas in mir auslöste, das ich zuvor noch nicht kannte.

Er sah mich an und sein Blick war offen. Intensiv. Und interessiert.

Nein, es war mehr als nur das. Ich wusste es sofort. Er fand mich attraktiv.

Sekunden verstrichen. Gefühlte Minuten verstrichen.

Und dann tat er etwas, was mich noch sprachloser machte.

Er stellte sich mit Gebärden vor. »Ich bin Derrick van Kamp. Schön, dich endlich kennenzulernen.«

Kapitel 5

Reiß dich zusammen, Elena. Reiß dich verdammt nochmal zusammen. Ich atmete tief ein und wieder aus und versuchte, mir nichts anmerken zu lassen. Dann gebärdete ich blitzschnell meinen vollen Namen.

»Elena König. Du kannst gebärden? Wow, ich bin beeindruckt.«

Und dann sah ich es sofort in seinen Augen und an den Mundwinkeln, die jetzt etwas unsicher zuckten.

Aha, jetzt bekam die perfekte Fassade doch einen Riss.

Ich setzte erneut an. Diesmal mit Lautsprache und begleitenden Gebärden.

»Du hast mich nicht verstanden, oder?«

Seine Augen weiteten sich und er wirkte überrascht, so wie die meisten, wenn sie dann doch erfuhren, dass ich auch sprechen konnte.

Er lachte etwas verlegen, und genau das half mir, wieder einen kühlen Kopf zu bewahren. Derrick war doch durch und durch hörend, wie alle anderen. Und hörende Männer waren mehr als nur tabu. Allein schon wegen der Kommunikation und der Sprachbarriere. Es würde viel zu viele Missverständnisse geben.

»Nein, aber ich finde die Gebärdensprache sehr interessant und würde sie so gerne lernen«, sagte er plötzlich. Sein Mundbild war angenehm, langsam und deutlich. Aber nicht übertrieben. So wie mein Vater es immer tat, womit er mich gleichzeitig demütigte.

Und wow, er hatte perfekt weiße Zähne. Das sah man nicht oft.

Elena, konzentrier dich. Was ist nur los mit dir?

Zum Glück übernahm mein Vater wieder das Reden und stellte Derrick der ganzen Firma vor. Allerdings hatte er wieder einmal die Rechnung ohne mich gemacht und keine Dolmetscher für diese kurze Einführung bestellt, weil er auch das als überflüssig ansah. Was für mich zur Folge hatte, dass ich gar nichts von seiner Rede mitbekam. Deshalb ließ ich sie nicht über mich ergehen und lief zurück zu meinem Büro. Innerlich brodelte es in mir, weil mein Vater es immer wieder aufs Neue schaffte, mir ein Gefühl von Nutzlosigkeit zu geben. Als ob ich nur zusätzlicher Aufwand war, für den es sich nicht lohnte, die Rahmenbedingungen zu schaffen. Weil es zu anstrengend war, zu teuer oder es einfach nicht passte. Ich ballte die Fäuste zusammen und sah aus dem Fenster hinaus, um mich zu beruhigen. Meine Wut war keine Dauerlösung.

Und als ich mich gerade an den Schreibtisch setzen wollte, spürte ich hinter mir jemanden. Langsam drehte ich mich um.

Derrick stand tatsächlich im Türrahmen und hob entschuldigend die Hand. »Störe ich? Dein Vater meinte, du würdest mir die Firma zeigen.« Dabei machte er Handbewegungen in alle Richtungen, in der Hoffnung, sich verständlich genug zu machen. Innerlich musste ich grinsen, aber ich verkniff es mir und blieb freundlich. »Natürlich. Ich wusste nur nicht, wie lange die Rede dauern würde.«

»Ah, ja klar. Du verstehst dort nichts, oder?« Er zeigte auf seine Ohren. Eine typische Geste, die hörende Menschen meistens als Erstes machten. So einfach konnte es sein, zu kommunizieren.

»Nein«, sagte ich bestimmt. »Deswegen nehme ich auch nicht daran teil. So, wollen wir dann?«

Ich übergab ihm eine Mappe, die ich extra für ihn vorbereitet hatte, damit er bei uns zurechtkam.

Dankend nahm er diese an und blätterte darin, als er mir hinaus folgte. Schweigend liefen wir nebeneinander, während er immer noch die ganzen Unterlagen durchging und plötzlich blieb er mitten auf dem Weg abrupt stehen. Verwirrt sah ich ihn an. »Entschuldigung, du musst mich ja anschauen«, klärte er schnell auf und ich war fasziniert davon, wie bedacht und aufmerksam er war. Im Gegensatz zu den meisten Menschen, die einfach drauflosreden würden und entweder vergaßen, dass ich nichts hörte oder meinten, nur weil ich Hörgeräte trug, könnte ich sie trotzdem verstehen.

»Ich hatte eben gesagt, dass das eine echt tolle Mappe ist. So klar und verständlich. Ich wusste gar nicht, dass das Gebäude so groß ist.« Er zeigte auf den Grundriss.

»Ja, wir haben mehrere Abteilungen und mittlerweile über 900 Mitarbeiter.«

»Wow, das ist für ein Immobilienunternehmen wirklich groß. Ich hatte bisher nur kleinere Unternehmen in dem Bereich kennengelernt und es ist wirklich der Wahnsinn.«

Ich konnte ihm nicht mehr folgen, weil er immer schneller sprach und verlagerte mein Gewicht auf das andere Bein. Sofort hörte er auf zu reden. »Ich war zu schnell beim Reden, oder?«

Kaum merklich nickte ich, weil mir das langsam unangenehm wurde. »Mein Vorschlag, ich zeige dir einfach alles und danach kannst du mir Fragen stellen oder notfalls auch aufschreiben, okay?«

»Gute Idee«, sagte er deutlich und lächelte. Daraufhin präsentierte ich ihm die verschiedenen Abteilungen und stellte ihm die wichtigsten Mitarbeiter vor. Derrick war höflich und charmant und zog die Menschen mit seiner Ausstrahlung in seinen Bann. Nicht nur die Damenwelt war von ihm begeistert, sondern auch die Männer, die bei uns arbeiteten. Und ich spürte, wie er mich permanent von der Seite ansah, aber ich ließ mir nichts anmerken. Wenn er sich jedoch unseren Mitarbeitern vorstellte, hatte ich genügend Zeit ihn eingehend zu beobachten, ohne dabei erwischt zu werden. Und ich musste ehrlich zugeben, er war wirklich attraktiv. Nicht die Sorte von Mann, der man täglich begegnen würde und dann auch noch seine Art, wie er sich bewegte, wie er sich auf andere Menschen einließ und vor allem auch, wie rücksichtsvoll er gegenüber mir war. Wäre dieser Mann taub, wäre ich definitiv mit ihm ausgegangen. Ich mochte schon immer große und starke Männer, vor allem die mit längeren Haaren und dunklen Augen. Sie hatten einfach etwas Mysteriöses, etwas Männliches an sich, das ich nicht erklären konnte. Patrick war da das komplette Gegenteil. Er war zwar auch durchtrainiert und sportlich, aber eher schmal gebaut. Fast schon zu dünn. Eher so wie ein Langstreckenläufer und ein heller Typ. Blond und blauäugig. Und überhaupt nicht mein Beuteschema, was er auch wusste. Aber es war seine Art, das Spitzbübische, das Freche, mit dem er mich damals, als wir noch so jung waren, eroberte. Und er machte mir oft süße Überraschungen, entführte mich an die aufregendsten Orte und konnte gut zuhören, wenn er mal Zeit für mich hatte.

Das hatte in den letzten Jahren irgendwie aufgehört, als wir uns in die Arbeitswelt stürzten und er sich voll und ganz seinem Fußball verschrieb. Wobei der Fußball schon immer ein Thema war, was mich mit der Zeit nervte.

In der Cafeteria angekommen, kam Derrick gar nicht mehr aus dem Staunen heraus, da wir zuvor auch noch das Fitnessstudio mit einem Wellnessbereich und all die Freizeiteinrichtungen besucht hatten. Ich musste lächeln. In dieser Hinsicht hatte mein Vater sich selbst übertroffen und ein Imperium aufgebaut, mit allem Drum und Dran. Wir waren das erste deutsche Unternehmen in der Immobilienbranche, das sich nach dem amerikanischen Prinzip gerichtet hatte und die Chance für die Mitarbeiter bot, im eigenen Unternehmen ihre Freizeit zu verbringen oder Mittagspause zu machen. Aber dadurch verschwammen die Grenzen schneller zwischen dem Beruflichen und Privaten, weil die Mitarbeiter automatisch länger blieben, aber nicht unbedingt effektiver arbeiteten.

Leicht berührte mich Derrick am Arm, um mich auf ihn aufmerksam zu machen. Dann hielt er mir plötzlich sein Smartphone hin.

Darf ich dich zum Kaffeetrinken einladen als Dankeschön für die ausgezeichnete Führung?

Dieser Mann war nicht von dieser Welt.

Ohne dass ich etwas sagte, kam er selbst auf die Idee, einen Text auf seinem Handy zu formulieren, um mit mir auf eine entspannte Art zu kommunizieren. Das war eine so süße Geste, die ich nur selten erlebte und mein Herz machte einen kleinen Satz. Den ich mir verbieten musste, immerhin war er noch der besagte Feind.

Ich musste höllisch bei ihm aufpassen und durfte mich nicht von seinem Charme um den Finger wickeln lassen. Das war sonst meine Stärke. Es konnte nicht sein, dass er mich mit meinen eigenen Waffen schlug. Ich strahlte ihn an.

»Liebend gern.«

Daraufhin strahlte er zurück und zeigte auf die Tafel. »Was empfiehlst du mir denn?«

»Iced Caramell Latte mit viel Sahne«, kam es automatisch von mir und er lachte.

»Das ist also dein Favorit. Dann nehme ich das Gleiche.«

Tim, der die Cafeteria leitete, grinste mich an und zeigte mir beide Daumen nach oben. Als Derrick seinen Geldbeutel zückte, um zu zahlen, winkte Tim ab und machte die entsprechenden Zeichen, während er sprach. »Das geht aufs Haus.«

»Aber«, protestierte Derrick und ich musste lachen. »Ich wollte dich doch einladen«, sagte er und machte ein empörtes Gesicht.

»Vielleicht nächstes Mal«, zwinkerte ich ihm zu und lief auf einen der Tische zu, um mich zu setzen. Und musste in mich hineinlächeln, denn ich wusste, dass ich ihn gerade mit meinem Charme etwas aus dem Konzept gebracht hatte.

Derrick setzte sich mir gegenüber und musterte mich eingehend.

Und ich sah in seinen Augen, dass ich ihn mit meinem Flirtversuch herausgefordert hatte. Doch ich wollte mich nicht weiter auf noch gefährlicheres Terrain begeben.

»Du bist also Amerikaner?«, fragte ich ihn unvermittelt und benutzte automatisch meine Hände beim Sprechen.

Er musste mehrmals blinzeln und dann strahlte er wieder. »Äh, ja genau. Geboren und aufgewachsen in New York City. Merkt man mir das an?« Als er in mein fragendes Gesicht blickte, sprach er erneut. »Also, dass ich Amerikaner bin.«

»Ach so, das. Ja, ich glaube schon.« Ich lächelte.

»Echt? Jetzt musst du mir das erklären.«

»Deine Art. Du bist irgendwie offener und so lässig.«

»Lästig?«, fragte er mit einer skeptischen Miene.

Meine Augen wurden groß. »Äh nein, ich meinte ...« Und dann änderte sich sein verdutzter Gesichtsausdruck und lachte plötzlich los.

»Pah«, machte ich, woraufhin er erwiderte, dass es in Amerika manchmal schon etwas zu lästig war, wenn man ständig ein übertriebenes Lächeln oder Freundlichkeit an den Tag legte. Es war die Oberflächlichkeit, die er nicht so mochte. Weil ich ihn oft nicht verstand, tippte er immer wieder Nachrichten in sein Handy.

Tim unterbrach uns zwischendurch und servierte uns die bestellten Iced Latte, den Derrick viel zu süß fand und mir die Hälfte abgab. Als ich fast fertig war, die restliche süße Karamellsoße durch den Strohhalm zu genießen, schob er mir wieder sein Handy zu.

Und als ich diese Zeilen las, musste ich sie noch einmal lesen. Und noch einmal.

Warum übernimmst du das Familienunternehmen nicht?

War das wirklich sein Ernst?

Kapitel 6

Ich blinzelte immer noch auf das Display und war über diese Frage irritiert. Wusste er denn gar nichts davon, dass mein Vater ihn als potenziellen Nachfolger sah? Oder tat er nur so? Was hatte mein Vater ihm überhaupt erzählt? Die Fragen schlugen wie Purzelbäume in meinem Kopf und Derrick musste bemerkt haben, dass mich die Frage aus dem Konzept warf. Er zog sein Handy wieder zurück und tippte erneut etwas.

Daraufhin zeigte er mir seine neue Nachricht.

Entschuldige, falls das eine zu persönliche Frage war. Ich komme nämlich auch aus einem Familienunternehmen.

Sofort blickte ich wieder hoch und sah ihn direkt an.

»Echt jetzt? Und du willst es nicht übernehmen?«

Derrick wollte gerade wieder nach seinem Handy greifen, aber ich legte meine Hand drauf. »Wir können es auch in Lautsprache probieren, wenn du langsam und deutlich sprichst. Falls ich etwas nicht verstehe, sage ich dir Bescheid, ok?«

Ich hatte keine Lust, dass wir noch bis morgen früh hier waren, weil es so viel länger dauerte, wenn man alles Gesagte mit den Fingern tippen musste und ich wollte nicht, dass es auf Dauer nervte. In diesen Momenten wünschte ich mir, ich wäre hörend, damit die Kommunikation in Lautsprache nicht so anstrengend für mich war. Aber es war einfach eine Utopie, daran zu glauben, dass eines Tages alle Menschen gebärden konnten. Außer man baute sich wieder eine Insel auf wie die Martha's Vineyards in Massachusetts, auf der im 18. und 19. Jahrhundert neben den gehörlosen Bürgern auch alle hörenden Bewohner gebärden konnten und es ihre gemeinsame Sprache war. Es war wie das stille Inselparadies der Gleichberechtigung und würde es so was je wieder geben, wäre ich die erste Bewohnerin.

Erleichtert lehnte sich Derrick wieder zurück und sah mich dabei eindringlich an. Die meisten Menschen schauten oft weg, wenn der Blick zu intensiv wurde, aber dieser Mann hatte wohl offensichtlich kein Problem damit. Sonst war ich diejenige, die stundenlang Gesichter anstarrte. Er holte tief Luft. »Nein, wir verkaufen Sportartikel und alles, was damit zu tun hat. Ich wusste schon früh, dass ich nicht in diesem Bereich arbeiten möchte. Aber meine Mutter wünscht sich natürlich, dass ich es eines Tages übernehme.«

»Weiß sie, dass du es nicht willst?«

Nun verschränkte er seine Arme. Das wurde ja interessant.

»Nein, sie denkt nur, dass ich eine Phase habe und erst mal bei anderen Firmen Erfahrungen sammeln möchte. Ich hatte es zwar indirekt schon ein paar Mal angedeutet, aber ich glaube, die Botschaft kam nicht bei ihr an. Und sie will auf keinen Fall meinen Bruder in der CEO Abteilung haben.«

»Warum nicht?« Jetzt war ich erst recht neugierig.

Er seufzte. »Paul ist mein jüngerer Bruder und ganz anders als ich, obwohl wir nur zwei Jahre auseinander sind. Wir waren schon immer sehr unterschiedlich und kamen nicht wirklich gut miteinander aus. Er hat mich bereits von klein auf als Konkurrenz gesehen und na ja, meine Mutter meinte, mit ihm würde das Unternehmen bankrottgehen, weil er nicht mit Geld umgehen kann und sich auf dem Vermögen unserer Eltern ausruhen würde.«

»Oh wow, das ist sicherlich eine schwierige Situation für euch alle. Insbesondere für deine Mutter, die ihre ganze Hoffnung in dich gesetzt hat.«

Sein Blick wurde ernst. »Ja, es ist eine verzwickte Situation. Denn wäre Paul nicht so verschwenderisch, bräuchte ich kein schlechtes Gewissen zu haben. Aber so ist es eben. Was hat man davon, wenn man eine Firma übernimmt, für die man nicht brennt?«

Ich musterte ihn eingehend. Er hatte recht. Man musste dafür brennen oder man brannte aus und ging unter.

Trotzdem war ich mehr als nur verwirrt, denn er erzählte mir so viel Privates und ich konnte überhaupt nicht einschätzen, was er wirklich über meinen Vater und mich wusste.

Ich werde meinen alten Herrn später zur Rede stellen müssen, denn es war nicht fair, mich auch da außen vorzulassen. Und ich musste herausfinden, inwiefern ich Derrick vertrauen konnte.

Ich sah auf meine Uhr und erschrak darüber, dass wir den ganzen Vormittag miteinander verbracht hatten und schon bald wieder Mittagspause war. Auf meiner To-Do-List stand auf jeden Fall noch ein Gespräch mit meinem Vater, da ich dringend herausfinden musste, was mit ihm und Derrick besprochen worden war.

Mit einem Lächeln sah ich mein Gegenüber an.

»Wir sollten langsam wieder ins Büro. Ich würde dir gern noch deinen Arbeitsbereich zeigen. Hast du denn allgemein noch Fragen?«

In diesem Moment löste Derrick seine Haare vom Zopf, um sie wieder neu zusammenzubinden. Dabei trat sein Bizeps deutlich unter dem dünnen weißen Hemd hervor und sein gesamter Oberkörper zeichnete sich ab, der mehr als nur durchtrainiert war. Sein Sakko hatte er längst ausgezogen und die Ärmel hochgekrempelt und ich musste mich noch mehr zusammenreißen, ihn nicht zu lange anzustarren. Eine solche banale Sache konnte doch nicht so … *heiß* sein.

Das war einfach nur lächerlich. Wahrscheinlich lag es daran, dass zwischen Patrick und mir momentan tote Hose war und ich mich wirklich wieder mehr um mein Liebesleben kümmern sollte. Wie sagte man so schön? Appetit darf man sich überall holen, gegessen wird zu Hause.

Wobei ich ehrlich sagen musste, dass ich gar keine Lust darauf hatte. Dafür war ich immer noch viel zu sauer auf Patrick. Und wieso machte ich mir so viele Gedanken um diese Kerle? Ich sollte mich einfach auf das Wesentliche fokussieren.

Derrick lehnte sich vor, ohne ein einziges Mal sein Blick von mir abzuwenden und sein Blick war …

Stopp! Konzentrier dich!

»Ich bin immer noch sehr beeindruckt vom Aufbau und Konzept.« Dann machte er eine kurze Pause. »Und natürlich auch vom Personal. Aber am spannendsten fand ich die Führung.« Er grinste mich vielsagend an.

Versuchte er jetzt gerade wieder, mit mir zu flirten?

Ich versuchte, keine Miene zu ziehen, sondern neutral zu bleiben. Darauf würde ich jetzt nicht eingehen.

Ihm schien nach der Lobeshymne doch noch eine Frage eingefallen zu sein. Denn seine Lippen bewegten sich leicht auf und ab.

»Ja?«, sagte ich nur.

Er suchte meinen Blick, aber ich konnte gut pokern. Und undurchschaubar sein. Zum Glück. Zumindest hoffte ich das.

»Ähm«, bewegten sich seine Lippen. »Wie sieht das eigentlich mit der Finanzierung für den Kunden aus? Wenn er sich da beraten lassen möchte?«

»Genau. Wenn du zum Beispiel einen Käufer gefunden hast, der nur noch eine Finanzierung benötigt, verbindest du ihn mit der Abteilung, die ich dir vorhin gezeigt habe und die erledigen das als Vermittler mit der Bank in Sekundenschnelle.«

»Das ist ja wirklich cool.«

Und das war es wirklich. Würde ich selbst ein Unternehmen gründen, würde ich genau ein solches Konzept mitnehmen, denn es war wirklich super effektiv, alles unter einem Dach zu haben. Wir waren nicht einfach nur ein weiteres Immobilienunternehmen, das die besten Grundstücke kaufte, atemberaubende, schlüsselfertige, Luxushäuser baute und diese wieder verkaufte. Wir hatten auch alle wichtigsten Zugänge, angefangen von der Baubranche hin bis zur Vermittlung der Finanzierung, weil die direkt bei uns arbeiteten und wir keine Kooperationen eingehen mussten. Das hatte riesige Vorteile, da wir dann oft schneller arbeiten konnten und damit auch viel mehr Abschlüsse machten.

»Ich denke, ich habe erst mal keine Fragen mehr. Aber sollte ich noch welche haben, darf ich mich dann an dich wenden?« Derricks Augen wurden noch dunkler und einladender.

Verdammt, dieser Mann spielte gern mit dem Feuer.

Ich hätte es besser wissen müssen. Er wusste genau, dass er gut aussah und dass er eine Wirkung auf Menschen hatte, ganz besonders auf Frauen. Und ich bin mir ziemlich sicher, dass er niemals einsam schlief. Diese Männer hatten kein Problem mit der Auswahl, nur mit der Qualität.

Und ich war bestimmt nicht die Einzige, die er attraktiv fand.

Nur Pech für ihn, dass ich mich bestens auf diesem Gebiet auskannte und mir Qualität am Herzen lag. Nicht Quantität. Weswegen ich auch in einer festen Beziehung war. Ich war nicht für so etwas gemacht. Ich konnte nicht einfach so mit jemandem ins Bett gehen, den ich anziehend fand. Da musste schon mehr passieren.

Doch ich konnte meine Waffen einsetzen, wenn ich es musste. Flirten war nicht verboten.

»Natürlich. Dafür bin ich doch da«, lächelte ich ihn süß an. Wenn er zweideutig spielte, konnte ich das auch. Und über diesen Gedanken erschrak ich. Normalerweise dachte und fühlte ich nicht so. Normalerweise ließ ich mich nicht auf so etwas ein. Aber bei ihm konnte ich irgendwie nicht anders.

Irgendetwas blitzte in seinen Augen auf und ich ahnte, das Feuer war längst angezündet.

Ging ich zu weit, wenn ich darauf einging? Wenn ich ein bisschen mit dem Feuer spielte?

Ich musste tief durchatmen und wieder zur Vernunft kommen. Zurück in die Realität.

Damit stand ich auf und bewegte mich Richtung Aufzüge, während Derrick mir folgte, ohne dass ich es ihm sagen musste. In dieser Zeit vermied ich es, ihn anzusehen und zeigte ihm noch sein Büro, über das er nicht schlecht staunte. Er bekam ein Einzelbüro mit einer tollen Aussicht auf die Stadt, die ich so liebte. Mir war immer noch schleierhaft, wie mein Vater nur auf diesen Mann gestoßen ist, der Amerikaner war und aus einer ganz anderen Branche kam. Es konnte nicht sein, dass er nur anhand von Referenzen jemanden als potenziellen Nachfolger sah. Mein Drang, ihn zur Rede zu stellen, wurde größer.

Und eine Frage brannte mir immer noch auf der Zunge. Ich wandte mich noch einmal an Derrick, der gerade seinen Arbeitsplatz bestaunte.

»Wie kommt es eigentlich, dass du so gut Deutsch sprechen kannst?«

Derrick hob seinen Kopf und lächelte diesmal mit seinen Augen.

»Meine Mutter ist an der deutsch-niederländischen Grenze geboren und hat mit uns von klein auf Deutsch gesprochen. Ihr war es wichtig, dass wir auch mit ihrer Muttersprache aufwachsen.«

Nun war für mich alles klar.

»Das ist aber schön. Und selten, jemandem zu begegnen, der auch zweisprachig aufgewachsen ist.«

Noch immer lächelte er. »Danke, Elena. Für deine Zeit und Mühe.«

»Gern geschehen. Hab noch einen schönen Start.« Damit ließ ich ihn im Büro allein und kehrte in mein eigenes zurück.

Die Tür hinter mir geschlossen, konnte ich mich endlich wieder fallen lassen. Wie, als ob ich die ganze Zeit die Luft angehalten habe. Aber darüber konnte ich mir jetzt keine Gedanken machen. Ich bewegte die Maus, um den Bildschirmschoner zu beenden und prüfte den Terminkalender meines Vaters.

Und blickte auf die Uhr.

Perfekt. Sein letzter Termin mit den Kowalskis war gerade vorbei. Diese waren momentan seine schwierigsten Gesprächspartner. Sie waren nie zufrieden und bekannt dafür, knallhart zu sein. Sicherlich würde mein Vater gleich ins Fitnessstudio gehen, um sich auszupowern.

Aber ich würde ihn abpassen und ihn dazu auffordern, mir eine Erklärung abzugeben.

Denn er war mir dringend einige Antworten schuldig.

Kapitel 7

Ich wartete bereits auf dem Sessel in seinem Büro und betrachtete das Zimmer, in dem ich schon so oft gesessen, so oft gewartet und so oft gewütet hatte. Mein Vater und ich konnten nicht miteinander, aber auch nicht ohne. Manchmal fragte ich mich, ob er wirklich mein Vater war oder bei der Genübertragung etwas schiefgelaufen ist. Er schaffte es immer wieder, mich zu demütigen oder auf eine Art wütend zu machen, dass mir vernünftige Menschen raten würden, sich von ihm fernzuhalten, wenn er nicht mein Erzeuger wäre.

Einfacher gesagt als getan.

Wäre es nicht diese verflixte Abhängigkeit und dieses Gefühl, es nicht allein schaffen zu können, hätte ich mich schon längst aus dem Staub gemacht. Als hörender Mensch hätte ich mir anderswo ein völlig neues, anderes Leben aufgebaut. Und müsste mich nicht mehr so von ihm behandeln lassen.

Aber so einfach war das Leben nicht. Das Schicksal hatte andere Pläne.

Mein Blick blieb bei dem schwarzen Bilderrahmen hängen, der auf einem Regal stand. Auf dem meine Mutter, mein Vater und ich als kleines Mädchen in die Kamera strahlten. Wie eine perfekte Familie. So hübsch, so bildschön, so glücklich, würde jeder sagen, der das Bild sehen würde. Wie sehr Bilder täuschen konnten.

Ich hasste das Bild. Zu dieser Zeit war ich todunglücklich und gerade mal zehn, aber perfekt darin geübt, gut auszusehen. Weil mich mein verdammter Vater zum Modeln geschickt hatte, nachdem er erfahren musste, dass es mit dem Sprechen nicht so klappen würde, wie er es sich erhofft hatte.

All seine Sätze von damals kehrten mit einem Schlag zurück:

Wenn du schon nicht wie ein hörender Mensch sprechen kannst, dann musst du eben perfekt aussehen. Weil perfektes Aussehen ein sicherer Garant für Erfolg war.

Unzählige Stunden, unzählige Übungen, unzählige Tränen. Für nichts.

Und dann schwang die Tür mit einer solchen Kraft auf, dass ich durch den Luftstrom kurz zusammenzuckte. Die Luft verströmte Wut.

Ich wusste sofort, das Gespräch war nicht gut gelaufen. Manchmal glaubte ich, dass ich meinen Vater besser kannte als er sich selbst.

Mit hochrotem Kopf marschierte er in das Büro und schleuderte seine goldene Krawatte durch den Raum. Ich blieb ruhig im Sessel sitzen, denn auch diese Situation kam mir nur allzu vertraut vor. Diese Art bekamen entweder nur ich oder meine Mutter zu spüren. Nach außen hin war er der gutmütige und souveräne Vorgesetzte. Die äußere Fassade vermittelte stets den Eindruck der Kontrolle. Nur seine Familie wusste, wie er wirklich war. Sie bekam das wahre Ausmaß dieser Unberechenbarkeit zu spüren.

Und dann sah er mich. Blieb abrupt stehen. Zog seine Augenbrauen zusammen.

»Alles gut. Wir haben keinen Termin. Aber ich muss dringend mit dir reden«, versuchte ich es mit einer beschwichtigenden Haltung.

»Dauert das lange? Ich muss mich noch abreagieren.«

»Ich glaube nicht.«

»Ich brauche aber erst mal einen starken …« Und dann sah meinen Vater bereits die Tasse Espresso auf dem Tisch.

»Mit einem Schuss Cognac«, antwortete ich.

Ohne Widerrede trank er diesen in einem einzigen Zug aus und musterte mich eine ganze Weile. »Woher wusstest du es diesmal?«

Lässig bewegte ich nur eine Hand. Ohne Stimme. Ohne einen einzigen Laut. Denn auch wenn er die Sprache nicht verwendete, er konnte meine verstehen.

»Weil es die Kowalskis sind.«

»Diese Idioten. Haben Wahnvorstellungen, die wir ihnen trotzdem möglich machen und dann sind sie immer noch nicht zufrieden.«

»So ist das mit den Reichen«, klärte ich ihn auf.

»Wie bitte?«, kam es barsch zurück.

Ich zuckte mit den Schultern, denn darüber würde ich jetzt nicht mit ihm diskutieren wollen. »Du weißt doch, dass sie sich niemals mit der ersten oder zweiten Lösung zufriedengeben. Und genau deswegen arbeitest du mit solchen Leuten zusammen. Weil du genauso bist.«

Jetzt blinzelte er zweimal und ich wusste, dass ich ihn damit getroffen hatte. Auf eine gute Art. Dann lächelte ich ihn an.

»Ich bin gut, oder?«

»Warum bist du hier, Elena? Worum geht es?«

Und mit einem Schlag war mein Selbstbewusstsein wieder ein bisschen angeknackst. Aber auch hier versuchte ich, es mir nicht anmerken zu lassen. Wie immer. Egal, wie überzeugend ich argumentierte, egal wie gut ich ihn wieder auf den Boden zurückholen konnte, es war niemals genug.

Er war schlimmer als die Kowalskis.

»Es geht um diesen Derrick.«

Jetzt war der Blick von meinem Vater wieder hellwach und freundlich. Und vor allem interessiert. Wie konnte das sein? In Zukunft sollte ich vielleicht sofort mit diesem Namen anfangen.

»Er ist gut, oder?«, sagte er dann. Und ich glaubte, ihn zuerst nicht verstanden zu haben.

Ich konnte das ignorieren, aber nicht mein Herz, das einen kleinen Stich spürte. Doch diese Genugtuung würde ich ihm nicht geben.

»Woher kennst du ihn?«

Jetzt lehnte sich mein Vater in seinen Chefsessel zurück und lächelte zum ersten Mal, was ich mehr als nur gruselig fand.

»Ich kenne die van Kamps schon sehr lange. Sie haben ein milliardenschweres Unternehmen und verkaufen Sportartikel im amerikanischen Raum. Zum Teil sind sie auch schon in Europa vertreten, aber noch nicht ganz angekommen. Und wir sind uns vor vielen Jahren mal auf einer Benefiz-Gala in den Niederlanden begegnet.« Er machte eine kurze Pause, weil ihm das langsame Sprechen große Mühe bereitete.

»Damals kam ich mit Tom, dem Vater von Derrick, ins Gespräch und wir unterhielten uns prächtig. Daraufhin erzählte er mir, dass seine Frau auch Deutsch sprechen würde und sein Sohn schon immer ein großer Fan von mir war. Statt für Sport würde er sich eher für Immobilien interessieren.«

Sein Blick verriet mir, dass er gerade mit diesen Gedanken wieder zu dem Ort der Erinnerungen zurückgekehrt war. »Über die Jahre blieben wir in Kontakt und er hatte auch einmal in eines unserer Projekte investiert. Derrick behielt ich schon damals im Auge, weil er innerhalb eines Jahres die meisten und teuersten Immobilien von New York verkauft hatte. Der Junge hat es einfach drauf.«

»Und allein deswegen würdest du ihm unser Unternehmen einfach so übergeben?«

Sein Blick wurde streng. »Natürlich nicht. Aber ich habe ein gutes Bauchgefühl und wie gesagt, ich kenne diese Familie schon sehr lange. Derrick ist safe!«

Ich schnaubte. Trotzdem fand ich es lächerlich und naiv. Um nicht auszuflippen, zählte ich bis fünf.

»Weiß er überhaupt, warum er hier ist? Dass er als potenzieller Nachfolger infrage kommt?«

»Klar, weiß er das. Ich spiele da mit offenen Karten.«

Dieser Satz war wie ein Schlag in die Magengrube.

Bedeutete das etwa, Derrick hatte mich angelogen? Hatte so getan, als ob er keine Ahnung hatte, als er mich nach der Übernahme gefragt hatte. Aber ich musste nochmal fragen. Ich musste sichergehen.

»Was hast du ihm genau gesagt?«

Genervt warf er plötzlich beide Arme in die Luft. »Elena, was soll die Fragerei? Ich habe ihm gesagt, dass meine Tochter leider zu behindert ist, um die Firma zu übernehmen und ich jemanden suche, der für die Position geeignet wäre.«

Fassungslos sah ich meinen Vater an. Und all die angestaute Wut kam wieder hoch, all dieser Hass, all diese Demütigungen, die mich immer wieder aufs Neue übermannten.

»Das hast du nicht gesagt.« Ich stand auf und machte einen Schritt nach vorn. Wie konnte ich mich da noch beherrschen? Wie konnte ich da noch mitmachen?

Vor allem auch, weil Derrick mich getäuscht hatte. Von vorne bis hinten. Er war kein Deut besser. Natürlich spielte er auch mit seinen Waffen. Natürlich wollte er mich um die Finger wickeln, damit ich keine Gefahr für ihn war.

Ich hätte es besser wissen müssen. Ich war so naiv gewesen und das machte mich umso mehr wütend.

»Was soll ich alles noch tun, um dir zu beweisen, dass ich das Zeug dazu habe?«

Mein Vater verschränkte die Arme und rollte genervt mit den Augen, was mich noch rasender machte.

»Ich kann alles, nur nicht hören. Und das, was du sagst, ist mehr als nur diskriminierend. Ich könnte dich anklagen, weißt du das eigentlich?«

Plötzlich stand mein Vater auf und ich war so überrascht über diese Aktion, dass ich automatisch zwei Schritte nach hinten machte. Seine Augen wurden schmal und ich wusste, dass er - wie ich - kurz vor dem Explodieren war.

»Genau das meinte ich, Elena. Du bist ziemlich empfindlich und pochst auf Diskriminierung und verschwendest meine und deine Zeit. Für was? Nur weil es dir nicht in den Kram passt, dass ich klug entscheide.« Und dann holte er noch einmal tief Luft, weil er schneller sprach als sonst. «Du hast gar keine Ahnung, wie hart es da draußen zugeht. Da nimmt kein Mensch mehr Rücksicht darauf, weil jeder nur auf Profit aus ist. Du kannst machen, was du willst, aber ich werde bei meiner Entscheidung bleiben und du wirst es mir eines Tages danken und jetzt lass mich damit in Ruhe.« Mit diesem Satz ließ er mich stehen und verließ das Büro. Ohne mir auch nur den Hauch einer Chance zu geben, darauf zu antworten oder mich zu wehren. Mein Vater war der sturste, arroganteste und egoistischste Mensch, den ich je in meinem Leben kennengelernt hatte und zum wiederholten Male verfluchte ich mich selbst dafür, dass ich immer noch hier arbeitete. Für ihn arbeitete.

Kapitel 8

Wütend räumte ich mein Büro auf, denn ich wollte keine Sekunde länger hierbleiben und mich zu Hause ebenfalls mit Sport abreagieren. Ich blieb ein paar Mal vor der Fensterfront stehen, um mich vom Ausblick auf die Stadt beruhigen zu lassen. Doch diesmal half es nicht. Meine Wut war viel zu groß und das Gespräch mit meinem Vater hatte ein weiteres Ausmaß erreicht, dass ich kurz davor war, zu kündigen. Ein Schreiben aufzusetzen und durch diese Tür zu gehen. Für immer.

Weil eine solche Demütigung mich jedes Mal noch tiefer in eine Abwärtsspirale voller Selbstmitleid zog und mir ganz und gar nicht guttat. Ich wollte nicht mehr so tief sinken wie damals. Und dass auch noch Derrick ein solch übles Spiel spielte, machte das Ganze nur noch schlimmer.

Und dann plötzlich fiel mir die Post wieder ein, die ich in der Schublade liegen lassen hatte. Ich ließ mich in den Schreibtischstuhl fallen und öffnete die Schublade, die ich extra mit einem Schlüssel geschlossen hielt. Für Dinge und Unterlagen, die nicht für andere bestimmt waren. Schon gar nicht diese Briefe. Ich atmete tief ein, als ich den Umschlag in meinen Händen hielt und etwas zu lange auf den Absender starrte.

Reiß Immobilien. Und dann riss ich ihn sofort auf. Denn es brachte nichts, wenn ich mich selbst noch mehr folterte, auch wenn mein Unterbewusstsein schon die Antwort wusste.

Und ich hatte recht. Wie immer. Ich starrte auf die Zeilen und meine Augen füllten sich mit Tränen.

Leider müssen wir Ihnen mitteilen, dass wir zum jetzigen Zeitpunkt keine Stelle zu besetzen haben, die Ihren Qualifikationen entspricht …

Ich zerriss das Schreiben und schmiss es in den Papierkorb, der schon mindestens fünfzig andere solche Schreiben auffangen musste. Und das Gefühl von Ausweglosigkeit, von Hoffnungslosigkeit wurde immer stärker, immer schmerzhafter, immer vertrauter.

Patrick hatte recht. Mein Vater hatte recht. Wir gehörlosen Menschen bekamen auf dem Arbeitsmarkt in der freien Wirtschaft so gut wie keine Chance. Ich stieß mich vom Schreibtisch ab und blickte auf die Stadt, während ich versuchte, meine Tränen zurückzuhalten.

Ich wollte an all diejenigen denken, die es geschafft haben. Auch wir hatten taube Künstler, Schauspieler, Models und Lehrer, die ihren Weg gingen und damit erfolgreich waren. Und auch diese haben sich nicht runterziehen lassen.

Ich wollte mich auch dieses Mal an die Hoffnung klammern und weitermachen. Weiterkämpfen. Es weiter versuchen, dass mich irgendwann eine andere Firma nahm und mir eine Chance gab, ihnen zu beweisen, dass ich die Beste auf diesem Gebiet war. Damit ich dann endlich bei meinem Vater kündigen konnte und nicht mehr von ihm abhängig war.

Doch in diesem Augenblick wollte es mir nicht gelingen, daran zu glauben. Ich stand vom Stuhl auf und blickte auf die Stadt, die ich so liebte.

Zum ersten Mal dachte ich darüber nach, einfach aufzugeben. Immer nur zu kämpfen macht müde. Vielleicht sollte es einfach nicht für mich bestimmt sein. Vielleicht war es mir nicht vergönnt, auch erfolgreich sein zu dürfen.

Mittlerweile war es mir sogar egal geworden, dass ich, wenn ich woanders arbeiten würde, viel schlechter bezahlt werden würde und nicht mehr dieselben Privilegien hätte.

War ich so tief gesunken, dass ich mich sogar unter Wert verkaufen würde?

Ich ließ mich voller Enttäuschung wieder in den Stuhl fallen.

Doch dann tauchte eine innere Stimme auf, die mir flüsterte: *Glaubst du im Ernst, dass all diese erfolgreichen Menschen nicht auch mal solche Momente hatten? Dass sie auch mal am Rand der Verzweiflung oder Hoffnungslosigkeit standen?*

Und dann dachte ich an das berühmte Zitat von Thomas Alva Edison, der die Glühbirne erfand:

«Unsere größte Schwäche liegt im Aufgeben. Der sicherste Weg zum Erfolg ist immer, es noch einmal zu versuchen."

Aufgeben war also keine Option, oder?

Mein Kampfgeist schüttelte vehement den Kopf und war damit wieder entfacht.

Ein bisschen Würde besaß ich also noch und die würde ich nicht auch noch verlieren.

Gerade wollte ich aufstehen und meine Tasche greifen, als die Tür vorsichtig aufging.

Oh nein, ausgerechnet er war das Letzte, was ich gerade noch gebrauchen konnte.

»Hi«, winkte er vorsichtig. »Störe …«

»Stopp!«, sagte ich etwas zu laut und wohl auch etwas zu wütend, denn seine Augen weiteten sich. Und ich hielt meine flache Hand direkt vor ihn, wie ein Schutzschild. Es war lächerlich, aber es gab mir das Gefühl, meine Grenzen klar zu kommunizieren.

»Wie kannst du es noch wagen, zu mir zu kommen, nachdem du mich angelogen hast?« Ich versuchte jedes einzelne Wort perfekt auszusprechen, aber ich spürte nur meine Stimme, die tief in meiner Brust vibrierte. Ich war viel zu aufgebracht, um daran zu denken, dass ich beim Sprechen richtig atmen musste. Und ich sah die Verwirrung in seinem

Gesicht. Es war so leicht, Menschen zu lesen. Doch er konnte mich nicht mehr täuschen. Nicht mit seinem unschuldigen Charme und auch nicht mit seinem perfekten Aussehen.

»Du weißt ganz genau, was ich meine. Ich habe deine Spielchen durchschaut. Und ich lasse mich nicht mehr von dir veräppeln.« Dann schnappte ich meine Tasche und lief an ihm vorbei, ohne ihn auch nur eines weiteren Blickes zu würdigen.

Weil ich nicht wollte, dass er mich aufhielt, nahm ich die Treppe und rannte diese hinunter. Ich musste raus aus diesem Gebäude und so schnell wie möglich an einen sicheren Ort, der mir Raum zum Rückzug gab - nach Hause.

Auch wenn dieses Zuhause nicht nur mir allein gehörte.

***

Ich streifte meine Sportschuhe ab und lief direkt ins Bad, um ausgiebig zu duschen. Als ich das zweite Mal nach Hause kam, war Patrick immer noch nicht da und ich war erleichtert gewesen. Er gehörte gerade auch auf die Liste der Personen, die ich im Moment nicht sehen wollte. Zum Glück hatte er wie immer Fußballtraining und kam erst spät nach Hause, da er oft danach noch mit seinen Jungs etwas Trinken ging und manchmal auch bei ihnen übernachtete, wenn es spät wurde. In letzter Zeit hatte ich ohnehin das Gefühl, dass ich allein lebte. Es war einerseits ein komisches Gefühl, andererseits genau das, was ich gerade brauchte. Ich zog mir einen gemütlichen grauen, übergroßen Kapuzenpulli und alte, schwarze Leggings an und war froh, dass ich Laufen gegangen war. Es hatte meine Wut für eine ganze Weile zum Stillschweigen gebracht, obwohl ich das Joggen nicht mochte.

Allerdings spürte ich, dass es nicht reichte und ich mir den Frust mit jemandem von der Seele reden musste. Jemanden, dem ich vertraute. Also griff ich nach meinem Handy und rief meine Mutter an, die nach dreimaligem Klingeln abnahm.

Bildhübsch wie sie war, lächelte sie mit ihren schulterlangen blonden Haaren direkt in die Kamera. »Hallo, mein Sonnenschein. So schön, dass du mich anrufst.«

Mich überwältigte es immer wieder aufs Neue, wie ähnlich wir uns waren und mit einem Mal mehr war ich dankbar, dass ich nach ihr kam. »Einen Moment bitte, ich muss mir einen ruhigeren Ort suchen.« Dann wackelte das Bild und ich konnte mitverfolgen, wie meine Mutter sich in eine Ecke verschanzte. »So, ich war gerade beim Yoga und jetzt wollten wir noch etwas essen gehen. Aber für meinen Schatz habe ich immer Zeit.«

Erneut strahlte sie mir entgegen und dann plötzlich wurde sie ernst. »Was ist los?«

Wie so oft fragte ich mich, ob sie so etwas wie einen siebten Sinn hatte und ob das jede Mutter spürte, wenn es ihrem Kind nicht gut ging. Ich konnte meine Tränen nicht mehr zurückhalten und schüttete ihr mein Herz aus. Ich erzählte ihr von den Demütigungen und den Vorfällen mit meinem Vater. Stillschweigend und mit besorgter Miene hörte sie mir zu. Irgendwann, als ich fertig war, musste ich sie einfach fragen.

»Wusstest du von der Nachfolge?«

Meine Mutter warf ihr blondes Haar zurück und blickte noch ernster in die Kamera. »Nein, ehrlich gesagt, wusste ich nichts davon. Er spricht nicht mit mir über die Arbeit und sonst auch nicht mehr über dich, weil nun ja, du weißt warum …« Ihr Blick wurde traurig und ich hasste es, sie so zu sehen. Sie hatte sich wegen mir fast von meinem Vater getrennt, weil sie so unterschiedlicher Meinung waren, was mich und den Umgang mit mir anging. Im Gegensatz zu ihm hatte sie mich immer unterstützt und von Beginn an die Gebärdensprache gelernt. »Ach Mäuschen, ich war sowieso dagegen, dass du für ihn arbeitest. Aber er war wie immer so stur und ich konnte ihn nicht davon abhalten …«

Diese Aussage war neu für mich. Überrascht sah ich sie an. »Weil du denkst, ich könnte die Firma nicht …? «

»Nein«, stoppte sie mich. »Ihr seid wie Hund und Katze und so sehr ich mir immer wieder einzureden versucht habe, dass ihr eine gute Vater-Tochter-Beziehung aufbauen könnt, es funktioniert zwischen euch einfach nicht.« Sie machte eine Pause und wurde nachdenklich. »Auf mich hört er ohnehin nicht. Aber ich weiß, dass er dich liebt.«

Ich lachte bitter auf. »Würde er das wirklich tun …« Mir kamen wieder die Tränen.

Meine Mutter sagte daraufhin eine Zeit lang nichts. Dann machte sie eine Handbewegung, um meine volle Aufmerksamkeit zu bekommen. »Ich liebe dich, das weißt du. Und ich glaube an dich. Vielleicht ist es wirklich an der Zeit, dass du deinen eigenen Weg gehst. Ich werde dich bei allem unterstützen. Du musst es mir nur sagen. Okay?«

Daraufhin folgten noch weitere Tränen und auch sie konnte ihre nicht mehr zurückhalten. Wenigstens hatte ich eine Mutter, die mich bedingungslos liebte, auch wenn ich mir fest vorgenommen habe, dass ich diesen Weg alleine gehen musste.

Wir verabschiedeten uns und sie bat mich, dass ich mich öfter bei ihr melden sollte.

Mein Kopf war wie leer gefegt und meine Augen schmerzten von den ganzen Tränen, die ich bei dem Gespräch vergossen hatte. Meine Mutter war die einzige Person, bei der ich mich fallen lassen konnte und vor der ich mich nicht zu schämen brauchte.

Ich spürte, wie die Müdigkeit und der Hunger meinen Körper überfielen, ließ mich auf die gemütliche Couch nieder und war dankbar dafür, nichts mehr machen zu müssen.

Jetzt wollte ich nicht mehr an die Firma denken, die mich an meinen Vater erinnerte. Oder an Derrick. Oder ans Kochen.

Deshalb bestellte ich mir etwas zum Essen, zappte mich durch die sozialen Medien und sah mir lustige Katzenvideos an, um die Zeit zu überbrücken, bis der Lieferservice kam.

Irgendwann ging die Blitzanlage, die ich für die Klingel installiert hatte, in der gesamten Wohnung los und ich wäre fast vom Sofa gefallen.

Der Lieferservice hatte meine Wünsche wohl erhört und eine neue Bestzeit erreicht.

Schnell rannte ich zur Tür und öffnete diese in einem solchen Schwung, dass der Typ im orangefarbenen Outfit und einer Tüte mich erschrocken ansah und mich von oben bis unten musterte. Dann grinste er plötzlich und schwafelte drauflos.

Entschuldigend zeigte ich auf meine Ohren, und noch bevor er *Oh* sagen konnte, nahm ich ihm die Tüte ab und zeigte ihm die Bewegung *Dankeschön* auf Gebärdensprache. Lächelte ihn dankbar an und drückte ihm Trinkgeld in die Hand. Dann machte ich die Tür wieder zu.

Ich wusste, dass ich mich gerade total unhöflich verhalten hatte, aber ich hatte keine Lust darauf, ihn über meine Gehörlosigkeit aufzuklären und außerdem einen mordsmäßigen Hunger.

Kapitel 9

Eine Vibration unter meinem Kopfkissen riss mich aus meinen schönen Träumen und holte mich in die brutale Realität zurück. Immer noch die Augen geschlossen, suchte ich nach dem Wecker, um auf Schlummern zu drücken und noch ein bisschen vor mich hinzudösen. Aber dann bemerkte ich, wie die andere Bettseite leer war. Und kalt.

Patrick war diesmal gar nicht nach Hause gekommen.

Okay, dachte ich mir. Auch gut. Was für einen Unterschied machte es schon? Das war Patricks Art. Wenn wir uns stritten, ging er mir aus dem Weg, so nach dem Motto, einfach Gras drüber wachsen lassen und dann wird das schon wieder. Doch auch er wusste, dass das nur eine reine Wunschvorstellung war und wir früher oder später darüber reden werden müssen. Manchmal fragte ich mich, woher er diese abwehrende Haltung hatte. Von seiner Familie ganz sicher nicht, denn sie waren so liebevoll und offen und kommunikativ. Aber was wusste ich schon? Man kennt sich und kennt sich eben nicht. You know me and you don´t. Jede Familie hatte eigene Probleme, die sie vor anderen zu verbergen versuchte und ich war das lebendige Beispiel dafür mit meinem Vater.

Und dann holte mich alles wieder ein. Das Gespräch gestern. Die Absage. Derrick.

Ich schloss die Augen abermals und überlegte tatsächlich, ob ich einfach zu Hause bleiben und mir dieses ganze Drama ersparen sollte.

Aber das würde wiederum bedeuten, dass ich kapitulierte und zu schnell aufgab.

Fluchend stand ich auf und ging ins Bad, um mich fertig zu machen und auf dem Weg zur Arbeit im Auto zu frühstücken.

***

Müde rieb ich mir die Augen, als Jaron mich im Foyer entdeckte. »Guten Morgen, liebe Frau König«, gebärdete er fröhlich.

»Danke, Jaron. Dir auch einen schönen guten Morgen.«

Ich lächelte ihn im Vorbeigehen an, während ich mich fragte, wie er es nur schaffte, jeden Tag so gut gelaunt zu sein. Ich sollte ihn vielleicht mal danach fragen. Wobei er denken würde, dass ich doch auch ständig gut drauf war, da ich nach außen hin meine Rolle perfekt spielte und immer wieder überrascht war, wie wenig die Menschen mich wirklich kannten. Auch Patrick fiel es oft nicht auf, hinter meine Fassaden zu blicken und meine Emotionen richtig zu deuten. Dabei war er der Mensch, mit dem ich alles teilte.

Doch tat ich das wirklich?

Zumindest dachte ich immer, dass ich meine Gefühle gut äußern konnte, auch wenn ich eher der Typ war, der zuhörte und für andere da war. Und ich hatte Patrick von meinem Vater erzählt, doch wenn er mich nicht wirklich verstand, was sollte ich denn dann noch tun? Die Beziehung hinterfragen? Das tat ich schon eine ganze Weile, und vielleicht sollte ich ihn mal darauf ansprechen.

Ich schaltete das Licht in meinem Büro ein und erschrak so sehr, dass ich fast nach vorn stolperte.

Mein Gott.

Für einen kurzen Moment dachte ich, mein Herz bleibt stehen.

Er saß im Dunkeln auf meinem Stuhl und sah mich direkt an.

Dieser Typ war wirklich verrückt geworden.

»Elena«, sagte er nur langsam. »Entschuldigung, ich wollte dich nicht erschrecken. Aber ich möchte wissen, was ich falsch gemacht habe.«

Seine Augen waren flehend, seine Miene todernst und ich konnte sofort erkennen, dass er keinen blassen Schimmer hatte, warum ich nichts mehr mit ihm zu tun haben wollte.

Und wieso sah er trotzdem noch so verdammt gut aus? An einem so frühen Morgen, wo die meisten Menschen ihre Müdigkeit vergeblich zu verstecken versuchten.

Weil ich kein Fan davon war, Spielchen zu spielen, kam ich direkt auf den Punkt. »Du hast doch schon gewusst, warum du hier bist und dass mein Vater dich als Nachfolger für die Firma sieht.«

»Ja, aber was hat das jetzt damit zu tun, dass ich von dir wissen wollte, ob du die Firma übernehmen möchtest?«

Perplex sah ich ihn an. Hat er mich jetzt falsch verstanden oder ich ihn? Oder wollte er mich wieder nur an der Nase herumführen?

»Moment mal, wenn du davon gewusst hast, hättest du es mir sagen können. Stattdessen hast du so getan, als ob du nichts davon wusstest.«

Verständnislos blickte Derrick mich an. »Ich bin davon ausgegangen, dass du das weißt oder zumindest dein Vater es dir gesagt hatte. Woher hätte ich denn das wissen sollen? Und ich wollte nicht unsensibel sein, dich direkt zu fragen, wie du die Absichten deines Vaters findest.«

Ich musste ihn eine Spur zu lange angestarrt haben, denn er schenkte mir ein abwartendes Gesicht. Und ein hoffnungsvolles. Oder wahrscheinlich bildete ich mir das nur ein. Ich ließ mich davon nicht ablenken. »Genau das hätte ich mir gewünscht.«

Seine Augenbrauen wanderten fragend in die Höhe.

Und plötzlich sah ich die Dinge mit anderen Augen.

»Ich meinte, dass du mich direkt darauf angesprochen hättest. Aber ich merke gerade, dass es sich hier um einen kulturellen Unterschied handelt. Viele hörende Menschen bevorzugen eher eine indirekte Kommunikationsform und verwenden Umschreibungen und Höflichkeitsfloskeln. Dafür muss man zwischen den Zeilen lesen und hören können. Und manche gehörlose Menschen werden dann sofort misstrauisch, weil sie glauben, dass ihr etwas zu verbergen habt«, klärte ich ihn auf.

Ich hatte schon so oft die Erfahrung gemacht, dass hörende Menschen andere Verhaltensweisen und Denkmuster hatten, die ich erst nach und nach zu verstehen lernte. Ich spielte schon von klein auf lieber mit offenen Karten und verstand nie, wenn meine Mutter mich darüber aufklärte, dass es unausgesprochene Regeln in der hörenden Welt gab. Wie zum Beispiel, dass bestimmte Themen einfach tabu waren, man nicht über Geld sprach oder gewisse Sachen einfach nicht sagte. Ich hätte gleich darauf kommen müssen, dass er genau diese Regeln befolgte und keine bösen Absichten hegte. Dabei war es für uns anstrengend und unmöglich, diese Informationen zu bekommen, wenn sie nicht direkt angesprochen wurden. Denn um zwischen den Zeilen lesen zu können, brauchte es neben der unglaublichen Konzentration, einem lautsprachlichen Gespräch folgen zu können, noch viel mehr. Nämlich das Wissen über die kulturellen Regeln in der hörenden Gesellschaft, das wir aber oft nicht lernen, weil nur wenige das Glück hatten, so eine Mutter wie meine zu haben, die sich die Mühe machte, mir genau diese Dinge zu erklären und das nötige Weltwissen mitzugeben. Hörende Menschen dagegen bekamen diese mühelos über die Sprache mit, die wir nicht verstanden.

Jetzt öffnete er seinen Mund und schloss ihn wieder und dann fuhr er sich durch sein Haar. In seiner Iris spiegelte sich

Ungläubigkeit wider. »Denkst du wirklich so darüber? Man möchte das Gegenüber ja nicht bloßstellen oder verletzen …«

»Doch genau das tut man aber meiner Meinung nach damit. Weil es früher oder später sowieso rauskommt. Manche sagen, dass es wie Heuchelei ist. Weil man nicht weiß, was der andere tatsächlich weiß. Und dann stellt man sich automatisch die Vertrauensfrage.«

»So habe ich das noch nie betrachtet«, sagte er jedes einzelne Wort langsam und deutlich. Er hätte Sonderschullehrer werden können, so angenehm wie sein Mundbild gewesen war. Nachdenklich musterte er mich und ich konnte sehen, dass ihm so viele Fragen auf den Lippen brannten. Ich schenkte ihm einen offenen Blick, der ihn dazu ermutigen sollte, mich alles fragen zu dürfen.

»Ist das bei euch Gehörlosen anders?«, kam es plötzlich aus ihm heraus.

Ich nickte. Uns wurde nachgesagt, dass wir uns vor allem in der Direktheit von den Hörenden unterscheiden, aber ich wusste auch, dass in unserer Gehörlosenkultur gelogen und betrogen wurde. Wobei das dann auch immer rauskam. Wie überall. Nichts blieb geheim. Aber das war hier nicht das Thema.

»Im Allgemeinen würde ich schon sagen, dass wir in der Kommunikation viel direkter sind.«

»Wie meinst du das?« Sein Blick war vollkommen wach und interessiert.

»Wir sagen geradeheraus, was wir denken und fühlen. Der alte Klassiker: Wenn wir zum Beispiel eine andere taube Person länger nicht mehr gesehen haben und der zugenommen hat, sagen wir dann so etwas wie *Wow, du hast aber zugenommen oder siehst anders aus. Was ist passiert?* Deshalb werden wir oft als unhöflich abgestempelt, dabei meinen wir es gar nicht so.«

Derrick starrte mich erst fassungslos an und dann brach er in schallendes Gelächter aus, das so ansteckend war, dass ich ebenfalls grinsen musste.

»Ehrlich?«, fragte er und musste sich sogar eine Träne wegwischen. Es war einfach amüsant, ihn zu beobachten. Ein riesiger, starker Mann in einem viel zu kleinen Bürostuhl, mit Lachfältchen in seinen Augen.

Das Gesamtbild war so komisch, dass ich nun auch loslachen musste.

»Worüber lachst du jetzt?«, fragte er. »Irgendwie habe ich das Gefühl, dass es gerade um etwas anderes geht.«

Aufmerksam war er obendrein. Was mir gefiel.

»Es ist so witzig, dich auf diesem Stuhl zu sehen, in den du eigentlich gar nicht reinpasst.«

»Okay«, sagte er etwas gedehnt. »Das war jetzt direkt. Ich glaube, ich verstehe, was du meinst.« Er grinste.

Und dann wurde mir klar, worauf er anspielte.

Erschrocken riss ich meine Augen auf und mein Herz begann schneller zu schlagen. »Oh, das habe ich jetzt aber nicht absichtlich gemacht. Das war reiner Zufall.«

»Perfekter Zufall dann ...«, erwiderte er und dann war Stille. Nur er und ich in diesem Raum. Allein. Die Anziehung zwischen uns war spürbar. Mein verwirrtes Herz schlug viel zu schnell. Was mich nur noch nervöser machte.

Und Derrick. Der der Grund für all das hier war.

Sein Blick war auf mich gerichtet, intensiv und einladend.

Keine einzige Sekunde ließ er mich aus den Augen, keiner von uns beide traute sich noch zu atmen. Es war wie, als ob wir die Luft anhielten, um diesen Moment nicht zu zerstören.

Der Blick wurde intensiver und obwohl sich niemand rührte, spürte ich ein Kitzeln auf meinem ganzen Körper. Als ob man mich mit einer Feder hauchzart berühren würde.

Jetzt wurden seine Augen noch dunkler und … verführerischer.

Verdammt, ich musste dieses, was auch immer zwischen uns lag, unterbrechen. Doch er war schneller.

»Ich mag es, wenn du direkt bist. Und ich werde künftig auch versuchen, direkter zu sein. Ich hoffe, dass du mir verzeihen kannst, dass ich zu hörend bin?«

»Zuhörend?«, fragte ich nach, da ich mir nicht sicher war, ob ich ihn richtig verstanden hatte.

»Ja, zu hörend … ich meine …« Er versuchte eine passable Erklärung zu finden, aber ich kam ihm zuvor und musste wieder lachen.

»Eigentlich gibt es ja kein *zu hörend*, das sagen wir sonst nur zu tauben Menschen, die sich viel zu hörend verhalten. Aber du als Hörender könntest das ja gar nicht. Trotzdem bedeutet es mir viel, dass du es versuchen möchtest.«

Ein Strahlen erleuchtete sein perfekt in Stein gemeißeltes Gesicht. »Heißt das, du verzeihst mir und die Sache ist damit geklärt?«

»Ja«, sagte ich freundlich. Denn auch wenn dieser Mann gefährlich für mich war, ich wollte nicht auf Kriegsfuß mit ihm stehen und immerhin hatte er sich bei mir entschuldigt. Nachgefragt. Um die Sache zu klären. Solche Menschen waren selten und umso mehr schätzte ich es. Außerdem wollte ich professionell sein, was unsere Zusammenarbeit anging.

Er stand vom Stuhl auf und kam auf mich zu. Dann blieb er vor mir stehen. »Wenn wir dann schon direkt sein wollen, darf ich dir dann noch etwas sagen?« Sein Blick war verwegen.

Oh, bitte jetzt kein Anmachspruch oder irgendetwas in diese Richtung ...

»Du könntest diese Firma locker führen, wenn du es wirklich wolltest. Egal, was dein Vater sagt.«

Kapitel 10

Mit diesen Worten ließ er mich allein zurück und ich war immer noch wie betäubt. Ich hatte mit allem gerechnet, aber nicht *damit*.

Und es ließ mein Herz hüpfen, was mich nur noch mehr verwirrte. Denn ich wollte mich nicht von seinem Charme und seinen Worten einwickeln lassen. Aber es war zwecklos. Denn er hatte es ernst gemeint und das war für mich das Entscheidende. Er war nämlich der Erste, der mir solche Dinge sagte. Mir so etwas zutraute und mein Handicap dabei nicht einmal eine Rolle spielte.

Lag es daran, dass er Amerikaner war? Ich weiß es nicht. Schon oft hatte ich davon gehört, dass sie eine andere Einstellung und Arbeitsmoral hatten. Sie fokussierten sich viel mehr auf Potenziale als auf Defizite. Auf das Mögliche statt auf das Unmögliche. Auch wenn sie ihre eigenen Probleme hatten, aber in diesem Bereich waren sie wohl optimistischer und offener.

Ich beschloss, es als Kompliment anzunehmen und mich weiter auf meine Arbeit zu konzentrieren, denn es gab heute wieder mal viel zu tun. Mehrere Mitarbeiter waren derzeit krank und auch wenn ich schnell arbeitete, die Aufgaben wurden nicht weniger. Außerdem konnte ich, wenn ich das Wichtigste erledigt hatte, nach freien Grundstücken und alten Häuser recherchieren, die interessant für uns waren. Diese Beschäftigung liebte ich am meisten, da ich dann meinen Schreibtisch verlassen und rausfahren konnte, um die Objekte vor Ort zu besichtigen. Ich hatte lange gebraucht, meinen Vater davon zu überzeugen, dass ich gern auch außerhalb des Büros arbeiten und nicht nur Papierkram erledigen wollte. Dass ich ein Händchen dafür hatte, solche Goldstücke zu finden, wusste mein Vater nur zu gut. Als kleines

Mädchen war ich in eines unserer Nachbarhäuser eingebrochen, um zu wissen, wie es darin aussah und ob da überhaupt noch jemand lebte. Daraufhin hatte ich meinen Eltern erzählt, wie riesig und wunderschön dieses besagte Haus war. Meine Eltern waren ausgeflippt und hatten mir die Leviten gelesen, so etwas nie wieder zu tun. Allerdings hatte mein Vater kurz darauf das Haus gekauft und Jahre später, als die Grundstückspreise in die Höhe schossen, es für mehrere Millionen wieder verkauft. Das war das einzige Mal, dass er auf mich gehört hatte. Immer wenn ich ihn darauf ansprach, sagte er nur, dass es Zufall war und er bereits ein Auge auf dieses Haus geworfen hätte. Niemals würde er zugeben, dass das nicht stimmte. Dafür hatte er mir mehr als nur deutlich gemacht, dass ich mich nicht mit solchen Dingen abgebe, sondern mich auf das Sprechen üben, Modeln und Mädchensachen konzentrieren sollte.

Allerdings gehörte ich nie zu den Mädchen, die sich mit Puppen oder Schminksachen beschäftigten. Diese Dinge fand ich langweilig. Ich liebte es, auf Bäume zu klettern, mich auf den höchsten, dicksten und sichersten Ast zu setzen und in die endlose Ferne zu starren. Vor allem im Sommer den Geruch von frisch gemähtem Gras einzuatmen. Die Vögel beim Fliegen zu beobachten und dabei alles um mich herum zu vergessen. Das war für mich Freiheit.

Mich faszinierte aber nicht nur die Natur, sondern auch leer stehende Häuser. Das war einer der Gründe, warum ich überlegte, Architektur zu studieren. Aber da ich mit Immobilien arbeiten und handeln wollte, lernte ich, diese zu verkaufen - obwohl ich mich dann doch für BWL entschieden hatte.

Nur, ob es die richtige Entscheidung war? Ich weiß es nicht.

Als Chefsekretärin war ich eindeutig mit meinem Studium überqualifiziert, aber es vereinfachte vieles, was die Bürokratie anging. Nur erinnerte ich mich ungern an meine Studienzeit, die für viele Menschen angeblich die beste und schönste Zeit vor dem Berufseinstieg war. Für mich war es der blanke Horror. Da meine Eltern zu viel Geld verdienten, bekam ich keine Dolmetscher vom Staat bezahlt und sie sahen es nicht ein, aus eigener Tasche für meine Barrierefreiheit zu zahlen. Stattdessen klagten sie auf das Recht, dass auch taube Studenten ein Recht auf Dolmetscher hätten, unabhängig davon, wie hoch das familiäre Einkommen war. Dafür durfte ich leiden, indem ich Vorlesungen ohne Dolmetscher besuchen musste und kein einziges Wort verstand. Die Professoren hatten auf Anwesenheitspflicht bestanden und ihnen war es egal gewesen, ob ich etwas mitbekam. Hauptsache ich war vor Ort und würde in ihren Augen nicht schwänzen. Auch wenn ich ihnen zu erklären versuchte, dass ich nichts hörte und anbot, die Zeit fürs Büffeln oder zusätzliche Hausarbeiten zu verwenden, stieß ich damit auf Unverständnis. Was für mich hieß, dass ich neben einer 30 Stunden Vorlesungswoche bis spät in die Nacht alle Skripte und Unterlagen nachlesen musste, um überhaupt mithalten zu können.

Keine Ahnung, warum ich jetzt wieder daran dachte.

Vielleicht weil ich mich gerade fragte, ob ich mich noch weiterhin woanders bewerben oder um die Firmenübernahme kämpfen sollte. *Du kannst es, wenn du willst.*

Derricks Worte tauchten wieder wie aus dem Nichts auf.

Sollte ich es versuchen oder was würde ich diesmal für einen Preis zahlen? Außer Demütigung und Diskriminierungen von meinem eigenen Vater zu ertragen?

Seufzend stand ich auf, um mir einen neuen Kaffee zu holen. Ich brauchte dringend noch mehr Koffein, um die nächsten Stunden zu überstehen und all meine Gedanken zum Schweigen zu bringen. Danach setzte ich mich an den PC und arbeitete durch.

Zwei Tage später war ich immer noch mit einem Stapel voll von Aufgaben beschäftigt und kam nicht einmal dazu, etwas Gescheites zu essen. Mein Nacken war total verspannt und ich legte eine kurze Pause ein, um mich zu strecken. Dabei fiel mir auf, dass Derrick und ich uns seit unserem letzten Gespräch nicht mehr über den Weg gelaufen waren, obwohl ich für ihn zuständig war.

Plötzlich öffnete sich die Tür einen spaltbreit und Derrick spähte hinein.

Konnte dieser Mann Gedanken lesen?

»Ich wollte dich fragen, ob du Lust hast, mit mir Mittagessen zu gehen?«

»Klar, warum nicht? Ich habe die letzten Tage nichts Vernünftiges gegessen.«

Er strahlte. »Dann ist es allerhöchste Zeit.«

Und schon sah er wieder *zu gut* aus in seinem dunkelblauen Hemd, dessen Ärmel er hochgerollt hatte, dass seine gebräunte Haut zum Vorschein kam.

Wie er sich anfühlen mochte?

O Gott Elena, du solltest dringend etwas essen, bevor du ernsthaft solchen Gedanken nachhängst.

Vielleicht hatte ich auch Halluzinationen von zu viel Buchhaltung und blauem Bildschirm. Das würde es erklären.

Ich speicherte die letzte Datei ab und stand vom Schreibtisch auf, um Derrick in die Kantine zu folgen.

Ganz Gentlemanlike drückte er den Aufzugsknopf und drehte sich zu mir um. »Viel Arbeit?«

»O ja, derzeit sind mehrere Mitarbeiter krank und manche Aufträge können nicht warten. Deshalb nehme ich diese Aufgaben ab, um die Leute zu entlasten.«

Seine Augen wurden groß. »Aber du hast doch schon viele Aufgaben zu erledigen – gerade von der Führungsebene aus. Wie schaffst du das denn alles zu managen?«

Wow, endlich mal einer, dem das auffällt.

»Tja, ich arbeite einfach ziemlich zügig und mache dann auch mal Überstunden …«

»… und lässt sogar mal Mittagessen ausfallen«, beendete er meinen Satz.

Der Aufzug öffnete sich und er ließ mir den Vortritt. Höflich war er auch noch obendrein. Was gab es an diesem Kerl, das nicht perfekt war?

Selten hatte ich solche Männer erlebt, die so aufmerksam und kavaliersmäßig waren. Aber ich wusste auch, dass jeder neben Stärken auch Schwächen hatte. Was seine waren, würde ich wohl früher oder später noch herausfinden.

Wieso war ich eigentlich so scharf darauf, seine Macken zu erfahren?

Vielleicht, damit er nicht mehr ganz so gefährlich für mich war und ich mich auf meine Ziele fokussieren konnte.

»… schade dafür.«

Ich blinzelte ihn an und hatte verpasst, dass er mit mir gesprochen hatte. »Wie bitte? Was hast du gesagt?«

»Oh, sorry, habe ich wieder zu schnell gesprochen?«, fragte er mit einem schuldbewussten Blick.

»Alles gut. Du hast ein deutliches Mundbild, das sehr angenehm für mich zum Absehen ist. Allerdings ist es für mich sehr anstrengend, weil ich trotzdem nicht alles verstehe, egal wie sehr du dich bemühst. Es ist so, dass gehörlose Menschen bestenfalls nur dreißig Prozent von den Lippen absehen können.«

»Wow, das wusste ich gar nicht. Das heißt also, mit der Gebärdensprache ist es anders?«

»Auf jeden Fall. Es ist für mich wie nach Hause kommen.«

»Das ist verständlich. Damit kannst du wahrscheinlich uneingeschränkt kommunizieren.«

»Genau.« Er brachte es damit genau auf den Punkt. Aber es war so viel mehr. Es war nicht nur die Sprache, sondern auch die Kultur.

Wir liefen zu einem Tisch, der noch frei war und sich in einer hinteren Ecke befand. Als Tim kam, nahm er die Bestellung auf. Ich bestellte mir Schnitzel mit Pommes und Derrick einen Cäsar Salat mit Hähnchenbrustfilet.

Daraufhin wandte sich Derrick wieder an mich. »Ich hatte vorhin gesagt, dass du viel zu schade für diesen Job bist und eine so viel bessere Position erreichen könntest.«

»Oh danke, das ist aber nett von dir.«

Und ich meinte es auch so. Solche Komplimente bekam ich nicht oft.

»Das ist die Wahrheit«, sagte er und musterte mein Gesicht etwas zu lange. Ich war mir nicht sicher, wonach er suchte.

War es meine stumme Bestätigung oder weil ich etwas unruhig hin und her auf dem Stuhl rutschte und immer wieder zu Tim hinübersah, um ihm meine Verlegenheit nicht zu zeigen?

Vielleicht spürte er, dass es mir schwer fiel, solche Komplimente anzunehmen.

Ich war so daran gewöhnt, dass jedes Mal ein *Aber* kam. Zum Glück ging er nicht weiter darauf ein.

»Übrigens fand ich unser letztes Gespräch sehr interessant. Die Unterschiede zwischen der Hörenden- und Gehörlosenkultur. Ich würde so gerne mehr darüber erfahren«, sagte Derrick und gab sich große Mühe, langsam und deutlich zu artikulieren.

Solche Sätze waren mir nicht fremd. Ich begegnete immer wieder hörenden Menschen, die so faszinierend von unserer Kultur waren, dass sie mehr darüber lernen wollten, was ich schön fand. Ich war ein großer Fan davon, Brücken zu bauen, deshalb lag es mir am Herzen, all ihre Fragen zu beantworten.

»Ja?«, sagte ich interessiert, um ihn zum Weiterreden zu animieren und lächelte ihn an.

Derrick erwiderte mein Lächeln und ich sah erneut das Aufblitzen in seinen Augen. Sein Interesse war nicht nur reine Höflichkeit. Es war … irgendwie *mehr.*

»Ich würde so gerne die Deutsche Gebärdensprache können. Weißt du, wo man das lernen kann?«

Mich freute seine Bereitschaft, aber noch bevor ich ihm darauf eine Antwort geben konnte, wurde unser Essen gebracht und ich wartete, bis wir wieder allein waren. Wenn zu viel Trubel war, konnte ich mich nicht auf mein Gegenüber einlassen. Dafür brauchte ich Ruhe und Konzentration. Vor allem bei hörenden Menschen. Wenn ich mich unter Gleichgesinnten bewegte, war es das genaue Gegenteil. Da konnte ich mich uneingeschränkt unterhalten, und nichts und niemand hätte mich ablenken können. Selbst wenn die Welt gerade unterging oder eine Bombe entschärft werden musste. Manchmal glaubte ich, dass ich zwei Persönlichkeiten hatte. Vielleicht sollte ich mal einen Psychotest machen.

»Ich kann dir meine Freundin Claudia empfehlen. Sie ist Gebärdensprachdozentin und gibt Kurse in Deutscher Gebärdensprache. Außerdem lehrt sie zusätzlich Hintergrundwissen über die Kultur.«

Derricks Augen hellten sich auf. »Au ja, das wäre echt cool. Wo finde ich sie?«, fragte er und hatte bereits sein

Handy herausgekramt. Dann sah er mich abwartend an. Ich musste lachen, denn er hatte noch nicht einmal sein Essen angerührt und ich war gerade dabei, die Pommes alle auf einmal zu verdrücken.

»Ähm«, sagte ich, als ich mir die Lippen mit einer Serviette abtupfte und dann auf seinen Teller zeigte. »Entschuldigung, aber hast du keinen Hunger?«

Dann lachte er. »Ich glaube, nicht so großen wie du.«

»Sieht so aus.« Schmunzelnd holte ich mein Handy aus der Tasche, um ihm Claudias Website mit den verschiedenen Gebärdenkursen zum Anmelden zu zeigen. Dann schickte ich ihm den Link auf sein Handy.

»Sag ihr, dass du die Empfehlung von mir bekommen hast und sie wird dich sofort auf die Liste setzen, falls die Kurse schon ausgebucht sind.«

Noch während ich redete, tippte er bereits auf seinem Smartphone herum. Dann legte er es zur Seite und nahm die Gabel in die Hand. »So, das wäre erledigt.«

Ich starrte ihn verwirrt an. »Was meinst du?«

Sein Blick war vielsagend und er grinste breit. Anschließend schob er mir das Handy zu. »Ich habe mich für den Kurs angemeldet.«

»Was? Jetzt schon?«, platzte es aus mir heraus und ich beäugte ungläubig sein Display, um sicherzugehen.

Tatsächlich hatte er sich für einen Kurs angemeldet, der bereits nächste Woche startete.

Immer noch ungläubig blickte ich wieder hoch und starrte in sein sehr männliches und viel zu gut aussehendes Gesicht.

»Tja, ich bin ein Mann der Taten«, sagte er ernst, aber seine Augen leuchteten frech. »Und wenn ich etwas wirklich will, dann tue ich auch alles dafür.« Er zwinkerte mir zu. Was wirklich sexy war.

Ach du lieber Gott … hatte er gerade wieder eine Anspielung gemacht? Und wäre jetzt nicht der passende Augenblick, um ihm zu sagen, dass ich bereits einen Freund habe?

Ich starrte ihn an und seine Augen funkelten zurück.

Spielerisch.

Herausfordernd.

Schokoladenbraun.

Verdammt. Hätte ich keine Vorliebe für solche dunklen Augen und würde er sie nicht so zum Einsatz bringen, hätte mich das alles kalt gelassen. Aber dieser Kerl … war *unwiderstehlich.*

Und er hatte bisher nicht nach meinem Beziehungsstatus gefragt.

Also lasse ich diese Information vorerst weg.

Denn ein bisschen flirten und sich gut fühlen, war ja nicht verboten, oder?

Kapitel 11

Endlich Freitag! Ich freute mich so auf das Wochenende, da ich aufgrund der vielen Arbeit Überstunden gemacht, und dafür auf all meine Freizeit verzichtet hatte. Auch wenn ich wusste, dass ich das nicht tun musste und wir andere Leute dafür ansetzen konnten, die zusätzliche Arbeit zu übernehmen, wollte ich beweisen, dass ich genauso hart arbeitete wie alle anderen. Womöglich noch härter.

Ich streifte meine Sneakers ab und betrat die Wohnung. Sie war hell, wenn auch mit ihren zweieinhalb Zimmern etwas klein. Patrick hatte darauf bestanden, dass wir auf keinen Fall in eine der Neubauwohnungen von meinem Vater einziehen, die er für uns vorgesehen hatte. Denn er wollte nicht, dass wir von ihm abhängig waren und ich ehrlich gesagt auch nicht. Nichtsdestotrotz zahlte ich fast immer komplett die Miete, weil Patrick entweder pleite war oder zu wenig verdiente.

Wir hatten uns seit dem Streit die ganze Woche kaum gesehen und auch nicht viel miteinander gesprochen. Nur das Nötigste, wenn es ums Einkaufen oder die Post ging. Es nagte an mir, da ich nicht wusste, was ich davon halten sollte.

Ich zog meine schwarze Lederjacke aus und hängte sie an der Garderobe auf. Danach ging ich in die Küche, um mir ein Glas Wasser einzuschenken. Dort entdeckte ich einen Zettel auf dem Tisch.

Hey, bin ab heute für eine Woche in London. Wegen DCL. Du weißt schon. ILD. Patrick

Die Deaf Champions League hatte ich völlig vergessen. Es war eines der wichtigsten Fußballturniere bei den Gehörlosen und fand jedes Jahr in einem anderen Land statt, das die

Meisterschaft ausrichtete. Er hatte so viele Turniere und Spiele, dass ich den Überblick schnell verlor. Und außerdem war er kaum noch zu Hause. Es verletzte mich, dass er mich so behandelte und nur eine kurze Nachricht hinterließ und seinem Fußball jedes Mal den Vorrang gab. Koste es, was es wolle.

War ich ihm so egal geworden? Oder hatten wir uns bereits auseinandergelebt?

Ich berührte das Bild, das an unserem Kühlschrank hing. Es war ein Schnappschuss, auf dem er mich lachend im Gras küsste. Fünf Jahre war das her. Zu dieser Zeit studierte ich noch und er hatte mich zwischen den Vorlesungen entführt, um mich mit einem Picknick zu überraschen.

Seitdem hatte sich viel verändert und ich überlegte, wann es angefangen hatte, dass wir uns immer mehr voneinander entfremdeten. War es, weil wir aufgehört hatten, uns füreinander zu interessieren? Je länger ich darüber nachdachte, wurde mir klar, dass es bei Patrick und mir von Anfang an schon ein Auf und Ab gewesen war. Unsere Prioritäten und Vorstellungen von einer Beziehung waren verschieden. Ich glaubte daran, dass man in einer langen Beziehung nach wie vor miteinander glücklich sein konnte, wenn man sich darum bemühte.

Patrick dagegen ging davon aus, dass eine Liebe auch ohne Investitionen laufen konnte. Und ich wusste, dass er sich eine Art Spielerfrau an seiner Seite wünschte, die bei jedem Turnier dabei war und ihn anfeuerte. Anfangs hatte ich das noch mitgemacht, aber mit der Zeit war mir das zu blöd geworden. Während er den Spaß seines Lebens auf dem Feld hatte, langweilte ich mich zu Tode oder musste mich mit anderen gehörlosen Spielerfrauen unterhalten, mit denen ich nichts anfangen konnte. Die Zeit war für mich einfach zu kostbar und ich wollte meine eigenen Freunde treffen und meinen Hobbys nachgehen. Das hatte ich ihm dann offen mitgeteilt, woraufhin er zunächst beleidigt reagiert hat, aber dann hatte er es eingesehen. Wobei ich mir da nicht so sicher war, ob er es mir nicht doch übelnahm.

Denn es war doch auch in Ordnung, dass man unterschiedliche Interessen hatte, solange man trotzdem noch Zeit füreinander einplante, oder?

Mein Handy leuchtete auf und ich sah ein mir allzu bekanntes Gesicht mit dem schönsten Lächeln der Welt. Clara, meine Freundin aus Kindertagen meldete sich nach einigen Wochen Funkstille wieder bei mir: »Hey Zwillingsschwester, na endlich! Du lebst noch!«, strahlte sie, nur mit einem Handtuch bekleidet in die Kamera, während ihre dunkelblonden Haare noch tropfnass waren.

Auch wenn immer wieder behauptet wurde, dass wir wie aus dem Gesicht geschnitten aussahen, waren wir nicht blutsverwandt. Aber wir waren zusammen aufgewachsen. Unsere Eltern hatten sich kennengelernt, als sie bei der Geburt von unserer Diagnose erfahren hatten und auf der Suche nach Gleichgesinnten waren, um sich auszutauschen. Unsere Mütter hatten mit uns gemeinsam mehrere Gebärdensprachkurse besucht und daraus entstand eine Freundschaft fürs Leben. Dass sich unsere Familien in denselben gesellschaftlichen Kreisen bewegten, war ein weiterer Pluspunkt. Für uns Kinder war es egal. Hauptsache wir hatten uns. Und Clara war wirklich cool.

Ich grinste zurück. »Natürlich. Wie lang ist es her?«

Sie legte Daumen und Zeigefinger ans Kinn und tat so, als ob sie überlegte. Dann gebärdete sie schnell. »Viel zu lang. Elena, ich vermisse dich. Hast du zufällig morgen Zeit?«

Da musste ich nicht lange überlegen. Patrick war außer Haus und ich hatte dringend mal wieder eine Freundin zum Quatschen nötig. Außerdem war Clara tatsächlich wie eine Schwester für mich, bei der ich mich - neben meiner Mutter - fallen lassen konnte.

»Klar, ich habe sturmfrei. Magst du vorbeikommen?«

Jetzt strahlte sie wie ein Honigkuchenpferd. »Perfekt. Dann bis morgen. Ich freue mich. Lieb dich.« Dabei machte sie dieses berühmte ILY Handzeichen, das wir unter uns Gehörlosen benutzten und ich musste unwillkürlich lächeln. Clara hatte eine solche positive Ausstrahlung und Energie, die einen gleich schon viel besser fühlen ließ und ich freute mich richtig darauf, den Samstag mit ihr zu verbringen. Heute würde ich Me-Time einplanen und mir etwas Gutes tun. Früher traf ich ständig Freunde, aber seitdem ich arbeitete, hatte ich nicht mehr so viel Energie dafür und brauchte viel Rückzug, um neue Kraft tanken zu können. Auch achtete ich strenger darauf, mit wem ich meine Zeit verbrachte.

Ich ließ mir ein heißes Bad ein, währenddessen lief ich in die Küche, holte mir meinen Lieblingsschokoladenpudding und selbst gemachte Zitronenlimonade.

Ich warf mehrere Eiswürfel in die Kanne und holte ein Weinglas aus dem Schrank, um dieses mit Limonade zu füllen, nahm alles mit ins Bad und drapierte es mit Kerzen auf dem Wannenrand.

Als ich ins heiße Wasser tauchte, seufzte ich und ließ mich komplett von der wohltuenden Wärme umhüllen.

Meine Güte, das tat so gut.

Ich lehnte meinen Kopf an die Wand und schloss die Augen. Zum Glück war ich nicht so groß, dass die Badewanne genau richtig passte. *Zwei Wochen Urlaub könnten grad nicht schöner sein.*

Am nächsten Tag schlief ich aus, da ich wusste, dass Clara erst gegen zwölf antanzen würde. So hatte ich ausreichend Zeit, mich fertig zu machen und noch ein bisschen in dem neuen Roman weiterzulesen, den ich gestern im Bett angefangen hatte.

Ich war so vertieft beim Lesen, dass ich gar nicht bemerkte, wie die Zeit verflog. Plötzlich ging die Blitzanlage in der gesamten Wohnung los und ich schreckte hoch. Ich würde mich nie daran gewöhnen. Schnell warf ich das Buch zur Seite und rannte barfuß zur Tür. Kaum hatte ich sie geöffnet, hüpfte mir Clara direkt in die Arme.

Wir vollführten einen Tanz in den Flur hinein und lachten wie die Hühner. Dann packte sie meine Arme und ließ mich im Kreis herumwirbeln. Ihre Augen funkelten vor Freude und ich spürte die Energie, die von ihr ausging. Ich konnte förmlich die Aufregung in der Luft fühlen, als ob sie bereit war, die Welt zu erobern. Es war unmöglich, nicht von ihrer positiven Ausstrahlung angesteckt zu werden und ich konnte nicht anders, als zurückzulächeln.

»So schön, dass es spontan geklappt hat«, gebärdete sie und grinste bis über beide Ohren. »Allerhöchste Zeit für Updates.«

Mir fiel auf, dass sie noch mehr strahlte als sonst, wofür es nur einen einzigen Grund geben konnte.

»Ha, du bist verliebt!«, platzte es aus mir heraus. «Stimmts?"

Clara riss ihre Augen auf und ihre Wangen färbten sich leicht rötlich. »Waaaas? Woher weißt du das?«

Ich lachte. »Süße, ich kenn dich schon mein ganzes Leben. Ich sehe es dir an. Du musst mir alles erzählen.«

»Yes, Baby. Deswegen wollte ich dich wiedersehen und dir davon erzählen. Du bist die Erste, die es erfährt.« Clara warf sich noch einmal in meine Arme und ich fand die Geste so süß von ihr, dass ich sie noch fester an mich drückte. Mir wurde bewusst, wie sehr ich sie vermisst hatte. Wir wohnten zwar beide in derselben Stadt, aber waren trotzdem über eine Stunde voneinander entfernt und mit so vielen anderen Dingen beschäftigt, dass wir uns nicht so häufig sahen. Trotzdem war die Verbundenheit so tief, dass wir uns nach wie vor alles erzählten und uns blind vertrauten.

Clara schnappte sich ihre Tragetaschen und hievte sie ins Wohnzimmer, um den Inhalt auszupacken. Ein wundervoller Duft verströmte, der mir schon bei der Begrüßung nicht entgangen war.

Sie holte nacheinander frischgebackene Laugenbrötchen, unsere Lieblingsdonuts mit ganz viel Nougat, Obst und Käse heraus. Langsam fragte ich mich, wie das alles in zwei Taschen passte, weil sie immer noch irgendwelche Boxen herausfischte und sie auf dem Esszimmertisch ausbreitete.

Und der einem Buffet aus einem Fünf Sterne Hotel langsam Konkurrenz bot.

»Du Verrückte, was hast du da alles mitgebracht?«

Sie grinste. »Na, unser Mittagessen. Damit wir nicht verhungern, wenn wir uns gegenseitig auf den neuesten Stand bringen.«

Ich musste lachen. »Mit Nutella? Und Donuts?«

»Und Fanta Orange«, sagte sie, als sie die Flasche herausholte und sie mit den Händen wie auf dem Silbertablett präsentierte.

»Ein Wunder, dass wir noch nicht an einer Überdosis Zucker und Schokolade gestorben sind.«

Empört blickte Clara drein und dann zwinkerte sie. »Nein, weil süß und süß gesellt sich doch gern.«

Glücklich setzte ich mich Clara gegenüber, die gerade dabei war, den Tisch ausgiebig zu dekorieren. Sie übernahm gern die Kontrolle, dass ich sie einfach machen ließ. Wenn ich sie besuchte, war ich diejenige, die uns verwöhnte. Das war so was wie eine stille Vereinbarung bei uns.

Clara füllte unsere Gläser mit Fanta und setzte sich endlich auch hin. »Na, dann mal los. Bediene dich«, sagte sie und breitete stolz ihre Arme über ihr angerichtetes Kunstwerk. Ihre blonden schulterlangen Haare hatte sie nach hinten geworfen und ihre Augen waren im Gegensatz zu meinen meerwasserblau. Sie entsprach vom äußerlichen her einem typischen Klischee: blond und blauäugig. Aber alles andere als blöd. Ich dagegen hatte goldbraune Augen, um die sie mich beneidete, was ich gar nicht verstand. Denn sie war bildhübsch und wahrhaftig ein strahlender Stern. Kein Wunder, dass sie so viele Verehrer hatte. Da fiel es mir wieder ein:

»Hey, Moment mal. Wolltest du nicht erst von deiner Neuigkeit erzählen? Wer ist der Glückliche?«

Ihr Finger kreiste über den Donuts und stoppte. »Der da.« Dann schnappte sie ihn sich und biss genüsslich hinein.

Ich konnte nicht anders, als zu lachen und mir ebenfalls einen davon zu nehmen. »Na dann, nehm ich den da. Nicht, dass wir uns in die Quere kommen.«

Ich wusste, dass sie nicht lange brauchte, um endlich mit der Sprache herauszudrücken.

»Es ist Moritz«, platzte es schließlich aus ihr heraus.

»Der Volleyballer Moritz?«, hakte ich nach.

Ihre Augen leuchteten auf und ich könnte schwören, dass ich sogar Herzchen sehen konnte. »Ja genau der Volleyballer.«

»Wow, keine schlechte Wahl«, grinste ich. »Aber wohnt der nicht in Hamburg?«

Sie verdrückte gerade einen zweiten Donut, als sie mir antwortete. »Ja, aber er überlegt hierher zu ziehen.«

»Von Hamburg nach München?«, fragte ich überrascht. Das machte man nicht einfach so, wie ich wusste. Und Clara hatte erst eine üble Trennung hinter sich, wofür sie sogar zwischendurch alles aufgegeben hatte und zu ihm gezogen war. Nur um dann herauszufinden, dass er sie betrog. Zum Glück hatte sie eine Familie, zu der sie jederzeit zurückkehren und ihren alten Job wieder aufnehmen konnte. Genau wie ich arbeitete sie nämlich für ihren Vater. Nur, dass dieser netter war als meiner.

»Ja, er weiß ganz genau, dass ich nicht noch einmal für einen Kerl mein Leben aufgeben würde und na ja, er hat dann gemeint, für mich würde er das machen.«

Der Nachteil in der Gehörlosenkultur war, dass diese besagte Welt klein war und Trennungsgründe sich wie Lauffeuer verbreiteten, wenn sie den falschen Leuten anvertraut wurden. Und ihr Ex war leider einer davon.

Aber der Vorteil war dafür, dass die Männer wussten, ein solches Spiel konnten sie bei Clara nicht noch einmal abziehen. Bei Moritz wunderte es mich im Nachhinein nicht, denn eigentlich knisterte es schon lange zwischen ihnen. Nur, dass immer einer von beiden vergeben war und sie jedes Mal den Zeitpunkt verpassten, zueinanderzufinden. Mich freute es für Clara, da ich nur das Beste für meine Freundin wollte.

»Das ist wundervoll. Und es wurde endlich Zeit«, gebärdete ich aufrichtig.

Jetzt strahlte sie noch mehr. »Danke. Das bedeutet mir viel, Elena. Du kennst ja die ganze Geschichte. Auch das mit Moritz und so …«, sie machte eine kurze Pause. »Und ich kann es gerade immer noch nicht glauben, dass wir uns endlich gefunden haben.«

Sie erzählte mir, wie sie sich bei einer Geburtstagsparty von Freunden wieder gesehen hatten und die darauffolgenden Tage gemeinsam verbrachten. Sie sind sich näher gekommen und Moritz fasste endlich allen Mut zusammen, um ihr zu sagen, dass er schon länger ein Auge auf sie geworfen hatte. Dann war der Damm gebrochen und eins führte zum anderen. Es klang wirklich romantisch und ich liebte es, Clara zuzuhören und zu sehen, wie glücklich sie war. Nebenher aßen wir und ich genoss es, mit ihr Zeit zu verbringen. Mit ihr war es so unbeschwert und entspannt.

Danach räumten wir gemeinsam auf und machten es uns auf der Couch gemütlich. Wie Geschwister legten wir unsere Beine aufeinander und deckten uns zu.

Clara sah mich plötzlich ernst an.

»Wie läuft es eigentlich bei dir und Patrick? Wohnt er überhaupt noch hier?«

Ich musste lachen. Clara wusste so gut wie alles über meine Achterbahnfahrt mit Patrick, obwohl ich ihr nicht viel erzählte. Aber heute hatte ich das Bedürfnis, mit ihr darüber zu sprechen. Ich seufzte und erzählte ihr die Zusammenfassung vom Streit mit meinem Vater, Patrick und von Derrick, dem potenziellen Nachfolger. Kaum war Derricks Familienname gefallen, richtete sie sich kerzengerade auf und ihre Augen wurden riesengroß.

»Meinst du den van Kamp? Den Amerikaner?«

Irritiert über ihre Frage, bejahte ich und buchstabierte noch einmal den Nachnamen mit dem Fingeralphabet. Das machten wir oft, wenn es um komplizierte oder unbekannte Namen ging und es dafür noch keine Gebärde gab.

Jetzt sprang sie vom Sofa auf und war ganz aufgeregt. Ich war vor Schreck zusammengezuckt, da Clara sich nur so verhielt, wenn sie wirklich aus dem Häuschen war.

»Das ist doch der Wahnsinn. Die van Kamps sind mega berühmt und ihre Sportkleidung ist einfach nur mega cool.«

Jetzt war ich diejenige, die überrascht war. »Was? Du kennst die?«

Clara zog beide Augenbrauen hoch und ihre Hände wurden noch schneller. »Aber natürlich. Wer kennt die nicht? Ich habe sogar Sportunterwäsche von denen gekauft. Die sind sowas von in.«

»Ähm, wieso weiß ich davon nichts?«

Die Frage war berechtigt, denn immerhin waren wir zusammen aufgewachsen und ich war zu perplex, zu erfahren, dass sie die van Kamps kannte und sogar deren Kleidung trug.

»Okay, ich glaube, du lebst wirklich hinter dem Mond.« Sie schnappte sich ihr Smartphone, tippte etwas darauf und dann zeigte sie mir ein Bild aus Google von Derrick van Kamp.

Mir fiel die Kinnlade herunter. Er war in einer stylischen kurzen Sporthose bekleidet und oben ohne.

Und so was von durchtrainiert, wie ich es ja schon vermutet hatte. Mit tollem Sixpack und braun gebranntem Körper. Ich musste schlucken. Ihn so zu sehen, war noch mal eine ganz andere Nummer. Er sah unverschämt gut aus.

Und ein Flattern machte sich in meiner Magengegend breit. Ich wusste nicht, was ich davon halten sollte, dass er für das Familienunternehmen modelte und wie ich auch in diesem Bereich Erfahrungen hatte.

Ich musste immer noch in Schockstarre verharrt haben, denn Clara schubste mich an. »Ist er das?«

Ich machte nur eine einzige Bewegung mit einer Hand, die für Ja stand und starrte immer noch auf das Display.

Doch dann zog Clara ihr Handy wieder weg und löcherte mich mit Fragen, aber ich nahm sie kaum wahr, da ich selbst erst Antworten von ihr brauchte.

»Clara, erst musst du mir sagen, woher du sie kennst? Wie kann es sein, dass alle von denen wissen, nur ich nicht?«

Sie lehnte sich zurück. »Nun ja, in Deutschland sind sie noch nicht bekannt. So wie damals mit Hollister und Abercrombie and Fitch, die man lange Zeit nur in den USA kannte und kaufen konnte. Irgendwann haben sie zu uns expandiert.« Clara zog die Beine an und saß nun im Schneidersitz, darauf erpicht, mich aufzuklären. »Du weißt doch, dass ich in den letzten Jahren häufig mit meinem Vater in die USA gereist bin. Geschäfte machen und so. Und ja, wenn du dort bist, kommst du nicht um einen Laden von den van Kamps oder Schlagzeilen herum.«

»Was? Schlagzeilen? Was für welche denn?«

Ich wurde hellhörig und war nach wie vor fassungslos über die Erkenntnis, dass Clara von ihnen wusste.

»Ach du weißt schon, so Trennungsgerüchte wie bei den ganzen Promis und so. Angeblich würde der Vater fremdgehen und Paul wird ständig mit irgendwelchen Models abfotografiert. Mir kommt der total unsympathisch rüber.« Clara zeigte die Nase nach oben und stupste mit dem Zeigefinger mehrmals daran. »Irgendwie arrogant.«

Mein Vater hatte also recht. Die van Kamps waren milliardenschwer und ziemlich bekannt. Und durch Clara wurde mir bewusst, dass sie in den Staaten sogar wie Promis behandelt wurden.

»Und Derrick? Was wird so über den berichtet?« Diese Frage kam einfach so aus mir heraus.

Clara geriet plötzlich ins fast schon übertriebene Schwärmen, was ich so gar nicht von ihr kannte. »Derrick? Er sieht einfach sooooo heiß aus. Wie ein Gott. Wäre er taub wie Nyle diMarco würde ich ihn mir schnappen.«

»Jetzt übertreibst du aber. So einer hat bestimmt ständig irgendwelche Frauen.« Kritisch betrachtete ich sie.

Doch Clara ließ sich davon nicht beeindrucken. »Anscheinend nicht. Über ihn wird so gut wie gar nicht berichtet. Er hält sich zurück und steht wohl nicht so gerne im Rampenlicht. Also, arbeitet der jetzt wirklich bei euch?«

Er war zu perfekt. Das gefiel mir nicht. Irgendwo war da ein Haken.

Aber ich nickte nur.

Clara wurde noch aufgeregter. »Dann komm ich euch mal besuchen.«

»Du spinnst doch«, fange ich an zu lachen. »Moritz würde das ganz bestimmt nicht gefallen.«

Jetzt lachte Clara aus vollem Herzen. »Ich mach nur Spaß, Elena. Keine Sorge. Er ist tabu für mich. Aber was macht er bei euch?«

Ich erzählte ihr davon, dass Derrick sich viel mehr für die Immobilienbranche interessierte, woraufhin sie zur Bestätigung nickte und aus Google vorlas, dass er sich schon recht früh auch auf dem amerikanischen Markt einen Namen damit gemacht hatte und damit erfolgreich war. Dann legte Clara ihr Handy zur Seite.

»Ich kann es immer noch nicht glauben, dass du Unterwäsche von ihm trägst«, sagte ich schließlich mit einer schnellen Insidergebärde.

»Hey, das habe ich verstanden«, wehrte sie sich lachend und boxte mich mehrmals von der Seite. Wir alberten noch eine Weile herum und dann kam sie mit der nächsten Bombe.

»Wusstest du eigentlich, dass Luisa jetzt endgültig nach New York ausgewandert ist?«

Luisa gehörte damals auch zu unserer Gruppe. Wir machten zusammen das Abitur in der Gehörlosenschule und waren quasi als Trio unzertrennlich. Schon damals war ihr größter Traum, eines Tages in den USA zu leben und zu arbeiten. Nach dem Abitur hatte sie zuerst ein Work and Travel in Los

Angeles gemacht, anschließend an der Gallaudet Universität studiert, die die einzige Universität für gehörlose Menschen weltweit war und dann war sie plötzlich abgetaucht.

»Echt jetzt? Du hast noch Kontakt zu ihr?«

Clara aß weitere Chips, die sie in eine Schüssel gefüllt hatte. »Wir schreiben uns noch sporadisch und ich habe sie beim letzten Mal, als ich mit Papa in New York war, besucht. Aber da war alles noch offen gewesen, weil sie auf der Suche nach einem Job war.«

»Das ist ja toll. Sie lebt jetzt ihren amerikanischen Traum«, stellte ich fest und seufzte.

Clara nickte. »Das tut sie. Vor allem wohnt sie jetzt mit ihrem Freund in einer tollen Loftwohnung mit so roten Backsteinen, wie man die ja aus Filmen kennt und so.«

»Ach, sie hat auch einen Freund?«, fragte ich überrascht. Luisa war in Bezug auf Liebe und Beziehung eher zurückhaltend.

»Gell, verrückt, oder? Hatte sie mir letztens geschrieben, aber ich weiß nicht viel über ihn. Nur, dass er waschechter Amerikaner ist und es recht schnell zwischen ihnen knisterte. Schon krass, wie schlagartig sich das Leben verändert.«

Da hatte Clara recht. Dass Luisa ihren Weg konsequent gegangen war, brachte mich zum Nachdenken. Es kostete Mut, über den eigenen Schatten zu springen und in ein anderes Land zu ziehen, dabei die Familie und Freunde zurückzulassen, nur um den Traum zu leben. Luisa war schon in der Schule ehrgeizig und hatte fest an ihre Träume geglaubt, während alle andere gedacht hatten, sie lebte nur in einer Fantasiewelt.

Vielleicht sollte ich mir ein Beispiel an ihr nehmen?

Kapitel 12

»Dieses riesige Bürogebäude in Hallbergmoos, das gehört doch auch euch, oder?«

»Welches meinst du?«

»Das in der Zeppelinstraße mit den grauenhaften blauen Fenstern und altmodischer Bauweise.«

»Ach, das meinst du. Das steht schon länger leer und ist für uns wie ein Klotz am Bein, weil wir bisher keine Genehmigungen zum Umbauen bekommen haben.«

Derrick lehnte sich zurück in den Stuhl und rieb sich am Kinn.

»Wer ist denn für die Genehmigungen zuständig gewesen?«

»Die, die dafür zugeteilt wurden. Ich jedenfalls hatte nichts mit diesem Projekt am Hut«, sagte ich und war, ehrlich gesagt, froh darüber. Denn dieses Gebäude brachte nichts als Ärger für unsere Firma und schluckte viel Zeit und Geld. Mein Vater hatte diesen Komplex gekauft, nachdem er erfahren hatte, dass Hallbergmoos aufgewertet werden würde. Dieses Viertel gehörte zwar zum Landkreis Freising, lag aber unweit von München und war damit ein attraktiver Standort. Immer mehr Investoren beteiligten sich dort an Bauprojekten und an der Infrastruktur, dass es nur eine Frage der Zeit war, bis man sich dort auch nichts mehr leisten konnte. Mein Vater wollte das Bürogebäude in Wohnraum umwandeln und es anschließend wieder verkaufen. Doch dann kam das böse Erwachen, weil die Stadt sich bislang querstellte.

»Wie kommst du eigentlich auf dieses Gebäude und warum interessiert es dich?«

»Ich bin da vor Kurzem vorbeigefahren und fand, dass es Potenzial hat. Mich wundert nur, dass bisher keine Genehmigung durchging, denn die Stadt und die Menschen würden definitiv davon profitieren.«

»Das sieht die Stadt wohl anders.«

Er lächelte. »Und was siehst du?«

Jetzt war ich diejenige, die sich zurücklehnte und über die Frage nachdachte. »Ich denke, dass es wirklich Potenzial hat, aber es ist ein aussichtsloser Kampf. Wenn es um Genehmigungen geht, haben wir die besten Leute und bekommen normalerweise alles, was wir wollen. Nur bei diesem Projekt wohl nicht. Es sollte nicht sein.«

Abermals rieb er sich an seinen Bartstoppeln, die noch keine zwei Tage alt waren und ihn noch attraktiver erscheinen ließen. »Vielleicht liegt es aber auch daran, dass du dich nicht um die Genehmigungen gekümmert hast.«

Zuerst dachte ich, er wollte mir schmeicheln, aber sein Blick blieb ernst.

»Ähm, wie meinst du das?«

»Elena, du hast bisher für die anderen vier Projekte innerhalb von zwei Tagen alle Genehmigungen bekommen. Und es waren viel kompliziertere Konzepte.«

Und er hatte recht. Ich hatte alles drangesetzt, dass wir dafür die Zustimmungen bekamen und war selbst überrascht gewesen, wie schnell es passierte. Normalerweise dauerte ein solches Verfahren mehrere Wochen, wenn nicht sogar Monate. Außer man hatte direkten Kontakt und war in der Lobby, dann konnte es auch schon mal zügig gehen.

»Also?«, fragte er mich mit einem herausfordernden Blick. Er war definitiv ein Gewinnertyp. Genau wie mein Vater.

Ich musste laut gestöhnt haben, denn seine Augenbrauen wanderten nach oben.

»Ich weiß nicht. Wir haben einen Haufen Arbeit und ich bin froh, mich nicht damit herumplagen zu müssen. Warum ist dir das so wichtig?«

Er setzte sich aufrecht und löste unbewusst seinen Haargummi, um sich die Haare am Hinterkopf zu einem neuen Knoten zusammenzubinden. Diese Angewohnheit war mir schon öfter aufgefallen, wenn er angestrengt über etwas nachdachte oder davor war, etwas Wichtiges mitzuteilen.

»Weil wir damit noch mehr Wohnraum für die Menschen schaffen könnten, der noch einigermaßen leistbar wäre. München ist wunderschön, aber teuer. Und ich würde mich freuen, wenn Normalverdiener auch noch eine Chance bekämen, sich ein solches Eigentum leisten zu können.«

Diese Aussage überraschte mich, weil ich das nicht von einem Mann erwartet hätte, der aus einer reichen Oberschicht kam und in der Luxusimmobilienbranche arbeitete. Aber was dachte ich schon? Ich arbeitete in derselben Branche, teilte aber seine Meinung, Immobilien für jedermann anzubieten. Denn das wäre mein Konzept gewesen, wenn ich ein eigenes Unternehmen gegründet hätte.

Er musste meine Überraschung im Gesicht bemerkt haben und setzte fort. »Ich weiß. Das klingt anders, als euer Konzept es einfordert. Aber ich habe mir viele Gedanken gemacht und bin der Meinung, dass auch Wohnungen für jedermann Luxus versprühen dürfen. Dieses Gebiet wäre - glaube ich - eine echte Chance, etwas völlig Neues auszuprobieren, mit geringeren Kosten.«

Sein Blick, seine Haltung und seine Worte waren so voller Leidenschaft, dass ich nicht anders konnte, als mich mitreißen zu lassen. Ich fand es eine großartige Idee.

»Okay. Ich bin dabei.«

Seine Augen leuchteten auf. »Echt jetzt? Du würdest es versuchen?«

»Warum nicht? Du hast ein starkes Motiv und ich mag Leute, die sich für etwas einsetzen, was meinen Werten entspricht. Meinem Vater wäre es egal. Er will es nur noch loswerden.«

Auch wenn es noch mehr Arbeit für mich bedeutete, das war etwas Sinnvolles und das wollte ich unbedingt unterstützen. Doch jetzt konnte ich kaum ein Gähnen unterdrücken und sah auf die Uhr.

»Ach du meine Güte, wir haben schon fast elf«, sagte ich erschrocken mehr zu mir selbst als zu ihm.

Derrick und ich hatten in dieser Woche so viele Überstunden gemacht, dass ich völlig ausgelaugt war. Dafür konnten wir viele Projekte angehen, und ich musste zugeben, dass die Zusammenarbeit mit ihm riesigen Spaß machte. Er war rücksichtsvoll, intelligent und sowas von ehrgeizig. Und ein Macher mit großen Visionen.

Langsam verstand ich, warum mein Vater sich so jemanden ausgesucht hatte.

Was ich ihm vor allem hoch anrechnete, war, dass er immer mehr Gebärden einsetzte, die er gerade im Kurs bei Claudia gelernt hatte und sich bemühte, mit mir auf diese Art zu kommunizieren, damit es nicht so anstrengend für mich war. Er besaß wirklich Talent.

Was konnte dieser Mann *nicht?*

»Ich schreibe noch schnell die Mail wegen der Genehmigung und dann ist Feierabend für heute.«

Derrick stemmte beide Daumen nach oben und grinste. »Danke, Elena. Das bedeutet mir viel.«

Für mich war es ungewohnt, dass er mich beim Vornamen nannte und diese mit seinen Lippen so artikulierte, dass es eine Wirkung auf mich ausübte, die mir jedes Mal eine Gänsehaut bereitete.

Was mir zuvor noch nie passierte und für mich ein völlig neues Terrain war. Denn wenn mein Vater mich beim Namen nannte, war es oft tadelnd oder mit einer strengen, genervten Mimik. Und in der Gehörlosenkultur verwendeten wir unsere Namen nur, wenn wir über jemand Bestimmtes sprachen; nicht aber in der direkten Kommunikation mit dem Gegenüber. Wir hatten eigene Gebärden für unseren Namen und jeder, der sich in diesem Kreis bewegte, bekam früher oder später auch einen verpasst. Hörende waren jedes Mal erstaunt, wenn sie erfuhren, dass wir für jeden Fußballer oder Politiker auch spezielle Gebärdennamen hatten, die auf deren Merkmalen, Aussehen, Charaktereigenschaften oder Gewohnheiten beruhten.

Derrick war aufgestanden und hatte seine Unterlagen eingesammelt, um sie in seiner Mappe abzuheften. Er war bereits zur Tür gegangen, als ich mein Mailpostfach öffnete und dabei war, etwas zu tippen.

Plötzlich ging das Licht an und wieder aus und ich erschrak so sehr, dass ich einen Laut von mir gab.

Seine Augen wurden ebenfalls groß vor Schreck und er gestikulierte wild mit den Händen. »Oh Entschuldigung. Ich dachte, das macht man bei euch so. Ich hab das von Claudia …«

»Alles gut«, beruhigte ich ihn, während mein Herz immer noch wild gegen meine Brust hämmerte. »Du hast alles richtig gemacht. Ich habe es nur nicht erwartet.«

Mein Gott, ich musste dringend mit Claudia reden. Sie machte ihre Sache viel zu gut.

Erleichtert sackten seine Schultern ab, seine Augen aber waren noch unsicher. »Ich wollte dir nur sagen, dass mir die Arbeit mit dir wirklich Spaß macht.«

Innerlich musste ich schmunzeln. Wenn er auch noch Gedanken lesen konnte, war ich geliefert.

Ich versuchte mir nichts anzumerken und schenkte ihm ein Lächeln. »Gleichfalls. Gute Nacht, Derrick.«

Am nächsten Morgen war ich total gestresst, weil ich das erste Mal verschlafen hatte und dann auch noch geblitzt wurde. Fluchend parkte ich mein Auto in der Tiefgarage und fuhr mit dem Aufzug direkt in meine Etage.

Kaum hatte ich meine Sachen auf den Schreibtisch abgelegt, kam Maria herein.

»Ich habe dich schon überall gesucht. Ich soll dir von deinem Vater ausrichten, dass du direkt in sein Büro kommen sollst.«

Mist, Mist, Mist. Wahrscheinlich wunderte er sich auch schon, wo ich blieb.

»Danke. Ich gehe direkt zu ihm.«

Lächelnd verschwand sie wieder und ich machte mich auf den Weg. Ich spürte, wie mein Magen grummelte, da ich keine Zeit mehr zum Frühstücken hatte. Später würde ich mir etwas aus der Cafeteria holen, sonst würde ich den Tag nicht überstehen.

Kaum hatte ich die Tür geöffnet, blieb ich wie angewurzelt stehen.

»Derrick, was machst du denn hier?« Er stand in Dads Arbeitszimmer. Ich war also nicht die Einzige, die mein Vater sprechen wollte.

»Dir zunächst auch einen schönen guten Morgen«, strahlte er übers ganze Gesicht und ich war mir sicher, dass er einen völlig entspannten Morgen hatte.

»Entschuldige, natürlich. Ich habe zum ersten Mal meinen Wecker nicht gespürt und …«

»… nichts gefrühstückt«, gebärdete er, um meinen Satz zu beenden.

»Woher …«

Er zwinkerte. »Das war leicht zu raten. Ich habe übrigens auch keine Ahnung, warum dein Vater uns sprechen möchte.«

»Wo ist er denn?«

»Wir hatten kurz auf dich gewartet, dann aber bekam er einen Anruf aus einer anderen Abteilung. Er müsste gleich wieder zurück sein.«

Oh Mann, hoffentlich ging es schnell. Wenigstens konnte ich mir bei der Monstermaschine einen Latte Macchiato machen, den ich dringend brauchte.

Während ich das heiße Getränk genoss, spürte ich, wie Derrick mich amüsiert beobachtete.

»Sollte ich jetzt fragen, was dir gerade durch …«

Just in dem Moment flog die Tür auf und mein Vater marschierte herein. Gut gelaunt. Was selten vorkam.

Wobei ich heute nicht allein war.

Gerade wollte ich zu einer Entschuldigung ansetzen, aber mein Vater winkte entspannt ab und strahlte uns mit einem Lottogewinnergesicht entgegen. Was noch gruseliger war.

»So schön, dass ihr beide da seid.«

Derrick und ich tauschten einen fragenden Blick aus.

»Mir ist nicht entgangen, dass ihr die letzten Tage viele Projekte, die liegengeblieben waren, durchgebracht und sogar dafür Überstunden gemacht habt.«

Ich machte immer Überstunden.

»Deshalb habe ich mir überlegt, Derrick, dir das Victor Viertel Projekt zu übertragen.«

Mit offenem Mund starrte ich ihn an und erhaschte einen schnellen Blick zu Derrick, dessen Augen sich weiteten. Auch er war überrascht.

Das Victor Viertel Projekt war ein superwichtiger Auftrag, bei dem es sich um ein komplett neues Stadtviertel handelte mit Wohnblocks, Cafés, Supermärkten und Büros. Ich war fassungslos, dass er eine solche Verantwortung Derrick überließ. Dabei war er noch keine drei Wochen hier.

»Das wäre für mich eine große Ehre«, setzte Derrick an und bemühte sich, mich ebenfalls anzusehen, damit ich ihn verstehen konnte.

»Aber ich habe nicht allein gearbeitet. Elena hat genauso viel dafür getan und mich sehr gut angeleitet.«

Oh.

»Keine Sorge, sie wird dir weiterhin zur Seite stehen«, kam mein Vater ihm zuvor, aber Derrick war wohl noch nicht fertig.

»Das wäre wunderbar. Ich würde mich allerdings sehr freuen, wenn Elena auch an dem Projekt mitwirken und vor Ort dabei sein könnte.«

Das hatte ich jetzt nicht erwartet, dass er sich so für mich einsetzte. Irgendwas in mir hüpfte. War das mein Magen oder mein Herz?

Mein Vater hatte nicht damit gerechnet und lehnte sich zurück in den Stuhl, die Hände verschränkt.

»Normalerweise arbeitet sie nicht auf Baustellen und kümmert sich hier um alles …«

Da war es wieder. Bisher hatte er mir nie zugestimmt, auswärts zu arbeiten. Außer potenzielle Grundstücke anzuschauen, die für solche Projekte infrage kamen. Aber niemals, um mich danach auch an der Umsetzung zu beteiligen.

Er sah Derrick lange an. »… aber ich freue mich, wenn ihr euch gut versteht und miteinander arbeiten könnt. Von mir aus kann Elena gern mit. Wenn sie es schafft, das alles gleichzeitig zu managen.«

Zum zweiten Mal an dem Morgen stand meine Kinnlade offen.

Hat mein Vater etwa Drogen genommen?

Auch wenn es mir ein Stich im Herzen versetzte, dass die Männer so über mich redeten, als würde ich nicht anwesend sein, und ich Derricks Einsatz brauchte, um die Zustimmung meines Vaters zu bekommen, schluckte ich meinen Stolz herunter.

Es war eine riesige Chance, mich zu beweisen. Und ich war richtig begeistert vom Victor Viertel Projekt, dass ich blöd wäre, wenn ich diese nicht annahm.

Außerdem liebte ich Baustellen. Es war ewig her, dass ich eine besucht hatte.

Aufregung machte sich in mir breit.

Ich reckte meine Schultern und sah meinen Vater direkt an. »Klar, werde ich das Ganze im Griff haben.«

»Gut«, sagte er nur. »Haltet mich auf dem Laufenden.«

Kapitel 13

Ich war aufgeregt und drehte die Musik in voller Lautstärke auf, um den Bass in meinem Wagen zu spüren. Es wackelte von allen Seiten, und ich liebte es, auch wenn ich kein Wort von der Musik verstand. Die Schwingungen reichten mir aus, um mich richtig gut zu fühlen.

Zum ersten Mal durfte ich auf die Baustelle und ich konnte deswegen die letzten Tage kaum noch schlafen. Jetzt war es endlich so weit.

Ich bog in eine Seitenstraße ab, in der Nähe vom Hauptbahnhof, um Derrick abzuholen. Ich hatte ihm angeboten, ihn von seinem Zuhause aufzugabeln, aber er meinte, es wäre ein Umweg.

Kaum fand ich einen Parkplatz, was hier eigentlich ein Ding der Unmöglichkeit war, stand Derrick auch schon mit seinem Holzfällerhemd und hellen Jeans bereit und winkte mir zu.

Ihn in seiner lässigen Alltagskleidung zu sehen, war ungewohnt, aber es stand ihm ausgezeichnet, und es gefiel mir sogar noch besser.

Ich schaltete das Radio aus und Derrick kam näher.

»Hey, cooles Auto«, gebärdete er und begutachtete mein treues Gefährt von allen Seiten. »Ziemlich rot und …«, probierte er weiter zu gebärden und suchte nach dem nächsten Wort. »… sauer.«

»Sauer?«, fragte ich ihn und musste lachen.

Seine Augen wurden groß. »Nein, nein. Wie war nochmal die Gebärde für klein?«

Als ich ihm die Gebärde vorführte, fiel mir auf, wie winzig mein Auto im Gegensatz zu ihm war und ich bekam ein schlechtes Gewissen. Ich hätte wissen müssen, dass mein Mazda MX5 nicht für riesige Kerle wie ihn gedacht war.

»Alles gut. Irgendwie werde ich da schon reinpassen«, sagte er gelassen und zwängte sich in den Beifahrersitz, worauf ich wieder lachen musste. Er überragte alles, was mit mir oder meinem Gefährt zu tun hatte. Zum Glück hatte ich mein Verdeck offen.

»Übrigens habe ich dich schon von Weitem gehört. Verstehst du denn die Nachrichten besser, wenn du auf laut stellst?«

Ich starrte ihn an und war verwirrt. »Was meinst du?«

Mit Mühe versuchte er, sich zu mir zu drehen, um mich anzusehen. »Du hast doch vorhin das Radio aufgedreht, oder?«

Ich nickte. »Ja, ich wollte Musik spüren.«

Seine Stirn runzelte und dann kaute er auf die Lippen. Eine Geste, die mir neu war. War er etwa nervös? Unsicher?

»Und?«, hakte ich nach.

»Na ja, ist das schlimm, wenn ich dir sage, dass es keine Musik, sondern ein Nachrichtensprecher war?«

Ah.

Hoppla.

»Echt? Und ich dachte, das war Hip-Hop.«

Dachte ich wirklich.

Dann prustete er los und kriegte sich vor lauter Lachen nicht mehr ein. Ihm stiegen sogar Tränen in die Augen.

Ich musste die Augenbrauen hochgezogen haben, denn plötzlich sah er schuldbewusst aus. »Oh, entschuldige, ich ...«

Doch dann wurde mir die Komik bewusst und ich grinste. Nie im Leben wäre ich draufgekommen, dass in meinem Auto gar keine Musik lief.

»Es hat sich wenigstens gut angefühlt«, rechtfertigte ich mich und zuckte mit den Schultern.

Während der Fahrt lachte Derrick immer wieder darüber und schüttelte mit dem Kopf.

Mir machte es nichts aus. Im Gegenteil. Es war schön, dass er sich amüsierte und mir gefiel es. Mit ihm war es leicht, lustig und unkompliziert. Allerdings würde ich ihn in Zukunft fragen, ob er die Musik auswählen könnte. Wobei er bei meiner Lautstärke Ohrenstöpsel tragen müsste, und das wollte ich ihm lieber ersparen. Ich schmunzelte und als wir der Baustelle immer näherkamen, konnte ich meine Vorfreude kaum noch verbergen.

Das Victor Viertel war riesig und entsprach einer neuen Stadt. Wie Rom, das neu aufgebaut wurde und ich kam gar nicht mehr aus dem Staunen heraus, als wir auf dem Gelände parkten. Mehrere moderne Häuser prangten in die Höhe, überall wurden Wege angelegt, das Grün beibehalten und perfekt integriert. Einzelne Geschäfte konnte man sich schon gut ausmalen, obwohl die noch im Rohbau waren.

Derrick berührte sanft meinen Oberarm, während ich versuchte, das Ganze auf mich wirken zu lassen. Irgendwann riss ich mich vom Anblick los und sah Derrick an.

»Wann warst du das letzte Mal auf einer Baustelle?«

Diese Frage kam unerwartet.

»Da war ich noch ein kleines Mädchen. Ich liebe es, wenn aus dem Nichts etwas Großartiges erschaffen wird.« Ich bereitete meine Arme aus und drehte mich im Kreis. So glücklich war ich schon lange nicht mehr wie jetzt.

Derrick lächelte. »Das kann ich nachvollziehen.«

Und dann kam ein älterer Herr mit gelbem Helm auf uns zu, bekleidet mit dunklen Jeans und einem hellblauen Hemd. Seine Haut war braun gebrannt und sein Gesicht glattrasiert. Sofort streckte er seine Hand nach Derrick aus, um diesen zu schütteln. Mich begrüßte er nur mit einem knappen Nicken. Was mich ärgerte.

Dann plapperte er drauflos und das Einzige, was ich mitbekam, war, dass er irgendetwas mit Müller oder Wüller hieß und der verantwortliche Bauleiter für das gesamte Konzept war. Er sprach schnell, verteilte gleichzeitig zwei Mappen und lief auf eine große Baustelle zu, bei der gerade das Fundament fertiggestellt wurde. Mir blieb gar keine Zeit, ihm zu folgen.

»Entschuldigen Sie, aber könnten Sie bitte langsamer sprechen und mich dabei anschauen?«, unterbrach ich ihn mit lauter Stimme.

Der Bauleiter drehte sich um und starrte mich an, als ob ich von einem fremden Planeten kam.

»Ich höre nichts, und muss von den Lippen absehen. Deshalb.«

Seine Augenbrauen zogen sich zusammen. »Oh, Sie können nichts hören? Das ist ja ganz praktisch hier auf der Baustelle bei dem ganzen Lärm.«

Ich hatte schon öfter solche Sprüche gehört. Die schlimmsten Reaktionen waren allerdings die, wenn der Gegenüber plötzlich ein Gesicht zog, als ob jemand gestorben war und mich für meine Taubheit bemitleidete.

Aber der Bauleiter sprach weiter und drehte sich wieder mit dem Rücken zu uns. Wie als ob nichts gewesen war.

Auch das war ich gewohnt. Manche Menschen begriffen nicht sofort, was es bedeutete, nichts zu hören und ich hatte jetzt die Wahl, ihn erneut zu unterbrechen und aufzuklären oder später um Einzelheiten zu bitten. Oft entschied ich mich fürs Erstere, auch wenn es ziemlich anstrengend war und es keine Garantie gab, dass derjenige sein Verhalten änderte.

Derrick warf mir einen entschuldigenden Blick zu und formte mit den Lippen: *Später gebe ich dir eine Zusammenfassung.*

Ich wollte darauf etwas erwidern, aber dann lenkte mich ein junger Mann ab, der auf der besagten Baustelle war. Er winkte mir eifrig zu und ich musste mehrmals blinzeln, um ihn erkennen zu können.

Meine Freude wuchs und wie von selbst bewegten sich meine Hände. »Was machst du denn hier?«

Stefan grinste und gebärdete schlampig. »Was wohl? Arbeiten. Und du?«

Ich seilte mich von Derrick und dem Bauleiter, der gar nichts mitbekam, ab und gab ihm das Zeichen, dass ich nachkommen würde. Verwirrt nickte er mir zu, während er nach wie vor vom Bauleiter voll gequatscht wurde und ihm wie ein Hund hinterhertrottete. Allerdings spürte ich seinen Blick auf mir ruhen, während ich zu Stefan lief.

Lachend fielen wir uns in die Arme und er roch nach Beton und Bauschutt.

»Ich wusste gar nicht, dass du für uns arbeitest.«

Stefan war wie ich gehörlos und hatte direkt nach der Mittleren Reife eine Ausbildung im Bauhandwerk gemacht. Er war der Einzige aus meiner Klasse, der kein Abitur machen wollte, weil er schon früh wusste, dass der Handwerksberuf seine Leidenschaft war. Es war so schön, ihn nach all den Jahren wiederzusehen und er sah mittlerweile ziemlich muskulös aus.

»Tja, man sieht sich immer zweimal im Leben. Du siehst toll aus, wie immer. Noch hübscher als früher«, gebärdete Stefan und ich musste wieder lachen. An Komplimenten hatte er früher schon nie gespart.

»Du aber auch«, antwortete ich ihm ehrlich und zeigte mit meiner Hand auf ihn von oben bis unten. »Früher warst du ja dünn wie ein Spargel.«

Er lachte. »Das stimmt. Aber jetzt sieh mich an. Braungebrannt und voller Muskeln. Hätte ich jetzt eine Chance bei dir?« Er wackelte mit den Augenbrauen und versuchte einen Hüfttanz vorzuführen, der absolut lächerlich aussah.

Ich boxte ihm gegen die Schulter. »Du Witzbold.«

»Du weißt doch, ich mach nur Spaß. Bist du noch mit Patrick zusammen?«

»Klar. Und du? Gibt's jemand in deinem Leben?«

Er grinste vielsagend. »Was soll ich sagen? Durch meine Transformation habe ich plötzlich so viele Angebote, dass es schwierig ist, sich auf eine festzulegen.«

»Wow. Das hätte ich nicht von dir gedacht. Früher hattest du gesagt, du brauchst nur eine Frau, und zwar die fürs Leben.«

Er strich sich durch sein kurz geschorenes Haar und grinste noch breiter. Seine Zähne waren nach wie vor schief und das Gesicht teilweise durch die Akne vernarbt, wenn man genauer hinsah. Als Jugendlicher litt er ziemlich darunter, da er von den Mädels automatisch als ungepflegt abgestempelt wurde. Dabei war er schon immer eitel gewesen und achtete auf sein Äußeres. »Ich habe wohl erst noch einiges nachzuholen.«

Wir unterhielten uns noch eine Weile und brachten uns gegenseitig auf den aktuellen Stand. Gleichzeitig hielt ich Ausschau nach Derrick und dem Bauleiter, die abseits von der Baustelle miteinander redeten. Derrick schaute ab und zu in unsere Richtung. Wahrscheinlich, um sich zu vergewissern, dass ich in der Nähe war. Da ich eh nichts verstand, war ich froh, mich mit Stefan zu unterhalten und von ihm mehr von der Baustelle zu erfahren. Laut ihm hieß der Bauleiter Wüller, der ziemlich anspruchsvoll war und darauf achtete, dass alle gemeinsam am selben Strang zogen, damit das Projekt schnell vorankam. Allerdings verriet er mir auch, dass es an Personal mangelte und manchmal Lieferprobleme gab.

Irgendwann gab mir Derrick ein Zeichen, dass das Gespräch sich dem Ende zuneigte. Ich verabschiedete mich von Stefan mit einer Umarmung und lief zu Derrick zurück.

»Hey«, hob er seine Hand. »Herr Wüller hat mich über alles aufgeklärt. Ich werde dich später briefen, okay? Jedenfalls meinte er, dass noch einige Genehmigungen fehlen.«

Ich drehte mich zu dem Bauleiter und gab ihm die Hand. »Vielen Dank für Ihre Arbeit. Wir werden uns schnellstmöglich darum kümmern, dass alles bewilligt wird, damit Sie vorankommen.«

Herr Wüller schüttelte diesmal meine Hand und nickte knapp. Das Gleiche tat er mit Derrick, bevor er wieder zur Baustelle verschwand.

»Komischer Kauz«, gebärdete ich und Derrick sah mich verständnislos an.

Ich vergaß völlig, dass er mir nicht folgen konnte, wenn ich schnell gebärdete. Das passierte mir manchmal, wenn ich mich zuvor mit jemandem in meiner Sprache unterhielt.

»Entschuldige, ich hatte völlig vergessen …«

»Kein Problem. Bitte mach die Gebärde nochmal. Es sah lustig aus.«

Als ich sie ihm erneut zeigte, machte er sie mir nach und fragte nach der Bedeutung. Daraufhin musste er lachen. »Das merke ich mir.«

Wir fuhren stillschweigend zurück und mir fiel auf, dass Derrick nach dem Gespräch mit dem Bauleiter distanzierter war als sonst. Vielleicht grübelte er über das Projekt nach oder irgendetwas beschäftigte ihn.

Ich sah zu ihm rüber. »Alles okay?«

Irritiert blickte er mich an. »Ja, wieso?«

Und da sah ich wieder dieses Stirnrunzeln und die Abwesenheit in seinen Augen. »Dich beschäftigt etwas.«

Abrupt drehte er seinen Kopf wieder zu mir. »Oh, wow, und das kannst du mir ansehen? Bist du eine Hellseherin oder so was?«

Lachend warf ich den Kopf nach hinten. »Also hatte ich doch recht?«

»Du machst mir Angst«, gebärdete er und verzog seine Mimik so extrem, dass ich noch mehr lachen musste. Es sah aus, als ob er vor einer Ameiseninvasion flüchten würde. Anschließend grinste er und starrte eine Weile aus dem Fenster.

Bis er sich wieder zu mir wandte. »Dieser Typ, mit dem du dich unterhalten hast, ist er auch …?« Dann zeigte er auf seine Ohren.

»Du meinst Stefan? Ja, er ist auch gehörlos. Wir kennen uns von früher.«

Jetzt wurden seine Gesichtszüge weicher und in seinen Augen blitzte etwas auf. War es Erleichterung?

Interessant.

»Ihr wart ziemlich vertraut miteinander, dass ich schon gedacht habe, er wäre dein Freund, oder so.«

Schockiert sah ich ihn an. »Was? Stefan und ich? Nie im Leben.«

Daraufhin lachte er und ich stellte sofort eine Veränderung bei ihm fest. Wie als ob die Distanziertheit weggeflogen war. Aber die Nachdenklichkeit blieb.

War er etwa eifersüchtig?

»Du hast so frei ausgesehen«, sagte er und machte die entsprechende Bewegung dazu.

»Was meinst du damit?«

»Ich weiß nicht. Du warst ungezwungen und so …« wieder suchte er nach dem passenden Wort. Nach der passenden Gebärde.

»Glücklich.«

Ich musste ihn immer noch irritiert angesehen haben, dass er sich mit der Hand an seinem Kinn rieb und nach einer Erklärung suchte.

»Wenn du dich in deiner Muttersprache unterhältst, bist du ganz anders. Ich kann es nicht erklären.«

Ich wusste, was er meinte, und blickte ihn an. Seine Gesichtszüge waren sanft, schon fast zärtlich und ich konnte nicht sagen, ob es das war, aber ich spürte, dass ich ihm offen gegenüber sein konnte und er mich nicht dafür verurteilen würde.

Und dann sprudelte es einfach so aus mir heraus.

»Ich weiß, was du meinst. Ich kann mich da fallen lassen und muss nicht darüber nachdenken, wie ich bestimmte Wörter sage, wie ich mich verhalte oder wie ich mir die Sätze des Gegenübers zusammenreimen muss, um ihn zu verstehen.«

Derrick sah mich ernst an und dann traurig. »Das muss anstrengend für dich sein. Es tut mir leid, dass ich bei dem *komischen Kauz* …« Er gebärdete es perfekt und ich musste lachen. Dann aber nickte ich ihm zu, damit er weitersprach.

Er setzte erneut an. »… dass ich nichts gesagt habe, als er einfach weiter geredet hat und gar nicht auf deine Bedürfnisse eingegangen ist. Mir war das nicht so bewusst.«

Seufzend trommelte ich mit den Fingern auf das Lenkrad. Es war süß von ihm, dass er sich solche Gedanken machte und es rührte mich zutiefst.

»Den meisten ist das leider nicht bewusst. Und ich denke, es ist meine Aufgabe, immer wieder darauf hinzuweisen.«

Er schüttelte vehement den Kopf.

»Ich glaube, dass es an Aufklärung mangelt. Die Gebärdensprache sollte meiner Meinung nach selbstverständlich sein.«

Überrascht sah ich zu dem großen, attraktiven Kerl, der da neben mir auf dem Beifahrersitz saß und mein Herz klopfte verdächtig schnell.

Konnte es doch möglich sein, dass hörende Menschen wie er unsere Welt ein bisschen besser und schöner machten? Dass wir uns in der Mitte auf einer Brücke trafen und Akzeptanz und Verständnis füreinander aufbringen konnten?

Kapitel 14

Ich war gerade dabei, meine zweite Tasse Kaffee zu trinken, als sich meine Bürotür vorsichtig öffnete und mich ein gebräuntes, attraktives Männergesicht mit fragendem Blick anstrahlte.

Keine vierundzwanzig Stunden war es her, dass wir den Tag auf der Baustelle verbracht hatten. Trotzdem hatte ich mich heute Morgen schon gewundert, wo er blieb. Es war bereits Mittag und normalerweise kam er vorher kurz vorbei, um mit mir zu besprechen, was wir für den Tag schaffen wollten.

Derrick trat ein und ich musste kurz die Luft anhalten, da er wieder einmal umwerfend aussah. Er trug ein dunkelrotes Hemd, das perfekt zu seiner schwarzen Chino-Hose passte und schicke braune Lederschuhe. Dieser Mann wusste, was ihm stand und wie er sich am besten zur Geltung brachte.

Doch dann fiel mir auf, dass er dunkle Augenringe hatte und müde aussah.

»Kann ich kurz mit dir reden?«, setzte er an und sein Blick war eindringlich.

»Natürlich. Was gibt's?«

Selbstbewusst schnappte er sich einen Stuhl und setzte sich mir gegenüber. »Ich habe noch einmal über unser gestriges Gespräch nachgedacht und ich denke, dass es doch dafür eine andere Lösung geben muss.«

Verwirrt sah ich ihn an. »Was meinst du?

»Ach, entschuldige, ich meinte die Situation mit dem Bauleiter. Es kann nicht sein, dass du von den Gesprächen ausgeschlossen wirst und …« Er sprach immer schneller und dann stoppte er abrupt, weil er es selbst bemerkte.

Dass er sich so viele Gedanken um mich machte, berührte mich auf eine Art, die ich zuvor nicht kannte. Ich kam ihm zuvor. »Hast du deswegen nicht schlafen können?«

Jetzt blinzelte er mehrmals. »Äh, was …?«

Ich wusste es.

Und dann tat ich etwas, was ich sonst nicht tun würde. Ich legte meine Hand auf seine.

»Danke«, brachte ich still hervor, indem ich die andere flache Hand auf mein Kinn legte und sie nach vorne bewegte.

Eine einfache Gebärde. Mit so viel Bedeutung. Mit so viel Wahrheit.

Unsere Blicke trafen sich und so viel Unausgesprochenes lag zwischen uns.

Irgendwann hielt ich diese Anspannung nicht mehr aus und ich musste mich auf das Sachliche konzentrieren. Meine Gefühle fuhren sonst Achterbahn.

»Ich hätte in solchen Fällen einen Gebärdensprachdolmetscher gebucht, aber so kurzfristig ist das oftmals nicht möglich«, klärte ich ihn auf.

Er horchte auf. »Warum das denn nicht?«

Ich lehnte mich zurück in den Stuhl und atmete tief aus. »Weil wir hier in unserem Land Dolmetschermangel haben und diese vier bis sechs Wochen im Voraus anfragen müssen. Wenn wir Glück haben, klappt es. Wenn nicht, müssen wir schauen, wie wir ohne sie klarkommen.«

»Aber das geht doch gar nicht. Du brauchst sie für deine Arbeit.«

»Ich bin da kein Einzelfall. Ich habe auch die Möglichkeit, mit TeleSign zu kommunizieren. Dafür brauche ich mein iPad und einen Internetanschluss. Hier im Büro klappt es gut für das Telefonieren, aber draußen für das Ferndolmetschen ist es oft auch abhängig von der Verbindung. Allerdings kann ich diese bei Besprechungen nur für maximal

30 Minuten nutzen und es wird zusätzlich pro Minute abgerechnet. Ich hatte es gestern probiert, aber das Internet war zu schwach.«

»Diese Tele-Dings«, fragte Derrick verwirrt. »Musst du dafür aus eigener Tasche zahlen?«

»Nein, nein, das wird zum Glück vom Integrationsfachdienst übernommen«, beschwichtigte ich ihn. »Und Tele-Sign ermöglicht uns, im beruflichen Alltag zu telefonieren oder auch notfalls für kurzfristige Gespräche zu dolmetschen.«

»Das ist ja eine tolle Sache. Vielleicht sollten wir in Zukunft schauen, dass wir einen Ort finden, wo du gutes Internet bekommst.«

»Das wäre nett, aber das mit gestern auf der Baustelle war ohnehin nur eine Ausnahme.«

Er verschränkte die Arme und mir entgingen seine kräftigen Muskeln nicht, die unter seinem hochgekrempelten Hemd hervorlugten.

»Für mich nicht. Wir werden in den nächsten Wochen noch weitere Termine mit dem Bauleiter haben und ich möchte, dass du dabei bist. Außer, du kannst nicht.«

Ich starrte ihn ungläubig an. »Meinst du das ernst?«

Seine Miene blieb undurchdringlich. »Klar. Ich hatte deinem Vater gesagt, dass wir zusammen an dem Projekt arbeiten. Und ich habe gesehen, wie du aufgeblüht bist, als wir dort waren.«

Ich konnte ein Lächeln nicht unterdrücken.

»Siehst du«, sagte er daraufhin und zwinkerte mir zu.

»Du hast ein scharfes Auge«, gebärdete ich.

Dann lachte er. »Ich finde deine Augen auch scharf.«

»Ach du meine Güte. Hast du das jetzt wirklich so verstanden?«

Jetzt wurde er perplex. »Aber du hast doch gesagt, meine Augen seien scharf.«

Seine Augen wurden dunkel und schmal. Um seine Mundwinkel blitzte ein Lächeln auf.

Hatte er mich jetzt mit Absicht falsch verstanden?

Nervös rutschte ich auf meinem Stuhl hin und her. Wie schaffte er das nur, dass ich mich in seiner Gegenwart plötzlich wie ein unsicheres Mädchen verhielt?

»Ich nehme an, es hat etwas völlig anderes zu bedeuten«, sagte er dann.

Dankbar dafür, dass er doch so direkt war, setzte ich mich aufrecht, um mir meine Nervosität nicht anmerken zu lassen, und lächelte.

»Ja. Das war eine Redewendung in der Deutschen Gebärdensprache, was so viel heißt wie, dir fällt alles auf oder du bist sehr aufmerksam.«

Seine Augen weiteten sich. »Ernsthaft? Und dann komme ich mit einer solchen plumpen Anmache. Ich muss dringend noch mehr Kurse besuchen.«

Ich lachte. »So schnell können Missverständnisse entstehen.«

Derrick schmunzelte und sah mich eine Sekunde zu lange an. Dann wurde er wieder nachdenklich.

»Wieso hattest du eigentlich beim Vortrag von deinem Vater keinen Dolmetscher?«

Ich seufzte. »Weil er nichts davon hält und der Meinung ist, dass ich es bei ihm nicht brauche.«

Seine Augen funkelten empört. »Bei allem Respekt, aber das entscheidest doch du und nicht er.«

»Sag ihm das mal. Es ist zwecklos. Aber danke, dass du dir solche Gedanken machst und dich bemühst. Das bedeutet mir viel.«

Und wieder trafen sich unsere Blicke. Aber diesmal war es, als ob wir uns noch näher kamen und uns die Erlaubnis gaben, noch tiefer in unsere Innenwelt eintauchen zu dürfen.

Hitze bereitete sich völlig unerwartet in meinem ganzen Körper aus.

Dann beugte er sich vor und in seinen Augen blitzte etwas auf, was ich nicht ganz deuten konnte. Aber es war ziemlich intim.

»Ich muss schon zugeben, dass du wirklich schöne Augen hast.«

»O Gott, hör auf damit. Los, geh arbeiten.« Versuchte ich mich aus dieser etwas zu intensiven Situation zu retten.

Und ich hoffte, dass ich nicht errötete.

Grinsend stand er auf und stellte den Stuhl wieder an Ort und Stelle zurück.

***

Sechs Stunden später saß ich immer noch an meinem Schreibtisch und war kurz davor, eine Genehmigung für das Victor Viertel Projekt zu bekommen, was mich richtig stolz machte.

Dann kam eine Nachricht von meinem Vater herein.

Komm sofort in mein Büro.

Ohne Höflichkeitsformel. Was war das denn für eine Ansage?

Genervt stand ich auf und erhaschte einen schnellen Blick auf meine Uhr.

Kurz vor acht. Wow, ich sollte wirklich mal Urlaub machen.

Ich band meine Haare neu zu einem Pferdeschwanz und lief zu meinem Vater.

Ich klopfte mehrmals und wartete kurz, bevor ich eintrat.

Denn ich konnte nicht hören, ob er *Herein* sagte und ich erwünscht war.

Mein Vater drehte sich just in dem Moment mit seinem Bürostuhl zu mir. Davor hatte er wohl aus dem Fenster gestarrt. Seine Gesichtszüge waren hart. Und seine Augen voller Wut.

»Setz dich«, forderte er mich auf und ich ärgerte mich, dass er mich wie einen Hund behandelte, der irgendetwas angestellt hatte, aber nicht wusste, worum es ging.

»Schläfst du mit ihm?«, fragte er mich geradeheraus, kaum hatte ich mich hingesetzt.

»Wie bitte?« Entsetzt sah ich ihn an. Was zum Teufel war in ihn gefahren?

»Schläfst. Du. Mit. Ihm?«, fragte er erneut mit einem so langsamen und übertriebenen Mundbild, dass ich kurz davor war, ihm eine zu scheuern.

»Sag mal, was ist los mit dir? Wovon redest du überhaupt?«

»Das weißt du ganz genau, Elena. Wenn das dein verdammtes Spiel ist, nur um mir heimzuzahlen, dass ich ihn als Nachfolger in Betracht ziehe.«

»Bist du verrückt geworden? Glaubst du aller Ernstes, dass ich mit ihm schlafe, nur um dich zu ärgern? Außerdem: Ich habe einen festen Freund - mal so nebenbei erwähnt. Was ist eigentlich dein Problem?«, sagte ich wütend und sah ihn dabei fassungslos an.

»Du setzt ihm irgendwelche Flausen in den Kopf«, sagte er dann und seine Worte trafen mich unerwartet.

»Was habe ich jetzt schon wieder getan?«

Mein Vater musterte mich eine Weile und erkannte, dass ich keine Ahnung hatte, was Sache war.

»Wieso kommt Derrick in mein Büro und liest mir die Leviten, dass du ein Recht auf Gebärdensprachdolmetscher hättest und ich diese verweigern würde?«

Ich starrte ihn an und konnte nicht glauben, was er mir gerade offenbarte.

»Weißt du, wie mich das als Vater aussehen lässt?«, sagte er daraufhin mit solcher Aufgebrachtheit, dass ich mich fragte, wie dieser Mann nur mein biologischer Vater sein konnte, dem sein Ruf wichtiger war als alles andere und der eine solche Meinung über mich hegte.

Ich musste ruhig bleiben.

Elena.

Atmen. Und Ruhe bewahren.

Zähle bis zehn.

Elena. Zählen und atmen.

Shhh.

Als ich mich einigermaßen wieder gefasst hatte, reckte ich meine Schultern zurecht.

Mit ruhiger Stimme setzte ich an: »Weil es stimmt. Und weil er mitbekommen hat, wie viel ich bei wichtigen Gesprächen verpasse. Dann hat er mich von sich aus darauf angesprochen. Was ich sehr aufmerksam fand.«

Und mutig, dass er meinen Vater direkt damit konfrontierte. Dieser Mann war voller Überraschungen und tatsächlich der Erste, der sich für mich einsetzte.

Was dazu führte, dass er meine Gefühle noch mehr durcheinanderbrachte. Ob das eine gute Art war, wollte ich lieber nicht herausfinden.

Mein Vater blickte mich nach wie vor wütend an, was ich absolut lächerlich fand, denn eigentlich sollte ich diejenige sein, die sauer auf ihn war.

Ich stand auf und wollte mich nicht länger mit ihm streiten. Dann vibrierte mein Handy und als ich die eingehende

Nachricht las, kam mein Selbstbewusstsein mit voller Wucht zurück.

Ich reckte mein Kinn und sah meinem Vater direkt in die Augen.

»Übrigens habe ich jetzt die fehlenden Genehmigungen für das Victor Viertel vorliegen. Ich habe es also nicht nötig, mit deinem Nachfolger zu schlafen. Es ist eine Beleidigung, dass du mir so etwas unterstellst.«

Er öffnete den Mund und wollte noch etwas sagen, aber ich drehte mich bereits um und verließ das Zimmer. Es war unglaublich, wie er sich aufführte und ich konnte es nicht länger ertragen.

Bevor ich nach Hause fuhr, musste ich Derrick dringend sehen und klopfte an seiner Tür. Durch den unteren Spalt konnte ich sehen, dass sein Licht noch brannte.

Nach kurzem Warten öffnete ich die Tür und sah direkt in Derricks Augen, die sich sofort erhellten.

»Elena. Hi.« Er stand abrupt auf, um mir entgegenzukommen. »Was führt dich her?«

»Mein Vater«, gebärdete ich.

»Oh. Das.« Nervös kratzte er sich am Hinterkopf. »Es tut mir …«

»Danke«, unterbrach ich ihn. Er verstummte überrascht.

»Niemand hat sich bisher so für mich eingesetzt. Ich bin also nur vorbeigekommen, um mich bei dir zu bedanken. Auch wenn er denkt, dass ich dafür mit dir geschlafen habe.«

Seine Augenbrauen wanderten nach oben und Schock stand ihm ins Gesicht geschrieben. »Tut er das wirklich?«

»Er hat mich direkt gefragt.«

Mit offenem Mund starrte er mich an. »Das ist …« Doch ihm fehlten die Worte und er schüttelte den Kopf.

»Es ist eine Frechheit«, sagte ich. »Aber ich bin es gewohnt. Mein Vater verhält sich bei mir wie ein … ich sag' lieber nichts mehr.«

»Arschloch«, sagte Derrick geradeheraus.

Wow. Und ich dachte, solche Wörter kamen gar nicht in seinem Wortschatz vor. Aber es tat gut, dass er es sagte, und er genau wie ich, aufgebracht über diese Unterstellung war. Derrick trat näher an mich und seine Augen loderten vor Wut.

»Er hat eine Tochter wie dich nicht verdient.«

Ich musste schlucken. Und konnte das kribbelnde Gefühl in mir nicht länger ignorieren. Sein Blick war alles andere als verwegen, aber ich konnte in seiner Iris noch etwas anderes erkennen.

Ich glaube, es war Beschützerinstinkt.

Oder mehr.

Mein Magen überschlug sich mit Emotionen, die mir fremd waren und die mir Angst machten. Weil ich mich fragte, was zwischen uns gewesen wäre, wäre ich nicht vergeben.

Dann sah ich, dass auch er schluckte und dass auch er mit irgendwelchen Gefühlen zu kämpfen hatte.

Dass er etwas sagen wollte, aber es nicht tat und stattdessen auf meine Reaktion wartete.

Jeder andere Mann hätte in diesem Moment versucht, mich zu küssen.

Es wäre eine typische Hollywood Szene gewesen.

Aber das hier war kein Film. Das hier war Realität. Eine, in der wir keine solchen Fehler machen durften.

Ich trat einen Schritt zurück und lächelte ihn an.

»Danke, Derrick. Für alles. Bis morgen.«

Kapitel 15

Ich hatte die ganze Nacht wachgelegen und über die Sache mit Derrick und meinem Vater nachgedacht. Und mir war klar, dass ich mich ablenken musste.

Umso mehr freute ich mich, als ich eine Nachricht von Sofia bekam, die mich fragte, ob wir uns heute zum Brunchen treffen wollten.

Patrick würde erst morgen wieder aus London zurückkommen, daher sagte ich Sofia sofort zu.

Zuerst duschte ich mich ausgiebig und machte mich danach auf den Weg zum Café Glück. Heute war ein herrlicher Tag. Sonnig und warm.

In den letzten Tagen war das Wetter wechselhaft und ich hatte das Gefühl, dass der Mai der neue April war. Dass jetzt der Sommer kam, war mir nur allzu recht.

Ich liebte es, wenn es wärmer wurde, weil dann alles zum Leben erwachte. Menschen, Pflanzen, Tiere. Und meine Laune sich ums Hundertfache hob.

Ich ließ mich von der Sonne küssen und freute mich noch mehr auf das leckere Essen mit einer alten Freundin.

Das Schild vom Café Glück war unübersehbar und hing in voller Größe auf einem älteren Gebäude an der Wand. Ein Insidertipp, den nur waschechte Münchner kannten und besuchten. Es befand sich nämlich so abgelegen in einer schmalen, malerischen Gasse in der Innenstadt, dass man es nur finden konnte, wenn man davon wusste. Hinzu schmeckte das Essen göttlich. Eine weitere Besonderheit war, dass man sich stundenlang beim Buffet bedienen und so viel Nachschlag holen konnte, wie man wollte. Was perfekt für uns war, da wir meistens den halben Tag dort verbrachten und uns viel zu erzählen hatten. Ich hatte extra nichts gefrühstückt, damit ich ausreichend Platz im Magen hatte. Mit einem Lächeln betrat ich das Café und wurde von einem hellen, gemütlichen Ambiente begrüßt. Holzbalken hingen an den Decken und verschiedene Bilder an den Wänden, die das Meer zeigten, was für ein echtes Urlaubsfeeling sorgte. Es herrschte reger Betrieb; Leute unterhielten sich entweder zu zweit oder zu viert an den Tischen und man bekam ohne Reservierung keinen Platz mehr. Sofia hatte dafür gesorgt und mir geschrieben, dass sie im Hinterhof einen Platz mitten im Rosengarten ergattern konnte, die noch begehrter waren. Ich schlängelte mich durch die Tische hinaus zum Hinterhof, als mich ein Kellner aus Versehen anrempelte und sich daraufhin mehrmals entschuldigte. Ich winkte fröhlich ab, da ich wusste, dass sie alle gestresst waren und suchte im Hof nach Sofia.

Plötzlich entdeckte ich in einer hinteren Ecke unter einem Pflanzenbogen jemanden, den ich hier und heute niemals erwartet hätte. Schnurstracks ging ich auf ihn zu.

»Was machst du denn hier?«

Patrick grinste. »Na, was wohl? Dich überraschen?«

Dann stand er auf und küsste mich. Etwas überrumpelt starrte ich ihn an, als er sich wieder setzte.

»Ich dachte, du kommst erst morgen. Und wie hast du das mit Sofia gemacht?«

Sein Grinsen wurde noch breiter. »Tja, Connections.«

Ich hätte es mir schon fast denken müssen. Patrick war Meister darin, mich zu überraschen. Vor allem, wenn wir uns gestritten hatten.

»Ich habe mir Sorgen gemacht, weil du mir die ganze Woche immer nur kurz geantwortet hast.« Seine Hände bewegten sich geschmeidig und langsamer als sonst.

Ich setzte mich ihm gegenüber und antwortete nicht. Stattdessen schnappte ich mir die Karte, auch wenn ich wusste, dass wir das Buffet nehmen würden.

So leicht würde ich es ihm nicht machen.

Und er wusste das.

Seine Hand griff nach meiner und er drückte sie fest. Die andere Hand benutzte er zum Gebärden. »Bitte lass uns nicht mehr streiten. Ich weiß nicht, warum du sauer bist.«

»Echt jetzt? Nach fast zwei Wochen Funkstille ist dir nicht bewusst, warum wir uns gestritten haben?«

Er blies die Backen auf und warf beide Hände in die Luft. »Doch. Ich bin es nur leid, dass wir uns immer wegen deines Vaters streiten. Wir wissen beide, dass er ein Arschloch ist und sich nicht ändern wird. Komm, lass uns wieder Frieden schließen. Ich vermisse dich.« Seine grünen Augen sahen mich flehend an. »Ich bin extra früher abgereist, um dich zu überraschen. Weil du mir wichtig bist.« Und dann beugte er sich zu mir über den Tisch. Bat mich stillschweigend um einen Kuss der Verzeihung. Seufzend verschränkte ich die Arme. Es war zwecklos, mit ihm über die Sache zu reden, aber ich wollte es ihm auch nicht leicht machen. Denn er hatte mich verletzt und im Dunkeln gelassen.

»Du weißt, ich kann es nicht ausstehen, wenn du jedes Mal den Schwanz einziehst, sobald es schwierig wird.«

»Ich weiß. Und es tut mir leid. Nächstes Mal mache ich es besser.«

Doch diese Entschuldigung reichte mir immer noch nicht aus. Ich nahm das Besteck aus dem Korb und legte es auf meine Serviette. Denn ich konnte ihn in diesem Moment einfach nicht ansehen. Irgendwie hatte ich das Gefühl, dass sich diese Muster immer wieder wiederholten und wir uns nur im Kreis drehten.

Jetzt stand Patrick auf und kam zu mir, um sich vor mir zu knien.

Panik stieg in mir auf. »Was machst du denn da? Bitte setz dich wieder auf den Stuhl.« Ich blickte mich um und fühlte mich unwohl. Ich wollte nicht, dass uns die anderen Menschen noch mehr beobachteten.

»Es ist mir egal, was die anderen sagen, Elena. Aber bitte verzeih mir. Ich weiß, dass ich mich nicht richtig verhalten habe und dass wir uns wieder mehr um uns kümmern müssen.«

Skeptisch starrte ich ihn an.

»Ich meine es diesmal wirklich ernst. Ich liebe dich doch! Lass es uns besser machen«, gebärdete er fest entschlossen. Und ich glaubte ihm, dass er es diesmal ernst meinen könnte.

»Na gut«, gab ich mürrisch nach. »Wollen wir was essen? Ich habe nämlich Hunger.«

»Bekomme ich keinen Kuss?«, hakte er erneut nach und zog einen Schmollmund, der einfach bescheuert aussah. Und irgendwie süß. Aber so war Patrick. Er wusste ganz genau, wie er seinen kindlichen Charme einsetzen musste, um mich zurückzugewinnen. Und ich hatte offen gestanden keine Ahnung, warum ich immer wieder darauf reinfiel.

War es die Liebe?

Ich wusste es nicht. Insgeheim war mein Herz einfach noch nicht ganz zufrieden.

Trotzdem gab ich ihm einen flüchtigen Kuss und er strahlte wie ein Honigkuchenpferd, sodass ich lachen musste.

»Geht doch«, gebärdete er und seine Mundwinkel zogen sich nach oben.

Ich - für mich - brauchte noch etwas Zeit, um das zu verarbeiten. Aber auch ich war kein Mensch, der Dramen bevorzugte. Im Gegenteil. Ich hasste es, wenn es Zoff gab oder angespannte Stimmung herrschte. Weil das Leben viel zu kurz dafür war und viel zu schade, um sich mit solcher negativen Energie herumzuschlagen. Patrick und ich hatten so viel durchgemacht, dass wir uns wieder mehr auf das Positive konzentrieren sollten. Vielleicht würden wir dann unsere Beziehung auf eine neue, gesündere Ebene heben können.

Wir meldeten uns für das Buffet an und holten uns volle Teller mit leckerem Essen und unterhielten uns. Patrick erzählte voller Stolz vom ersten Platz bei der Deaf Champions League, die sie als deutsches Team erreichten und von den Mannschaften aus den anderen europäischen Ländern, die daran teilgenommen hatten. Jedes Mal, wenn er vom Fußball erzählte, blühte er regelrecht auf und war so in seinem Element, dass man gar keine andere Wahl mehr hatte, als ihm zuzuhören.

Ich war so vertieft in seinen Erzählungen, dass ich erst nicht bemerkte, wie jemand an unseren Tisch kam.

Und dann drehte ich mich zu ihm um.

Und blickte in das Gesicht, welches meine Welt in letzter Zeit etwas durcheinander brachte.

Mein Herz setzte einen Schlag aus.

»Oh. Hi. Was machst du denn hier?«, gebärdete ich zum zweiten Mal an diesem Tag.

Kapitel 16

»Essen«, war das einzige Wort, was Derrick gebärdete und er starrte mich mit einer ausdruckslosen Miene an, die ich nicht deuten konnte. Dann wechselte er einen Blick zwischen Patrick und mir und ich hatte mich noch nie so unwohl gefühlt wie gerade. Fast so, als ob er mich erwischt hatte. Dabei hatte ich nichts Unrechtes getan.

Okay, ich hatte ihm verschwiegen, dass ich in festen Händen war. Aber er hatte auch nicht direkt danach gefragt, oder?

Die Stimmung wurde immer komischer, so dass ich am liebsten die Flucht ergriffen hätte.

Als nach einer Weile niemand etwas erwiderte, ergriff Patrick die Initiative, der nichts von der angespannten Situation zu bemerken schien.

»Ich bin Patrick«, gebärdete er seinen Namen langsam, damit Derrick ihm folgen konnte. Eins musste man lassen, Patrick wusste, wie man mit hörenden Menschen in Gebärdensprache kommunizierte, da er zwischenzeitlich auch mal Kurse für Anfänger gab, die die Deutsche Gebärdensprache lernen wollten. »Und ich bin ihr Freund.«

Normalerweise war ich stolz darauf, dass er zu mir stand, aber diesmal störte mich etwas daran und ich konnte es mir nicht erklären. War es, weil ich Derrick mochte? Gern mit ihm Zeit verbrachte?

Derrick blinzelte und seine Miene wurde noch undurchdringlicher. Dann zeigte er auf sich und stellte sich mit seinem Namen vor. Und zum ersten Mal fiel mir auf, wie gut er schon die Gebärden ausführen konnte. Talent hatte er allemal und ich bekam ein schlechtes Gewissen. Hatte er sie nur meinetwegen gelernt, oder war es reines Interesse an der

Sprache? Hatte er sich erhofft, dass wir einander näherkommen würden?

Nein, das konnte ich mir beim besten Willen nicht vorstellen. Klar, wir flirteten gern, aber daran war nichts Verbotenes. Und sonst waren wir nur Kollegen, die in den letzten Wochen viel zusammengearbeitet hatten.

Außerdem sollte ich mir in Erinnerung rufen, dass er meine größte Konkurrenz war, was die Nachfolge anging.

Derrick trat einen Schritt zurück und gebärdete etwas unbeholfen. »Dann will ich euch mal nicht weiter stören und wünsche euch einen guten Appetit.« Und warf mir einen weiteren Blick zu.

Meinte ich Verletztheit in seinen Augen erkannt zu haben? Doch bevor ich mich damit näher befassen und etwas erwidern konnte, verschwand er genauso schnell wieder, wie er gekommen war und ich fühlte mich noch schlechter.

»Wer war das?«, fragte Patrick und stopfte sich einen weiteren Muffin in den Mund, wie als ob nichts geschehen war. Nicht mal eine Spur von Eifersucht.

»Nur ein neuer Kollege, der in unserer Firma angefangen hat.« Mehr konnte und wollte ich ihm nicht erzählen.

»Und er kann gebärden? Woher?«

Kurz angebunden erzählte ich ihm von seinem Interesse an der Gebärdensprache und dass er an Claudias Kurs teilnahm.

»Das ist doch cool. Wenn alle so wären wie er, hätten wir keine Kommunikationsprobleme mehr.«

Und damit war das Gespräch über Derrick beendet.

Was mir auch ganz recht war. Denn in mir tobte ein Gefühlschaos, während Patrick unbeschwert weiter von seinen Erlebnissen in London erzählte und sich anschließend noch einmal Nachschub vom Buffet holte.

Mir dagegen war der Appetit vergangen.

Kapitel 17

Dieser Montag war anders als sonst. Das fing schon damit an, dass Derrick sich nicht in meinem Büro hatte blicken lassen. Normalerweise brachte er mir jeden Morgen eine Tasse Kaffee von Starbucks mit und wir unterhielten uns eine Weile, bevor wir mit unserer Arbeit starteten. Nicht, dass ich mich daran gewöhnt hätte, aber ich fand es nett und auch wenn unser Aufeinandertreffen am Samstag sich komisch angefühlt hatte, hatte ich nichts falsch gemacht.

Trotzdem versetzte es mir einen Stich, was mich ärgerte, denn eigentlich sollte es mir egal sein.

Um nicht weiter darüber nachzudenken, machte ich mich an die Arbeit und beantwortete E-Mails. Danach erstellte ich einen neuen Wochenplan und aktualisierte den Kalender für meinen Vater, von dem ich seit dem letzten Gespräch nichts mehr gehört hatte. Ich fand es nach wie vor eine Unverschämtheit, dass er mir so etwas unterstellte und erwartete eine Entschuldigung, aber ich wusste, dass er das niemals tun würde. Den Gedanken schob ich schnell wieder beiseite, indem ich mich auf die Bürokratie konzentrierte und nicht bemerkte, wie die Zeit im Fluge verging.

Irgendwann aber spürte ich ein unangenehmes Ziehen in meinem Nacken und stand auf, um ein paar Entspannungsübungen zu machen. Dann fiel mir auf, dass es bereits Mittag war und ich dringend eine Pause brauchte. Vielleicht würde ich ja Derrick in der Mensa treffen und herausfinden, was Sache war.

Ich schnappte mir meinen Geldbeutel und lief in die Kantine, die ziemlich überfüllt war. Mein Augenpaar suchte die Mensa nach Derrick ab, aber er war nirgendwo zu sehen.

Seltsam. War er krank?

Aber das hätte er mir melden müssen.

Oder ging er mir absichtlich aus dem Weg?

Bevor ich mir weiter Gedanken machen konnte, zog Tim meine Aufmerksamkeit auf sich, als er vom Tresen aus zu mir herüberwinkte.

»Hey, magst du was essen?«

»Gern.« Ich erhaschte einen schnellen Blick auf die Mittagskarte. »Diesmal nehme ich die Lasagne.«

»Kommt sofort«, gebärdete Tim und zog eine Grimasse. Er war wirklich ein netter Kerl. Als er angefangen hatte, hier zu arbeiten, hatte er mich immer wieder nach Gebärden gefragt und sich diese gemerkt. Bei dieser Lautstärke hatte er wohl auch den Vorteil erkannt, dass man sich dadurch trotzdem verständigen konnte.

Gerade wurde ein Tisch frei, auf den ich direkt zusteuerte und Platz nahm. Aus Gewohnheit holte ich mein Handy heraus und wollte gerade Instagram aufrufen, als plötzlich ein FaceTime-Anruf einging. Der Name Claudia leuchtete auf meinem Bildschirm. Die Claudia, bei der Derrick Gebärden lernte und es irritierte mich, dass sie mich anrief. Es war nämlich eine Ewigkeit her, als wir uns das letzte Mal gesehen und unterhalten hatten. Neugierig nahm ich ab.

Ein Rotschopf mit Locken, die in alle Richtungen abstanden, grinste mir entgegen.

»Gott sei Dank erreiche ich dich. Wie geht's?« Ihre Hände bewegten sich langsam und elegant; während ihre silbernen Armreifen aufblitzten.

Ich lächelte. Sie war schrullig, aber auf eine gute Art und durch und durch eine Künstlerin, die auf die Fünfundvierzig zuging, viel in ihrem Leben durchgemacht hatte und trotzdem niemals ihre positive Ausstrahlung verlor. Sie war bereits zweimal geschieden, Mutter dreier Kinder, die mittlerweile erwachsen waren und nicht unterschiedlicher sein konnten und eine unglaublich gute Dozentin, die die Gebärdensprache an hörende Menschen weitergab.

»Mir geht es gut, und dir? Schön, dass du anrufst und schön, dich wiederzusehen.«

»Wow, ich vergesse immer wieder, wie hübsch du bist. Lass dich doch mal malen«, fing sie an und ich musste lachen.

»Ist heute der Tag der überschwänglichen Komplimente oder gibt es noch einen anderen Grund, weshalb du mich anrufst?"

Jetzt lächelte sie verlegen und warf mir einen unschuldigen Blick zu. »Wie kommst du darauf, dass ich dich nur deswegen anrufen würde?« Sie strich sich eine rote Locke hinters Ohr.

»Das fragst du mich ernsthaft? Du weißt doch, wie wir sind.«

Erneut lachte sie. »Du hast recht. Es geht um diesen … ach du meine Güte, wie konntest du mir einen so …« sie schnappte nach Luft und fächerte sich anschließend zu. »… *superheißen* Mann zum Kurs schicken, der auch noch Talent hat, Gebärden zu lernen?«

Ihr Blick wurde träumerisch und ich konnte es ihr nicht verübeln.

Als Claudia sich wieder etwas beruhigt hatte, sah sie mich direkt an. »Ist er Single?«

Ich musste sie entgeistert angesehen haben, da sie ein beleidigtes Gesicht zog. »Willst du mir etwa sagen, er wäre mir zu jung?«

»Um Gottes willen, nein«, wimmelte ich ab. »Wir wissen doch, dass solche Männer eher auf ältere, wunderschöne Frauen wie dich stehen.« *Wieso sagte ich jetzt so etwas Dämliches? War das überhaupt so?*

Jetzt strahlte sie verführerisch in die Kamera und machte eine Pose, die Marilyn Monroe Konkurrenz gemacht hätte und sexy aussehen sollte.

»Weißt du«, fing sie an. »Ich fange normalerweise nichts mit meinen Kursteilnehmern an. Schon gar nicht mit einem hörenden Mann, die mir nur Kummer in meinem Leben beschert haben. Aber bei ihm würde ich definitiv eine Ausnahme machen.«

In mir verkrampfte sich etwas und ein Bild von ihr und Derrick tauchte in meinem Kopf auf, das mir ganz und gar nicht gefiel.

»Ich weiß nicht, ob er Single ist. Das musst du ihn schon selbst fragen.«

»Okay. Das mache ich. Drück mir die Daumen«, grinste sie frech und verabschiedete sich mit Luftküssen.

Perplex starrte ich meinen Bildschirm an, der mittlerweile schwarz geworden war.

Was war das denn?

Doch bevor ich noch weiter darüber nachdenken konnte, kam Tim auch schon an meinen Tisch und servierte mir meine Lasagne. Dann klopfte er mit der Faust dreimal auf den Tisch, was in der Gehörlosenkultur für *Guten Appetit* stand und schenkte mir ein Lächeln. Anschließend verschwand er wieder und ich war froh darüber gewesen, allein zu sein. Ich aß die Lasagne, die wirklich köstlich schmeckte und beobachtete gleichzeitig die Menschen, die hier saßen. Es gab viel Gelächter, spannende, tiefergehende Unterhaltungen, ernste Diskussionen oder auch angenehmes Schweigen, so dass ich mir manchmal wünschte, ich könnte verstehen, worüber gerade gesprochen oder gelacht wurde. Doch von Tim wusste ich, dass es hier oft sehr laut war und man auch als Hörender nicht alles verstand. Trotzdem war es nicht dasselbe.

Ich stellte meinen leergegessenen Teller in einen der Abräumwagen und machte mich auf den Weg zurück ins Büro. Normalerweise würde noch ein kurzer Spaziergang an der frischen Luft auf der Tagesordnung stehen, aber heute wollte ich früher Feierabend machen.

Auf meiner Etage angekommen, kam mir der Gedanke, ob ich nicht doch kurz bei Derrick vorbeischauen sollte. Vielleicht sollte ich auch einfach mal den ersten Schritt machen.

Entschlossen lief ich durch den Gang, der zu seinem Büro führte und blieb abrupt stehen, als ich sah, dass seine Tür offenstand.

Mit langsamen Schritten bewegte ich mich vorwärts, bis ich ihn sah. Und wie er ausgelassen mit zwei weiteren Mitarbeitern lachte und sich unterhielt.

Plötzlich trafen sich unsere Blicke und ich blieb wie angewurzelt stehen.

Seine Mimik war ausdruckslos. Fast schon zu kühl. Und dann tat er etwas, das mir einen weiteren Stich versetzte. Er wandte sich von mir ab. Wie als ob er nichts mehr mit mir zu tun haben wollte.

Mein Herz brach entzwei.

Mit voller Wut drehte ich mich um und lief schnurstracks zurück in mein Büro.

Nur weil ich einen Freund habe, schoss es mir durch den Kopf.

War ich deshalb nur interessant für ihn, weil er dachte, ich wäre noch zu haben?

Sauer warf ich mein Handy auf meinen Schreibtisch. Wie konnte ich so naiv sein? Gerade ich sollte es besser wissen. Der Schein konnte trügen. Derrick war genau wie alle anderen Männer. Die nur auf das Eine aus waren, die nur auf der Jagd waren, die nur auf das Äußere achteten.

Aber nicht mit mir. Das lasse ich mir nicht gefallen.

Ich setzte mich an den Computer und öffnete den Kalender, der für Derrick angelegt worden war. Und dann klickte ich mit der Maustaste auf all die Termine, die ich mit ihm hatte und löschte sie.

Unwiderruflich.

Kapitel 18

Die restliche Woche verlief genauso. Derrick und ich gingen uns aus dem Weg und die Anspannung war so unerträglich geworden, dass es mit jedem weiteren Tag mehr schmerzte. Wie ein einziger Moment alles verändern und einen solchen Keil zwischen uns treiben konnte, machte mir klar, dass es nur das Ende einer Täuschung war. Wie viel Weisheit doch in dem Wort Ent-täuschung steckte. Ich hatte gedacht, Derrick und ich könnten Freunde werden, obwohl er Konkurrenz war und ich ihn als besagten Feind behandeln wollte. Wir waren ein gutes Team und hatten viele Aufträge geschafft, wofür die anderen Mitarbeiter monatelang gebraucht hätten. Doch, dass er innerhalb von so kurzer Zeit so viel in mir auslöste, machte mir Angst. Ich konnte nicht zulassen, dass meine Emotionen mich kontrollierten. Ich musste meinen Stolz und meine Würde bewahren. Um mein Herz zu schützen.

Ich beschloss, loszulassen und weiterzumachen, auch wenn ich wusste, dass es nur ein Vorwand war. Aber es war der einzig mögliche Weg.

Kaum hatte ich die Nebenkostenabrechnungen von einem Neubauprojekt abgeschlossen, kam von der TeleSign - Software ein Anruf herein, der als rotes Telefonsymbol auf meinem Computer erschien.

Ich setzte mich gerade hin, straffte meine Schultern und nahm an. Ein Dolmetscher, der für TeleSign arbeitete, tauchte mit einem blauen T-Shirt und dem besagten Firmenlogo auf. Er trug wie alle Mitarbeiter einen Kopfhörer mit Mikrofon und begrüßte mich freundlich in Deutscher Gebärdensprache. Daraufhin übersetzte er sofort für den besagten Anrufer.

»Guten Tag, Frau König. Sie hatten uns wegen der Genehmigung für das Projekt in der Zeppelinstraße kontaktiert. Wir hätten da noch ein paar Fragen.«

Kurz überlegte ich und stockte. Es war das Bürogebäude mit den hässlichen blauen Fenstern in Hallbergmoos, auf das mich Derrick angesprochen hatte und das er in Wohnraum für jedermann umwandeln wollte. Das Gebäude, was unserer Firma schon seit Jahren Ärger machte und bisher nur Geld verschluckt hatte. Mir schossen Derricks Worte durch den Kopf.

Du bist gut, Elena. Wenn nicht sogar die Beste hier. Dank dir haben wir alle Genehmigungen erteilt bekommen.

Abermals schluckte ich und mein Mund wurde trocken.

Ich gebärdete zum Dolmetscher, ohne mir meine Nervosität anmerken zu lassen. »Ich freue mich, dass Sie angerufen haben. Selbstverständlich beantworte ich alle Fragen.«

Sie wollten mehr von den Absichten des Bauprojektes wissen und durchbohrten mich mit Fragen, die zu erwarten waren. Ich bemühte mich, ihnen alles bis ins genaueste Detail zu beantworten und dabei transparent zu bleiben. Ich erklärte ihnen auch, dass wir mit dem Bürogebäude eine völlig neue Richtung gehen würden und für jedermann Wohnraum schaffen wollten, der fair und bezahlbar sein soll. Diese Aussage traf einen Kern, da es beim Anrufer eine kurze Weile still wurde. Nach einer Minute aber zeigte der Dolmetscher auf die Kopfhörer, was hieß, dass es weiterging. Ich starrte auf die flüssigen Gebärden.

»Soweit ich weiß, stehen Sie für Luxus. Wie passt das mit dem Konzept zusammen, das Sie anstreben?«

Ich wusste, dass die Frage kommen würde und hatte im Schlaf für eine passende Antwort geübt.

»Wir stehen für Innovation und neues Denken. Außerdem wäre ich mit Herrn van Kamp, der sich stark dafür gemacht hat, an dem Projekt beteiligt und wir würden dafür sorgen, dass alles seine geregelten Bahnen geht. Denn wir sind davon überzeugt, dass auch Luxus bezahlbar sein darf.«

Würde ich wirklich mit Derrick an dem Projekt arbeiten? Würde mein Vater es überhaupt erlauben? Oder hätte ich mich doch lieber zurückhalten sollen?

Der Dolmetscher zeigte daraufhin die Gebärde für Stillschweigen und ich atmete tief durch.

Plötzlich hellte sich sein Gesicht wieder auf. »Vielen Dank für Ihre Offenheit und Motivation. Wir würden es noch einmal mit unserem Gremium besprechen und uns bei Ihnen melden.«

Der TeleSign Mitarbeiter signalisierte, dass der Anrufer aufgelegt hatte und das Gespräch beendet war. Mein Herz schlug höher.

Was, wenn es tatsächlich klappte?

Das wäre großartig und ein Traum würde in Erfüllung gehen. Bezahlbare Wohnungen anbieten zu können, ist eine Mission, wofür mein Herz schlug.

Doch dann holte mich die Realität wieder ein.

Es war immer noch die Firma meines Vaters, bei der ich wenig Mitsprachrecht hatte.

Und Derrick, der mit mir an dem Projekt arbeiten wollte, ignorierte mich. Seit 6 Tagen und 18 Stunden.

Zwei Probleme, denen ich mich stellen müsste, falls es mit diesem Projekt klappen sollte. Und ich wünschte mir sehr, dass es funktionierte.

Allein, dass sie angerufen hatten und sich aufgeschlossen zeigten, waren grandiose Neuigkeiten. Ich wollte unsere gemeinsame Begeisterung mit ihm teilen.

Immerhin würden wir in Zukunft beruflich zusammenarbeiten müssen. Dieses Ignorieren konnten wir uns ohnehin auf Dauer nicht leisten und wir waren erwachsen genug, um eine Lösung zu finden und uns auszusprechen, wenn es überhaupt etwas zum Aussprechen gab.

Ich wollte gerade aufstehen, als eine weitere Nachricht einging. Eine Nachricht von meinem Vater.

Mein Magen verkrampfte sich.

Die Mitteilung war an Derrick und mich adressiert, mit der Bitte, sich gleich in sein Büro zu begeben.

Warum schaltete sich bei mir alle Warnsignale ein?

Nein, Elena, du wirst jetzt nicht negativ denken und vom Schlimmsten ausgehen, auch wenn ich alle gute Gründe dafür hatte.

Vielleicht konnte ich bei diesem Treffen die Probleme mit einer Klappe schlagen und lösen, indem ich ihnen vom Anruf erzählte.

Genau, das würde ich machen.

Entschieden nahm ich mein iPad mit, auf dem ich die voraussichtlichen Kosten für das Hallbergmoos Bürogebäude aufgestellt hatte und machte mich auf den Weg zu meinem Vater.

Dort stieß ich auf die zwei Männer, die mir in letzter Zeit mehr als nur Kopf – und Herzzerbrechen bereiteten und ihr angeregtes Gespräch auch dann nicht unterbrachen, als ich eintrat.

Super, jetzt wurde ich von diesen Herren auch noch in ihrer Gegenwart ausgeschlossen.

Ich verschränkte die Arme und wartete ab, bis sich ihr Gespräch dem Ende zuneigte.

Nach einer gefühlten Ewigkeit drehte sich mein Vater endlich zu mir. »Was hast du so lange gebraucht?«

Seine arrogante Miene war dabei nicht zu übersehen.

»Dir auch einen guten Tag«, schoss ich zurück. »Ich habe vielleicht noch telefoniert, falls dich das überhaupt …«

Aber mein Vater ließ mich wie immer nicht ausreden und winkte ab. »Kommen wir am besten gleich zur Sache.«

Ich schielte zu Derrick, der ungerührt an Ort und Stelle stand und mich keines Blickes würdigte.

Mein Gott, wie kindisch er war.

Langsam fing ich an, innerlich zu kochen.

Noch aber war die Wut auf Sparflamme. Hatte er es überhaupt verdient, dass ich ihm die Neuigkeiten über das Projekt erzählte?

Mein Vater riss mich aus den Gedanken, während er mit den Händen hin und her wedelte und direkt zum Punkt kam. »Mir ist aufgefallen, dass ihr nicht mehr miteinander arbeitet und laut dem Kalender wurden bei euch alle gemeinsamen Termine gecancelt. Was ist los?«

Aha.

Ihm ist noch nie aufgefallen, was ich alles für die Firma tat, aber sobald es einmal mit Derrick Spannungen gab, schlug er Alarm.

Irgendwie hatte das einen bitteren Beigeschmack.

Jetzt rührte sich Derrick von der Stelle, sah mich aber immer noch nicht an. Damit ich ihn trotzdem verstehen konnte, benutzte er die Hände für einzelne Gebärden beim Sprechen.

Was nicht selbstverständlich war und ich ihm hoch anrechnete.

Vielleicht gab es ja doch noch Hoffnung für uns?

»Ich möchte ehrlich sein. Es gibt einfach zu viele kommunikative Schwierigkeiten zwischen uns …«

Mehrmals blinzelte ich. Was sagte er da?

Er hielt kurz inne, fuhr sich durch sein Haar und fasste sich an seinen Zopf. Dann verlagerte er sein Gewicht. »Es raubt einfach zu viel Zeit und deshalb würde ich vorschlagen, dass Sie mir eine andere Assistentin zur Verfügung stellen.«

Sprachlos starrte ich den Mann an, der extra für mich Gebärden gelernt hatte, der sich für mich eingesetzt hatte, der mir Mut gemacht hatte.

Und der mich jetzt genau an der Stelle traf, die mir am meisten weh tat.

Ich wusste nicht, ob ich weinen oder lachen sollte.

Mein Kopf schnellte zu meinem Vater, der Derrick mit einem prüfenden, nachdenklichen Blick ansah.

Dann nickte er.

»Selbstverständlich. Ich würde Jennifer zu Ihnen schicken, die Sie bei Ihren Projekten unterstützen kann. Sie hat bereits viel Erfahrung auf Baustellen und ist eine der Besten, wenn es um Kommunikation …«

Den Rest blendete ich aus, denn ich war viel zu schockiert. Wie konnte Derrick es wagen, so etwas zu sagen?

Mich so bloßstellen? Und mich so demütigen?

Mit dieser Aussage bestärkte er die Meinung meines Vaters, dass ich aufgrund von Kommunikationsschwierigkeiten nicht in der Lage war, sein Unternehmen zu leiten. Dabei war das Bockmist. Und Derrick wusste das genau.

In mir brach etwas entzwei und ich wusste nicht, ob es mein Herz oder meine Seele war.

Ich zitterte am ganzen Körper und bekam keine Luft mehr.

Doch ich wollte ihnen nicht die Genugtuung geben, vor ihnen zusammenzubrechen. Ich riss mich zusammen, drehte mich auf dem Absatz um und rannte aus dem Zimmer.

Ein letztes Mal.

Kapitel 19

Ich meldete mich die nächsten Tage krank und zog mich in meine Wohnung zurück. Schottete mich von allem ab und war froh, dass Patrick außer Haus war und keine Fragen stellte.

Seit unserer Aussprache hatte sich zwischen uns auch nicht viel verändert. Im Gegenteil. Alles blieb beim Alten.

Normalerweise machte ich alles mit mir allein aus, auch wenn ich wusste, dass das ungesund war. Ich betrachtete mich im Spiegel und sah furchtbar aus.

Ich sollte Clara anrufen und mit ihr reden. Sie würde mir zuhören und mich verstehen, aber dann müsste ich ihr alles erklären. Auch das mit Derrick, und das konnte ich nicht. Durfte ich nicht. Wollte ich nicht.

Ich müsste mich mit diesen Gefühlen auseinandersetzen, denen ich die ganze Zeit aus dem Weg gegangen war und die er nicht einmal ansatzweise verdient hatte.

Wie dumm war ich gewesen?

Bevor ich mich weiter runterzog, beschloss ich, endgültig darüber nachzudenken, wie es künftig weitergehen sollte ... denn dieser Punkt war nun endgültig erreicht.

Ich habe es kapiert, dass ich niemals Nachfolgerin werden würde. Und dass mein Vater sich niemals ändern würde.

Aber ich konnte mich ändern.

Ich konnte gehen. Und das würde ich ein für alle Mal. Denn ich wollte nicht mehr so weitermachen.

Wenn ich es jetzt nicht durchzog und kündigte, würde ich es nie schaffen. Das Dumme war nur, dass ich bisher keine Stelle gefunden und damit keinen Plan B hatte.

Ich musste mir etwas anderes einfallen lassen.

Sofort setzte ich mich an den Laptop und recherchierte nach weiteren Stellenanzeigen und Möglichkeiten.

Doch das Ganze endete ohne Lösung und frustrierte mich noch mehr, dass ich irgendwann abbrach und mir eine riesengroße Portion Ben & Jerrys aus dem Gefrierfach holte. Auf dem Becher stand fett gedruckt:

If you want to be happy eat ice-cream.

Was für eine Ironie.

Seufzend löffelte ich aus dem Becher, bis es plötzlich durch die ganze Wohnung blitzte.

Verwundert schielte ich auf meine Pilotenuhr. Es war gegen sechs Uhr und ich erwartete keinen Besuch.

Widerwillig stand ich auf und lief zur Tür.

Ich öffnete sie und blickte überrascht in vertraute blaugraue Augen. Sofort fühlte ich mich wieder wie einundzwanzig.

In meiner dunkelsten Phase, in der ich kurz davor war, alles aufzugeben und keinem anderen Menschen wünschte, dasselbe durchmachen zu müssen. So viel Leid, so viel Schmerz.

»Dr. Giesinger«, gebärdete ich. Immer noch in Trance, dass er vor mir stand.

Er lächelte sanft und ein vertrauter Geruch aus Apfel und Zimt wehte zu mir herüber. Zwei weitere Dinge, die mir damals das Leben gerettet hatten. Dann rückte er seine runde Brille zurecht und mit einem Mal erkannte ich, dass er alt geworden war. »Elena. So schön, dich wiederzusehen. Wie lang ist es her?«

»Fast sieben Jahre«, kam es aus mir heraus, ohne dass ich rechnen musste. Dann aber kehrte die Wut wieder zurück, weil er nicht ohne Grund hier auftauchte. »Hat mein Vater dich geschickt?«

»Du bist wütend«, stellte er nüchtern fest und blickte mich mit einer so ruhigen Ausstrahlung an, dass mir gar nichts anderes übrig blieb, es aus mir herauszulassen.

»Ich brauche keinen Psychologen mehr, wenn es das ist, was mein Vater denkt.«

Sein Lächeln blieb einladend. »Mich interessiert nur, was du denkst. Das weißt du. Darf ich kurz hereinkommen?«

Seufzend ließ ich ihn in meine Wohnung und bot ihm Tee an, den er dankend ablehnte. Daraufhin folgte er mir durch den Flur und setzte sich mir am Esszimmertisch gegenüber.

Damals hatte mein Vater alles daran gesetzt, dass ich einen Psychologen bekam, der auch Hausbesuche machte, um anonym zu bleiben. Wobei ich das ablehnte und froh war, zu ihm raus auf seine Farm zu fahren. Mitten in die Natur. Aber wenn ich heftige Zusammenbrüche hatte oder es nicht schaffte, einen Fuß nach draußen zu machen, machte Dr. Giesinger eine Ausnahme und kam zu mir nach Hause. Denn ich weigerte mich mit Händen und Füßen, stationär in eine Klinik aufgenommen zu werden. An einem Ort, wo entweder niemand meine Sprache beherrschte oder alles nur noch schlimmer machen würde. Ich wollte allein sein und in meiner vertrauten Umgebung bleiben. Dr. Giesinger war außerdem der einzige Therapeut in Bayern, der die Deutsche Gebärdensprache beherrschte. Sein Bruder war taub, weswegen er diese Sprache mühelos verstand und sich auf gehörlose Menschen spezialisierte.

»Möchtest du mir erzählen, was passiert ist?«

Ich lehnte mich zurück, während er sich nicht rührte und seine stoische Gelassenheit ausstrahlte. Und dann wurde mir etwas bewusst. Ich war nicht mehr einundzwanzig. Ich war nicht mehr depressiv. Ich hatte nur einen Vater, der mir nicht guttat. Und dann sprudelte alles aus mir heraus.

Ich erzählte Dr. Giesinger die ganze Geschichte mit meinem Vater und mit Derrick. Denn er war der Einzige, dem ich vertrauen konnte. Immerhin war es sein Berufskodex. Aber es war nicht nur das, sondern er hatte mich durch die schwerste Zeit meines Lebens begleitet und alle Seiten von mir gesehen. Und es keine Sekunde lang ausgenutzt.

Dr. Giesinger hatte mir ununterbrochen stillschweigend zugehört. Ich kam zum Ende der Geschichte und wartete auf seine Reaktion.

Erneut rückte er sich seine Brille zurecht und fasste sich an seine Stirn.

»Hattest du mal darüber nachgedacht, nicht mehr für deinen Vater zu arbeiten?«

»Ich hatte mich sogar schon woanders beworben, aber bisher nur Absagen bekommen.«

Jetzt zogen sich seine Augenbrauen zusammen. »Das überrascht mich. Wurdest du denn schon mal zu einem Vorstellungsgespräch eingeladen?«

Ich verneinte. Denn das war es ja, was mir Sorgen bereitete. »Private Arbeitgeber sind gesetzlich nicht dazu verpflichtet, schwerbehinderte Menschen einzuladen. In der freien Wirtschaft zu arbeiten, ist bekanntermaßen eine Herausforderung, aber für behinderte Menschen wie mich fast unmöglich.«

Dr. Giesinger kratzte sich an seinen kurzen Bartstoppeln, die bereits ergrauten. »Und wenn du dich mal bei den öffentlichen Behörden im Bereich des Bauamts erkundigst?«

Darauf war ich noch nicht gekommen.

»Du könntest es zumindest versuchen, denn diese sind im Gegensatz zu den privaten Arbeitgebern verpflichtet, dich einzuladen und du bist sehr wohl kompetent, Elena. Es wäre eine Möglichkeit, zumindest für eine Weile dort zu arbeiten und dir zu überlegen, wie es für dich weitergehen darf.«

In mir flackerte etwas auf. Hoffnung. Licht. Ein Ausweg.

»Das wäre eine Möglichkeit.« Ich fühlte eine Welle von Dankbarkeit für diesen Mann, der mir erneut Lichtblicke gab. Er schien dies zu spüren und lächelte mich mit einer solchen Wärme an, dass mir die Tränen kamen.

»Es wird alles gut. Ich sehe, dass du auf einem guten Weg bist und die richtigen Entscheidungen treffen wirst.« Mit einem liebevollen Blick schenkte er mir eine gedankliche Umarmung, die ich brauchte.

»Das Problem liegt nicht bei dir, sondern bei deinem Vater. Das solltest du wissen.«

Diese Aussage überraschte mich, und gleichzeitig war sie eine Bestätigung, die für mich wichtig war. Dass ich nicht das Problem war, wie ich es jahrelang angenommen hatte.

Eine unsichtbare Last fiel von meiner Seele ab.

»Warum hast du es mir damals nicht gesagt? Also, zu der Zeit, wo ich …«

»Weil du zu dieser Zeit andere Themen aufzuarbeiten hattest und weil es meine Aufgabe war, dir zuzuhören und die richtigen Fragen zu stellen, die dir helfen, diese Dinge zu erkennen.«

»Und warum jetzt?«, bohrte ich nach.

»Weil du mich nicht mehr brauchst und weil du selbst darauf gekommen bist.« Er stand auf und strich sich seine Hose glatt. »Du darfst ruhig mehr an dich glauben. Du bist stärker, als du denkst. Sonst hättest du nicht aus eigener Kraft die Depressionen überwunden.«

Diese letzten Worte schwebten immer noch in meinem Kopf, als er sich verabschiedete und mich wieder allein ließ.

Es war wie eine warme Dusche, die ich brauchte, um neue Kraft zu schöpfen. Neue Hoffnung. Neue Perspektiven.

Ja, ich war stark. Und ja, ich würde es schaffen, eine Lösung zu finden.

Kapitel 20

Eine geeignete Stelle im öffentlichen Dienst, die zu meinen Interessen und Fähigkeiten passte, erwies sich schwieriger als gedacht, zumal in meiner Umgebung keine freien Stellen angeboten wurden. Die erste Euphorie flachte wieder ab, trotzdem wollte ich nicht so schnell aufgeben und verbrachte die ganze Woche damit, Jobanzeigen durchzugehen und weitere Bewerbungen zu schreiben. Daraufhin wurden mir bei der Suche im Netz weitere Vorschläge angezeigt. Ein Angebot stach mir sofort ins Auge, bei dem es um eine öffentliche Stelle bei einem Bauamt ging. Allerdings war der Sitz im Norden und plötzlich musste ich mich auch mit diesen Fragen auseinandersetzen, ob ich umziehen und mein Leben hier aufgeben würde. Patrick würde niemals mitkommen. Dafür war er hier zu stark mit seiner Familie, seinem Fußball und seinem Gehörlosenverein verwurzelt. Außerdem hatte er mir schon damals, als wir frisch verliebt waren, unmissverständlich klargemacht, dass ein Umzug für ihn nicht infrage käme und ich konnte es ihm nicht verübeln. Denn auch ich hatte hier mein Netzwerk und mein Zuhause.

Frustriert klappte ich mein MacBook zu und machte mir ein Sandwich, um auf andere Gedanken zu kommen. Die ganze Woche hatte ich mich weiterhin krankschreiben lassen, denn mich würden keine zehn Pferde mehr in die Firma zurückbringen. Und ich spürte, wie gut mir der Abstand tat.

Weder mein Vater noch Derrick hatten sich gemeldet, was mir bewies, dass es ihnen egal war, wie es mir ging und sie auch ohne mich klarkamen.

Sie würden wahrscheinlich nicht einmal mit der Wimper zucken, wenn ich meine Kündigung offiziell einreichte und eine andere Stelle antrat.

Würde ich die Arbeit in dieser Firma vermissen?

Ja, vor allem die Aufgaben, die ich als Chefsekretärin erledigen durfte und das Projekt auf der Baustelle.

Und Derrick, kam es plötzlich aus meinem Unterbewusstsein.

Nein, nein, auf keinen Fall. Dieser Mann hatte mir alles genommen und mich vor meinem Vater erniedrigt.

Am Freitag hatte ich gehofft, dass Patrick Zeit für mich hatte, aber es war wie immer ein wichtiges Turnier angesagt, also blieb ich allein zu Hause.

Ich überlegte, mit Freunden auszugehen, aber irgendwie hatte ich keine Lust und entschied mich für einen Netflix-Tag. Mit dem Entschluss stand ich auf und ging in die Küche, um mir etwas zum Essen zu machen und mich für den Film vorzubereiten. Im Kühlschrank fand ich Feldsalat, den ich in eine Schüssel legte und unter dem Waschbecken abwusch. Mein Handy, das ich neben der Spüle liegen lassen hatte, leuchtete auf und zeigte einen FaceTime-Anruf von Patrick an. Ich trocknete meine Hände schnell mit einem Handtuch ab und drückte auf die Taste.

Die Verbindung wurde hergestellt und das Bild war schlecht, aber ich konnte verschwommen seinen blonden Kopf sehen und dass er ein schwarzes Fußballtrikot trug. Dann wackelte das Bild, während Patrick gerade zu einem Ort lief, um besseres Netz zu bekommen.

Ich wartete, bis er sich auf eine Bank setzte und die Bildqualität besser wurde. Er grinste breit in die Kamera. »Hey Schatz, alles klar? Ich wollte dir Bescheid geben, dass es doch später werden könnte …«

Plötzlich wurde er von jemandem abgelenkt und lachte. Das passierte oft, während wir telefonierten und er unterwegs war. Patrick war ständig von Menschen umgeben und beliebt. Anfangs war ich stolz darauf gewesen, einen bekannten Freund zu haben, aber mit der Zeit wurde es nervig.

Ich wartete, bis er sich mir wieder zuwandte und beobachtete ihn, wie er sich auf die Person, die neben ihm war, konzentrierte. Er hatte sich kein bisschen verändert. War immer noch derselbe Junge, der seinen Charme versprühte und eine freche Ausstrahlung besaß. Und dann störte mich etwas an seinem Grinsen, das er seinem Gegenüber zuwarf. Es war vertraut. Und genau das Grinsen, was er nur mir schenkte, wenn wir intim miteinander waren.

Ging er etwa wieder fremd?

Doch dann erschien sie im Bild und winkte mir fröhlich zu. »Hey, lange nicht gesehen. Wie geht es dir?«, kam es von Anna.

Eigentlich sollte ich jetzt erleichtert sein.

Denn Anna war Patricks beste Freundin, die ebenfalls Fußball spielte und mit ihm aufgewachsen war. Sie waren so etwas wie Sandkastenfreunde und Patrick hatte mir mal anvertraut, dass sie sowohl Männer als auch Frauen liebte und ich mir deswegen keine Sorgen zu machen brauchte.

Aber sie stand immer noch auf Männer, was ich ihm dann auch sagte, worauf er argumentierte, dass sie eher wie Bruder und Schwester waren und damit das Thema abgehakt war.

Bis jetzt.

Wäre das so gewesen, würde er ihr keinen solchen Blick zuwerfen, oder?

Ich lächelte Anna an. »Hey, danke, mir geht es gut und dir? Wie lief das Spiel?«

»Super. Wir haben die Darmstädter mit 4:1 geschlagen und sind jetzt auf dem Weg zum Halbfinale«, gebärdete sie stolz.

»Das ist cool. Und jetzt wird gefeiert, nehme ich an?«

Sie strahlte. »Ganz genau. Jeder Sieg muss geehrt werden. Wir haben eine Strandbar gebucht. Wenn du magst, kannst du gern vorbeikommen. Ist schon so lang her, dass du dich bei uns blicken lassen hast.«

»Das ist lieb von dir. Allerdings bin ich ziemlich kaputt und wenn ich jetzt zu euch fahre, ist die Party wahrscheinlich zu Ende.«

Anna lachte. »Das stimmt. Frankfurt ist nicht gerade um die Ecke. Aber nächstes Mal musst du mitkommen. Ich hoffe, wir sehen uns bald wieder.« Dann winkte sie mir zum Abschied und Patrick war wieder im Bild. »Anna hat recht. Du solltest mal wieder mit uns feiern.«

Eine weitere Sache irritierte mich. Sie waren in Frankfurt.

»Ich dachte, ihr spielt heute in München?«

Patrick kratzte sich mehrmals am Kopf und ich wusste sofort, dass es eine spontane Aktion gewesen war.

»Ähm«, gebärdete er. »Ja, hatten wir und wir haben sogar gegen die Nürnberger gewonnen. Und dann rief Anna an, dass die Damen es ins Halbfinale geschafft hatten. Was richtig geil ist und wir das natürlich feiern müssen. Wir hatten dann spontan beschlossen, mit Davids Auto hinzufahren.«

Ich betrachtete ihn. »Na, dann, ist doch cool. Habt Spaß beim Feiern.«

Sein Blick war nicht zu deuten. »Cool. Du bist nicht sauer oder so?«

Ich zog beide Augenbrauen hoch. »Was soll ich sagen? Ich weiß gar nicht mehr, wie du in Echt aussiehst, also macht es auch keinen Unterschied mehr. Ich werde dir deswegen keine Szene mehr machen.«

Sein Mund klappte auf und dann wieder zu und seine Hand zögerte. »Ich weiß, in letzter Zeit haben wir uns kaum gesehen und ich verspreche dir, wir holen das nach. Ich kann auch heimfahren, wenn es dir lieber ist.

»Schon okay. Ich hoffe, dass wir das nachholen. Jetzt aber hab deinen Spaß und melde dich, wann du wieder nach Hause kommst.«

»Nun ja, das. Ich würde wahrscheinlich erst Sonntag wieder heimfahren.«

Früher hatten wir uns deswegen dauernd gestritten, weil er jedes Wochenende weg war und solche Aktionen durchführte, dass er nie wie abgesprochen nach Hause kam.

Doch gerade fühlte ich … *nichts.*

Nur Gleichgültigkeit.

Und dieser Gedanke erschreckte mich.

Waren wir wirklich so weit gekommen, dass wir uns auseinandergelebt hatten?

»Dann sehen wir uns Sonntag. Bis dann.«

Jetzt strahlte er erleichtert. »Du bist die Beste. Lieb dich. Das weißt du.«

Und damit legte er auf.

War ich die Beste?

Da war ich mir mittlerweile nicht mehr so sicher. In letzter Zeit hatte ich das Gefühl, dass wir eher eine Fernbeziehung führten, obwohl wir zusammenwohnten. Hätte ich ihn zur Rede stellen sollen? Mit ihm über meine Gefühle sprechen sollen?

Aber mein Bauchgefühl verriet mir, dass es bereits zu spät war und es nur noch eine Frage der Zeit war, uns einzugestehen, dass wir nicht mehr zueinander passten.

Diese Erkenntnis traf mich schlagartig und mir wurde bewusst, dass ich mich verändert hatte. Dass mich irgendetwas verändert hatte.

Ich hatte mich vor Monaten für eine Neubauwohnung als Interessentin eingetragen, die ich als Kapitalanlage kaufen wollte, und auch für die Möglichkeit, in die eigenen vier

Wände ziehen zu können, wenn das mit Patrick und mir nicht mehr sein sollte.

Und dass ich dringend vorsorgen musste. Ich wollte keine der Frauen sein, die abhängig von den Männern war. Sowohl emotional als auch finanziell und das brachte mich dazu, endlich eine wichtige Entscheidung zu treffen, die längst überfällig war.

Ich rannte ins Wohnzimmer, um mein iPad aufzuwecken und über Tess, die Dolmetscher-App, die für den privaten Bereich zuständig war, einen wichtigen Anruf zu tätigen.

Nach mehrmaligem Klingeln nahm das Gegenüber ab.

»Daniels Immobilienbüro. Was kann ich für Sie tun?«

Der Dolmetscher klärte ihn mit der Standardfloskel auf, dass er für Elena König übersetzte.

»Frau König, wie schön, wieder von Ihnen zu hören. Was verschafft mir die Ehre?«

»Ist die Wohnung, die ich bei Ihnen reserviert hatte, noch frei?«

»Ja, ja. Sie haben Glück, denn heute war jemand da und hat ebenfalls Interesse daran, sie zu kaufen. Aber Sie haben Vorrang und ich hätte Sie ohnehin kontaktiert. Haben Sie sich entschieden? Falls ja, könnten wir schon nächste Woche die Verträge unterzeichnen.«

Aufregung machte sich in mir breit.

»Das wäre wunderbar. Ich würde die Wohnung gerne kaufen und die Sache schnell über die Bühne bringen.«

Wir machten einen Termin für die kommende Woche aus und besprachen noch einmal die Einzelheiten.

Zum Glück hatte ich schon von Anfang an dafür gespart und genug Geld zur Seite gelegt, während alle anderen das Geld aus dem Fenster warfen. Aber ich wollte schon früh für meine Zukunft vorsorgen und war überglücklich, dass ich mein hart erarbeitetes Geld in etwas Sinnvolles investieren konnte.

Ich konnte nicht genau sagen, ob das Gespräch mit Patrick und Anna der Auslöser dafür gewesen war oder die Erkenntnis, dass wir nicht mehr zusammenpassten. Ich wusste nur, dass mein Bauchgefühl mich noch nie getäuscht hatte.

Und auch der Zeitpunkt konnte nicht besser sein. Ich bekam mit meinem jetzigen Arbeitsvertrag und Gehalt noch einen niedrigen Zinssatz für einen Kredit, den ich ausnutzen wollte. Denn sobald ich nicht mehr für meinen Vater arbeitete, würde ich komplett auf mich gestellt sein.

Ich mailte meinem Ansprechpartner sofort, der für die Finanzierung zuständig war, dass ich die Wohnung kaufen würde und dafür eine schnelle Zusage brauchte. Durch meine Arbeit hatte ich glücklicherweise ein Netzwerk aufgebaut, auf das ich schnell zugreifen konnte. Vor allem, wenn es um Immobilienkäufe ging.

Voller Vorfreude ging ich in die Küche, um mein spätes Mittagessen fertig zuzubereiten.

Und dann wurde mir bewusst, dass ich gerade eine lebensverändernde Entscheidung getroffen hatte.

Ich würde tatsächlich meine allererste eigene Wohnung kaufen.

Mein Gott, wie aufregend war das denn bitte!?

Jetzt konnte ich mich nicht mehr zurückhalten und tanzte los. Zum ersten Mal seit Langem hatte ich das Gefühl, etwas richtigzumachen.

Und zwar nur für mich. Und für meine Zukunft.

Das sollte ich jetzt mit einem gebührenden Essen feiern.

Ich mixte mir einen Cocktail und warf Limetten hinein.

Plötzlich blitzte es wieder durch die ganze Wohnung und mir fiel fast das Glas aus der Hand.

Meine Güte. Konnte ich nicht mal einen ruhigen Nachmittag haben?

Ich wollte jetzt keinen Psychologen oder meinen Vater empfangen, auch wenn der noch kein einziges Mal bei uns in der Wohnung gewesen war. Dieser Tag gehörte mir allein, also ignorierte ich das Klingeln und machte es mir auf der Couch gemütlich. Irgendwann würde der ungebetene Besucher schon aufgeben.

Doch es blitzte unaufhörlich weiter.

Das durfte doch nicht wahr sein.

Was, wenn es doch etwas Wichtiges war?

Genervt stand ich wieder vom Sofa auf und sah im Flur kurz in den Spiegel. Ich trug ein übergroßes graues T-Shirt von Nike, darunter schwarze Leggings und hatte nackte Füße. Meine Frisur sah aus, als ob eine Bombe eingeschlagen hatte.

Ach, was soll's?

Vielleicht verschwand dann der Besucher schneller.

Mit etwas zu viel Schwung öffnete ich die Tür.

Und starrte schockiert die Person an, die ein blaues Jeanshemd zu engen schwarzen Jeans und weißen Sneakers trug. Viel zu männlich und viel zu gut aussah.

Ernsthaft?!

Der letzte Mensch, den ich sehen wollte, stand direkt vor mir.

Und machte mich wieder rasend.

Ich wollte wütend die Tür wieder schließen, als er einen Fuß dazwischen setzte.

Empört riss ich die Tür erneut auf und gebärdete drauflos. »Wie kannst du es wagen, hier bei mir zu Hause aufzukreuzen?«

»Bist du allein?«

»Was?«

»Bist du allein?

Ich holte Luft. »Das ist doch jetzt nicht dein Ernst, oder?«

Seine Augen blitzten verletzlich auf. »Doch. Bitte hör mir wenigstens zu …«

»Ich kann nicht hören, schon vergessen?«, antwortete ich in provokativer Stimmung. Ich wusste nicht, was in mich gefahren war. Nur, dass dieser Kerl mich wahnsinnig machte und ich es nicht fassen konnte, dass er die Eier hatte, bei mir aufzutauchen.

Er wich einen Schritt zurück, als ob ich ihn ins Gesicht geschlagen hatte. »Oh, scheiße, das wollte ich natürlich nicht sagen. Ich meine, ich meine …«

Tatsächlich stammelte er und das sah ihm überhaupt nicht ähnlich. Sonst war er immer so beherrscht, so ausgeglichen. Aber was wusste ich schon? Er war ein Fremder, der mir ein Messer in den Rücken gestochen hatte.

»Was willst du hier, Derrick?«

»Mich entschuldigen. Und dass du mit mir Essen gehst.« Als ich ihn immer noch fassungslos anstarrte, machte er einen Schritt auf mich zu. »Bitte. Ich meine das ernst.«

Sein Geruch wehte zu mir herüber und auch wenn ich es am liebsten verleugnen würde, es war genau dieser Duft, der mir den Verstand raubte. Eine Mischung aus männlich und herb. Die für Stärke und Dominanz stand. Für pure Leidenschaft.

Nein, für Leiden, die er mir antat.

»Ich bin so wütend auf dich, dass ich bestimmt nirgends mit dir hin gehe. Nenn mir also einen Grund, warum ich nachgeben sollte. Nachdem du mich bei meinem Vater gedemütigt hast.«

»Alles«, kam es wie aus der Pistole geschossen.

»Wie alles?«

Verzweifelt fuhr er sich durch sein Gesicht. »Ich habe einen riesigen Fehler gemacht, den ich sehr bereue. Und ich will dir alles erklären. Beim Essen. Bitte gib mir eine Chance. Auch wenn es heißt, dass ich die ganze Nacht hier vor der Tür stehen muss. Ich habe es verdient.«

In mir tobte alles.

Ich war wütend, erregt, und auch ein kleines bisschen glücklich zugleich, dass er gekommen war. Dass ich ihm nicht egal war.

Derrick sah mich nach wie vor flehend an und als ich mich nicht rührte, machte er einen weiteren Schritt auf mich zu.

So nah waren wir uns noch nie gewesen und jetzt wurde ich nervös.

Seine Augen wurden noch flehender und dann sagte er ohne Stimme noch einmal ganz deutlich *Bitte*.

Ich wusste es, weil die Lippen sich anders bewegten, wenn man ohne Ton sprach.

»Ich würde sogar bei deinem Vater kündigen. Nur damit du mir eine Chance gibst«, gebärdete er dann.

Diese Aussage entfaltete seine volle Wirkung und löste etwas in mir aus.

Weil er es ernst meinte.

Wenn er sich so bemühte, sollte ich mir wenigstens anhören, was er zu sagen hatte und warum er das getan hatte.

Ich reckte das Kinn und wandte meinen Blick nicht von ihm ab. Die Anspannung zwischen uns wurde größer und meine Gefühle wirbelten noch mehr durcheinander.

Dann machte ich zwei Schritte zurück.

»Okay. Gib mir fünf Minuten zum Umziehen.«

***

Wir gingen in ein schickes Restaurant, das ich überraschenderweise noch gar nicht kannte. Das Ambiente war eine Mischung aus Retro und Moderne, was mir gefiel. Es hatte das gewisse Etwas. Die Beleuchtung war ungewöhnlich hell, aber angenehm. Der Raum war weitläufig und bot gleichzeitig Ecken der Privatsphäre. Am Eingang wurden wir von einer jungen Frau an einem Tresen empfangen, die einen schwarzen Smoking trug und uns freundlich begrüßte. Sofort wurde mir bewusst, dass hier keine gewöhnlichen Menschen zu Mittag oder Abend aßen, sondern Leute mit sehr viel Geld. Derrick nannte der Frau seinen Namen und sie murmelte etwas. Dann gab sie uns ein Zeichen, zu warten.

»Normalerweise bekommt man hier ohne Reservierung keinen Tisch. Aber sie schauen nach, ob noch etwas frei ist«, klärte mich Derrick auf.

Ich musterte ihn und er war sichtlich angespannt. Das konnte ich an seinen Kiefermuskeln sehen. Dann plötzlich fing er meinen Blick auf und Hitze schoss mir erneut durch den ganzen Körper.

Wie machte er das nur?

Zum Glück bemerkte er nicht, was er für eine Wirkung auf mich ausübte, obwohl ich immer noch sauer auf ihn war. Stattdessen sah er mich verzweifelt an. »Ich hoffe, es gefällt dir hier? Wenn nicht, können wir auch woanders hingehen.«

»Nein, ich war noch nie hier. Daher bin ich schon neugierig. Woher …«

Derricks Kopf schnellte zurück zur Frau am Empfangstresen, die zurückgekommen war und uns freudig mitteilte, dass doch noch ein Tisch frei war. Wir folgten ihr bis zu einer Wendeltreppe, die mir vorher nicht aufgefallen war und ins Obergeschoss führte. Mir blieb die Luft fast weg, als wir in der zweiten Etage ankamen. Alle Seiten im Raum waren verglast und bot einen atemberaubenden Blick auf die Stadt. Hier war das Licht gedämmter. In der Mitte gab es eine Bar in Schiffsform, die mit eleganten Fließen ausgestattet wurde und eine Art der Diskretion bot. Die Barhocker waren cognacfarben und ich entdeckte kleine Motorräder als Deko zwischen den Whiskey- und Schnapsflaschen, die ein Vermögen gekostet haben mussten. Die kleinen Räder ließen mein Bikerherz höherschlagen und erinnerten mich an mein geliebtes Gefährt, das in der Garage meiner Eltern stand. Ich sollte es mir endlich holen und wieder fahren. Vor allem, da ich jetzt nicht mehr für meinen Vater arbeiten würde, der mir damit drohte, mich zu enterben, wenn ich wieder mit meiner Kawasaki fuhr.

Der Boden war mit Parkett in Eiche ausgelegt und versprühte eine gewisse Wärme, gepaart mit Coolness.

Wir wurden zu einem Platz direkt an der Glasscheibe in einer ruhigen Ecke geführt, an der wir uns setzten und die Frau uns sofort die Speisekarten überreichte. Allerdings war ich so gefangen von dem Blick auf die Stadt.

»Es ist so schön hier. Wie hast du das gefunden?« gebärdete ich ohne nachzudenken.

Derricks Mundwinkel zuckten leicht. »Ich freue mich, dass es dir gefällt. Ich habe von einem Investor den Tipp bekommen, der mit meiner Familie befreundet ist und eine Zeit lang in München lebte.« Er hatte schnell und flüssig gebärdet, dass ich fast vergaß, dass er erst vor Wochen damit angefangen hatte.

»Wie kommt es, dass du immer besser wirst im Gebärden? Was verheimlichst du mir noch?« witzelte ich. Doch dann zögerte er und sah mir intensiv in die Augen.

»Was das angeht, nun ja, ich denke, da muss ich erst von vorne …« Derrick hörte auf zu gebärden, da ein Kellner sich zu uns gesellte.
»Was möchten Sie trinken? Ich kann Ihnen den Hauswein empfehlen oder den Macallan Whisky Seventeen.«

Weil ich den Kellner nicht verstand, übersetzte Derrick automatisch für mich, was eine neue Erfahrung für mich war und mich normalerweise störte. Aber bei ihm fühlte es sich natürlich an. Schockiert sah ich auf seine Finger, als er damit das Wort Macallan buchstabierte. »Die bieten hier den Harvey Specter Whisky an?«

Daraufhin musste er lachen und auch dem Kellner entging ein Schmunzeln nicht.

»Dann muss ich ihn probieren.«

Derrick hob überrascht eine Augenbraue. Er hatte nicht damit gerechnet, dass ich Whisky bestellen würde. Und ich - offen gestanden - auch nicht, da ich kaum noch Alkohol trank. Aber ich brauchte etwas, um das hier zu überstehen. Vor allem die Spannung zwischen Derrick und mir.

»Gute Wahl, Miss«, sagte der Kellner daraufhin und notierte es in seinen digitalen Notizblock. Derrick bestellte irgendeinen Wein, dessen Namen ich nicht verstand, und dann bat er den Kellner um etwas mehr Zeit, was die Essensbestellung anging. Ich studierte die Karte und entschied mich für die Tortellini mit Trüffel-Füllung und Burrata Creme. Derrick bestellte sich Kobe Rindfleisch mit Reis und Gemüse.

Als der Kellner unsere Bestellung aufnahm und wieder verschwand, waren wir endlich allein.

Ich lehnte mich zurück und wartete, bis Derrick das Wort ergriff. Seine Miene war ernst und angespannt.

»Ich muss mich bei dir entschuldigen. Ich habe mich wie der letzte Idiot verhalten.«

Das hatte er noch milde ausgedrückt und er schien es ebenfalls zu bemerken. Daraufhin rieb er sich mehrmals über sein Gesicht und wirkte ziemlich deprimiert. »Das war noch untertrieben ausgedrückt. Ich war ein Arschloch und entschuldige mich für die Wortwahl. Aber ich habe mir eingebildet, dass zwischen uns etwas wäre und ... verdammt, jetzt führe ich mich wieder wie ein Arsch auf, weil du einen Freund hast und ich ...«

Was?

»Wie meinst du das? Du hast gedacht, dass ...« ich zeigte mit dem Finger auf mich und dann auf ihn. »... wir beide?«

Frustriert lehnte er sich zurück. »Ja. Das klingt jetzt wirklich erbärmlich und es gibt keine Entschuldigung dafür. Ich habe mir falsche Hoffnungen gemacht, aber du hast mich von der ersten Sekunde an verzaubert und das ist mir noch nie bei einer Frau passiert. Das war der Grund, warum ich mich für einen Studiengang des Gebärdensprachdolmetschens angemeldet hatte. Weil Claudias Kurs mir nicht mehr reichte und ich ...« Er machte eine Pause, verschränkte die Arme und sah die Decke an.

Ich war mir gerade nicht sicher, ob ich ihn verstanden hatte und bat ihn, mich wieder anzusehen.

»Du hast dich für ein Studium des Gebärdensprachdolmetschens angemeldet? Extra meinetwegen? Aber warum denn das?«

Er antwortete nicht und als ich in seine Augen blickte, brauchte er das auch nicht mehr.

Nein, das konnte nicht sein. Das durfte nicht sein. Das war ...

Ich schnappte nach Luft und musste etwas trinken. »Aber ich verstehe das nicht ... wir kennen uns doch kaum und wir sind so unterschiedlich ... ich meine, ich bin taub und ...«

Er unterbrach meinen Gebärdenschwall und ich war noch verwirrter als zuvor.

»Warum sollte es nicht funktionieren? Nur weil ich höre und du nicht? Das ist für mich kein Grund. Liebe ist ein Grund.«

Ich starrte ihn an. Hatte er wirklich gerade die Gebärde für Liebe benutzt?

Ich war viel zu schockiert, um darauf zu antworten.

Hatte er mir gerade ein Liebesgeständnis gemacht? Oder war er verrückt geworden? Wir kannten uns doch erst ein paar Wochen und …

»Tut mir leid. Ich habe es verstanden. Du empfindest nicht so, aber ich und … ich muss kurz raus an die frische Luft, okay?«

Abrupt stand er auf und lief die Treppe hinauf. Vermutlich gab es noch eine Dachterrasse, aber ich war entsetzt über seine Offenbarungen und starrte ihm hinterher, auch wenn er schon längst verschwunden war.

Er ließ mich allein zurück.

Mit Gefühlen, die plötzlich wie ein Tornado in mir herumtobten. Gefühle, die ich bisher noch nicht erlebt hatte, nicht einmal ansatzweise für Patrick und mein Magen zog sich zusammen.

Eigentlich lag es auf der Hand.

Ich fühlte mich auch zu Derrick hingezogen. Von Anfang an. Er hatte es sich nicht eingebildet, sondern gespürt, dass etwas zwischen uns war.

Wieso war ich zutiefst verletzt, als er mir plötzlich aus dem Weg ging und mich vor meinem Vater demütigte?

Wieso dachte ich ständig an ihn, obwohl ich es mit allen Mitteln zu verdrängen versuchte?

Ich hatte mir eine Mauer aufgebaut und mir eingeredet, dass er nicht gut für mich war. Um mich vor ihm zu schützen.

Aber jetzt hatte er sie mit einem Geständnis zum Einstürzen gebracht und ich wusste, dass die Entscheidung nun bei mir lag. Ich konnte ihm sagen, dass ich nicht das Gleiche empfand oder …

Verflixt. Wieso musste er uns jetzt in eine solche Situation bringen? Wieso musste ich …?

Ich stoppte meine Gedanken und entschied, ihn zur Rede zu stellen. Ihn zu fragen, wie genau er das gemeint hatte und stand vom Tisch auf, um die Treppe, hinaufzugehen, die Derrick benutzt hatte.

Ich gelangte auf eine weitläufige Dachterrasse, die wunderschön war und fand Derrick am anderen Ende des Geländers vor.

Ich atmete tief durch und ging auf ihn zu. Dann spürte ich einzelne Tropfen auf meinem Gesicht.

Oh nein, ich sollte mich wohl besser beeilen und erhöhte mein Tempo. Just in dem Moment drehte er sich zu mir und seine Augen weiteten sich.

Dann stammelte er etwas mit seinen Händen und ich konnte nur einzelne Wörter, die seine Lippen verließen, ausmachen. »Entschuldige … noch nicht fertig … lächerlich …«

»Warte, ich kann dich nicht verstehen«, sagte ich wohl etwas zu laut, denn er zuckte zusammen.

Verzweifelt strich er sich durch sein Haar und starrte in die Ferne. Ich hatte noch nie gesehen, wie ein Mann mit sich rang und das live zu erleben, war viel besser als jeder Hollywoodfilm, viel, viel intimer. Etwas, was er sonst nicht von sich preisgeben würde. *Außer …*

Ich durfte jetzt nicht zu viel hineininterpretieren und konzentrierte mich auf ihn. Auf das, was er mir zu sagen hatte und ignorierte den Regen, der immer stärker wurde.

Er war aufgewühlt und blickte mich mit voller Verletzlichkeit an. Dann sprach er mit einer solchen Klarheit und Deutlichkeit die Wörter aus, die er zusätzlich mit Gebärden zu betonen versuchte, damit ich nichts verpasste.

»Es tut mir leid. Es ist … nicht meine Art, aber du solltest es wissen. Du bist … Richtige für mich. Deswegen hat es mich aus der Bahn geworfen … ich gesehen habe … du jemand anderes liebst … Ich würde alles für dich …«

Ich konnte gerade nicht glauben, was er mir offenbarte und Gänsehaut bereitete sich auf meinem ganzen Körper aus.

Und dann tat ich etwas, was ich noch nie in meinem Leben getan habe.

Kapitel 21

Ich berührte seine Lippen, und es war, als ob die Welt um uns herum zu verschwimmen schien. Die Zeit blieb stehen, während ich mich in diesem Moment verlor.

Und dann wurde mir schlagartig bewusst, dass ich gerade den gewagtesten und zugleich schönsten Schritt meines Lebens begangen habe.

Ich löste mich langsam wieder von ihm, mein Herz klopfte wild in meiner Brust. »Es tut mir so leid, ich …« gebärdete ich im hektischen Durcheinander.

Doch bevor ich meinen Satz beenden konnte, ergriff er meine Hand und zog mich fest an sich. Mein Körper prallte fast an seine warme Brust. Er hielt mich so fest, dass es mir den Atem raubte und mir zugleich ein Gefühl von Sicherheit und Geborgenheit vermittelte. In diesem Moment wusste ich, dass er mich niemals loslassen würde.

Sein intensiver Blick traf meinen, und ein prickelndes Gefühl durchströmte meinen ganzen Körper. Es war offensichtlich, dass mein Kuss ihn überrascht hatte, dass er nicht damit gerechnet hatte. Nun hoffte er wahrscheinlich, dass ich es genauso ernst meinte wie er.

Die Stille zwischen uns wurde unerträglich und ich wagte es, ihn still um Erlösung zu bitten.

Er hatte tatsächlich nur darauf gewartet und kam näher, um sicherzugehen, dass ich das wirklich wollte.

Noch nie zuvor hatte ich etwas so sehr gewollt, dass es mich auf eine Art erschütterte.

Ich wusste, dass ich es bereuen würde, wenn ich jetzt einen Rückzieher machen würde.

Dann endlich berührten sich unsere Lippen erneut, in einem Kuss voller Leidenschaft, der mich alles um mich herum vergessen ließ.

Dieser Kuss war wie eine Offenbarung, ein Alles oder Nichts, und doch so viel mehr. Es war, als hätten wir unser ganzes Leben lang auf diesen Moment gewartet und seien nun endlich vereint.

Dieser Mann brachte meinen Verstand durcheinander, denn mein Körper reagierte so intensiv auf ihn, dass ich ihm bedingungslos ergeben sein wollte.

Ich zitterte am ganzen Körper und wollte, dass es niemals aufhörte.

Doch plötzlich löste Derrick sich von mir und uns wurde bewusst, dass wir im strömenden Regen auf einer Dachterrasse waren.

Und ich dachte, so etwas passierte nur in Filmen.

Nur hatte niemand darauf hingewiesen, wie sexy es wirklich sein konnte, sich im Regen zu küssen. Es übertraf alles, was ich je gelesen oder erlebt hatte und ich konnte nicht anders als zu grinsen.

Daraufhin lachte Derrick, seine Augen immer noch voller Verlangen. »Ich würde gern weitermachen, aber ich will nicht, dass du dich erkältest.«

Gemeinsam rannten wir zurück ins Warme, durchnässt von Kopf bis Fuß. Es gab keinen Sinn, noch im Restaurant zu bleiben.

Derrick schien meine Gedanken zu lesen und sprach mit einem Kellner, der höflich nickte, ohne eine Miene zu verziehen.

»Ich habe ihm gesagt, dass sie unser Essen einpacken sollen und wir werden in meinem Auto essen. Dort habe ich ein Handtuch. Ist das für dich in Ordnung?«, fragte Derrick mich mit einem warmen Lächeln.

Ich nickte eifrig, denn ich wollte so schnell wie möglich weg von hier. Es war kalt und die Gäste starrten zu uns hinüber, während wir wie zwei begossene Pudel aussahen.

Die gerade einen unglaublich heißen Kuss auf der Dachterrasse hatten.

Sofort wurde mir wieder warm und ich blickte zu Derrick, der mich gerade ansah und ich wusste, dass er dasselbe dachte.

Wir tauschten einen schüchternen Blick aus und verhielten uns wie zwei verliebte Teenager, die nun nicht wussten, was sie als Nächstes sagen oder tun sollten.

Der Kellner kehrte mit einer Tüte zurück und erlöste uns aus unserer Beklommenheit, indem er das Essen Derrick überreichte und wir gemeinsam das Restaurant verließen.

Am Firmenwagen angekommen, überreichte mir Derrick ein Handtuch und bot mir seine Jacke an, die ich mir dankbar überzog. Denn mein Top war völlig durchnässt und ausgerechnet weiß, dass man viel sehen konnte, wenn man genau hinsah. Doch Derrick war der geborene Gentleman und ließ sich nichts anmerken.

Wir aßen schweigend unser bestelltes Menü und es schmeckte köstlich. Trotzdem hatte ich keinen Hunger, dafür war ich viel zu nervös und aufgeregt. Ich schielte immer wieder zu Derrick, der sein Essen ebenfalls kaum angerührt hatte, irgendwann die Box schloss und auf die Rückbank abstellte.

Plötzlich drehte er sich zu mir und musterte mich mit seinen dunklen Augen so intensiv, dass ich noch nervöser wurde.

Oh Gott, ich war ihm ausgeliefert.

Keiner von uns regte sich und wollte diesen Moment zerstören. Ein Moment voller Begehren und ich hoffte, er würde mich erneut küssen.

Doch dann straffte Derrick seine Schultern und legte eine Hand auf das Lenkrad.

»Soll ich dich nach Hause fahren?«

Enttäuschung machte sich in mir breit.

»Ja«, gebärdete ich knapp und starrte aus dem Fenster.

Was hatte ich erwartet? Dass er mich im Wagen überfiel? Ich sollte endlich wieder zur Vernunft kommen und ihm dankbar sein, dass er die Sache nicht noch mehr verkomplizierte.

Und so kam es, dass wir bis zu meiner Haustür kein Wort miteinander wechselten und ich mit jedem Kilometer aufgewühlter wurde.

Als der Wagen stehen blieb, bedankte ich mich bei ihm für den Abend und stieg so schnell aus, dass er keine Chance hatte, etwas zu erwidern und den Moment noch unerträglicher zu machen.

Mit schnellen Schritten lief ich zur Eingangstür und suchte meinen Schlüssel in der Tasche. Doch dann berührte Derrick mich am Arm. Er war mir hinterhergerannt und außer Atem.

»Warte, es gibt noch so vieles zu sagen.«

Fieberhaft suchte er nach den richtigen Worten. »Du solltest deinem Vater sagen, dass du das Zeug zu mehr hast.«

Verwirrt sah ich ihn an. Wollte er jetzt ernsthaft über meinen Vater sprechen?

»Ich meinte, dass du Besseres verdienst und ich will gar nicht über ihn reden …«

Er machte einen weiteren Schritt auf mich zu und ich fühlte mich plötzlich nackt. Verletzlich.

Denn er sah mich wirklich.

»Ich weiß, dass du durcheinander bist. Wir können schauen, wohin das mit uns führt, damit du dich besser entscheiden kannst. Ich hätte niemals erwartet, dass das heute Abend passiert. Aber ich will keinen Schritt mehr zurück. Ich will dich, Elena.«

Und dann umfasste er mein Gesicht mit seinen Händen wie wertvolles Porzellan. Berührte meine Lippen so federleicht, dass mir schwindlig wurde und ich kaum noch wagte, zu atmen. Ich wusste, dass es eine hoffnungsvolle Geste war. Eine Chance, um die er bat und ich konnte nicht anders, als sie anzunehmen.

Bereitwillig öffnete ich leicht meinen Mund. Mit dieser Erlaubnis zog er mich leidenschaftlich an sich und küsste mich mit einer solchen Intensität und Dominanz, dass ich völlig überwältigt wurde.

Dieser Kuss war noch besser als der Hollywood Kuss auf der Dachterrasse und dabei dachte ich, das wäre unmöglich.

Es war atemberaubend, so besitzergreifend und so, als ob ich nur ihm gehörte.

Doch dann stoppte ich diesen Kuss.

»Derrick«, krächzte ich und meine Stimmbänder versagten. »Ich muss gehen«, brachten stattdessen meine Hände hervor.

Und ließ ihn allein.

***

Ich hatte ewig gebraucht, den richtigen Schlüssel zur Wohnungstür zu finden und ließ mich gegen die Tür fallen, als ich endlich drinnen war.

Mein Herz hämmerte mir wie wild gegen die Brust und ich spürte immer noch seine Lippen auf meinen. Ich schloss die Augen und gab mich ihm erneut hin, obwohl er nicht mehr bei mir war.

Seine Berührungen hatten sich so tief in mir eingebrannt, dass ich eine Weile brauchte, um wieder einen klaren Kopf zu bekommen.

Und dann übermannten mich all die Gedanken und Gefühle, die die ganze Zeit wie ausgestellt waren.

Was hatte ich mir nur dabei gedacht?

Ich hatte gerade einen anderen Mann geküsst, der nicht mein Freund gewesen war. Und der noch nicht einmal meine Sprache vollständig verstand. Der so anders war und so gar nicht zu meiner Welt passte.

Ich wollte niemals diese Person sein, die andere betrog, die andere verletzte. Schon gar nicht Patrick, auch wenn er mich damals betrogen hatte. Aber da war er erst sechzehn und Jungs in dem Alter sind da noch gar nicht so weit, um zu verstehen, was echte Liebe bedeutet. Außerdem hatte er es mir dann direkt gebeichtet. Trotzdem hatte es mir das Herz gebrochen, doch er hat alles dafür getan, dass ich ihm verzieh und nochmal eine Chance gab.

Seitdem war er mir treu und hatte mir versprochen, dass er immer ehrlich zu mir sein würde.

Ich war so durcheinander und aufgewühlt. Machte ich mir etwas vor? War es nur, weil er sich so um mich bemühte, im Gegensatz zu Patrick? War es nur, weil er so anders war, als ich es je kennenlernen wollte? War es nur, weil ich mit ihm so viel mehr erreichen könnte als mit Patrick?

Ich hatte keine Ahnung, was ich tun sollte.

Wach auf, Elena.

Ich würde niemals gut genug sein für Derrick und ich würde niemals mit seiner Welt mithalten können. Ich müsste wieder zurückstecken, er würde von mir erwarten, dass ich in der Lautsprache sprach, dass ich mit seinen hörenden Freunden klarkam und in seiner hörenden Welt lebte. Vielleicht würde er anfangs noch aus Verliebtheit mir zuliebe sich in meiner Welt bewegen – aber nicht auf Dauer. Das war nur eine Illusion. Denn eine Beziehung veränderte sich mit der Zeit, und man veränderte sich, und wenn man nicht wirklich miteinander reden konnte, lebte man sich schnell auseinander. Aber bei Patrick war das anders: Wir sprachen in der gleichen Sprache. Wir lebten in der gleichen Kultur. Wir hatten die gleiche Identität.

Aber waren wir wirklich glücklich?

Oder war es nur, weil wir bisher niemand Besseren kennengelernt hatten? Weil wir schon so lange zusammen waren? Aber warum fühlte ich dann nicht so für ihn wie für Derrick? Diese ganzen Gefühle machten mich verrückt und mir vor allem Angst. Wenn Derrick nicht da war, vermisste ich ihn so sehr, dass ich nicht mehr arbeiten konnte und wenn er da war, hatte ich das Gefühl, nur in einer Blase zu leben, in der es nur ihn und mich gab. Die ganze Zeit habe ich das Brodeln in mir ignoriert, die ganze Sehnsucht, die ganze Wahrheit, die ganze Leidenschaft. Bis zu diesem Kuss, der alles verändert hatte.

Aber ich konnte nicht. Ich konnte das Patrick nicht antun. Und ich konnte mir das nicht antun. Ich konnte das meiner Kultur nicht antun. Was würden all meine Freunde nur sagen? Wie ich mich nur auf einen Mann einlassen konnte, der hörend war? Es würde doch niemals funktionieren. Ich musste diese Sache sofort beenden. Ich sollte Derrick sagen, dass es ein Fehler war und wir Abstand voneinander brauchten. Ich sollte ihm sagen, dass ich Patrick liebte und mich nicht von ihm trennen würde.

Aber was ist, wenn Derrick doch der Richtige war? Was ist, wenn ich diese Chance verspielte?

Die Sehnsucht nach ihm war viel zu stark. Wenn ich das mit uns beenden würde, bevor es überhaupt angefangen hatte, würde ich mir selbst das Herz brechen. Weil es zu viele *Was wäre wenn's* geben würde. Weil bereits zu viel passiert war. Weil es ohnehin schon zu spät war. Ich hatte mich ihm emotional schon so hingegeben, dass der Kuss nur der Auslöser für all meine verborgenen Gefühle war.

Es lag auf der Hand und ich konnte es nicht mehr verleugnen.

Ich liebte ihn.

Kapitel 22

Es war mitten in der Nacht und ich konnte nicht schlafen. Nicht nachdem, was passiert war. Nicht nachdem, was mir bewusst wurde. Dachte Derrick wirklich genauso?

Ich schlug die Decke zur Seite und ging in die Küche, um mir ein Glas Wasser zu holen. Das Wasser schwappte über, weil ich so in Gedanken versunken war. Ich drehte den Wasserhahn ab und nahm das Glas aus der Spüle heraus. Dabei spürte ich, wie meine Hände zitterten.

Wie viele Stunden ich wohl schon schlaflos um die Ohren schlug?

Ich stellte das Glas wieder ab und schaute auf mein Handy. Außer Derricks Nachricht nahm ich nichts anderes mehr wahr:

Ich hoffe, dass du es nicht bereust.

Ich atmete tief durch und tippte ihm eine ehrliche Antwort.

Ich weiß es nicht.

Ich starrte auf das Display und schickte gedanklich ein *Ich werde es nie bereuen*. Plötzlich tauchten drei Punkte auf. Er war also noch wach und schrieb zurück.

Weil du vergeben bist?

War es das? Ja, das war es definitiv und damit brachte er es auf den Punkt, was ich ihm dann auch schrieb.

Daraufhin passierte eine Weile nichts. Vielleicht würde er sich jetzt zurückziehen. Aus Respekt. Das würde zu ihm passen, aber irgendwie störte es mich. Denn ich wollte, dass er mir antwortete, dass er sich nicht zurückzog.

Ich schloss für einen kurzen Moment die Augen. Dann öffnete ich sie wieder.

Wieso machte ich das Ganze nur noch komplizierter?

Mein Herz machte einen Satz, als mein Handy wieder aufleuchtete.

Hättest du es bereut, wenn du Single gewesen wärst?

Ganz sicher nicht, schoss es mir durch den Kopf. Das hätte alles einfacher gemacht und ich hätte mich nicht mit Gewissensbissen gegenüber Patrick herumschlagen müssen.

Definitiv nicht.

Sekunden vergingen, Minuten vergingen und ich starrte auf das Display, wie die drei Punkte auftauchten und wieder verschwanden. Hatte ich ihn sprachlos gemacht? War ich zu ehrlich? Nervös band ich meine Haare neu zusammen und tigerte in der Wohnung auf und ab. In meinem Magen kribbelte es wie verrückt und ich hatte mich noch nie so nach einer Nachricht gesehnt wie jetzt gerade. All diese Gefühle waren für mich nicht nur neu und aufregend, sondern so viel mehr. So intensiv, dass ich es gar nicht beschreiben konnte. Nicht einmal bei Patrick hatte ich in der Verliebtheitsphase so empfunden.

Du bist ein ganz besonderer Mensch.

Ich musste mehrmals blinzeln, um diesen Satz zu lesen und die Bedeutung dahinter zu verstehen. Ich hatte mit allem gerechnet, nur nicht damit.

Was meinst du damit?

Derrick ließ diesmal keine fünf Sekunden verstreichen.
Du bist treu und möchtest niemandem wehtun. Auch dann nicht, wenn du etwas anderes fühlst.

War ich so durchschaubar? Oder zeigte ich ihm meine Seite nur offen? Einerseits konnte ich mit Derrick so sein, wie ich war und sagen, was ich denke, andererseits gab es Dinge, die er nicht verstehen konnte, weil er anders war. Weil er hörte, und ich nicht. War es die Angst? Die Ungewissheit? Was, wenn wir diese unsichtbaren Differenzen nicht überwinden konnten?

Oder was, wenn?

O Gott, ich würde noch verrückt werden und legte das Handy zur Seite. Doch dann wurde das Display wieder hell.

Aber du kannst mir nichts vormachen. Der Kuss war viel zu gut, oder? ;-)

Mir stockte der Atem. Der Kuss.

Der viel zu perfekt war. Und in mir stieg eine Hitze auf, die nach mehr schrie. Ohne nachzudenken, tippte ich eine Message, die ich schnell abschickte und die mich schockierte. O Gott, was hatte ich nur getan?

Der zweite Kuss war noch besser.

Aber ich konnte nicht anders. Ich wollte nicht anders. Und Derrick ging es genauso.

Dann muss ein dritter Kuss her.

Ich spürte, wie meine Wangen glühten und in mir alles prickelte. Ich musste ihn wieder sehen. Ich musste herausfinden, was das zwischen uns war.

Könntest du morgen früh vorbeikommen? Wir müssen reden.
Gern. Wann soll ich bei dir sein?

Um 9.00 Uhr? Passt das?

Klar. Gute Nacht, Elena.

Dann kam nichts mehr. Keine Smileys. Keine weiteren Andeutungen.

Noch einmal las ich unseren Chatverlauf. Er hatte sich distanziert, nachdem ich ihm gesagt hatte, dass wir reden mussten.

Wahrscheinlich rechnete er damit, dass ich das Ganze morgen mit uns beendete.

Was ich auch sollte, denn ich wollte niemanden verletzen. Und ich musste endlich wieder zur Vernunft kommen.

Aber wollte ich das?

Und dann gebärdete mir Oscar Wilde wie aus dem Nichts zu:

Versuchungen sollte man nachgeben. Wer weiß, ob sie wieder kommen.

Vor allem die, die sich viel zu gut anfühlten, um wahr zu sein.

Verdammt, Elena!

***

Obwohl ich noch eine Weile darüber grübelte, ob es die richtige Entscheidung war, Derrick zu mir einzuladen, musste ich irgendwann eingeschlafen sein und so tief geschlafen haben, dass ich meinen Wecker nicht spürte. Zum Glück hatte dieser die Funktion, dass er hartnäckig weiter vibrierte, bis ich ihn ausschaltete.

Was mir natürlich erst zwei Stunden später gelang und ich plötzlich hellwach wurde, da mir mein Besuch wieder einfiel.

Ich sah auf die Uhr. O Gott, ich hatte bis halb neun geschlafen und sprang aus dem Bett direkt ins Bad, um zu duschen und mich anzuziehen.

Doch dann kam das nächste Problem. Was sollte ich bloß anziehen?

Ich war so aufgeregt und nervös, dass ich planlos in meinem Kleiderschrank herumwühlte und nichts Gescheites fand. Etwas, was gar nicht zu mir passte, da ich normalerweise binnen fünf Minuten fertig war und mir keinen solchen Stress machte.

Zehn Minuten noch.

Ach, was soll's, dachte ich mir und schnappte mir meinen dunkelgrauen Lieblingspullover und die bequemen schwarzen Leggings. Ein Outfit, das ich an den Wochenenden bevorzugte, wenn ich zu Hause war. Außerdem wollte ich zur Vernunft kommen und mit Derrick reden, wie wir die Sache beenden konnten. Dann war es besser, wenn ich mich unauffällig kleidete und ihm keine weitere Hoffnung machte.

Und selbst wenn Derrick mich mochte, dann sollte er mich kennenlernen, wie ich war. Das war eine Sache, bei der ich mir treu blieb. Ich wollte mich nicht für einen Mann verstellen.

Und dann ging pünktlich die Blitzanlage los.

Ich atmete tief durch und bremste mich, nicht zur Tür zu rennen.

Entspann dich, Elena. Du redest mit ihm und hältst Abstand.

Ich hielt die Luft an, als er wie ein Männermodel am Türrahmen lehnte. Entweder war er wirklich so cool oder er spielte gut.

Derricks Haare waren noch feucht und zu einem ordentlichen Man Bun zusammengebunden. Er trug ein weißes, eng anliegendes T-Shirt, das seinen Oberkörper bestens zur Schau stellte und einem die wildesten Fantasien bot. Passend dazu hatte er verwaschene, hellblaue Jeans, die zerrissen und perfekt abgestimmt zu seinen weißen Sneakers war. Was mich völlig aus dem Konzept brachte, war seine lange, silberne Halskette mit einem Dreieck als Anhänger. Es sah richtig cool an ihm aus und ließ mein Herz schneller schlagen. Total bescheuert, wenn man bedachte, dass es sich nur um Kleidung handelte. Aber ich war es nicht gewohnt, dass Männer Wert auf Style legten und überraschenderweise gefiel es mir sehr. Patrick trug die meiste Zeit Sportklamotten und wenn er Alltagskleidung tragen musste, dann nur aus Notwendigkeit. Aber Derrick war völlig anders. In vielerlei Hinsicht, wie ich wieder einmal feststellte, denn er lächelte mich an. »Ich habe Frühstück mitgebracht.«

Was war nochmal mit meinen Vorsätzen, die Sache zu beenden?

Ich ließ Derrick in meine Wohnung und während er Schokocroissants, frische Erdbeeren und Brötchen herausholte, deckte ich den Tisch auf. So peinlich, dass ich nicht einmal daran dachte, etwas zum Brunchen anzubieten.

Zum Glück hatten wir eine Kaffeemaschine, dass ich ihm einen Espresso und mir einen Latte Macchiato zubereiten konnte. Nervös hantierte ich mit der Maschine, während

Derricks Blick auf mir ruhte und er mich permanent angrinste.

Mist. Er wusste, dass ich angespannt war.

Wieso übte er eine so starke Wirkung auf mich aus?

Plötzlich zog er meine Hand weg und stellte blitzschnell ein Glas unter die Maschine, als heiße Milch herausschoss, die sonst über meine Hand gelaufen wäre, während ich mit den Gedanken ganz woanders war.

Schockiert drehte ich mich zu ihm um und war ihm so nah, dass ich sein Aftershave riechen konnte. Leicht holzig und etwas fruchtig süß. Unbewusst legte ich eine Hand auf seine Brust, um ihn anzusehen und es war, als ob wir es schon immer so gemacht hatten. Er lächelte noch verschmitzter und in meinem ganzen Körper kribbelte es so sehr, dass ich Gänsehaut bekam. Zum ersten Mal sah ich bei Tageslicht seine kastanienbraunen Augen aus der Nähe funkeln, vertraut und einladend, offen und verführerisch. Schon allein dieser Blick entführte mich in eine Welt, die nur für mich zu sein schien. Mir stockte der Atem, als er eine Hand auf meinen unteren Rücken legte und mich noch näher zu sich heranzog. Meine Gefühle explodierten und ich wollte nur noch, dass er mich küsste.

Und als ob er meine stumme Bitte verstand, presste er seine Lippen auf meine. Zuerst sanft und abwartend. Aber damit weckte er in mir die Tigerin, und ich erwiderte den Kuss, der leidenschaftlicher wurde, immer fordernder. Ich krallte mich an seinem T-Shirt fest und wurde noch verrückter, als seine Hände meinen Rücken mit einer solchen Bestimmtheit erforschten. Zum ersten Mal in meinem Leben wollte ich alles oder nichts. Kein Dazwischen. Kein Kompromiss. Nur diesen Mann. Dieser Gedanke war erschreckend, aber richtig zugleich. Mir war alles egal. Noch nie hatte ich mich so sicher und so erregt gefühlt. Und noch nie war ich so aufgeregt und glücklich wie jetzt.

Und dann fiel mir plötzlich wieder ein, dass wir in meiner Wohnung waren. In der ich mit jemand anderem lebte.

Atemlos stoppte ich den Kuss und riss mich von ihm los. Er war noch in Trance, so wie ich es die ganze Zeit gewesen war und starrte mich verwirrt an.

»Ich kann das nicht«, flüsterte ich mit meinen Händen.

Kapitel 23

»Zumindest nicht hier«, fügte ich immer noch atemlos hinzu. Und er verstand sofort. »Dann lass uns woanders hingehen. Möchtest du noch frühstücken oder …?«

»Nein, ich will weg. Ich hoffe, das ist okay, denn du hast dir so viel Mühe …«

Er schenkte mir einen liebevollen Blick. »Alles gut. Wir packen ein und nehmen es mit.«

Dass er es genauso eilig wie ich hatte, verriet er mit seiner Art, indem er das Frühstück in Sekundenschnelle in die Tasche packte und seinen Espresso in einem Zug austrank. Anschließend sah er mich mit einem verwegenen Blick an. »Wollen wir?«

Ich zögerte. Sollte ich das wirklich tun? Oder würde ich einen Fehler begehen?

Zweifel und Gewissensbisse kamen hoch und ich fühlte mich plötzlich mies. Derrick schien es zu bemerken und strich mir eine Haarsträhne zärtlich hinters Ohr. »Ich verspreche dir, wir tun nichts, womit du dich unwohl fühlst. Wir können auch nur frühstücken und miteinander reden.«

Und mit einem Mal hatte er die inneren Kämpfe wieder zum Schweigen gebracht. Ich wollte mit ihm gehen und ich musste herausfinden, was das zwischen uns war.

»Okay. Dann lass uns endlich verschwinden.«

Als ich Derricks privates Auto zum ersten Mal sah, haute es mich von den Socken. Ich liebte Sondermodelle und tolle Autos. Dieser Geländewagen war ein Mercedes-Benz G500 V8 und kostete so um die 150.000 Euro. Es war also ein Auto, das man nicht alle Tage erlebte und ich sprang begeistert auf den Beifahrersitz. Derrick schenkte mir ein amüsiertes Lächeln und warf mir den Schlüssel einfach so in den Schoß.

»Du kannst gern fahren.«

Ich riss meine Augen auf. »Das meinst du nicht ernst, oder? Was, wenn ich es zu Schrott fahre?«

Daraufhin lachte er und öffnete die Beifahrertür, um mich hinauszuscheuchen. »Der Wagen ist versichert.«

»Du bist doch verrückt.«

Bevor er es sich anders überlegte, setzte ich mich hinein und startete den Motor. »Wohin soll ich fahren?«

Derrick schaltete das Navi ein und klickte auf das Zuhause-Symbol.

Puh, wir würden also zu ihm fahren und ich würde sein Domizil kennenlernen.

In mir kribbelte es vor Aufregung und ich war froh, dass ich am Steuer sitzen durfte. Es machte Spaß zu fahren und lenkte mich ab.

»Wieso eigentlich kein Porsche?«, fragte ich ihn von der Seite.

»Habe ich in der Garage. Wieso?« Lässig hatte er die Sonnenbrille abgenommen und sich mir zugewandt.

Mir klappte die Kinnlade herunter. »Wie viele Autos hast du denn?«

»Nur die beiden. Ich bin Amerikaner und träumte schon als kleiner Junge davon, eines Tages die besten deutschen Autos zu kaufen, sobald ich das Geld habe.«

Okay, er hatte verdammt viel Geld, wie mir gerade bewusst wurde. Es war nicht so, dass mir diese Welt unbekannt war. Im Gegenteil, ich kam aus einer wohlhabenden Familie, die sich einiges leisten konnte und die mir ein privilegiertes Leben ermöglichte. Ich wusste, dass Geld wichtig war und man viel Gutes damit machen konnte, aber es war nicht das

Entscheidende. Das Entscheidende war die Freiheit und die damit einhergehende Chance, etwas aus sich zu machen. Seinem Herzen zu folgen und ein Leben zu kreieren, das einen erfüllte. Erneut sah ich zu Derrick, der meinen Blick bemerkte und lächelte.

Ihm entging nichts und ich musste aufpassen, da er wirklich aufmerksam war. Kaum passierten wir Grünwald, wunderte mich nichts mehr. Es war der Ort der Reichen und Schönen und atemberaubender Villen. Ich würde erfahren, wie Derrick lebte und meine Neugier wurde noch größer, als wir in die Tiefgarage einer äußerst anspruchsvollen Stadtvilla im Neubaustil fuhren. Als Immobilienliebhaberin erfreute mich jedes Objekt, das ich betrachten konnte und so parkte ich auf einem Stellplatz, der Derrick gehörte. Gemeinsam verließen wir den Wagen und stiegen in den Aufzug, der direkt in die Wohnung fuhr.

Kaum öffnete sich die Türen, verschlug es mir die Sprache. Die Penthouse-Wohnung war riesig und erinnerte mich sofort an einen New Yorker Stil. Hohe Decken, rote Backsteine an den Wänden und eine schwarze Glasfront mit einer umwerfenden Sicht auf das Grün und die Stadt. Überwältigt lief ich auf diese zu und öffnete die Front, um auf die Terrasse hinauszugehen. Als ich mich umdrehte, sah ich, wie Derrick das Frühstück auf der riesigen Küchentheke ausbreitete und ich atmete noch einmal tief durch. Derrick hatte eine starke Präsenz und eine noch magischere Anziehungskraft, der ich mich nicht entziehen konnte. Egal, wo wir waren, dieser Versuchung zu widerstehen, war fast unmöglich. Ich hatte keine Ahnung, was heute passieren würde und ich hatte mich entschieden, es einfach darauf ankommen zu lassen.

»Hey«, gebärdete er charmant. »Möchtest du noch einen Kaffee oder lieber frisch gepressten Orangensaft?«

»Ich nehme diesmal Letzteres.«

Er löste sich von der Theke und holte Orangen aus einer Schale, um diese mit einer modernen Saftpresse zu bearbeiten. In dieser Zeit konnte ich in aller Ruhe seinen muskulösen Rücken betrachten und seinen Hintern, ohne dass er es bemerkte. Es sah vielversprechend aus und ich hatte bisher noch keinen Kerl kennengelernt, der so gut gebaut war. Aber mir ging eine Sache nach wie vor nicht aus dem Kopf und ich musste ihn darauf ansprechen. Ich wartete, bis er sich wieder zu mir wandte.

»Sag mal, hättest du wirklich bei meinem Vater gekündigt, wenn ich mich geweigert hätte, mit dir zu reden?«

Er sah mich ernst an. »Ja, hätte ich.«

»Wow, ich verstehe nicht, er hätte dich als Nachfolger …«

»Es gibt Wichtigeres«, gebärdete er und setzte sich auf einen der Barhocker. »Spätestens als mir bewusst wurde, wie wichtig es dir ist, die Firma zu übernehmen. Ich will dir nicht im Weg stehen. Du hättest hundert Prozent das Zeug dazu.«

Dieser Mann war voller Überraschungen und ich war so überwältigt, dass ich nicht wusste, was ich darauf erwidern sollte. Doch er fuhr unbeirrt fort.

»Ich würde dir gern helfen, dieses Ziel zu erreichen.« Seine Augen sahen mich eindringlich an und lösten wieder ein Kribbeln in mir aus. Er wusste, was er sagen musste, um mich zum Dahinschmelzen zu bringen. Weil es nicht nur Worte waren. Sondern Dinge, die er ernst meinte.

»Und was ist mit dir?«

Jetzt lächelte er entspannt. »Was soll mit mir sein?«

Verwirrt starrte ich ihn an. »Du warst doch interessiert an der Geschäftsführung, oder nicht? Und du willst doch sicherlich auch Erfolg haben.«

Plötzlich stand er auf. »Moment, die Maschine hat gepiepst. Der Saft ist fertig.«

Kaum hatte er mir das Glas hingestellt, nahm er das Gespräch wieder auf und funkelte mich selbstbewusst an. »Ich bin erfolgreich. Und ich war hauptsächlich wegen der Immobilien auf dem deutschen Markt interessiert, weil es für mich eine völlig neue Herausforderung war. Aber ich bin nicht abhängig von deinem Vater. Ich könnte jede andere Firma übernehmen, wenn ich wollte.«

Wow. Das war eine Ansage. Und diese war sowas von *heiß*.

Dieser Kerl war felsenfest von sich selbst überzeugt, ohne dass es arrogant wirkte und ich bewunderte ihn dafür. Ich hatte schon öfter mitbekommen, dass Männer mit dem Selbstwert im beruflichen Bereich weniger ein Problem hatten als Frauen und deshalb auch besser über Gehaltserhöhungen oder Karrierechancen verhandeln konnten. Etwas, was ich definitiv von ihm lernen konnte.

»Okay«, sagte ich nur und trank einen Schluck aus dem Glas, um meine Nervosität zu verbergen.

Mit hochgezogenen Augenbrauen sah er mich an. »Nur okay?«

»Hast du etwa mehr erwartet?«, neckte ich ihn und wunderte mich über meine Art. Was Männer anging, war ich normalerweise selbstbewusst, aber bei ihm verhielt ich mich wie ein pubertierendes Mädchen.

Der Schalk glitzerte in seinen Augen und er beugte sich gefährlich vor. »Irgendwie schon.«

Er war mir wieder so nah, dass ich seinen Atem spürte und mein Körper stark darauf reagierte. Doch ich versuchte es mir nicht anmerken zu lassen und hielt seinem Blick stand.

»Ich bevorzuge lieber Taten als Worte.«

Seine Mundwinkel zogen sich leicht nach oben. »So, so. Komm mal mit. Ich möchte dir etwas zeigen.« Ohne meine Reaktion abzuwarten, nahm er meine Hand und führte mich um die Ecke in einen offenen Raum mit einer Spindeltreppe. Staunend sah ich mich nach allen Seiten um und ließ mich nach oben führen.

Die Dachterrasse übertraf alles, was ich bisher gesehen hatte. Ein Whirlpool war in der Mitte platziert, in der Ecke eine Lounge mit exklusiven Gartenmöbeln und Überdachung. Das Beste war aber der Panoramablick, dem ich mich kaum entreißen konnte. Derrick berührte mich sanft am Oberarm. Ich drehte mich zu ihm und sah ihm gespannt ins Gesicht.

»Du hast mich nicht gefragt, warum?«

Verwirrt blinzelte ich ihn an. Ich war immer noch damit beschäftigt, herauszufinden, warum er mich hierherführte und ob seine Absicht darin lag, mir zu imponieren. Sollte das der Fall sein, dann war er bei mir an falscher Adresse, auch wenn das hier mehr als nur überwältigend gewesen war. Aber ein Mann, der damit angeben wollte, hatte für mich keinen Charakter. Umso mehr brannte ich darauf, seine wahren Absichten zu erfahren.

Derricks Miene blieb undurchdringlich. »Warum ich dir helfen oder warum ich bei deinem Vater kündigen würde?«

Das wäre tatsächlich interessant zu erfahren, auch wenn ich die Antwort schon wusste, die er mir vor nicht allzu langer Zeit verraten hatte.

»Ich habe all das hier und du magst es vielleicht. Aber es ist belanglos. Du und ich dagegen …« Er trat einen Schritt auf mich zu und der Blick seiner braunen Augen wurden intensiver.

»… haben etwas, was unbezahlbar ist. Und ich wusste es von der ersten Sekunde an, als ich dich traf.«

Ich musste den Atem angehalten haben, als er sich näher zu mir beugte und seine Lippen hauchzart meine streiften. Ich konnte nicht anders, als sie für ihn zu öffnen und mit all meinen Sinnen zu erwidern. Ein wohlwollender Schauer lief über meinen Rücken und das Prickeln wurde immer stärker.

Derrick tastete sich vorsichtig mit der Zunge zu meiner und als sie sich fanden, waren wir nicht mehr zu bremsen. Der Kuss wurde inniger und leidenschaftlicher, und ich wusste, diesmal würde uns niemand mehr aufhalten können. Als ob er meine Gedanken lesen konnte, packte er mich an den Hüften, um mich hochzuheben. Ich schlang meine Beine um ihn, ohne dass wir den Kuss unterbrachen. Derrick wusste genau, wie er meine innere Stimme zum Schweigen bringen und gleichzeitig die Lust stärken konnte. Meine goldene Mitte pulsierte immer stärker und als ich mich noch mehr an ihn presste, spürte ich seine Erregung, was mich nur noch mehr anmachte.

O Gott, ich wollte so sehr, dass er mich nahm. Am liebsten sofort. Dann stoppte er abrupt und sah mich eindringlich an. »Ist das okay für dich?«

Oh nein, wir werden jetzt ganz bestimmt nicht reden, dachte ich und zog ihn wieder an mich. Ich knabberte an seinen Lippen und als er zögerte, nickte ich mehrmals. Doch er wartete immer noch ab. »Es ist okay«, gebärdete ich mit einer Hand. »Hör nicht auf, mich zu küssen, bevor ich es mir noch anders überlege.«

Und dann gab es kein Halten mehr. Ohne Vorwarnung lief er zur Treppe, stellt mich sanft wieder auf den Boden, nahm mich an die Hand und eilte mit mir die Treppe runter.

Kaum waren wir unten angekommen, packte er mich wieder auf seine Hüften und küsste mich. Dann führte er mich ins Schlafzimmer und unterbrach erneut unseren Kuss.

»Du wirst das nicht bereuen.«

Anschließend warf er mich sanft auf das Bett und blieb vor mir stehen. Und dann zog er sich langsam sein T-Shirt aus, während ich ihm zusah.

Sein nackter Oberkörper sah noch besser aus als auf den Fotos. Er war noch durchtrainierter, noch heißer.

Seine Haare waren zwar noch zusammengebunden, aber durcheinandergewirbelt. Dank mir. Ich musste lächeln. Er erwiderte es und verführte mich mit Blicken, die mich innerlich elektrisierten und noch feuchter werden ließen.

Ich schluckte, als er sich nun seine hellblaue Jeans herunterzog und nur noch mit Boxershorts von Hugo Boss vor mir stand, die ziemlich gut ausgefüllt waren.

Derrick kam auf mich zu und packte mich plötzlich an den Beinen, um mir meine Leggings auszuziehen und gleichzeitig meine Oberschenkel zärtlich zu küssen. Ich warf mich nach hinten und schloss meine Augen, denn jetzt würde ich mich nur noch auf das Fühlen konzentrieren. Auf die tausend Empfindungen, die er in mir und auf mir auslöste. Ich spürte, wie sich Gänsehaut auf mir ausbreitete, als mich ein weiterer warmer Schauer durchfuhr. Jetzt wurde es kitzlig, als Derrick meine Innenseiten küsste und mit der Zunge langsam zu meiner Perle hinaufwanderte … er würde doch nicht etwa …?

Doch noch bevor ich mich wehren konnte, hatte er meine Mitte erreicht und küsste diese so zärtlich, dass ich mich völlig hingab.

Ich keuchte auf, als er mit seiner Zunge tief in mich eindrang und mit der Fingerspitze meine Perle berührte.

O Gott, es fühlte sich so gut an und ich war so feucht wie schon lange nicht mehr.

Er wurde immer schneller, und es machte mich wahnsinnig. Ich wollte mehr und hob mein Becken, das verzweifelt nach ihm schrie. Ich wollte ihn ganz in mir spüren und gleichzeitig, dass er niemals mit seiner Zunge aufhörte. Kurz vor dem Höhepunkt stoppte ich ihn und zog ihn an den Haaren zu mir.

»Ich will dich in mir. Bitte.«

Das ließ er sich nicht zweimal sagen und er entledigte sich seiner Boxershorts so schnell, dass ich ihm fasziniert zusah, wie er sich ein Kondom überzog und anschließend auf mich legte. Überrascht riss ich meine Augen auf, als ich meine Hand um seinen harten Schaft legte. Seine Antwort war nur ein freches Grinsen und ich drückte etwas fester zu, worauf er seinen Mund öffnete und ich wusste, dass er stöhnte.

Er murmelte etwas an meinem Ohr und spürte es durch seinen Atem, was mich für eine Sekunde verwirrte, aber dann drang er so tief in mich ein, dass ich erneut aufkeuchte und meinen Rücken durchbog.

Ich rechnete mit einem schnellen und harten Ritt, aber täuschte mich wieder einmal in Derrick. Stattdessen nahm er sich viel Zeit und liebkoste mich mit Blicken und zärtlichen Küssen, während er sich langsam auf und ab bewegte. Ich krallte mich an seinen breiten Schultern fest und konnte meinen Atem nicht mehr kontrollieren. Trotzdem ging mir das alles viel zu langsam, und ich wurde wahnsinnig. Ich wollte es hart und schnell. Und sexy.

Ich warf ihn auf den Rücken, während er perplex seine Augen aufriss und überrascht aufstöhnte, als ich mich auf ihn setzte und mein eigenes Tempo vorgab. Seine Gesichtszüge wurden hart und er packte mich fest an den Hüften.

Jetzt hatte ich ihn genau da, wo ich ihn haben wollte. Nämlich, dass er seine Beherrschung verlor und sich auch mir völlig hingab. Es war kein Machtspiel. Im Gegenteil, ich wollte alles von ihm auskosten und dass wir gleichzeitig kamen.

Er sah mich voller Begierde, voller Lust an und schrie meinen Namen. Ich spürte es an seiner Brust, denn ich hatte mich mit meinen Händen darauf abgestützt und diese neue

Erfahrung überwältigte mich so sehr, dass ich immer schneller wurde und plötzlich schrie, als ich den Höhepunkt erreichte. Auch er kam mit mir, stieß noch zweimal hart zu und dann zuckte er.

Keuchend ließ ich mich auf ihn fallen und spürte, wie nass geschwitzt wir beide waren.

Himmel, was war das?

Wenn das unser gemeinsamer Sex war, dann war ich ab sofort süchtig danach.

Wir lagen noch ein paar Minuten reglos im Bett, bis Derrick mein Kinn sanft berührte und mein Gesicht zu sich drehte. Er küsste mich mit einer solchen Sinnlichkeit, dass ich von Gefühlen überrollt wurde, die mir neu waren. Ich konnte ihm von seinen Augen ablesen, dass er genau das Gleiche dachte und fühlte.

»Ich komme gleich wieder«, gebärdete er und stand auf, um ins Bad zu gehen. Keine dreißig Sekunden später kam er mit einem kleinen Handtuch zurück. Nackt.

Was keine gute Idee war, denn ich wurde schon wieder feucht.

Mein Gott, was war nur los mit mir? Mir reichte oft nur eine Runde, aber bei ihm war ich einer baldigen Wiederholung nicht abgeneigt. Und ich warf ihm einen verführerischen Blick zu. Auch diese Art sollte mich schockieren, aber Derrick holte eine wilde Seite aus mir heraus, die ich zuvor noch nicht kannte.

Seine Augenbrauen schossen fragend in die Höhe, aber ich wollte es ihm nicht sagen.

Also kaute ich auf meinen Lippen und spreizte meine Beine weit auseinander. Derricks Augen weiteten sich vor

Verblüffung, dann aber wurden sie dunkel und seine Kiefermuskeln spannten sich an. Genau wie sein toller Freund, der wieder aufwachte und sich zu seiner vollen Größe entfaltete.

Dieser Mann hatte Ausdauer.

Und so kam es nicht nur zu einer zweiten Runde, sondern zu unendlich vielen und wir verbrachten den ganzen Tag im Bett mit atemberaubendem Sex und unendlich vielem Küssen, dass mir schwindlig wurde.

Gegen Abend war ich so erschöpft, dass wir uns Pizza bestellten, viel lachten und immer wieder miteinander schliefen. Es war, als ob wir ein ganzes Leben nachzuholen hatten, und es war so gut, dass ich die Finger einfach nicht von ihm lassen konnte.

Um vier Uhr morgens, als ich wegen meiner vollen Blase ins Bad musste, und ihn beim Schlafen beobachtete, traf mich die Erkenntnis mit einer solchen Wucht, dass er alles andere, was ich je in meinem Leben erlebt hatte, übertraf und all die Gefühle, die ich für ihn empfand, viel zu tief und zu echt waren, um es noch verleugnen zu können.

Nicht nur mein Körper wusste es, sondern auch meine Seele.

Und mein Verstand.

Er war der Mister Right, von dem ich immer geträumt, aber gedacht hatte, dass es ihn nur in Büchern oder Märchen gab.

Kapitel 24

Die harte Realität holte mich wieder ein. Egal, wie sehr ich versuchte, mir die Momente mit Derrick in Erinnerung zu rufen.

Er war immer noch hörend und ich in festen Händen. Was hieß, dass ich Patrick mit einem anderen Mann betrog und damit auch mich selbst. Dieser Gedanke verfolgte mich in den letzten Tagen, in denen ich mich trotzdem heimlich mit Derrick traf und weiterhin nicht nur unglaublichen Sex hatte, sondern auch Zweisamkeit, die ich viel zu sehr genoss, dass ich immer öfter darüber nachdachte, die Sache mit Patrick zu beenden und einen Versuch mit Derrick zu wagen. Wenn es nicht klappte, würde ich einfach Single bleiben.

»Worüber denkst du nach?«, fragte Derrick, als ich in seiner Küche stand, wo alles angefangen hatte.

»Nichts Besonderes«, versuchte ich vom Thema abzulenken.

»Danach sieht es aber nicht aus. Rede mit mir«, bat er mich, formte seine Hände zu einer Lupe und betrachtete mich mit einem kritischen Blick.

Daraufhin musste ich lachen. »Eigentlich übernehmen wir Frauen diesen Part.«

Derrick musterte mich und sprach mit lautsprach-unterstützenden Gebärden, um sicherzugehen, dass ich ihn verstand. »Ich dachte, du als Feministin freust dich darüber. Wir Männer können auch über Gefühle reden.«

»Entschuldige. Natürlich, du hast recht. Es ist nur vollkommen ungewohnt für mich, weil ich sonst diejenige bin, die …« Abrupt hielt ich inne.

Was tat ich da? Ich wollte ihn nicht mit Patrick vergleichen, denn das hatte er nicht verdient.

Seufzend nahm ich auf dem Hocker Platz. »Tut mir leid, ich … weiß nicht, ich mache mir zu viele Gedanken.«

Derrick umrundete die Theke und nahm mein Gesicht in seine Hände, um mich zu küssen.

Hach, ich liebte es, wenn er mich küsste. Denn jeder Kuss war wie eine eigene Lovestory für sich.

Daraufhin wandte er sich wieder von mir ab. »Teile deine Gedanken mit mir, Elena. Ich möchte gern wissen, was in dir vorgeht.«

Egal, was dieser Mann sagte oder tat, es brachte mich dazu, dass ich mich jedes Mal ein Stückchen mehr in ihn verliebte.

»Es ist alles gut. Ich bin nur ziemlich müde.«

Zum Glück ließ Derrick es dabei bewenden und das war eines der Dinge, die ich schätzte, weil er wusste, wann es eine Grenze gab. Im Gegensatz zu vielen meiner gehörlosen Freunde, die bestimmte Themen nicht stehen lassen konnten oder nicht wussten, wann genug war. Und manchmal brauchte man Zeit für sich, um sich seinen Gefühlen und Gedanken klarer zu werden, bevor man sie mit jemandem teilte.

Mit Derrick erlebte ich eine völlig neue Welt, die unbeschwerter war, aber auch anstrengender. Denn an unserer Kommunikation haperte es nach wie vor, auch wenn Derrick Talent hatte und immer besser in der Deutschen Gebärdensprache kommunizieren konnte. Aber ich musste nach wie vor auf ihn Rücksicht nehmen und konnte nicht in meinem Tempo oder auf meine Art gebärden. Dann war es entweder zu schnell für ihn oder er verstand gar nichts. Zur Hilfe benutzte ich die Lautsprache, denn ich hatte nicht immer die Geduld, alles zu wiederholen oder langsamer zu gebärden. Aber wenn ich die Lautsprache häufiger benutzte, fing Derrick ebenfalls an, mit mir zu sprechen und ich konnte es ihm ansehen, dass es für ihn einfacher war. Er konnte in seiner

Muttersprache, in dem Fall der Lautsprache, die Dinge frei äußern, ohne darüber nachdenken zu müssen. Doch dann war es für mich mühsam, weil ich ihm von den Lippen absehen und daran erinnern musste, wenn er mal wieder zu schnell sprach oder ich kein Wort verstand.

»Du seufzt aber laut«, sagte Derrick plötzlich und ich zuckte zusammen. Auch etwas, was für mich ungewohnt war. Er vernahm jedes Geräusch, das ich von mir gab.

Ich schenkte ihm ein Lächeln und lief auf ihn zu, um ihn mit einem leidenschaftlichen Kuss abzulenken.

Was mir ziemlich gut gelang.

Gegen Abend fuhr ich zurück in meine Wohnung, damit Patrick keinen Verdacht schöpfte, obwohl er kaum zu Hause war. Ich fühlte mich schuldig und wusste, dass ich früher oder später eine Entscheidung treffen und mit ihm darüber reden musste.

Auch was den Job bei meinem Vater anging. Ich blieb von der Arbeit fern und fuhr nur zwischendurch vorbei, um Unterlagen abzuholen und von zu Hause oder einem Café aus zu arbeiten. Die Idee hatte mir Derrick unterbreitet, als ich mit ihm darüber gesprochen hatte. Demnächst hatte ich ein Vorstellungsgespräch, bei dem es sich um eine Stelle in der Buchhaltung handelte. Es entsprach zwar nicht meinen Vorstellungen, aber es war eine Möglichkeit, die ich nutzen würde, falls es klappte.

Immerhin hatte ich schon ein wenig für meine Zukunft vorgesorgt und wurde stolze Eigentümerin einer vermieteten Wohnung. Es fühlte sich großartig an, weil es etwas war, was ich ganz allein auf die Reihe bekam.

Ich ging in die Küche und sah einen Stapel Post auf dem Tisch liegen. Das meiste davon war Werbung, die in der

Mülltonne landete. Patrick hatte den Briefkasten zwar geleert, sich aber sonst nicht weiter darum gekümmert, wie so vieles andere auch. Obwohl er kaum zu Hause war, hinterließ er Chaos oder einen Haufen voller Wäsche, die in die Ecke geschmissen wurde.

Ich seufzte und ging die Briefe durch. Zwei Umschläge waren an mich adressiert und ich riss den ersten auf, der von der Behörde kam.

Aufgeregt las ich das Schreiben und freute mich riesig, dass ich zu einem weiteren Vorstellungsgespräch eingeladen wurde. Diesmal handelte es sich um eine Teilzeitstelle im Bereich Baurecht, Planung und Wohnungswesen und es war etwas, was mir Spaß machen könnte. Ich musste Derrick unbedingt davon erzählen, denn er wusste noch nichts von meinem Vorhaben. Bisher war ich noch vorsichtig gewesen. Das Trauma vom Verrat saß wohl noch zu tief.

Aber ich hatte das Gefühl, dass ich mich ihm immer mehr öffnen und vertrauen konnte, obwohl wir uns noch nicht lange kannten. Ich spürte eine Sehnsucht in mir aufsteigen, die für mich eine völlig neue Erfahrung war, da ich Derrick erst vor zwei Stunden gesehen hatte und ihn schon wieder vermisste.

Trotzdem würde ich warten, ob er sich meldete. Denn ich wollte keine Klette sein und ihm Freiraum lassen.

Der zweite Brief irritierte mich, da der Absender die Firma meines Vaters war. Neugierig öffnete ich das Schreiben.

Und musste zweimal lesen.

Mein Vater hatte höchstpersönlich an alle Mitarbeiter geschrieben, dass er für vier Wochen abwesend sein und Derrick ihn in dieser Zeit vertreten würde.

Derrick hatte kein einziges Wort darüber verloren. Und mein Vater hatte in seinem ganzen Leben nicht einmal für eine Woche gefehlt. Erneut las ich ungläubig die Zeilen.

Die einzige Begründung, die er angegeben hatte, war *aus persönlichen Gründen.*

Ich wusste nicht, was mich mehr verletzte, dass Derrick mir nichts erzählte und hinter meinem Rücken agierte oder dass mein Vater mir etwas verheimlichte und mich nicht vorgewarnt hatte. Immerhin war ich noch seine Chefsekretärin, die normalerweise über so etwas informiert wurde.

Wütend faltete ich das Papier zusammen und starrte auf mein Handy.

Plötzlich ging ein FaceTime-Anruf ein und ich wusste nicht, ob ich weinen oder lachen sollte, weil Derrick meine Gedanken lesen konnte.

Ich drückte auf Ablehnen, denn ich wollte mich zuerst beruhigen.

Aber ich war so aufgebracht, dass ich ihn am liebsten angeschrien hätte.

Derrick rief mich ein zweites Mal an und ich atmete tief durch, dann nahm ich an.

»Hey, alles okay? Ich habe dich vermisst …« gebärdete er langsam und fuhr sich durch sein verwuscheltes Haar, das er diesmal nicht zusammengebunden hatte und ihm bis zu seinem Kinn reichte. Es stand ihm außerordentlich gut und in mir kribbelte es wieder. Aber ich war sauer und wollte mich jetzt nicht davon ablenken lassen. Doch die Tatsache, dass auch er mich nach so kurzer Zeit vermisste, erwärmte mein Herz.

»Ich weiß nicht. Es gibt etwas, was ich dir erzählen wollte, aber …«
Er setzte sich gerade auf einen Hocker in der Küche, wie ich feststellte. Derrick griff nach einem Gegenstand, um das

Handy darauf abzustellen, damit das Bild nicht verwackelte und er beide Hände frei hatte. Sein Blick war plötzlich wach und besorgt. »Was denn?«

Ich holte Luft.

Vielleicht sollte ich ihm zuerst von den Neuigkeiten erzählen und danach das mit meinem Vater ansprechen. Er hatte bestimmt gute Gründe, warum er es mir verschwiegen hatte und ich wollte ihn nicht gleich damit überfallen, sondern eine Chance geben.

»Ich wurde zu einem Vorstellungsgespräch eingeladen.«

Derrick blickte überrascht in die Kamera. »Was? Wieso hast du mir nichts erzählt?«

»Ich erzähle dir doch gerade davon«, setzte ich an und wollte ihm erklären, warum ich ihm bisher nicht gesagt hatte. Aber er kam mir zuvor und war irgendwie eingeschnappt.

»Okay. Und wie lange bewirbst du dich schon woanders?«

Ich konnte sein Verhalten nicht nachvollziehen, aber ich versuchte, Ruhe zu bewahren. »Schon ziemlich lange und du weißt, dass es zwischen meinem Vater und mir …«

»Du vertraust mir immer noch nicht«, unterbrach er mich mit einer verletzten Miene. Daraufhin stand er auf und ging vor dem Bild auf und ab. Ich fand es kindisch und wartete, bis er sich wieder hinsetzte und mich durchs Display ansah. Dann plötzlich redete er drauflos und die Verbindung wurde schlechter.

»Stopp, warte. Ich kann dich nicht verstehen.«

Aber er ignorierte es, was mich noch wütender machte. Ich setzte meine Stimme ein, weil er sonst nicht reagierte und ich hasste es.

»Derrick. Du weißt, dass ich dich nicht hören kann und es macht mich sauer, wie du dich gerade verhältst. Denn ich war gerade dabei, es dir zu sagen, obwohl ich diejenige sein sollte, die wütend auf dich ist.«

Irritiert sah er mich durch die Kamera an; das Bild wurde für eine kurze Zeit wieder besser. »Was meinst du?«

»Wann wolltest du mir erzählen, dass du die Vertretung für meinen Vater übernimmst? Und sag jetzt nicht, dass ich es eigentlich wissen müsste.«

»Das …«, er machte eine wegwerfende Handbewegung. »… kannst du nicht vergleichen und es ist nicht so wichtig.«

»Wie bitte?«, unterbrach ich ihn. »Wie kannst du entscheiden, was für mich wichtig ist und was nicht?«

In mir braute sich ein Sturm auf und die Emotionen überfielen mich mit einer solchen Wucht, dass ich nicht mehr nachdachte. »Weißt du eigentlich, wie anstrengend es für mich ist, mit dir zu kommunizieren? Ich gebe mir Mühe, weil ich will, dass du mich verstehst und ich passe mich an. Im Gegensatz zu dir. Wenn du mit jemandem telefonierst und ich nachfrage, wer dran ist oder worum es geht, sagst du jedes Mal, dass es unwichtig ist. Immer entscheidest du, was ich wissen darf und was nicht und das ist nicht fair.«

Derrick versuchte, mir etwas zu sagen, aber ich schaute weg.

»Deswegen wird das mit uns nicht funktionieren«, blaffte ich ihn an und ich wusste, dass ich mich jetzt auch kindisch verhielt.

»Elena, jetzt übertreibst du!« Er hörte auf zu gebärden und fing stattdessen an, nur noch in Lautsprache zu sprechen.

Ohne Rücksicht darauf zu nehmen, ob ich ihm folgen konnte. Ich fühlte mich erst recht unverstanden und legte mittendrin auf.

Wie konnte das Gespräch nur derart aus dem Ruder laufen? Was hatte ich falsch gemacht? Und wieso flippte er so aus, obwohl ich es ihm erzählen wollte? Stattdessen hätte er sich doch freuen können, dass ich mich ihm endlich öffnete.

Aber ich war wohl zu blind, um zu erkennen, dass wir doch viel zu verschieden waren.

Wütend und verletzt schmiss ich das Handy auf die Couch und plötzlich musste ich weinen. Es verletzte mich zutiefst, wie er mich behandelte und ich fühlte mich wieder gedemütigt, weil er trotzdem weiterredete, obwohl er genau wusste, dass ich nicht mithalten konnte. Weil ich gehörlos war. Und weil er mich erneut hinterging. Mit meinem Vater.

Ich verschanzte mich auf dem Sofa und weinte noch mehr Tränen, bis ich irgendwann einschlief und nichts mehr spürte.

Dann riss mich ein Gewitter von Blitzen in der Wohnung aus dem traumlosen Schlaf.

Verwirrt tastete ich nach meinem Handy.

32 FaceTime-Anrufe in Abwesenheit.

15 Nachrichten.

Allesamt von Derrick.

Ich öffnete die letzte Nachricht und verfiel in Panik.

Schnell rannte ich zur Tür und riss sie auf.

»Sag mal, bist du verrückt geworden? Du kannst nicht einfach hier auftauchen. Was, wenn Patrick …?«

Derrick ließ mich nicht weiter ausreden und zog mich an sich. Dann küsste er mich mit einer verzweifelten Leidenschaft, dass ich gar nicht anders konnte, als sie zu erwidern. Doch die Realität holte mich wieder ein und ich riss mich von ihm los. »Derrick, bitte nicht hier …«

Etwas hilflos sah er mich an. »Du hast gesagt, dass es mit uns nicht funktioniert und einfach aufgelegt. Das konnte ich nicht zulassen. Bitte komm mit mir mit und lass uns reden. Bitte.«

Erst jetzt fiel mir auf, dass er sich nicht einmal die Mühe gemacht hatte, umzuziehen, sondern sofort auf den Weg zu mir eilte.

Es war banal, aber das war etwas, was mir in der Beziehung mit Patrick fehlte. Ich hatte mich so sehr daran gewöhnt, dass ich darüber erschrak und keinesfalls zu dieser Person werden wollte, die Gespräche aus dem Weg ging. Dass er um mich kämpfte, ließ mein Herz noch höherschlagen.

»Okay. Ich komme mit zu dir. Aber lass mich noch schnell meine Sachen packen.«

Erleichtert sackten seine Schultern herab und er nickte mir zu. »Ich warte unten im Auto auf dich.«

Bis zu seiner Wohnung hatten wir nicht miteinander geredet, was seltsam war, aber mir Zeit verschaffte, über die Situation nachzudenken.

In der Küche angelangt, setzte ich mich auf einen der Hochstühle und beobachtete Derrick, wie er sich mir gegenüber setzte. Seine Miene war angespannt und undurchdringlich.

Plötzlich wurden seine Augen feucht und mein Herz bei diesem Anblick schwer.

»Glaubst du wirklich, dass das mit uns nicht funktioniert?« Seine Gebärden wirkten aufrichtig und nackt, seine Worte emotional und verzweifelt.

Mich erschütterte es bis ins Mark, dass ein so starker Kerl seine Gefühle nicht zu verbergen versuchte.

Die verschiedensten Emotionen übermannten mich und mit einem Mal spürte ich, dass ich es genauso sehr wollte wie er.

Dass das mit uns funktionierte.

Erneut kamen mir die Tränen. »Ich will, dass es mit uns klappt, aber es hat mich zutiefst verletzt, wie du reagiert hast. Es hat mir wieder vor Augen geführt, wie verschieden wir sind. Dass die kulturellen Unterschiede zu stark sind. Ich weiß offen gestanden nicht, ob wir es schaffen, sie zu überwinden …«

Derrick wartete, ob ich dem noch etwas zufügen wollte und schwieg. Ich spürte, dass er mich diesmal ausreden lassen wollte.

Als ich nichts mehr erwiderte, nahm er meine Hand und drückte sie, bevor er sie wieder losließ, um sie zum Gebärden zu benutzen.

»Es sind nicht die kulturellen Unterschiede, die uns voneinander trennen, sondern die Kommunikationsschwierigkeiten, die es in jeder Beziehung gibt und an denen man arbeiten kann.«

»Aber …«, setzte ich an, doch Derrick zeigte mir mit einer Gestik, dass er noch nicht fertig war und ich ihn ausreden lassen sollte.

»Ich hätte dir die Sache mit deinem Vater sagen sollen und es tut mir leid, dass ich es nicht gemacht habe. Ich wollte dich beschützen, aber das war falsch. Denn du hast recht. Ich kann nicht für dich entscheiden, was du wissen darfst und was nicht. Und ich habe verstanden, dass du mir nur vertrauen kannst, wenn ich offen und ehrlich zu dir bin.«

Er holte tief Luft, ließ mich aber keine Sekunde aus den Augen. »Für mich ist das ungewohnt, weil ich gelernt habe, bestimmte Dinge mit mir allein auszumachen. Ich hatte vor dir keine ernste Beziehung und muss noch viel lernen. Deshalb verzeih mir, dass ich mich nicht richtig verhalten habe, nachdem du mir von deinem Vorstellungsgespräch erzählt hattest. Mir war da eine Sicherung durchgebrannt, weil ich dachte, du würdest mir vertrauen.«

Er sagte es mit einer solchen Reife und Gelassenheit, dass es mich überwältigte und ich mich noch mehr in diesen Mann verliebte.

Derrick stand vom Tresen auf und umrundete den Tisch.

»Elena, das mit uns ist etwas Besonderes. Diese Verbindung zwischen uns ist magisch und ich weiß, dass ich das kein zweites Mal erleben werde. Ich werde dir jeden Tag aufs Neue beweisen, dass wir zusammengehören und alles meistern können. Ich liebe dich.«

Gänsehaut bereitete sich auf meinem ganzen Körper aus und mir liefen die Tränen.

Tränen des Glücks.

Denn das war das erste Mal, dass er die drei Wörter offen sagte.

»Ich liebe dich auch, Derrick. Mehr als du es dir jemals vorstellen kannst.«

Seine Pupillen schimmerten und ich wollte mich nicht mehr zurückhalten.

Ich zog ihn zu mir und küsste ihn zärtlich. Dann legte ich meinen Kopf auf seine Brust, um seinen Herzschlag zu spüren, während er seine Arme um mich schlang. Eine ganze Weile verharrten wir so in dieser Position.

Und ich konnte mir keinen besseren Ort wünschen.

Ich war nach Hause gekommen.

Kapitel 25

Sonnenstrahlen küssten meine Haut und weckten mich sanft. Mit einem Lächeln drehte ich mich auf den Bauch und machte mich breit, ließ aber meine Augen noch geschlossen.

Dieses Bett war ein Traum. Nicht zu hart und nicht zu weich, sondern genau richtig und das Kissen roch perfekt.

Irgendwie nach Derrick.

Ich riss meine Augen auf und starrte direkt durch das Glasfenster auf eine unglaubliche grüne Landschaft.

Allein.

Derricks Bettseite war leer, aber auf seinem Kissen lag ein Zettel.

Hallo Traumfrau,

ich liebe es, wenn du im Schlaf lächelst. Ich wollte dich nicht wecken. Musste dringend los zur Arbeit. Aber Frühstück wartet unten auf dich.

In Liebe,

Derrick

Abermals musste ich lächeln und erinnerte mich an den Abend zuvor.

Noch nie bemühte sich jemand so um mich und auch wenn er anderer Meinung war, was die kulturellen Unterschiede angingen, glaubte ich langsam daran, dass es mit uns etwas Langfristiges werden könnte. Er lernte meine Sprache und tat alles dafür, dass wir offen miteinander redeten.

Und er liebte mich.

Was wollte ich mehr?

Ich ließ mich wieder ins Bett fallen und dachte an ihn. Kaum war er nicht da, vermisste ich ihn schrecklich und in meinem ganzen Körper kribbelte es wie verrückt. Das sagte doch schon alles aus, oder?

Plötzlich wurde mir bewusst, dass ich eigentlich nicht hier sein sollte. Patrick würde sich bestimmt wundern, wo ich über Nacht geblieben war.

Patrick.

O Gott, o Gott. Ich sprang aus dem Bett und schnappte mir ein T-Shirt von Derrick, das viel zu groß für mich war und zog es über, um das Zimmer zu verlassen und nach meinem Handy zu suchen.

Ich blickte auf die Uhr und bekam noch mehr Panik.

Es war schon Mittag und ich hatte den halben Tag verschlafen.

Schnell sammelte ich meine Klamotten ein, die auf dem Boden verstreut herumlagen und rannte ins Bad, um mich umzuziehen und fertig zu machen.

Anschließend lief ich in die offene Küche und mir stockte der Atem. Ein kleines, liebevolles Buffet mit frischen Brötchen und leckeren Aufstrichen wartete auf mich.

Ich setzte mich auf einen Hocker und entschied mich dafür, das Frühstück doch noch einzunehmen.

Patrick war bestimmt noch auf der Arbeit, aber ich wusste, dass ich es ihm heute sagen musste.

Ich konnte ihn und mich nicht mehr länger anlügen. Dass ich diese Sache schon viel zu lange vor ihm verheimlichte, nagte an mir und ich erkannte mich selbst nicht wieder.

Denn ich war immer diejenige gewesen, die Ehrlichkeit einforderte und niemandem wehtun wollte.

Stattdessen war ich keinen Deut besser und spielte nicht fair gegenüber Patrick.

Auch wenn er mich oft schlecht behandelte, hatte er das nicht verdient.

Früher hatte ich Patrick übel genommen, dass er fremdging, doch jetzt erlebte ich die gleiche Situation.

Nur, dass ich diesmal auf der anderen Seite stand. Auf der Seite derjenigen, die betrog.

Es war furchtbar und ich fühlte mich richtig schlecht.

Hatte Patrick damals genauso empfunden, als er mich betrogen hatte? Gut, er war erst sechzehn gewesen und hatte gemeint, dass es nur um Sex ging.

Aber das mit Derrick und mir war nicht nur Sex, es war so viel mehr.

Es war ... *Liebe.*

O Gott.

Das war noch schlimmer, denn ich betrog ihn nicht nur körperlich, sondern auch emotional.

Ich musste ihm heute noch die Wahrheit sagen und die Sache mit ihm beenden, denn ich konnte und wollte nicht mehr so weitermachen. Und ich wusste, dass mein Herz sich längst entschieden hatte.

Ich holte tief Luft und starte auf die Brötchen.

Eigentlich hatte ich keinen Hunger mehr, aber ich sollte etwas essen, da ich die Kraft brauchen würde.

Und ich musste dringend vorher noch jemanden anrufen.

Beim vierten Klingeln nahm meine Mutter endlich ab. Die Bildqualität war scharf und ich konnte sehen, wie meine Mutter sich auf einen Stuhl in unserem Esszimmer setzte.

Ich erkannte den Schrank hinter ihr, der schon, seit ich auf der Welt war, dort stand und ein Erbstück von meinem Opa gewesen war. Er hatte diesen Schrank selbst gebaut und ihn meiner Mutter geschenkt.

»Hallo meine Hübsche. Ich freue mich, dass du anrufst.« Sie strich sich ihr langes Haar nach hinten und sah wie immer umwerfend aus. »Wo bist du? Bei dir sieht es ja toll aus.«

Ich drehte mich um und sah vor mir eine Wohnzimmerlandschaft inklusive des Ausblicks.

Oh nein, ich hätte doch von zu Hause aus anrufen sollen.

»Äh«, stammelte ich mit meinen Händen, »ich bin in einer der Wohnungen und habe gerade Zeit. Da dachte ich, ich rufe dich an. Weil ich mit dir über etwas reden muss.«

Ich spürte, wie meine Wangen heiß wurden und sich mein Magen verkrampfte.

Lügen tat mir überhaupt nicht gut und ich hoffte, dass meine Mutter nichts bemerkte und nachfragen würde.

»Okay. Worum geht es?«, fragte meine Mutter mit einem interessierten Blick.

Ich holte tief Luft. »Wusstest du von Papas Auszeit in der Firma?«

Gerade eben hatte sie noch gestrahlt, doch jetzt verhärteten sich ihre Gesichtszüge und sie blickte angespannt in die Kamera. Normalerweise war sie eine Frohnatur, aber die Situation mit meinem Vater war wohl etwas Ernstes. Sonst würde sie sich nicht so distanziert verhalten und das bereitete mir Sorgen. »Ist er krank?«

Jetzt weiteten sich ihre Augen. »O Gott, nein mein Schatz. Du solltest dir keine Sorgen machen. Ihm geht es gut. Es ist nur …« Sie seufzte und warf sich ihr Haar nach hinten. Eine Gewohnheit, die sie sich angeeignet hatte, wenn sie nervös war oder über Dinge sprechen musste, die ihr unangenehm waren. Mir wurde schlecht, denn nun würde etwas kommen, was ich lieber nicht erfahren wollte.

»Dein Vater und ich machen gerade eine Paartherapie. Wir haben schon länger Eheprobleme und er hatte die Wahl, sich entweder eine Auszeit zu nehmen und mit mir wegzufahren oder weiterhin für die Arbeit zu leben.«

Ich starrte meine Mutter an. Ihr Blick war undurchdringlich und ich wartete, ob sich in mir etwas regte. Aber da war nichts. Mich überraschte diese Aussage nicht wirklich, denn mein Vater war nie zu Hause und hatte immer nur gearbeitet. Als Teenager hatte ich mich oft gefragt, wie eine solche Ehe funktionieren konnte. Und vor allem, wie meine Mutter einen solchen Mann lieben konnte, der mich wie Dreck behandelte.

»Bist du traurig?«, gebärdete meine Mutter vorsichtig.

»Nein. Mich verwundert es nicht wirklich und das weißt du auch.«

Sie nickte abwesend. »Mal sehen, ob wir es hinbekommen.«

»Wenigstens hat er sich für dich entschieden. Das war für ihn bestimmt ein schwerer Schritt«, versuchte ich sie aufzumuntern.

Irgendwas blitzte in ihren Augen auf, und ich sah einen kleinen Hoffnungsschimmer. Etwas musste sie an meinem Vater mögen, sonst hätte sie ihn nicht geheiratet und auch wenn ich Differenzen mit ihm hatte, wünschte ich mir für meine Mutter, dass sie es schafften. Sie waren immer noch meine Eltern und meine Mutter hatte es verdient, glücklich zu sein.

»Danke, dass du mir die Wahrheit gesagt hast.«

»Ach Schatz, ich hätte es dir schon längst sagen sollen. Aber ich wollte dich nicht mit in die Sache hineinziehen. Es ist etwas, was dein Vater und ich miteinander klären müssen.«

»Das verstehe ich. Trotzdem bin ich froh, dass ich jetzt Bescheid weiß. Kann ich etwas Gutes für dich tun?«

Sie winkte ab und Tränen stiegen ihr in die Augen. »Das ist lieb von dir. Danke. Ich schaffe das schon. Versprich mir nur, dass du trotzdem deinen Weg gehst.«

Ich versprach es ihr und erzählte ihr von meinen Vorstellungsgesprächen im öffentlichen Dienst, was sie begeistert aufnahm und mich mit weiteren Fragen bombardierte. Wir telefonierten noch eine Weile, bis ich auf die Uhr sah und erneut den Druck verspürte, dass ich dringend nach Hause und mich noch einer Sache gegenüberstellen musste. Ich verabschiedete mich von Mama und legte auf. Dann trank ich den restlichen Kaffee in einem Zug aus und nahm meine Tasche, um die Wohnung zu verlassen und zur Bushaltestelle zu laufen.

Unterwegs beobachtete ich zwei Vögel, die am Himmel kreisten.

Wie ein Paar.

Und dann dachte ich an meine Eltern. Die eine Paartherapie machten, um an ihrer Ehe zu arbeiten.

Vielleicht war ich eine Idealistin, was Liebesbeziehungen anging, aber meine Eltern waren in diesem Sinne keine Vorbilder für mich gewesen.

Wenn wir gemeinsam in den Urlaub fuhren, und das kam einmal im Jahr vor, hatte mein Vater trotzdem gearbeitet, während meine Mutter und ich am Strand waren oder die Stadt erkundeten. Wir waren nie wirklich als Familie zusammen gewesen und ich konnte mich auch nicht daran erinnern, dass meine Eltern ihre Zweisamkeit auskosteten. Selbst beim Abendessen waren es oft nur meine Mutter und ich, die am Tisch saßen, während andere Tische mit Familien vollbesetzt waren.

Als Kind hatte es mich gestört, dass mein Vater keine Zeit mit uns verbrachte, aber meine Mutter hatte ihn trotz allem mit der Argumentation verteidigt, dass er hart arbeitete, damit es uns gut ging.

Doch mittlerweile weiß ich, dass es nur eine Ausrede war.

Eine Ausrede, um sich selbst zu schützen.

Als die zwei Vögel sich trennten und in entgegengesetzte Richtung flogen, wurde mir schlagartig bewusst, dass ich denselben Fehler machte wie meine Mutter.

Die Beziehung mit Patrick war genauso verkorkst.

Denn er war kaum zu Hause und bemühte sich nicht um unsere Beziehung.

Wir waren zu verschieden, auch wenn ich es nicht wahrhaben wollte. Doch jetzt sah ich die Sache mit anderen Augen und ich wollte keine solche Beziehung.

Ich wollte keine Abstriche mehr machen müssen.

Schon gar nicht, wenn es um die Gefühle und die Kommunikation ging.

Irgendwie war das Ironie des Schicksals.

Patrick und ich teilten die gleiche kulturelle Identität und sprachen beide dieselbe Sprache, aber wir redeten nicht miteinander und waren nicht so innig verbunden.

Mit Derrick war das anders.

Ich fühlte mich noch nie mit jemandem so tief im Einklang und das, obwohl er aus einer anderen Welt kam.

Einer Welt, die laut war und in der es schwierig für mich sein wird, mitzuhalten.

Aber Derrick machte es leichter, weil er mich auf eine Art verstand, die tiefer ging.

Und er hatte recht. Es ging gar nicht darum, in welcher Sprache man miteinander kommunizierte, sondern wie man sich mitteilte.

Mit dieser Erkenntnis fuhr ich nach Hause, das sich nicht mehr wie ein Zuhause anfühlte.

***

Vor der Haustür angekommen, atmete ich mehrmals tief ein und wieder aus und sah auf meine Pilotenuhr.

Es war bereits nachmittags, und ich hoffte, dass Patrick noch auf der Arbeit war, damit ich in Ruhe zu Hause ankommen konnte.

Ich schloss die Tür auf und trat in den Flur, um meine Tasche abzustellen und ins Bad zu gehen.

Doch dann kam Patrick völlig unerwartet aus der Küche und ich erschrak so sehr, dass ich fast stolperte.

Grinsend trat er auf mich zu. »Hello Sunshine. Wo warst du denn die Nacht geblieben? Hast du mich etwa betrogen?« Amüsiert betrachtete er mich und wollte einen weiteren dummen Scherz machen, aber ich musste ihn schockiert angesehen haben, dass er innehielt. »Das war doch nur Spaß, oder?«

O Gott, so hatte ich mir unser Gespräch nicht vorgestellt. Aber das Universum hatte wohl andere Pläne.

»Könnten wir bitte ins Wohnzimmer gehen?«

Patrick blinzelte mehrmals und folgte mir in das andere Zimmer. Verwirrung stand ihm ins Gesicht geschrieben. »Was ist los?«, gebärdete er kurz und knapp.

Doch ich konnte nicht gleich auf den Punkt kommen, da es für mich völlig neu war, dass er plötzlich da war.

»Seit wann bist du so früh zu Hause? Musst du nicht arbeiten, oder so?«

Jetzt rieb sich Patrick am Kinn und nahm auf dem Sofa Platz. »Ich habe gekündigt.«

»Du hast was?« Entsetzt sah ich ihn an.

War er lebensmüde geworden?

Endlich hatte er einen coolen Job und nette Mitarbeiter und nun schmiss er wieder alles hin.

Genervt warf er mir einen Blick zu. »Sie wollten mir keine zwei weiteren Wochen für das wichtige Turnier in Schottland freigeben und dann blieb mir eben nichts anderes übrig. Ich werde schon was Neues finden. Keine Sorge.«

Okay, bleib ruhig, Elena. Das wird nicht mehr dein Problem sein.

»Na ja, das musst du selbst wissen. Denn ab jetzt wirst du damit allein klarkommen müssen.«

Patrick sah mich perplex an. »Wie meinst du das?«

Übelkeit stieg in mir auf und ich wollte am liebsten sofort verschwinden. Aber da musste ich jetzt durch.

»Es ist vorbei mit uns. Ich habe mich in jemand anderes verliebt.«

Da! Es war endlich raus.

Und trotzdem fühlte es sich mies an.

Mein Herz brach entzwei, während Patrick aufstand und irgendetwas mit den Händen stammelte. Und mich dann direkt ansah. Seine Augen füllten sich mit Tränen. »Du machst Schluss mit uns? Ist es, weil ich dich damals betrogen habe?«

»O Gott, nein. Es ist einfach passiert und das tut mir unendlich leid." Plötzlich kamen mir auch die Tränen.

Er trat einen Schritt auf mich zu. »Das ist schon okay. Ich verzeihe dir. Du hast mir damals auch verziehen und wir haben es trotzdem geschafft.« Dann umrahmte er mein Gesicht mit seinen Händen und wollte mich küssen.

Doch ich wich ihm aus und stieß ihn sanft von mir weg.

Mir war schleierhaft, wie er es schaffte, so schnell darüber hinwegzusehen. Damals hatte ich ihn rausgeschmissen, als er mir gebeichtet hatte, dass er fremdging und für mich war eine Welt zusammengebrochen. Dass er so leichtfertig damit umging, verriet mir, dass ich das Richtige tat.

»Du verstehst nicht. Ich liebe dich nicht mehr, Patrick. Wir sind viel zu verschieden, dass es ohnehin nur eine Frage der Zeit war, bis wir beide erkennen, dass wir nicht zusammenpassen.«

»Was sagst du denn da? Natürlich passen wir …«

»Nein«, unterbrach ich ihn. »Es entschuldigt trotzdem mein

Verhalten nicht, dass ich dich betrogen habe und es tut mir leid. Ich hätte das mit uns viel früher beenden müssen.«

»Wer ist er? Und wie lange läuft das schon zwischen euch?«

Ich schloss die Augen. Eigentlich wollte ich ihm jedes Detail ersparen, aber er hatte die Wahrheit verdient.

»Schon ein paar Wochen.«

Schockiert wich er ein paar Schritte zurück.

»Ach du scheiße. Weil ich kaum da war?«, fragte Patrick. »Weil du den Sex vermisst?«

Ich konnte nicht fassen, dass er dachte, es ginge nur darum.

»Es geht nicht um das Eine und es ärgert mich, dass du das alles in einen Topf wirfst.«

»Aber es geht doch immer nur um Sex, oder?«

Fassungslos starrte ich ihn an. »Bei dir vielleicht. Aber bei mir nicht.«

»Liebst du ihn?«

Ich schluckte. »Ja.«

Und dann plötzlich trat Patrick mehrmals gegen unseren Couchtisch - so hatte ich ihn noch nie ausrasten sehen. In mir stieg ein subtiles Gefühl der Angst hoch.

Er gebärdete bedrohlich hart. »Wer ist er?«

Als ich immer noch nichts sagte, machte er einen weiteren Schritt auf mich zu. Sein Blick war kalt.

Meine Brust schnürte sich bei diesem Anblick zu.

Er hatte sich noch nie mir gegenüber gewalttätig oder wütend verhalten.

Und dann blitzten seine Augen gefährlich auf. »Es ist dieser Typ, der im Café an unserem Tisch aufgetaucht ist, richtig?«

Erneut liefen mir Tränen über die Wangen und Patrick lachte gehässig auf.

»Er ist hörend, das ist dir schon bewusst, oder?« Sein Gebärdenstil war arrogant. »Das wird niemals auf Dauer mit euch funktionieren.«

Diese Dinge konnte und wollte ich mir nicht länger an den Kopf werfen lassen.

Ich drehte mich um, um im Flur nach meiner Tasche zu greifen und die Wohnung zu verlassen.

Aber Patrick packte mich fest am Arm und ein heftiger Schmerz durchzuckte meinen Körper.

»Lass mich bitte los. Du tust mir weh!«

»Fickt er besser?«, gebärdete er voller Wut und packte mich an den Hüften. »Ich besorge es dir so richtig, damit du mich niemals vergisst.« Dann versuchte er, mich mit Gewalt zu küssen.

Diesen Patrick erkannte ich nicht wieder und ich bekam eine Heidenangst.

Aus Reflex schubste ich ihn mit einer solchen Wucht von mir weg, dass er rückwärts stolperte.

Ich ergriff die Chance, um davonzustürmen.

Ohne mich noch einmal umzudrehen.

Kapitel 26

Mein Herz sprang mir fast aus der Brust und ich zitterte am ganzen Körper.

Ich konnte nicht fassen, was gerade passiert war.

Aber das Adrenalin war viel zu stark, dass ich wie ferngesteuert auf die Straße zu meinem Mazda rannte und dankbar war, dass ich meine Autoschlüssel dabei hatte.

Ich wollte so schnell wie möglich von hier weg und trat mit voller Wucht auf das Gas.

Ich hatte keine Ahnung, zu wem ich fahren konnte.

Zu meiner Mutter wollte ich auf keinen Fall, da sie sich noch mehr Sorgen machen würde und zu Patricks Familie wäre Verrat gewesen.

Schlagartig wurde mir bewusst, dass sie auch kein Teil mehr in meinem Leben sein würden. Ich hatte nicht nur mit Patrick Schluss gemacht, sondern auch mit seiner Familie.

Und das brach mir erneut das Herz.

Sie waren immer für mich da gewesen und hatten mich herzlichst aufgenommen. Was würden sie über mich denken, wenn sie erfuhren, dass ich ihren Sohn mit einem anderen Mann betrog. Vor allem mit einem Mann, der hörend war?

Stopp, Elena.

Er hat dich festgehalten und dir wehgetan.

Noch mehr Tränen liefen mir über die Wangen und ich konnte nicht mehr aufhören.

Derrick.

Er war der Einzige, zu dem ich gehen konnte.

Aber es fühlte sich falsch an, denn es war eine Sache, die ich mit mir allein ausmachen musste.

Unter Tränen musste ich die Stadt verlassen haben, denn nun umgaben mich Felder und Wiesen, was meinen Herzschlag etwas beruhigte. Ich bog in einen Feldweg ab und hielt auf einem Wanderparkplatz an, um auszusteigen und die Naturluft einzuatmen.

Dann ließ ich mich ins Gras fallen und spürte, wie mein Kopf vor lauter Weinen pochte.

Ich hätte nie gedacht, dass Patrick so ausrasten und mir Angst einjagen würde.

Das passte gar nicht zu ihm. Hatte ich ihn wirklich gekannt?

Okay, es war eine absolute Ausnahmesituation gewesen.

Ich hatte unsere langjährige Beziehung beendet und ihm gleichzeitig offenbart, dass ich ihn mit einem anderen Mann betrog.

Trotzdem. Rechtfertigte das sein Verhalten?

Sicher nicht, und ich wusste nicht, wie ich damit umgehen sollte.

Nachdenklich starrte ich in den blauen, wolkenlosen Himmel. Einerseits war ich erleichtert, dass ich die Sache beendete, andererseits schmerzte es. Immerhin hatte ich einen großen Teil meines Lebens mit Patrick verbracht und wir hatten so viel zusammen erlebt. So viele Erinnerungen als Paar geschaffen und schwere Momente durchgestanden.

Ich konnte verstehen, dass viele Paare aus Bequemlichkeit zusammenblieben, obwohl die Liebe längst erloschen war oder nicht ganz so stark, wie wenn man den Richtigen traf.

Dann dachte ich wieder an Derrick.

Ich sollte ihm wenigstens Bescheid geben, damit er sich keine Sorgen machte. Also klopfte ich meine Jeans ab und stand auf, um im Cabrio nach meinem Handy zu suchen.

Verdutzt sah ich auf das Display.

Vier FaceTime-Anrufe von Clara und drei Nachrichten.

Zwei weitere von Derrick, der sich nach mir erkundigte und fragte, wann wir uns wiedersehen würden.

Ich antwortete ihm mit einer knappen Nachricht, dass ich mich später bei ihm melden würde. Daraufhin öffnete ich die Messages von Clara.

Ich habe das von dir und Patrick mitbekommen. Ist es wahr?

Elena, bitte melde dich. Ich mache mir Sorgen.

Egal, was er behauptet, ich bin auf deiner Seite. Das solltest du wissen.

Entsetzt las ich die Mitteilungen noch einmal und fragte mich, woher um Himmels willen Clara von der Trennung erfahren hatte. Es war noch nicht einmal zwei Stunden her, dass ich die Beziehung beendet hatte.

Erneut stieg Übelkeit in mir auf und ich klickte auf Claras Namen, um sie zurückzurufen.

Als ob sie auf meinen Anruf wartete, nahm sie nach zwei Sekunden ab und ein besorgtes Gesicht erschien auf meinem Bildschirm.

»Gott sei Dank rufst du mich endlich an. Was ist passiert? Wie geht es dir?« Dann hielt sie inne. »Du hast geweint. Magst du zu mir kommen? Dann gibt es Eis und du kannst mir alles erzählen oder deine Ruhe haben. Wie du möchtest.«

Wieso war ich nicht früher darauf gekommen?

Clara würde alles stehen und liegen lassen, wenn ich sie brauchte. Denn umgekehrt war es genauso.

»Wenn es für dich okay ist. Ich will dir keine Umstände machen.«

»Du beleidigst mich gerade. Ich dachte, du würdest als Erstes zu mir kommen. Du bist wie meine Schwester!«

Ich nickte und wieder liefen mir Tränen. »Ja, es ist erst zwei Stunden her und ich wollte nur noch weg.«

Sie machte die Gebärde für eine Umarmung. »Ach Süße, fahr direkt zu mir. Ich bin allein zu Hause.«

Dankbar nahm ich ihr Angebot an und verabschiedete mich, um mich anschließend auf den Weg zu ihr zu machen. Und dann fiel mir während der Fahrt ein, dass ich völlig vergessen hatte, sie zu fragen, woher sie von unserer Trennung erfahren hatte. Das würde ich als Erstes herausfinden, wenn ich bei ihr war.

Clara wohnte schon seit Jahren in einer Eigentumswohnung in Bogenhausen, die ihr Vater für sie gekauft hatte.

Es war ein gehobenes Viertel und wurde auch von Prominenten oder bekannten Sportlern bewohnt. Ich parkte meinen roten Mazda direkt vor einer Villa, die aus dem 18. Jahrhundert stammte und modernisiert wurde. Heutzutage waren die Kauf- und Mietpreise schwindelerregend, dass Clara allein mit dieser Wohnung ein Leben lang ausgesorgt hatte, wenn sie sie vermieten oder verkaufen würde.

Doch sie fühlte sich wohl und hing daran, was ich ihr nicht verübeln konnte.

Kaum betrat ich das Grundstück, riss Clara die Haustür auf und rannte auf mich zu, um mich fest in die Arme zu nehmen. Ich hatte mir vorgenommen, nicht wieder los zu weinen, aber daraus wurde nichts.

Clara sagte kein Wort, drückte mich stattdessen noch fester an sich und irgendwann zog sie mich sanft ins Haus.

Wir stiegen bis zum zweiten Stock hinauf und betraten Claras Reich, das aus einem großen Foyer bestand und mir jedes Mal den Atem raubte.

Ein großer Spiegel hing an der Wand zwischen zwei Zimmern und ein heller Teppich ließ den Raum noch größer wirken. Links vom Eingang aus gab es einen schmalen Flur, der zu den anderen Zimmern führte.

Clara schob mich ins Wohnzimmer und befahl mir, mich auf das riesige Ecksofa zu setzen. Kurz darauf verschwand sie in der Küche.

Ich hatte fast vergessen, wie gemütlich es bei Clara war, und auch wenn es mir Unbehagen bereitete, ich würde sie fragen müssen, ob ich bei ihr übernachten konnte. Denn ich wollte auf gar keinen Fall zurück zu Patrick.

Clara kam mit zwei großen Schüsseln voll Eiskugeln und jeder Menge Schokoladensoße, dass ich lächeln musste. Sie wusste genau, was ich brauchte.

Sie überreichte mir eine Schüssel und lächelte mir aufmunternd zu. »Eis hat schon oft unser Leben gerettet. Weißt du noch? Lass es dir schmecken.«

»Danke«, gebärdete ich und sie wusste, wie ernst es mir damit war.

»Wofür? Du bist immer für mich da gewesen und ich bin froh, dass ich diesmal diejenige bin, die für dich da sein darf.«

Schweigend aßen wir das Eis und ich war dankbar dafür, denn ich brauchte diesen Moment für mich, um meine Gedanken sortieren zu können.

Und dann fiel mir die Frage wieder ein.

»Woher weißt du eigentlich von unserer Trennung?«

Clara stellte die Schüssel auf dem Couchtisch ab und musterte mich besorgt.

»Du weißt nicht, was Patrick getan hat?«

Doch ohne auf eine Antwort von mir zu warten, stand sie auf und holte ihr iPhone.

Mein Magen verkrampfte sich, und ich ahnte, dass Patrick etwas Schlimmes getan hatte. Er war so wütend gewesen.

Clara kaute nervös auf ihre Lippen und überreichte mir ihr Handy. Sie hatte Patricks Profil auf Instagram geöffnet und bat mich, seine Story anzuschauen.

Patrick trug noch dieselben Sportklamotten und seine Augen waren gerötet. Dann blickte er in die Kamera und gebärdete so verzweifelt, dass mir schlecht wurde.

Gerade eben hat sich Elena von mir getrennt und mir das Herz gebrochen. Niemals hätte ich gedacht, dass man sich so in einem Menschen täuschen könnte. Zehn Jahre hat sie einfach so weggeschmissen, indem sie mit einem anderen Mann fickt. Einem Mann, der hörend ist. Könnt ihr euch das vorstellen? Und das monatelang. Wie falsch kann man nur sein?

Ich werde jetzt für eine ganze Weile abtauchen, weil mir diese Wahrheit zu sehr wehtut.

Geschockt starrte ich auf das Display.

Patrick hatte der ganzen Welt unsere Trennung mitgeteilt und mich als Schlampe dargestellt, während er das Opfer war.

Ich konnte es nicht glauben und stand auf.

»So ein Arschloch!«, rutschte es aus mir heraus und in mir tobte so viel Wut, dass ich auf- und ablaufen musste.

Clara sah mich mitfühlend an.

»Diese Nummer, die er abgezogen hat, ist total krank. Moritz hatte mich gleich angerufen und gemeint, dass du ihn deswegen anzeigen könntest. Ich habe bereits dem Support von Instagram geschrieben und seine Story gemeldet. Aber du weißt ja, die verstehen keine Gebärdensprache und können den Inhalt nicht kontrollieren. Doch sie versprachen, dass sie etwas dagegen unternehmen würden.«

»Dass die Story immer noch verfügbar ist, ändert nichts. Das hat sich die ganze Community schon angesehen. Und dabei hatte er mir bereits wehgetan, als ich …« Ich schluchzte und verdrängte das Bild, wie er mich hart packte.

Als ob das nicht genug war, demütigte er mich auch noch öffentlich.

Clara berührte mich am Arm. »Was ist passiert?«

Daraufhin erzählte ich ihr alles, während sie mir zuhörte und meine Hand zwischendurch immer wieder drückte. Als Zeichen dafür, dass sie mich ernst nahm und auf meiner Seite war. Als ich ihr von Patricks Angriff schilderte, ließ sie meine Hand los und wurde richtig wütend.

»Was ist das für ein Mensch? Und dann zieht er auch noch die Nummer mit Instagram ab, um sich als Opfer darzustellen. Dabei hatte er dich damals auch betrogen.« Sauer fuhr sie sich durch ihr langes Haar und band sie zusammen. »Sorry, dass ich das jetzt sage. Aber du weißt, dass ich ihn noch nie leiden konnte. Und zugegebenermaßen, bin ich froh, dass du endlich Schluss gemacht hast.«

»Leider habe ich zu lange gebraucht. Und es nicht auf die feine Art gemacht.«

Clara musterte mich. »Was das angeht, du hattest sicher deine Gründe und ich glaube dir, dass du dich verliebt hast. Ich kenne dich. Du bist der ehrlichste und treueste Mensch, den ich kenne. Und es muss dich schwer erwischt haben, dass du so weit gehen würdest. Auch wenn es nicht in Ordnung war, du hast ihm die Wahrheit gesagt und die Beziehung beendet.«

Dass sie nur das Beste in mir sah, berührte mich auf eine Art, was mich noch trauriger machte. Denn Clara wurde auch von ihrem Ex-Freund betrogen und reagierte normalerweise bei Untreue allergisch.

Abermals schluchzte ich und Clara überreichte mir ein Taschentuch, damit ich meine Nase putzen konnte.

Und dann lächelte sie mich wissend und verschwörerisch an.

»Was?«, fragte ich mit einem kritischen Blick.

»Dieser hörende Mann. Sag bitte, dass es Derrick van Kamp ist.«

Bei diesem Namen musste ich unweigerlich grinsen und Claras Augen wurden riesengroß. »Mein Gott. Das ist völlig abgefahren. Ich trage seine Unterwäsche und du schläfst mit ihm.«

»Hey«, gebärdete ich spielend empört und gab ihr einen Klaps auf ihre Schulter. Doch sie grinste noch breiter, dass ich gar nicht anders konnte, als zu lächeln.

»Wow, du lächelst endlich wieder. Der ist Milliarden Mal besser als Patrick.«

»Auch wenn er hörend ist?«, kam es dann aus mir heraus.

Irritiert sah mich Clara an. »Wenn es zwischen euch passt, warum sollte es dann ein Problem sein?«

Überrascht sah ich sie an. »So kenne ich dich gar nicht. Du hattest immer gesagt, hörende Männer kämen für dich nie infrage.«

Nachdenklich sah sie mich an. »Du hattest das auch gesagt. Aber er hat deine Meinung geändert und wenn er das geschafft hat, dann muss er schon etwas Besonderes sein.«

Damit brachte sie es auf den Punkt und ich war erleichtert, dass Clara völlig entspannt und locker mit der Sache umging.

»Aber eine Sache macht mich schon neugierig. Wie klappt es mit der Kommunikation? Kann er gebärden?«

»Er hat meinetwegen Kurse bei Claudia absolviert und sich danach für einen Studiengang des Gebärdensprachdolmetschens angemeldet.«

Ihr Mund stand weit offen. »Das hat er nicht wirklich, oder?«
»Doch«, bestätigte ich mit einem heftigen Nicken.

Ihre Augen wurden groß und dann sprang sie aufgeregt von der Couch. »Darf ich ihn heiraten?«

Ich musste lachen und Clara schaffte es, mich eine Weile vom ganzen Drama abzulenken und wieder aufzumuntern.

Was für ein Glück hatte ich, sie als beste Freundin zu haben.

Ich übernachtete bei Clara und hatte die ganze Nacht kein Auge zugetan, da ich mir überlegen musste, wie es weitergehen soll. Denn ich konnte nicht auf Dauer bei ihr oder bei Derrick bleiben, auch wenn beide es mir anbieten würden. Aber ich musste auf eigenen Beinen stehen und so rief ich gleich am nächsten Morgen bei meiner Hausverwaltung an, die für meine Eigentumswohnung zuständig war, die ich vor Kurzem gekauft hatte.

»Guten Tag, Frau König. Was kann ich für Sie tun?«

»Ich würde gerne wissen, ob ich den Mietern aufgrund von Eigenbedarf kündigen könnte?«

»Einen Moment, bitte. Ich muss erst nachschauen.«

Während der Wartezeit unterhielt ich mich mit dem Dolmetscher, bis die Hausverwaltung sich wieder meldete.

»Ob Sie es glauben oder nicht, aber Ihr jetziger Mieter wird nächste Woche ausziehen. Wir waren gerade dabei, für Sie neue Mieter zu organisieren. Wenn Sie aber selbst einziehen wollen, würden wir den Interessenten absagen und nichts mehr unternehmen.«

Überwältigt von der positiven Nachricht sagte ich zu und legte anschließend auf.

Das Universum hatte meine Wünsche erhört und ich konnte in meine eigenen vier Wände ziehen, ohne von jemandem abhängig sein zu müssen.

Ich ließ einen erleichterten Schrei aus und lief durch die Wohnung.

Aber dann wurde meine Stimmung wieder gedämpft, als ich daran dachte, dass ich noch einmal in die alte Wohnung musste, um meine Sachen abzuholen.

Ich wollte auf keinen Fall Patrick begegnen, also musste ich sichergehen, dass er nicht da war.

Ich tippte Clara eine Nachricht, da sie schon auf dem Weg in die Arbeit war, als ich noch schlief.

Prompt antwortete sie mir, dass sie sich sehr für mich freute und mir beim Umzug helfen würde. Sie bot mir sogar an, die Sachen für mich abzuholen, aber das war zu viel verlangt.

Als Nächstes rief ich Derrick an, der noch nichts von der aktuellen Situation mit Patrick wusste.

Ich wollte es ihm persönlich erzählen und hoffte, dass er Zeit hatte.

»Hey Traumfrau«, gebärdete er und strahlte über das ganze Gesicht.

Diesmal trug er ein sportliches T-Shirt und war nass geschwitzt, was ziemlich sexy aussah.

In mir kribbelte es überall.

»Hey«, gebärdete ich zurückhaltend. »Bist du zu Hause?«

»Ich habe erst heute Mittag einen Termin auf der Baustelle und kann den Rest vom Laptop aus erledigen. Und du? Alles okay? Du warst gestern ziemlich kurz angebunden.«

Ich stieß einen Seufzer aus, der Derrick nicht entging. »Das klingt nicht gut.«

»Ich habe mich von ihm getrennt.«

Derricks Augen blitzten auf und ich konnte so etwas wie Erleichterung sehen. Doch ganz Gentleman wie er war, schwieg er und wartete.

»Es lief furchtbar. Deshalb bin ich zu meiner besten Freundin gefahren, und ich bin über Nacht bei ihr geblieben.«

Er nickte verständnisvoll. »Du weißt, dass du jederzeit bei mir schlafen kannst. Ich habe überhaupt nichts dagegen.«

Ich lächelte. »Danke für das Angebot, aber das mit uns ist noch zu frisch und ich möchte es langsam angehen lassen. Deshalb werde ich in meine eigene Wohnung ziehen, die zufälligerweise nächste Woche frei wird. Das war für mich ein Zeichen, dass es so sein soll.«

»Das verstehe ich. Du brauchst Zeit und Raum für dich und das ist okay, auch wenn ich dich am liebsten ununterbrochen bei mir hätte. Aber lass mich bitte beim Umzug helfen.«

Dieses Angebot wollte ich ihm nicht auch noch ausschlagen, also nahm ich sie an und wir vereinbarten, dass ich bis zum Umzug bei ihm übernachten würde.

Er freute sich riesig, was mein Herz noch höher schlagen ließ und auch ich war aufgeregt, die nächsten Tage bei ihm zu verbringen.

Offiziell und ohne ein schlechtes Gewissen haben zu müssen. Es fühlte sich befreiend an.

Trotzdem konnte ich Patricks Ausraster nicht abschütteln und die Nummer, die er auf Instagram abzog.

***

Ich verbrachte trotz alledem wundervolle Tage mit Derrick. Zwischen uns hatte sich nach der Trennung etwas Grundsätzliches verändert.

Alles fühlte sich leichter an und wir waren beide entspannter. Endlich konnten wir ausgehen, ohne uns Sorgen machen zu müssen, dass wir gesehen wurden und obwohl er richtig ausgeflippt war, nachdem er die ganze Geschichte mit Patrick erfahren hatte, hatte ich ihn gebeten, nichts deswegen zu tun.

Ich war ihm dankbar, dass er es dabei beließ. Es fiel ihm sichtlich schwer, da er Patricks Verhalten mehr als missbilligte. Und er hatte darauf bestanden, mich zur Wohnung zu begleiten, damit ich nicht allein war, für den Fall, falls Patrick doch auftauchen sollte.

Doch er tauchte zum Glück nicht auf und ich konnte in aller Ruhe meine Sachen packen und mitnehmen.

Derrick hatte einen Transporter organisiert, sodass ich nicht zwei Mal fahren musste.

Ich legte meinen Schlüssel auf den Tisch und wusste, dass auch Patrick nicht mehr lange in der Wohnung bleiben würde, weil er sich die Miete nicht leisten konnte.

Schon gar nicht ohne einen Job. Was hieß, dass er wahrscheinlich wieder zu seiner Familie zog.

Aber das musste mir nach seinem Ausraster egal sein.

Als wir bei meiner Wohnung ankamen, half Derrick mir, die ganzen Kisten in die Wohnung zu schleppen. Auch wenn ich nicht viel mitgenommen hatte, waren wir den halben Tag damit beschäftigt und am Ende völlig durchgeschwitzt. Was war ich froh, dass es einen Aufzug in diesem Gebäude gab.

Derrick schloss die Türen des Transporters und kam auf mich zu, um mir einen Kuss auf die Stirn zu geben.

»Brauchst du noch Hilfe beim Auspacken oder möchtest du erst einmal ankommen?«

»Nein, du hast schon mehr als genug für mich getan«, gebärdete ich aufrichtig und küsste ihn.

Derrick hielt mich an den Hüften fest und schon wieder war ich erregt. Aber ich musste mich zusammenreißen und legte eine Hand auf seine Wange. »Danke. Aber ich komme nun allein klar.«

Denn zu viele Gefühle überwältigten mich und ich wollte die erste Nacht in meinen eigenen vier Wänden allein verbringen. Zum Glück hatte Derrick das sofort eingesehen und gab mir jeden Freiraum, den ich benötigte. Dadurch wurden meine Gefühle für ihn nur noch stärker und ich konnte mir ein Leben ohne diesen Mann nicht mehr vorstellen, was mich gleichzeitig ängstigte. Denn ich war gerade frisch getrennt und ließ eine langjährige Beziehung hinter mir, die ein Jahrzehnt überdauerte und auch ihre Spuren hinterlassen hatte. Vor allem mit einem bösen Ende, das schlagartig alle schönen Erinnerungen ruinierte.

Ich blickte mich in meiner ersten eigenen Wohnung um und war unendlich dankbar, dass ich auf mein Bauchgefühl gehört hatte.

Stolz berührte ich die frisch gestrichenen Wände und betrachtete die aufeinander gestapelten Kisten. Ich würde mir schöne, neue Möbel kaufen und die Wohnung ganz nach meinem Geschmack einrichten können.

Zum ersten Mal in meinem Leben traf ich meine eigenen Entscheidungen. Die Bedeutung dieses Moments drückte sich in der intensiven Atmosphäre des - für mich noch fremd wirkenden - Raumes aus.
Ich ließ mich auf den Fußboden sinken, der unter meinen Fingern nach frisch poliertem Parkett roch. Der sanfte Duft stieg in meine Nase und verstärkte das Gefühl von Neuheit und Veränderung, was mich erfüllte.

Die Abenddämmerung war inzwischen eingebrochen, und die letzten zarten Sonnenstrahlen drangen durch die Fenster, warfen lange Schatten auf den Boden und tauchten den Raum in eine geheimnisvolle Stille. Die Welt draußen schien für einen Moment stillzustehen.

Ich griff nach der Mini-Flasche Prosecco, die vor mir auf dem Boden stand und drehte den Verschluss langsam auf. Ich zelebrierte diesen Meilenstein und prostete mir selbst zu.

Ich beobachtete, wie sich das Kerzenlicht im Glas spiegelte und all meine Sorgen und Zweifel platzten gemeinsam mit den aufsteigenden Blasen.

Mit einem Klicken, welches ich in meinen Fingern spürte, zündete ich die restlichen Kerzen an und der Raum wurde von ihrem warmen, flackernden Licht erhellt. Die Schatten an den Wänden begannen zu tanzen und verliehen dem Raum eine mystische Aura. Die flackernden Flammen warfen sanfte Lichtpunkte auf den Boden, als ob sie meinen Weg in die Freiheit und den Neuanfang beleuchten wollten.

Es überwältigte mich so sehr, dass ich wieder weinen musste.

Es waren Tränen des Schmerzens.

Der Erleichterung.

Des Loslassens.

Und des Neuanfangs.

Kapitel 27

Nach gefühlter Ewigkeit kamen endlich alle Möbel, die ich bestellt hatte und ich konnte meine Wohnung fertig einrichten. In der Zwischenzeit durfte mich Derrick kein einziges Mal besuchen, weil ich ihm erst die fertige Wohnung präsentieren wollte.

Was aber auch hieß, dass ich die ganze Zeit über bei ihm war, während er ungeduldig auf meine Einladung wartete und vor Neugier platzte.

Heute Nachmittag war es endlich so weit.

Ich lächelte und betrachtete mein Wohnzimmer, das einen kleinen Balkon hatte und eine nette Aussicht bot.

Ich konnte noch immer nicht fassen, dass dies nun alles mir gehörte.

Die gesamte Einrichtung hatte ich von Ikea und war froh, dass man auch mit wenig Geld Tolles auf die Beine stellen konnte. Einige Möbel hatte ich aus der Fundgrube gebraucht gekauft und neu hergerichtet, was mir richtig gut tat und eine willkommene Ablenkung vom ganzen Drama mit Patrick war.

Mein Handy, das auf dem Couchtisch lag, leuchtete auf.

Mein Termin ist früher fertig geworden. Wir könnten uns schon in einer Stunde bei dir treffen und Mittagessen. Was denkst du?

Ich blickte auf die Uhr. Da ich gerade mit dem Einrichten fertig geworden war, passte das umso besser. Allerdings hatte ich keinen gefüllten Kühlschrank.

Super gern. Ist es ok, wenn wir beim Lieferservice etwas bestellen?

Klar. Dann haben wir mehr Zeit für andere Dinge ;-)

Derrick schaffte es nur mit ein paar Worten, dass mir glühend heiß wurde und ich an nichts anderes mehr denken konnte.

Ich schickte ihm einen zwinkernden Smiley und legte das Handy zur Seite, damit ich mich umziehen und den Rest aufräumen konnte.

Als es klingelte, riss ich vor lauter Freude die Tür auf und warf mich Derrick an den Hals. Daraufhin lachte er und küsste mich leidenschaftlich. Bei ihm verhielt ich mich wie ein total verliebtes Mädchen im Teenageralter, aber ich genoss es und ich war so glücklich wie schon lange nicht mehr.

Ich sagte mich von dem atemberaubenden Kuss mit ihm los und grinste ihn breit an.

»Bist du bereit für eine Führung?«

»Ich dachte schon, du fragst nie«, lachte er und folgte mir in den Flur.

Ich nahm ihn an der Hand und beobachtete sein Gesicht, denn ich wollte all seine Reaktionen nicht verpassen.

Mir entging nicht, dass er müde war. Seine Augenringe waren dunkler als sonst und ich würde ihn später fragen, was los war.

»Wow«, gebärdete er, als wir in das Wohnzimmer gelangten. »Du hast sogar den Balkon eingerichtet. Es sieht niedlich aus.«

»Gell«, antwortete ich stolz. »Mein kleines Penthouse. Klar, mit deiner Wohnung kann ich nicht mithalten, aber das hier ist jetzt mein kleines Imperium.«

Derrick lächelte. »Ich finde es hier auch schöner. Gemütlicher.«

Ich sah ihn an. »Das sagst du nur so.«

»Nein, ich meine das ernst. Es passt zu dir und spiegelt deinen Charme wider. Es sieht richtig cool aus.«

Ich freute mich, dass es ihm gefiel und zerrte ihn ins Schlafzimmer.

Dort wartete ein großes Boxspringbett mit flauschigem Teppich und einer kleinen Sitzecke, die aus einem Rattanstuhl und einem Glastisch bestand.

Doch Derrick hatte plötzlich etwas ganz anderes im Sinn und zog mich an sich.

Dann fing er an, sanft an meinen Lippen zu knabbern und ich stöhnte auf.

Es war zwecklos, ihm zu widerstehen.

Ich krallte mich an seinem Hemd fest, das bereits zerknittert war.

Plötzlich hielt er inne, um mich vergnügt anzusehen und Richtung Bett zu schieben.

»Wir sollten die Kiste testen, ob sie auch wirklich so gut ist, wie sie aussieht.«

Lachend schlug ich ihm auf die Brust. »Das ist keine Kiste. Das Bett war nicht billig. Außerdem ist es super bequem. Du wirst staunen.«

Er grinste breit und startete einen neuen Versuch, doch ich wich ihm elegant aus und wirbelte Richtung Tür. »Wir sollten uns zuerst stärken und etwas zu Essen bestellen.«

Enttäuscht ließ Derrick seine Schulter hängen und zog einen Schmollmund, dass ich erneut lachen musste. Es machte richtig Spaß, ihn auf die Folter zu spannen.

»Deine Geduld wird sich auszahlen. Wir haben noch den ganzen Tag und die Nacht«, gebärdete ich gespielt verführerisch.

Seine Augen hellten sich auf und er grinste spitzbübisch. Daraufhin kam er wieder auf mich zu und strich mir eine Strähne aus dem Gesicht. Zehntausende Schmetterlinge machten bei seiner so kleinen, aber zuckersüßen Geste einen Purzelbaum durch meinen Körper.

»Ich habe einen riesigen Hunger. Die Woche war super anstrengend.«

»Erzähl mir mehr. Du siehst müde aus und ich wollte schon fragen, ob du überhaupt noch schläfst. Aber sag mir zuerst, worauf du Lust hast.«

»Pizza«, kam es sofort von ihm und ich schmunzelte, denn auch ich hatte daran gedacht. Derrick folgte mir in die Küche und betrachtete sie, während ich über eine App für uns Essen bestellte. Daraufhin liefen wir zurück ins Wohnzimmer, um es uns gemütlich zu machen.

»Was ist los?«, fragte ich ihn, um das Thema von vorhin aufzugreifen.

»Naja«, er warf sich auf meine Couch. »Das Studium ist anspruchsvoller, als ich dachte und neben der Arbeit fast unmöglich zu schaffen.«

Ich setzte mich auf ihn. »Du meinst den Dolmetschstudiengang? Du musst das nicht tun, Derrick, auch wenn …«

Doch er winkte ab und brachte mich mit einem tadelnden Blick zum Schweigen. »Ich möchte aber und bin froh, dass ich das mache. Es ist mir wichtig. Nur schaffe ich es oft nicht, mich in diverse Themen reinzuarbeiten. Ich hatte daher vor Kurzem eine Unterhaltung mit Professor Lange, der mir den Tipp gegeben hat, dass ich auf Veranstaltungen in der Gehörlosenkultur gehen soll …«

»Das ist eine gute Idee«, stimmte ich ihm zu.

Denn man kam in der Praxis viel weiter und lernte schneller, wenn man sich mit anderen gehörlosen Menschen austauschte. So war das ja auch in anderen Ländern, wenn man dort Englisch oder Französisch sprechen musste.

»Und ich habe die Aufgabe, ein Video über sprachliche Deprivation bei gehörlosen Menschen zu machen und in

Deutscher Gebärdensprache zu erklären, worum es da überhaupt geht. Nur, dass ich wirklich noch gar nichts zu dem Thema gelesen habe …«

Müde rieb er sich über sein Gesicht, während ich es mir zwischen seinen Beinen gemütlich machte und wir uns gegenübersaßen. »Ich kann dir dabei helfen, wenn du willst.«

»Das würdest du echt tun?« Er sah mir dankbar in die Augen.

Ich nickte. »Natürlich. Frag mich alles, was du wissen willst.«

Derrick sprach in Lautsprache und unterstützte diese mit einzelnen Gebärden, da es sich um ein komplexes Thema handelte und er noch nicht so weit war, solche Unterhaltungen in reiner Gebärdensprache zu führen.

»Kommt das heute noch vor bei gehörlosen Kindern, dass sie ohne die Gebärdensprache aufwachsen?«

»Leider noch viel zu häufig«, seufzte ich.

Interessiert richtete er sich auf. »Wieso das denn? Wir haben doch spezielle Schulen für gehörlose und schwerhörige Menschen, wo die Lehrer dafür ausgebildet werden und die Gebärdensprache können, oder?«

Dieses Thema triggerte mich so sehr, dass ich wütend meine Beine anzog. »Eben nicht. Die meisten Lehrer können nicht gebärden. Da fängt es schon an, dass vor allem gehörlose Kinder untergehen. Es macht mich so wütend und traurig.«

Verständnislos sah er mich an. »Aber wofür arbeiten die dann an diesen Schulen?«

»Genau dasselbe frage ich mich auch. Da gibt es unterschiedliche Gründe und Motive. Aber vor allem hängt es mit dem dummen Beschluss vom Mailänder Kongress 1880 ab.«

Ich sprach ebenfalls in Lautsprache, obwohl es super anstrengend für mich war. Aber ich wollte, dass Derrick bei so einem wichtigen Thema alles verstand.

»Was ist auf diesem Kongress passiert und was ist das überhaupt?«

»Es war damals eine wichtige Versammlung für Gehörlosenpädagogen europaweit und sie hatten beschlossen, dass die Gebärdensprache nicht mehr in den Schulen benutzt werden durfte, weil sie dachten, dass das den Lautspracherwerb behindern würde. Das hatte weltweit schlimme Konsequenzen für die gehörlosen Menschen, denn sie wurden bestraft, wenn sie mit ihren Händen sprachen. Noch schlimmer war, dass dadurch die gehörlosen Lehrer ihre Arbeit verloren und aus dem Schulsystem verbannt wurden und die gehörlosen Kinder keine Vorbilder mehr hatten.«

»Das ist …«, ungläubig schüttelte Derrick den Kopf. »Wie kann es sein, dass eine solche Abstimmung, so viel Macht und so schlimme Folgen hatte, die bis heute andauern… Das macht mich echt sprachlos. Sie konnten doch nicht über diese gehörlosen Kinder und selbst betroffenen, tauben Pädagogen hinweg entscheiden, was für sie richtig war.«

»Tja, das hatten sie aber. Was meinst du, warum gehörlose Menschen bis heute empfindlich reagieren, wenn hörende Menschen entscheiden, was gehörlose Menschen brauchen? Es ist furchtbar. Dabei können wir selbst entscheiden, was wir brauchen und was nicht. Ich sage da nur, *Deaf Gain*. Aber uns die Sprache wegzunehmen, das war das Schlimmste, was sie uns antun konnten. Leider passiert das auch heute immer noch viel zu häufig. Stattdessen erwarten viele Lehrer nach wie vor, dass die Kinder in der Lautsprache sprechen und so vieles verpassen oder gar nichts verstehen, weil sie ihren Unterricht in gesprochener Sprache halten. Es gibt nur sehr wenige hörende Lehrer, die es für selbstverständlich halten, die Gebärdensprache zu lernen und auch anzuwenden. Das ist auch der Grund, warum viele gehörlose Erwachsene große Schwierigkeiten beim Lesen und Schreiben haben, weil sich zu sehr darauf konzentriert wurde, ihnen das Sprechen beizubringen. So kommt es manchmal vor, dass manche ein Wort perfekt aussprechen können, aber keinen Plan haben, was es wirklich bedeutet.«

»Das ist doch kein Zustand mehr. Es sollte heutzutage selbstverständlich sein, dass diese Kinder uneingeschränkt Zugang zu ihrer Sprache und Kultur bekommen. Ich sehe, dass ich wirklich keine Ahnung habe. Aber du hast *Deaf Gain* erwähnt. Der Begriff ist schon mal bei uns im Online-Seminar gefallen, aber es wurde nicht darauf eingegangen, weil das angeblich ein großes Thema für sich ist und später noch ausführlich erklärt werden würde.«

»Deaf Gain steht dafür, dass die Gehörlosigkeit als Gewinn für sich selbst und für die Gesellschaft angesehen wird. Die Gebärdensprache hat so viele Vorteile, dass alle davon profitieren können. Was meinst du, warum Baby Signs Kurse immer beliebter werden? Der Witz ist nur, dass bei diesen Kursen überwiegend hörenden Eltern mit hörenden Babys anzutreffen sind.«

Verwirrt zog Derrick beide Augenbrauen in die Höhe. »Hörende Babys von hörenden Eltern? Aber wieso? Ich verstehe nicht, Baby Signs …?«

»Weil sie damit mit ihren Babys schon früher kommunizieren können. Die Gebärdensprache lernt man viel früher als die Lautsprache. Das ist wissenschaftlich erwiesen und auch anatomisch bedingt. Es wirkt sich auch auf die Intelligenz aus, weil das räumlich-visuelle Denken gefördert wird.«

»Das ist ja cool. Aber wenn es schon wissenschaftlich belegt ist, warum macht man es dann nicht mit gehörlosen Babys, die erst recht darauf angewiesen sind?«

Ich lehnte mich zurück. Es war ein emotionales und sensibles Thema, weil aus den Gesprächen immer wieder sichtbar wurde, dass falsche Informationen ausgerechnet von Ärzten und den angeblichen Experten verbreitet wurden und es definitiv an Aufklärung mangelte. Derricks Kopfschütteln wurde immer heftiger und ihn schien das Thema ernsthaft zu beschäftigen. Für mich war es eine völlig neue Erfahrung, zu sehen, wie auch ihm das Thema nahe ging, obwohl er hörend war. Dadurch wurde mir wieder einmal bewusst, dass die meisten hörenden Menschen, die nichts mit dem Thema zu tun hatten, offener waren und viel mehr Verständnis zeigten als die vermeintlichen Experten. Es weckte in mir neue Hoffnung und ich war froh, dass Derrick meine Wut verstand.

Nachdenklich musterte ich den Mann, der meine Welt völlig auf den Kopf stellte und mir brannte eine Frage auf der Seele, die ich ihm stellen musste.

»Wie wäre es eigentlich für dich, wenn wir ein gehörloses Kind bekommen würden? Wäre das schlimm für dich?«

Ohne zu ahnen, was ich damit auslöste, veränderte sich sein Gesicht. Ich konnte es nicht genau beschreiben, aber es war, als ob er mich mit voller Wärme ansah.

»Du könntest dir vorstellen, mit mir eine Familie zu gründen?«

Ich hatte gar nicht beabsichtigt, in diese Richtung zu gehen, aber er war der erste Mann, mit dem ich es mir tatsächlich vorstellen konnte. Bei Patrick hatte ich nicht einmal darüber nachgedacht, was wahrscheinlich auch daran lag, dass wir uns so jung kennenlernten und dieses Thema für uns noch keine Rolle spielte.

»Du lenkst ab«, lächelte ich. »Aber ja, irgendwann könnte ich es mir schon vorstellen. Es hängt nur von deiner Antwort ab.«

Derricks Augen wurden groß. »Jetzt habe ich aber Angst.«

Daraufhin lachte ich und er stimmte mit ein. Nach einer Weile wurde er wieder ernst. »Erstens lenke ich nicht ab. Ich war nur überrascht, da ich nicht wusste, inwiefern du eine Zukunft mit mir siehst. Umso mehr freut es mich, dass du … zumindest darüber nachdenkst. Und …«, er löste seinen Zopf und band seine Haare neu zusammen " … für mich wäre das nicht schlimm. Im Gegenteil. Es hätte dann etwas von dir und ich meine, warum sollte das ein Problem sein?«

Seine Aussage überraschte mich.

»Ich weiß nicht. Viele wünschen sich ja ein Kind, das keine Beeinträchtigungen hat oder mit dem man uneingeschränkt kommunizieren könnte.«

Derrick sah mich ernst an. »Du hast doch auch keine Beeinträchtigungen. Außerdem lerne ich die Gebärdensprache und ich würde sie auch benutzen, wenn unser Kind hörend auf die Welt kommen würde. Niemand sollte ausgeschlossen werden und Kinder sind super anpassungsfähig.«

Konnte mir bitte jemand sagen, dass dieser Mann echt war?

Gerührt legte ich mich auf ihn und küsste ihn mit einer solchen Zartheit, dass ich sein Lächeln spüren konnte.

Kurz darauf klingelte es und unser Essen wurde geliefert. Wir machten es uns auf der Couch gemütlich und aßen direkt aus den Schachteln, lachten miteinander und ich fühlte mich so wohl in seiner Gegenwart, dass ich manchmal vergaß, dass wir uns noch gar nicht so lange kannten.

Derrick legte die leere Pizzaschachtel zur Seite und wischte sich das Fett mit einem Tuch weg. Dann sah er mich eindringlich an.

»Würdest du mit mir am nächsten Samstag zur Veranstaltung Sign up – Speak up gehen? Ich würde so gerne noch mehr über eure Kultur erfahren.«

Ich stöhnte. »Offen gestanden, habe ich keine Lust.«

»Warum nicht?«

»Weil Patrick auch dort sein wird und es für mich noch zu frisch ist.«

Sein Blick wurde plötzlich distanziert und ich fragte mich, ob ich etwas Falsches gesagt hatte.

Als er immer noch nichts erwiderte, stelle ich meine Pizzaschachtel auf den Couchtisch ab. »Was ist los?«

»Nichts«, kam es viel zu schnell von ihm und er stand auf, um die Schachteln wegzuräumen.

Verwirrt blieb ich auf dem Sofa zurück.

Als Derrick nach gefühlten zwanzig Minuten immer noch nicht auftauchte, lief ich zu ihm in die Küche, die er gerade auf Vordermann brachte. Seine Haltung war nach wie vor reserviert.

Sanft berührte ich ihn am Arm. »Du hattest doch gesagt, dass wir offen miteinander reden sollen. Aber jetzt verschließt du dich und ich habe keine Ahnung, warum.«

Seufzend drehte er den Wasserhahn zu und setzte sich auf den Stuhl. »Okay, du hast recht. Ist es, weil ich hörend bin?«

Perplex sah ich ihn an. »Wie meinst du das?«

»Ist es der Grund, warum du nicht mit mir in dieser Kultur gesehen werden willst?«

»Oh Gott, nein. Es ist nur, weil ich …«

»Patrick nicht treffen willst? Ich habe schon verstanden. Liebst du ihn noch?«

»Bist du verrückt geworden? Der Kerl ist für mich gestorben. Und du weißt, wenn es so gewesen wäre, hätte ich mich nicht auf dich eingelassen.«

»Aber was ist dann der Grund?«

Ich seufzte abermals. »Weil alle das Video gesehen haben und ich mich nicht wohlfühle.«

Jetzt wurde sein Blick sanft und er sah mich verständnisvoll an.

»Scheiß auf die«, gebärdete Derrick mit einer solchen Schamlosigkeit, die ich nicht von ihm kannte und musste daraufhin schmunzeln. Aber so ganz überzeugt war ich nicht, denn ich wollte nur meine Ruhe haben.

»Ich werde es mir noch überlegen, okay?«

***

Die Festhalle war riesig und die Organisatoren hatten sich selbst übertroffen.

Staunend betrachteten Derrick und ich die Stände, die aufgestellt wurden und verschiedene Themen wie die Untertitelpetition oder das Recht der Deutschen Gebärdensprache als Unterrichtsfach beinhalteten.

Zusätzlich wurden Snacks und spannende Unterhaltungsprogramme angeboten.

Tatsächlich hatte Derrick es geschafft, mich zu überreden und im Nachhinein war ich froh, dass ich mitgekommen war. Denn Derrick war überglücklich und aufgeregt, endlich eine Veranstaltung in der Gehörlosenkultur zu besuchen. Das wollte ich natürlich unterstützen, zumal ich es großartig fand, dass er echtes Interesse daran zeigte und sich bemühte.

Lächelnd begrüßte ich bekannte Gesichter und wir umarmten uns, hielten Small Talk und liefen zu den nächsten Ständen.

Für Derrick war es neu, dass wir jeden zur Begrüßung umarmten. Auch Menschen, die wir kaum kannten und er fand es toll.

Wie eine große Familie, hatte er gebärdet.

Das war es tatsächlich und ich freute mich, auch wieder unter Peer Groups zu sein.

Doch die Freude dauerte nicht lange an.

Jemand rempelte mich so heftig an, dass ich fast hinfiel und mich gerade noch an einem Tisch festhalten konnte.

Verblüfft sah ich plötzlich eine Horde von Spielerfrauen vor mir stehen, deren Männer in Patricks Fußballteam waren.

Eine Blondine, die ich nur vom Sehen kannte, blickte mich mit einem hasserfüllten Blick an und gebärdete auf mich ein.

»Du bist so eine Schlampe. Wie kannst du es wagen, Patrick zu betrügen?«

Eine andere, die dunkelhaarig war, trat hervor.

Es war Lena, mit der ich mich öfter nett unterhalten hatte, als ich zu Anfangszeiten noch bei Patricks Turnieren dabei war.

Doch auch sie gebärdete herablassend. »Du bist eine Schande für uns und eine Verräterin. Dass du dich noch hierher traust …«

Ich hatte gar nicht bemerkt, dass Derrick sich zu mir gesellte, der vorhin an einem Stand stehen geblieben war.

Lena checkte ihn von oben bis unten ab.

»Ist das etwa der hörende Typ, den du gegen Patrick ausgetauscht hat?«

Und weil sie davon ausging, dass er nicht gebärden konnte, ignorierte sie ihn und wartete auf meine Reaktion. Mir hatte es die Sprache völlig verschlagen, denn ich wurde noch nie so attackiert und ich hätte nie gedacht, dass sich die Leute so verhalten würden.

Klar hatte ich immer wieder von anderen mitbekommen, wie sehr sie unter den falschen Gerüchten litten, die in der Communtiy verbreitet und sie deshalb ausgeschlossen wurden.

Oder die, die einen Fehler begangen hatten und deshalb nicht mehr willkommen waren.

Auch wenn sie sich entschuldigt hatten.

Leider waren das die Schattenseiten in der Gehörlosenkultur, die wie ein Dorf war.

Weil jeder jeden kannte oder eine Verbindung da war.

Entweder kannte man über den Freund einen anderen Freund oder man ging zur selben Gehörlosenschule.

Das konnten sich hörende Menschen nur schwer vorstellen, aber wir waren eine Minderheit.

Einerseits war es ein Segen, ein Teil der Community zu sein, weil man zusammenhielt, andererseits ein Fluch, vor allem wenn man Mist gebaut hatte oder in der hörenden Welt erfolgreich war. Die sogenannte Krabbentheorie, bei der man aus Neid den anderen den Erfolg nicht gönnte, war auch ein präsentes Thema.

Derrick zog mich an sich und lächelte die Frauen charmant an. Ob er mitbekommen hatte, was vorgefallen war?

Dann beobachtete ich, wie Lena unsicher von einem Fuß auf den anderen trat und Derrick eingeschüchtert anlächelte.

Eins musste man ihm lassen. Er konnte Frauen schnell verzaubern. Denn einen so gut aussehenden Kerl sah man nicht alle Tage. Schon gar nicht mit einer unwiderstehlichen Ausstrahlung.

»Es wäre nett, wenn ihr meine Freundin nicht so behandeln würdet und sie lieber in Ruhe lasst, wenn ihr ein Problem mit ihr habt. Ich wünsche euch viel Spaß auf der Veranstaltung«, gebärdete Derrick flüssig, was die Damen sprachlos machte.

Sie hatten nicht damit gerechnet, dass er gebärden konnte und es erfüllte mich mit Stolz.

Damit hatte er ihre Vorurteile mit einem Schlag zunichte gemacht und mich verteidigt.

Lenas Wangen erröteten vor Scham und ich hatte keinerlei Mitgefühl. Denn die Nummer, die sie eben abgezogen hatte, war wirklich unter der Gürtellinie.

Ich nahm Derricks Hand und schritt an ihnen vorbei.

Mit solchen Menschen wollte ich nichts zu tun haben.

Trotzdem tat es weh.

Patrick war quasi der Held und ich die Böse, die ihm das Herz gebrochen hatte.

Damals, als er mich betrog, interessierte es kein Schwein und das ärgerte mich.

»Alles okay?«, fragte mich Derrick vorsichtig und sein Blick war besorgt.

Ich nickte, denn mehr brachte ich nicht zustande.

»Wir können auch gehen, wenn du willst«, schlug er vor.

»Nein, es ist wirklich okay. Lass uns irgendwo hin, wo wir unsere Ruhe haben.«

Er zog mich fest an sich und gab mir einen sanften Kuss auf die Stirn. Dann sah er mir tief in die Augen, dass ich alles um mich herum vergaß.

Ich hatte richtig entschieden, egal was andere über mich dachten. Derrick war es wert.

»Danke, dass du mit mir hier bist«, gebärdete er sanft.

»Ich danke dir, dass du mich überzeugt hast.«

»Wirklich?«

Als Antwort gab ich ihm einen zärtlichen Kuss, den er nach einer kurzen Zeit unterbrach. »Wenn du mich weiter so küsst, müssen wir leider nach Hause gehen.« Seine Augen waren voller Verlangen.

Ich lachte. »Nichts da. Du solltest dir wenigstens die Shows ansehen, die gleich beginnen. Die sind nämlich das Beste von allem.«

»Nein, das Beste von allem bist du.«

»Derrick …«

Jetzt war er derjenige, der grinste.

Spielerisch gab ich ihm einen Klaps auf seine Brust und gut gelaunt suchten wir uns einen Platz, der eine gute Aussicht auf die Bühne bot. Da zum Glück noch alles hell war und es noch eine Weile dauerte, bis das Programm startete, konnten wir noch die besten, freien Sitzplätze ergattern.

Als ich einen weiteren Blick zur Bühne erhaschte, erstarrte ich.

Das konnte nicht sein.

Ich sah genauer hin und wusste, dass mein Sehvermögen mich nicht im Stich gelassen hatte.

Wut.

Verrat.

Meine Irritation überschlug mich wie eine Welle, die ich nicht mehr aufhalten konnte.

Kapitel 28

Der große, schmal gebaute Typ, mit den kurzen blonden Haaren, der mit mir über zehn Jahre lang das Leben teilte, küsste eine braunhaarige, junge Frau, die das komplette Gegenteil von mir war.

Sie war fast genauso groß wie er, hatte breite Schultern und eine burschikose Art. Sie war nicht besonders hübsch, aber sie hatte eine sympathische Ausstrahlung.

Nur verwirrte mich eins, denn ich kannte diese Person nur allzu gut.

Anna, die beste Freundin von Patrick, küsste ihn hemmungslos. Dieselbe Anna, mit der Patrick aufgewachsen war und beide immer wieder betonten, dass sie niemals etwas miteinander anfangen würden, weil sie wie Geschwister waren.

Doch jetzt sah ich sie direkt vor mir, wie sie übereinander herfielen und es nur noch eine Frage der Zeit war, bis sie sich auszogen.

War es, weil er bei ihr Trost suchte?

Der Kuss zwischen ihnen wurde immer intensiver, dass ich wegschauen musste.

Mir war es eigentlich egal, aber irgendetwas störte mich.

Es war viel zu vertraut.

Als ob es schon immer so gewesen war.

Ein unangenehmes Gefühl machte sich in mir breit.

Was, wenn es doch schon länger zwischen ihnen lief und Patrick mir etwas vorgemacht hatte?

Sie beide mir etwas vormachten und mich von vorne bis hinten verarschten?

Nein, das konnte nicht sein.

Er hatte mir versprochen, mich nicht noch einmal zu hintergehen. Und jedes Mal betont, dass Anna überhaupt nicht sein Typ war.

Plötzlich wurde ich zur Seite gerissen und von jemandem überschwänglich umarmt. Erschrocken löste ich mich wieder von der Person und Überraschung machte sich auf meinem Gesicht breit.

»Tony!!! Was machst du denn hier?«

Antonia grinste mich breit an. »Dasselbe könnte ich dich fragen. Wie lange ist es her?«

Derrick, der immerzu zwischen uns hin und her sah, schmunzelte.

Da ich ihn nicht außen vor lassen wollte, stellte ich ihm Antonia vor.

»Wir sind gemeinsam zur Schule gegangen. Sie war eine Klasse über mir und spielt leidenschaftlich gern Fußball.«

»Und habe Elena immer wieder versucht, zu überzeugen, dass sie mit uns spielen sollte. Sie hat Talent.«

Derrick sah mich verblüfft an. »Das wusste ich gar nicht. Sie hat mir nie davon erzählt.«

Antonia lachte. »Oh, dann weißt du wahrscheinlich auch nicht, dass sie unsere Partyqueen war. Sie war diejenige, die alle beim Wetttrinken plattmachte.«

Oh nein, nicht diese Geschichten.

Mir war es unangenehm, denn es war eine Vergangenheit, auf die ich nicht besonders stolz war und ich wollte nicht, dass Derrick dieses alte Ich kennenlernte, das nicht mein echtes Ich gewesen war. Damit Antonia nicht auf die Idee kam, ihm noch mehr Geschichten zu erzählen, lenkte ich ab.

»Wie geht es dir denn so? Was machst du gerade beruflich?«

»Ach, ich arbeite jetzt bei Airbus und es macht riesigen Spaß. Fünf weitere von uns arbeiten auch dort, was richtig cool ist. So fühle ich mich nicht so allein und wir können in der Mittagspause quatschen.«

Wir unterhielten uns noch eine Weile und brachten uns auf den neuesten Stand. Derrick war neugierig und stellte ihr weitere Fragen. Tony war eine interessante Persönlichkeit und wie ein offenes Buch. Sie war non-binär und einer der tolerantesten Menschen, die ich kannte. Da sie sich für die Rechte der geschlechtlichen Vielfalt einsetzte und politisch aktiv war, war sie viel in der hörenden Gesellschaft unterwegs und hatte auch hörende Freunde.

Ihr war es egal, was andere dachten, denn sie war der Meinung, dass wir alle eins waren und das gefiel mir. Daher kam es auch, dass sie keine Berührungsängste oder Vorurteile gegenüber hörenden Menschen hatte.

Sie machte ein vielsagendes Gesicht und blickte abwechselnd zu mir und zu Derrick.

»Ist er dein neuer Freund?«

Etwas unsicher nickte ich und Derrick strahlte.

»Ich freue mich wirklich für euch«, gebärdete Tony und als ich erneut einen kurzen Blick zur Bühne sah, waren Patrick und Anna immer noch körperlich miteinander beschäftigt.

Tony entging mein Blick nicht. »Schon spannend, wie manche Menschen zueinander finden. Aber ganz ehrlich, die Nummer, die Patrick in seiner Story abgezogen hat, fand ich nicht gut. Es war asozial und es tut mir leid für dich.«

Ich fühlte einen Kloß in meinem Hals und war froh, dass es auch noch Menschen wie Tony gab, die so etwas nicht guthießen. Schnell wechselte sie das Thema. »Wie lange seid ihr denn schon zusammen?«

Jetzt sah ich zu Derrick, denn wir hatten nicht wirklich ein offizielles Datum. Doch er antwortete mit einer solchen

Coolness, dass ich ihn am liebsten wieder küssen wollte. Ich mochte es, dass er so männlich war und zu uns stand.

»Ich habe im März bei ihrem Vater in der Firma angefangen zu arbeiten und war sofort von ihr angetan. Aber es hat lange gedauert, da Elena noch in festen Händen war und keine Grenze überschreiten wollte. Ich glaube, erst im Mai kamen wir uns näher …« Liebevoll blickte er mich an. »Oder? War das so?«

»Ja, ich glaube, es war Mitte Mai.« Unsere Blicke trafen sich und ich vergaß, dass Tony noch da war.

»Warte mal«, unterbrach sie uns und riss uns aus der Trance. »Ihr kennt euch erst seit März?«

Wir nickten beide und tauschten einen verwirrten Blick aus.

Dann blitzte etwas in Tonys Augen auf und sie sah zu Patrick und Anna rüber und dann wieder zu uns.

Ich konnte in ihrem Gesicht ablesen, dass sie mit sich selbst rang und befangen wirkte.

»Und du und Patrick habt euch erst im Juni getrennt?«

Verwirrt nickte ich. »Ja, am Zweiundzwanzigsten. Warum?«

Jetzt wich alle Farbe aus Tonys Gesicht und mir wurde flau im Magen. Denn es hieß nichts Gutes, dass sie so aus der Fassung geriet.

Tony raufte sich ihre Haare, die kurz und lockig waren und etwas von Halle Berry hatten. Und dann blickte sie mich undurchdringlich an.

»Der Zeitpunkt irritiert mich. Denn im Januar auf der Sportler-Party waren Patrick und Anna auch schon so vertraut miteinander wie jetzt gerade. Aber nach euren Angaben warst du zu diesem Zeitpunkt wohl noch mit Patrick zusammen und kanntest Derrick noch gar nicht.«

Kapitel 29

In diesem Moment wusste ich nicht mehr, was ich fühlen sollte.

Außer unglaubliche Wut.

Und noch etwas viel Größeres.

War es Hass?

Für das, was Patrick mir angetan hatte.

Ich rannte wie blind auf das Arschloch zu.

Er hatte mir das Leben zur Hölle gemacht und mir wurde schlecht. Wie konnte ich nur so jemanden geliebt haben?

Ich hatte diesem Mann vertraut, der mich die ganze Zeit betrogen hatte und ein abgekartetes Spiel spielte.

Mich vor allen als das Biest darstellte.

Dabei war er das Monster.

Voller Wut ballte ich die Fäuste und ich sah ihn nur noch als Zielscheibe, als er mich plötzlich bemerkte und mit weit aufgerissenen Augen anstarrte.

Was mit Anna in diesem Moment passierte, wusste ich nicht mehr so genau.

Denn ich stürzte mich auf Patrick und schubste ihn so heftig, dass er fast nach hinten fiel.

»Was zum Henker …?«, gebärdete er mit einer Unschuldsmiene, was mich nur noch wütender machen. Ich war kurz davor, ihn umzubringen.

»Das wagst du auch noch? Du bist der größte Arsch, den ich je kennengelernt habe. Wie konntest du mir das nur antun? Dabei hast du mich schon die ganze Zeit mit dieser Frau …«, ich zeigte wütend auf Anna, die zusammenzuckte und mich mit einer bedauerlichen Miene anstarrte, »… betrogen. Und das monatelang? Jahrelang? Schon wieder! War es wieder nur der Sex? So wie damals mit Verena? Ich fasse es nicht, dass du eine solche Opfernummer abziehst, weswegen ich hier von der Community fertig gemacht werde.« Ich holte kurz Luft, denn in mir kochte es über und dann sah ich Anna an.

Sie starrte mich wie ein ängstliches Lamm an. »Du tust mir leid. Ich dachte, du wärst besser als er. Aber das bist du nicht. Du bist genau wie er. Verlogen. Hinterhältig. Deswegen passt ihr auch so perfekt zusammen. Ich bin so was von fertig mit euch!«

Als ich mich umdrehen wollte, packte Tony mich am Arm.

Aber es war zu spät.

Ich sah hinter Tony auf die riesige Leinwand, die neben der Bühne aufgestellt wurde, damit das Publikum in den hintersten Reihen ebenfalls hautnah mitverfolgen konnte, was auf der Bühne passierte.

Mir wurde speiübel.

Die Kamera war auf uns gerichtet und hatte das Ganze gefilmt.

All die Menschen standen wie versteinert davor und ich konnte sogar Lena und die Blondine, die mich vorher dumm angemacht hatte, sehen, wie sie schockiert in unsere Richtung sahen.

O Gott, mein größter Albtraum war wahr geworden.

In aller Öffentlichkeit so auszurasten und die Fassung zu verlieren, war das Schlimmste für mich. Denn das war nicht der Mensch, der ich sein wollte.

Ich schloss die Augen und spürte, wie heiße Tränen meine Wangen berührten.

Ich musste weg von hier. Sofort.

Ohne Rücksicht auf Tony rannte ich hinaus auf die Straße und lief und lief ohne jegliches Zeitgefühl.

Bis irgendwann meine Lungen brannten und mein Herz schmerzte. Meine Seele war verkauft.

Und mit einem Mal kamen all die Tränen, die sich aufgestaut hatten, und ich verlor jeglichen Halt.

Doch dann fiel ich in starke Arme und drehte meinen Kopf verwundert nach hinten.

Derrick, der immer noch schwer atmete, hielt mich fest und blickte mich sorgenvoll an.

Ich war nicht allein und hatte jemanden, der mich aufrichtig liebte und gut behandelte.

Diese Erkenntnis brachte mich noch mehr zum Weinen, als Derrick mich sanft an seine Brust drückte und nicht mehr losließ.

Unaufhörlich streichelte er meinen Rücken, um mich zu beruhigen.

Was tatsächlich etwas half.

Irgendwann löste ich mich wieder von ihm, weil meine Nase lief und ich dringend ein Taschentuch brauchte.

Als ob er meine Gedanken lesen konnte, holte er die Tempopackung aus meiner Tasche, an die er glücklicherweise dachte und mitgenommen hatte, und reichte mir ein Tuch.

Dankbar nahm ich es und putzte mir die Nase.

Derrick streichelte mir vorsichtig über die Wange und blickte mich traurig an.

»Ich hätte dich niemals überreden sollen …«

Ich unterbrach ihn, indem ich seine Hände festhielt und danach meine benutzte.

»Doch. Weil ich sonst die Wahrheit niemals herausgefunden hätte.«

Kapitel 30

Bei mir zu Hause angekommen, fragte mich Derrick, ob er wieder gehen sollte.

Ich sagte ihm, dass er bleiben konnte, aber ich brauchte einen Moment für mich. Daraufhin verschanzte ich mich im Schlafzimmer unter der Decke und Derrick ließ mich in Ruhe, wofür ich ihm dankbar war.

Mit ihm war es anders, als ich es gewohnt war. Er hatte Fingerspitzengefühl und wusste genau, was ich brauchte. Auch bedrängte er mich nicht, über meine Gedanken oder Gefühle reden zu müssen.

So konnte ich meine Gedanken sortieren und selbst entscheiden, wann ich bereit gewesen war, um zu reden. Patrick dagegen hatte ständig gebohrt oder mich genervt.

Patrick.

Der mich wieder betrogen hatte.

Mit Anna.

Wieso hatte ich es nicht bemerkt? War ich zu blöd dafür?

Oder war es, weil ich versucht hatte, ihm zu vertrauen? Anfangs war mein Vertrauen so kaputt, dass ich wegen jeder Kleinigkeit sofort misstrauisch wurde und es eine Belastung für unsere Beziehung war. Ich hatte so hart dafür gearbeitet, diese Gefühle beiseite zu schieben und darauf zu bauen, dass er mir treu bleiben würde und es nur ein einmaliger Ausrutscher gewesen war.

Dabei wusste mein Bauchgefühl schon länger, dass er mir etwas verheimlichte oder vormachte, aber ich wollte es nicht wahrhaben.

Weil er es versprochen hatte.

Ich hätte es besser wissen müssen. Er war entweder ein notorischer Fremdgänger oder er hatte mich einfach nicht richtig geliebt.

Obwohl ich genauso enttäuscht von Anna gewesen war, wünschte ich ihr, dass er sie besser behandelte.

Denn niemand hatte es verdient, so verletzt zu werden.

Doch was mir am meisten schmerzte, war, wie Lena und diese Frauen mich angriffen und die meisten aus der Deaf Community einfach mitmachten, ohne nachzudenken, was für einen seelischen Schaden sie damit anrichteten. Nach dieser Story von Patrick bekam ich auf Instagram schlimme Nachrichten von irgendwelchen Gehörlosen, die mich beleidigten und sich öffentlich über mich lustig machten. Dabei kannten sie mich gar nicht und trotzdem fühlten sie sich in der Position, sich ein Urteil über mich zu bilden.

Ich würde nie wieder ein Fuß in diese Community setzen, denn sie hatten mich nicht verdient und ich konnte verstehen, warum einige meiner Freunde sich von dieser Gemeinschaft fern hielten. Weil einfach zu viel vorgefallen war oder weil zu viel Negativität herrschte. Und das, obwohl deren Familien schon mehrere Generationen taub waren.

Selbst Patricks Familie war zurückhaltend, weil sie bekannt waren und deshalb auch vorsichtiger. Trotzdem waren sie stolz auf die Kultur und engagierten sich mit Herzblut, aber mit einem gesunden Abstand, den ich jetzt noch mehr nachvollziehen konnte.

Die Tür öffnete sich einen Spaltbreit und Derrick spähte vorsichtig zu mir. Ich winkte ihn zu mir.

Und dann nahm ich einen köstlichen Duft wahr, der meinen Magen daran erinnerte, dass ich noch gar nichts gegessen hatte.

Derrick kam mit einem Teller zu mir und stellte ihn auf meinen Beistelltisch.

»Tortellini mit Käsesoße«, gebärdete er. »Ich dachte, du hast vielleicht Hunger.«

»Und wie. Du kannst meine Gedanken lesen.«

Er lächelte. Aber es war zurückhaltend und nachdenklich. »Okay, dann lasse ich dich mal wieder allein. Ich werde im Wohn …«

»Nein. Bitte bleib.« Ich berührte seinen Arm und zog ihn sanft zu mir, um ihn zu küssen und dann wieder loszulassen. »Ich brauche dich.«

Seine Augen hellten sich auf. »Okay, dann hole ich mir schnell noch meinen Teller.«

Wir aßen stillschweigend nebeneinander und ich war froh, dass er an meiner Seite blieb.

Nachdem wir alles leer gegessen hatten, räumte Derrick das Geschirr weg und legte sich anschließend zu mir ins Bett.

Derrick stützte seinen Kopf mit dem Ellbogen ab und als ich mich zu ihm kuschelte, küsste er mich auf den Scheitel.

Eine ganze Weile lagen wir eng umschlungen da und ich konnte sein Herzklopfen spüren. Mit jedem Schlag fühlte ich mich besser und sah Derrick an.

»Hast du alles mitbekommen?«

Mit ruhiger Miene gebärdete er aufrichtig.

»Das Ganze passierte so schnell und ich wusste gar nicht, dass der Typ dein Ex war. Ich begriff es erst, als du auf ihn losgegangen bist und ihm all die Dinge an den Kopf geworfen hast. Tony hatte daraufhin bemerkt, dass die Kamera auf euch gerichtet war. Aber da war es schon zu spät.«

Sanft streichelte er mir über die Wange und Bedauern huschte über sein Gesicht.

»Es tut mir leid. Ich wusste nicht, dass er dich schon einmal betrogen hat. Du hast so etwas nicht verdient und es ist das Schlimmste, was man einem Menschen antun kann.«

Etwas Trauriges flackerte in Derricks Augen und ich fragte mich, ob er auch schon mal so etwas erleben musste.

»Wurdest du auch schon mal betrogen?«, fragte ich vorsichtig.

Er schüttelte nachdenklich den Kopf. »Nicht ich. Aber meine Mutter. Mein Vater betrügt sie.«

Schockiert sah ich ihn an. »Weiß sie es?«

Derrick kratzte sich am Kopf. »Ich glaube nicht.«

Empört richtete ich mich auf. »Du solltest es ihr sagen.«

»Ich habe es versucht. Aber dann wurde ich bestraft. Seitdem halte ich meinen Mund. Das ist eine Sache, die meine Eltern unter sich ausmachen müssen. Und ich weiß nicht, ob er es immer noch tut. Ich war damals erst vierzehn.«

Sein Blick verfinsterte sich und er gebärdete härter als sonst. »Da hatte er unsere Au-pair in seinem Büro flachgelegt. An diesem Tag war ich früher als geplant von der Schule heimgekommen, weil ich blau gemacht hatte und dachte, niemand wäre zu Hause.«

Ich glaubte, mich verhört zu haben. »Oh mein Gott. Das ist schlimm. Warum wurdest du bestraft? Von deiner Mutter?«

»Nicht von meiner Mutter, sondern von meinem Vater. Er hat mir die Hölle heiß gemacht und gesagt, wenn ich es ihr sage, würde ich die Familie zerstören. Meine Mutter hatte gedacht, ich würde nur einen dummen Witz machen, um es meinem Vater heimzuzahlen. Und mein Vater hat es genau so aussehen lassen. Es war ein blöder Zeitpunkt, denn als ich es ihr erzählen wollte, war er gerade heimgekommen und hatte es mitbekommen.«

»Und deine Mutter hat ihm geglaubt?«

Fassungslos starrte ich Derrick an. Wie grausam musste es für ihn gewesen sein, schon in jungen Jahren miterleben zu müssen, wie seine eigene Mutter betrogen wurde.

Ich hielt eine Hand vor den Mund und konnte nicht glauben, was Derrick mir gerade offenbarte.

»Ich war damals in einer schwierigen Phase und kam mit meinem Vater nicht klar. Es gab ständig Krach und ich hasste ihn. Es war schwierig. Auch für meine Mutter. Paul war der Lieblingssohn von meinem Vater und ich hatte ständig das Gefühl, mich beweisen zu müssen.«

»Ist das der Grund, warum du nach Deutschland wolltest?«

»Auch«, gab er ehrlich zu. »Ich wollte einfach raus aus diesem Familiendrama und neu anfangen. Ständig in der Öffentlichkeit zu sein, war noch nie mein Ding gewesen.«

»Trotzdem hast du in Unterwäsche gemodelt«, platzte es aus mir heraus und Derricks Augen weiteten sich.

»Du hast mich gegoogelt?«, scherzte er. »Hat es dir gefallen, was du gesehen hast?« Er machte daraufhin eine Pose, die ziemlich sexy aussah.

Lachend schlug ich ihm auf den Arm. »Ob du es glaubst oder nicht, aber es war Clara, die mir davon erzählte und die Fotos von dir zeigte. Sie trägt sogar eure Unterwäsche und ich wusste nicht einmal, wie berühmt du bist.«

»Na ja, das ist vielleicht etwas übertrieben. Jedenfalls bin ich froh, dass ich hier unbekannt bin und meine Ruhe habe.«

Er rückte näher zu mir. »Ich schäme mich für all diese Männer, die Frauen so schlecht behandeln und es macht mich wütend, weil es immer wieder passiert. Elena, ich werde niemals ein solcher Mann sein. Das kannst du mir glauben. Und ich werde es dir jeden Tag beweisen.«

Tränen stiegen mir in die Augen und ich konnte spüren, dass Derrick es todernst meinte.

»Ich glaube dir. Du bist ganz anders als Patrick. Bei ihm habe ich mich nie so sicher und geliebt gefühlt, wie bei dir.«

Derrick wischte mir zärtlich mit dem Daumen eine Träne von der Wange.

»Aber es ist nicht das, was mich völlig aus der Bahn geworfen hat.«

Fragend hob Derrick seine Augenbrauen und forderte mich still auf, weiter zu gebärden.

»Sondern wie die Deaf Community mit der ganzen Sache umgegangen ist und mich so fertig gemacht hat. Das hat mir das Herz gebrochen.«

Derrick hörte auf, mein Bein zu streicheln. »Aber warum ist es dir so wichtig, was sie von dir denken?«

»Darum geht es nicht. Ich weiß nicht, wie ich dir das erklären soll …«

»Dann versuch es. Ich will dich verstehen. Denn es sollte dir egal sein, was die Community von dir denkt. Sie kümmert sich doch auch nicht um dich, oder?«

Diese Aussage war wie ein Schlag in die Magengrube.

Denn er hatte recht.

Auch wenn ich stark mit meiner Kultur und Identität und den Menschen verwurzelt war, war ich trotzdem dafür verantwortlich, mein Leben so zu führen, wie ich es für richtig hielt.

Man konnte es ohnehin niemandem recht machen, aber mit der Community war man nicht allein. Denn man teilte das gleiche Schicksal, kämpfte um dieselben Rechte und Anerkennung und war wie eine Familie.

»Ich weiß nicht, ob du das nachvollziehen kannst, aber in der hörenden Welt kann es ziemlich einsam sein. Man versteht nichts, und man versucht, mitzuhalten oder irgendwie zu überleben. Und man wird nicht gehört. Nicht verstanden. Aber mit dieser Community ist es wie ein Ankommen, wie ein Schutz. Dort muss man nichts sagen, weil man ohne Worte verstanden wird. Weil man akzeptiert wird. Und weil man eine von ihnen ist.«

Schweigend sah mich Derrick eine Weile an und schien über das nachzudenken, was ich ihm gerade versuchte, zu erklären.

Dieses Gefühl an jemandem zu vermitteln, der sich nicht mit diesen Problemen herumschlagen musste, war schwer. Das konnte nur jemand nachvollziehen, der selbst betroffen war.

»Es ist schön, dass eure Kultur so stark verbunden ist, aber ich glaube, es ist egal, ob man gehörlos oder hörend ist. In der großen, lauten Welt sind wir auch einsam. Ich denke, dass der Unterschied vielleicht der ist, dass wir gelernt haben, von Anfang an auf uns zu schauen und erst dann auf den anderen. Ich habe den Eindruck, dass es bei euch umgekehrt ist.«

»Ja, weil wir gelernt haben, dass wir ohne den anderen nicht an die Informationen gelangen, die wir brauchen, um weiterzukommen oder zu überleben. Du kannst das nicht mit uns vergleichen, denn ihr bekommt trotzdem alles mit und verpasst nichts. Ihr seid im Gegensatz zu uns niemals allein, denn ihr hört Stimmen, Geräusche, Sprache. Ihr versteht sie, egal wo ihr euch befindet und dann seid ihr automatisch mit jemandem verbunden. Vielleicht nicht körperlich oder emotional, aber dafür sprachlich. In der U-Bahn könnt ihr lächelnd anderen Menschen zuhören, wenn sie etwas Schönes erzählen und dann könnt ihr mit einem guten Gefühl nach Hause gehen. Wir dagegen bewegen uns in einer Welt, die voller Menschen ist, aber still. Weil wir nichts verstehen. Weil wir euch nicht verstehen und keine Verbindung herstellen können.«

Und genauso war es.

Deswegen wurde Helen Keller, eine taub-blinde amerikanische Schriftstellerin, in unsere Kultur gefeiert, weil sie nur mit zwei Sätzen die Problematik auf den Punkt brachte:

Blindheit trennt von den Dingen.

Taubheit trennt von den Menschen.

Kapitel 31

Schlaftrunken lief ich auf die Toilette, um meine Blase zu entleeren und fand auf dem Rückweg einen Post-it Zettel an der Küchentür.

Bin eine Runde Joggen und bringe Frühstück mit!
Ich liebe dich.

Ich lächelte und strich über das Papier, um seine Schrift nachzufühlen.

Wir hatten uns am Abend zuvor noch eine Weile unterhalten und gekuschelt. Durch das viele Weinen hatte ich starke Kopfschmerzen, dass ich zu nichts mehr Lust hatte und gezwungen war, mir eine Tablette einzuwerfen.

Irgendwann hatte sie gewirkt und ich war in Derricks Armen eingeschlafen und kein einziges Mal mehr aufgewacht.

Bei ihm fühlte ich mich so sicher und geborgen, dass ich mich vollends fallen lassen konnte.

Ich erhaschte einen kurzen Blick auf meine Uhr.

Acht Uhr morgens.

Es war also noch früh, aber ich spürte, wie mir der zwölf Stunden Schlaf guttat.

Meine Schläfen pochten zwar noch leicht und ich fühlte mich schlapp, aber insgesamt ging es mir besser als die letzten Wochen.

Wahrscheinlich, weil ich jetzt Klarheit hatte und mit der Sache endgültig abschließen konnte.

Wenn auch auf etwas heftigere Art.

Aber so war das manchmal im Leben.

Ich ging in die Küche und trank ein Glas warmes Wasser.

Danach griff ich nach meinem Handy und stutzte. Zahlreiche Anrufe und Nachrichten waren eingegangen. Eine davon war sogar von Patricks Schwester.

*Elena!!! Ist das wahr??? Mein Bruder ist so ein Arsch***.*

Melde dich bitte. Mel

Alles okay bei dir? Krasse Show gestern. Alle Welt ist mal wieder in Aufruhr. Du weißt, ich bin immer für dich da. Kuss, Clara

Manche Männer sind Schweine und die Guten werden geschlachtet oder satt gefüttert. Deshalb empfehle ich, sich nicht auf ein Schwein einzulassen. Ich wünsche dir viel Liebe. Claudia

Ich musste Claudias Nachricht zwei Mal lesen und fand sie so makaber, dass ich lachen musste. Sie war schräg, aber auf eine liebenswürdige Art und ich freute mich, dass sie an mich dachte.

Andererseits war es mir unangenehm, dass sich die Leute nach einem solchen Fiasko wie gestern bei mir meldeten und ich wieder im Mittelpunkt stand.

Dabei war ich froh gewesen, dass es eine Weile ruhiger geworden war.

Mir blieb wohl nichts anderes übrig, als auch das durchzustehen.

Seufzend öffnete ich Instagram, das ebenfalls hunderte von Nachrichten anzeigte.

Was war nur los mit den Menschen?

Die meisten waren von Gehörlosen, die sich bei mir entschuldigten oder aufmunternde Worte oder Videos schickten.

Ich musste ehrlich zugeben, dass es sich wie Balsam für die Seele anfühlte. Ich war dankbar dafür, nicht mehr die Ausgestoßene zu sein. Trotzdem hatte es einen bitteren Beigeschmack.

Ich bekam ein Video zugesendet, das meine Aufmerksamkeit erregte und bereits mehrere Male geteilt wurde.

Ich öffnete das Video und sah, wie Patrick mit Anna zum Auto lief. Sie verhielten sich so, als ob sie auf der Flucht waren.

Daraufhin wurden sie von einigen Leuten, die ihnen hinterher liefen, mit irgendwelchen schlimmen Gebärden beschimpft, aber sie hatten gerade noch die Türen rechtzeitig geschlossen.

Doch die Sache war noch nicht vorbei.

Jemand klopfte wütend gegen die Scheibe und das Auto wurde umzingelt.

Annas Gesicht wurde gefilmt, was ziemlich erschrocken und panisch aussah. Sogar Angst konnte man aus ihrem Gesicht lesen.

Ich war schockiert und hielt den Atem an.

Kurz darauf wurden Szenen eingeblendet, die so verändert wurden, dass Anna als Witzfigur dargestellt wurde oder Patrick als Playboy, der von mehreren Frauen eine Ohrfeige bekam und als Lügner beschimpft wurde.

Ich fand es grausam und konnte es mir nicht mehr länger ansehen.

Das Ganze ging zu weit und machte mich sprachlos.

Auch wenn sie mir wehgetan hatten, konnte ich es nicht zulassen, dass man öffentlich auf sie losging.

So etwas hatte niemand verdient. Denn ich wusste genau, wie es sich anfühlte, wenn man fertig gemacht wurde. Ich durfte es in den letzten Wochen am eigenen Leibe erfahren.

Ich musste etwas dagegen tun.

Entschieden stand ich auf, um mich umzuziehen und ins Wohnzimmer zu gehen.

Ich stellte mein Handy gegen eine Glasflasche und atmete tief durch.

Mit viel Überwindung nahm ich eine Story auf, gebärdete mein Anliegen und lud sie zitternd hoch.

Normalerweise postete ich nie etwas von mir, sodass dieser Schritt für mich weit außerhalb meiner Komfortzone lag.

Aber ich musste das Richtige tun.

Als die Story nun online verfügbar war, sah ich sie mir noch einmal an.

Um sicherzugehen, dass meine Botschaft deutlich bei den Followern ankam.

Hallo ihr Lieben,

erst einmal vielen Dank für eure zahlreichen Nachrichten und Entschuldigungen, die ich dankbar annehme. Nun habe ich eine große Bitte: Auch wenn Patrick und Anna Fehler gemacht haben, haben sie es nicht verdient, öffentlich gedemütigt zu werden. Mir ist das Gleiche passiert und es war richtig schlimm. Es ist Mobbing, deshalb bitte ich euch alle, damit aufzuhören und irgendwelche Videos ins Netz zu stellen, die das Leben von jemandem zerstören können. Bitte setzt euch lieber für gute Dinge ein, wie für mehr Untertitel oder Barrierefreiheit. Das ist sinnvoller und bewegt wirklich etwas. Danke.

Keine Minute später kamen die ersten Herzchen und Likes, und kurz darauf auch Kommentare.

SO richtig! Du bist toll! ILY!

Heirate mich!

Elena ist unsere Heldin!

YES! Eine Schande für die GL Community; wir müssen uns auf die positiven Dinge konzentrieren! Endlich mal eine, die den Mund aufmacht! DANKE!

So ging es immer weiter und mein Video wurde ständig geteilt. Hoffentlich erfüllte es seinen Zweck und es würde endlich Ruhe einkehren.

Ich schloss die App und legte das Handy zur Seite. Manchmal fragte ich mich, was in den Köpfen der Menschen vorging, die solche niveaulosen Dinge taten.

Ich fühlte mich unwohl bei der ganzen Sache und es tat mir weh. Ich wollte, dass dieser Krieg aufhörte und unsere Community sich auf andere Dinge konzentrierte, die wichtiger waren.

Natürlich wusste ich, dass die meisten sich nicht so verhielten und es sich häufig um eine kleinere Gruppe von Menschen handelte, die für Aufruhr und Drama sorgten. So war es ja auch in der hörenden Gesellschaft. Es gab immer irgendwelche Vollidioten, die uns allen das Leben unnötig schwerer machten. Trotzdem wirkte es sich auf die gesamte Gesellschaft aus, weil wir eine Minderheit waren und es dann auch jeder mitbekam. Der Unterschied war der, dass es bei uns sofort auffiel und hörende Menschen dann dachten, wir wären verrückt oder komisch.

Ich öffnete meine kleine Balkontür und ging hinaus, um frische Luft zu schnappen und auf andere Gedanken zu kommen.

Es war kühl und eine Wohltat für Körper und Seele. Ich liebte den Ausblick, weil er mich zusätzlich beruhigte.

Und ich spürte sofort, wie sich jemand mir näherte.

Zwei starke Arme umarmten mich von hinten und ein warmes Gefühl breitete sich in mir aus.

Ich lehnte mich an seine Brust und lächelte.

Derrick küsste mich im Nacken und es kitzelte so sehr, dass ich mich abwandte und zu ihm drehte.

Völlig verschwitzt stand er vor mir in seiner Sportkleidung.

Auch er lächelte mich an und wieder war es um mich geschehen. Derrick war intensiv und hatte eine so starke Präsenz, dass ich es jedes Mal sofort wusste, wenn er im Raum war.

Ich konnte es mir nicht erklären.

Vielleicht lag es daran, dass ich so etwas wie einen siebten Sinn hatte und es spürte, wenn jemand kam.

Andere hörten es, ich fühlte es.

»Guten Morgen«, gebärdete er und seine Augen funkelten. Irgendwas an ihm war anders. »Hast du gut geschlafen?«

Ich konnte an seiner Körpersprache nicht wirklich herausfinden, was er vor mir zu verbergen versuchte und tat so, als ob ich es nicht bemerkte.

»Danke, ich war total weg. Ich habe gar nicht gemerkt, dass du aufgestanden bist. Seit wann bist du wach?

"Sechs Uhr.«

»Langschläfer bist du definitiv nicht.«

Er schmunzelte und ich glaubte, Schalk in seinen Augen zu erkennen. »Ich brauche nicht viel Schlaf. Außerdem musste ich noch etwas erledigen.«

»An einem Sonntag?« Ich beäugte ihn mit einem kritischen Blick.

Grinsend nahm Derrick meine Hand, um mich in die Küche zu führen.

Dort wurde ich mit einem tollen Frühstücksbuffet überrascht und küsste Derrick, der die Kunst des Verwöhnens draufhatte und mich mit solchen Kleinigkeiten zum glücklichsten Mädchen der Welt machte.

Ich bedankte mich für die süße Geste und umarmte ihn. »Womit habe ich das nur verdient?«

»Du musst dir nichts verdienen. Das weißt du doch, oder?«, gebärdete er.

Etwas schüchtern nickte ich ihm zu und setzte mich an den Tisch.

Dann fiel mir plötzlich der Briefumschlag auf.

»Was ist das denn?«

»Öffne ihn einfach und du wirst es wissen«, schlug er geheimnisvoll vor und setzte sich mir gegenüber.

Das ließ ich mir nicht zweimal sagen und riss den Umschlag auf.

Zwei Flugtickets fielen heraus und mir klappte der Kinnladen gefühlt bis zur Tischkante.

»New York?«, stammelte ich mit meinen Händen.

Derrick, der cool wie eh und je war, schnappte sich ein Brötchen aus dem Korb und nickte.

Als ob es keine große Sache war.

»Oh mein Gott, du meinst es ernst. Was ist mit der Arbeit?" Ich war kurz davor, auszuflippen.

»Alles schon erledigt. Ich will, dass du meine Heimat und auch meine Familie kennenlernst.«

O Gott, o Gott, es war also so weit. Ich würde mit ihm nach New York fliegen und seine Eltern kennenlernen. Das war ein gewaltiger Schritt, denn es hieß, dass es zwischen uns ernster wurde. Wobei ich mich schon gefragt hatte, wann der Tag kommen würde. Nur, dass er jetzt schon kam, hatte ich absolut nicht erwartet.

Immer noch fassungslos starrte ich auf die Tickets und konnte es nicht glauben, dass er mit mir gemeinsam nach Amerika reisen wollte.

Derrick rutschte unruhig auf seinem Stuhl hin und her und ich blickte hoch.

»Bist du jetzt sauer, weil ich einfach Urlaub für uns beide beantragt habe, ohne dich zu …?«

Ach du meine Güte.

Sofort sprang ich von meinem Stuhl und fiel ihm um den Hals. Dann küsste ich ihn stürmisch und bedankte mich Hunderttausendmal. Zwischendurch hielt ich inne und sah ihm tief in die Augen.

»Das ist die coolste Überraschung, die ich je bekommen habe. Ich bin nur … überwältigt.«

Daraufhin entspannte er sich und mir kamen überfallartig Freudentränen.

»Wir fliegen ernsthaft nach New York?! Das ist so mega!«

Aufgeregt hüpfte ich wie ein kleines Kind durch die Küche, was Derrick zum Lachen brachte.

Ich grinste ununterbrochen, auch beim Frühstücken.

Es war wirklich das tollste Geschenk, was er mir machen konnte und der Zeitpunkt konnte nicht besser sein.

Ich würde für eine Weile dem ganzen Drama entkommen und endlich Urlaub machen.

Der längst überfällig gewesen war.

Und dann auch noch mit meinem Traummann.

Hach, war das Leben schön!

Kapitel 32

New York war überwältigend und jetzt verstand ich, warum es zu einer der beliebtesten Städte der Welt gehörte.

Gleichzeitig überforderten mich die vielen Eindrücke, weil ich das Gefühl hatte, dass ich vor lauter Staunen gar nicht mehr zum Luftholen kam.

Atemberaubende Hochhäuser, bei deren Anblick man sich den Hals verrenken konnte, verliehen einem das Gefühl von Überlegenheit und Macht.

Selbst die U-Bahn war wie eine eigene Welt für sich.

Obwohl ich wusste, dass Derrick sich auch einen Abholservice leisten konnte, nahmen wir die Subway. Damit wollte er mir New York nahebringen und dafür war ich ihm sehr dankbar. Denn ich liebte es, wie ein Tourist die Stadt erkunden zu dürfen.

Unzählige Menschen strömten in die Bahn hinein und wieder hinaus, und ich betrachtete voller Bewunderung die Musiker, die mitten im Trubel mit Leidenschaft ein Instrument spielten und dabei aus vollem Herzen tanzten.

Auch wenn ich nichts hörte, ihre Bewegungen und ihre Hingabe begeisterten mich.

»Deine Augen leuchten ja«, gebärdete Derrick und lächelte.

»Es ist total verrückt, hier zu sein. Wie im Film.«

Er lachte. »Dabei hast du noch gar nichts gesehen. Das ist erst der Anfang.«

Irgendwann landeten wir in der berühmten Upper East Side und ich musste schlucken, denn die Häuser waren einmalig und mit einer besonderen Architektur versehen.

Ich wusste aus Filmen und Magazinen, dass hier die Reichen und Schönen lebten, aber dass ich eines Tages einmal vor Ort sein würde, hätte ich nie gedacht.

Schon gar nicht mit einem Mann, der sich unter einer Sonnenbrille verstecken musste, damit er nicht erkannt wurde. Es war schon fast skurril und ich wusste nicht, wie ich mit diesem Gefühl umgehen sollte.

Ich bevorzugte eher die bodenständige Art, auch wenn ich aus einem wohlhabenden Hause kam. Aber das war nicht vergleichbar mit Derricks Leben, der hier aufgewachsen war.

Und Derrick verhielt sich anders, seit wir am Flughafen gelandet waren. Irgendwie angespannter, ernster.

In München war er viel lockerer und mehr er selbst.

Mir gegenüber versuchte er, sich nichts anmerken zu lassen, aber vor mir konnte er nichts verbergen. Vielleicht lag es daran, dass ich ihn besser kannte, oder aber auch, weil ich Menschen ständig beobachtete.

Meine Kinnlade fiel herunter, als ich die Designerläden und deren schwindelerregende Preise auf der Madison Avenue sah. Für eine Mini-Handtasche wurden einfach so mal zwei Millionen Dollar verlangt und die Leute shoppten wie in einem Ein-Euro-Laden. Schräg.

Derrick nahm meine Hand und zog mich in eine Seitenstraße, in der es ruhiger wurde und sich weitere schicke Häuser aneinanderreihten. Wir blieben vor einem süßen, mit Sandstein verziertem Townhouse mit schwarzen, modernen Fenstern stehen. Es hatte einen kleinen Vorgarten, der für eine heimelige Ausstrahlung sorgte.

Derrick trat die Stufen hinauf, um aufzuschließen. Es war keines der Luxushäuser, welches nach Prominenz oder Reichtum schrie, sondern von eher unauffälliger Art, was das Ganze noch charmanter machte.

Bevor Derrick die Tür öffnete, drehte er sich zu mir.

»Ich dachte, wir kommen erst einmal an, bevor wir zu meiner Familie gehen.«

Mit großen Augen sah ich ihn an.

»Du hast hier gewohnt? Ich hätte dich für einen Penthouse-Typen gehalten, weil du in einem in München wohnst. Das hier kommt mir eher … familiär vor, was mich überrascht.«

Er küsste mich sanft. »Tja, beurteile niemandem nach seinem Äußeren. Mein Vater und mein Bruder machten sich darüber lustig, aber ich habe dieses Haus gekauft, als es total heruntergekommen war - aber ich wusste, dass es zu mir passte. Daraufhin hatte ich es modernisiert und bin eingezogen. Es fühlte sich nach meinem Zuhause an. Wahrscheinlich, weil ich es mir selbst ausgesucht habe. Wir können uns aber auch ein Hotel mit Ausblick …«

Völlig entgeistert unterbrach ich ihn.

»Bist du verrückt geworden? Das hier ist perfekt und ich bin so froh, dass du mir dein Zuhause zeigst. Es ist für mich eine Ehre.«

»Okay«, gebärdete er und ich küsste ihn zärtlich auf die Wange.

Wir betraten das Innere und ich war sprachlos.

Ein riesiges Foyer mit einem Treppengeländer, das zum nächsten Geschoss führte, überraschte mich und ich wusste, dass ich das Haus völlig unterschätzt hatte. Es war riesig, was man von außen betrachtet nicht erwarten würde, weil es klein und schmal aussah.

Derrick führte mich in die Küche, die aus wunderschönem hellem Holz gefertigt war mit Arbeitsplatten aus dunklem Marmor. Eine schmale Küchentür führte nach hinten zum Innenhof, der wie eine heimliche Oase in der Toskana war. Dort gab es einen süßen Tisch, an dem vier Personen sitzen konnten, während man vom atemberaubenden Grün umgeben war.

Ich verliebte mich sofort in diese Idylle und konnte verstehen, warum sich Derrick hier wohlfühlte.

Das Wohn-Esszimmer war mit einem Kamin versehen und einer riesigen Wohnlandschaft, dabei gemütlich eingerichtet und hatte nichts Pompöses.

Die Schlafzimmer im ersten Stock waren mit riesigen Boxspringbetten ausgestattet, die jeweils Platz für drei Personen boten.

Obwohl mir alles riesig erschien, war es auf eine Art minimalistisch. Denn es wurde nur mit dem Notwendigen ausgestattet, sorgte aber gleichzeitig für ein harmonisches Flair. Die Farben waren perfekt aufeinander abgestimmt und alles war liebevoll dekoriert.

Wie ich wusste, kosteten diese sogenannten Townhouses mehrere Millionen Dollar und bedurften meist einer aufwendigen Sanierung, die man sich nur mit dem nötigen Kleingeld leisten konnte. Derrick war in völlig anderen Verhältnissen aufgewachsen und auch wenn mir das schon seit seiner Wohnung in München bewusst war, war das hier noch einmal eine ganz andere Nummer.

Ich fragte mich, wie seine Eltern lebten und wo er in den ersten Jahren großgezogen wurde.

Derrick bemerkte, dass ich die ganze Zeit schwieg und nachdenklich war.

»Alles in Ordnung? Wie gefällt es dir?«

»Es ist wunderschön«, antwortete ich ehrfürchtig. »Mir war nicht bewusst, wie *reich* du wirklich bist.«

Besorgt blickte er mich an. »Warum kommt die Gebärde *reich* irgendwie negativ rüber?«

»Ich weiß nicht. Jetzt habe ich das Gefühl, dass ich es auch noch mit einer Welt voller Reichen und Schönen zu tun habe. In die ich nicht reinpasse und wo ich ehrlich gesagt auch nicht dazugehören will …«

Seine Gesichtszüge wurden weicher. »Da brauchst du dir keine Sorgen zu machen. Denn es ist auch nicht meine Welt. Geld zu haben ist wichtig, aber nicht das Wichtigste. Du bist die erste Frau, die mich wegen meiner Selbst liebt und nicht, weil ich Geld habe. Hoffe ich zumindest.«

Ich schlug ihn spielerisch sanft auf den Oberarm und sah ihn an.

»Ich könnte nicht mit jemandem nur wegen des Geldes zusammen sein. Dann wäre ich lieber einsam, um meine Seele nicht zu verkaufen.«

»Deshalb bist du die Richtige für mich.«

Dieser Satz hing mir noch nach, als er mein Gesicht mit seinen weichen Händen umfasste und mich zärtlich küsste.

Kurz darauf löste er sich von mir, um mich mit einem grüblerischen Blick zu betrachten.

»In dieser Welt, in der ich aufgewachsen bin, war Geld immer an erster Stelle und das auf eine negative Art. Meine Mutter hatte mich anders erzogen. Sie sagte mir jeden Abend am Bett: Jage niemals Geld, Liebe oder Erfolg hinterher. Arbeite lieber jeden Tag daran, die beste Version von dir selbst zu sein und dir treu zu bleiben. Dann werden diese Dinge von allein zu dir kommen.«

Sie musste eine kluge Frau sein.

»Ein Glück, dass du so eine Mutter hast. Wie sehr uns doch Eltern prägen können«, stimmte ich zu.

Derrick nahm mich in den Arm und küsste mich so intensiv, dass er all meine Lust wieder erweckte.

Aber ich spürte, wie die Müdigkeit durch den langen Flug und die vielen Eindrücke dieser Metropole mich plötzlich übermannten.

Ihm schien es genauso zu gehen, denn er führte mich ins Schlafzimmer.

»Lass uns etwas schlafen. Du kannst gerne duschen. Ich muss schnell noch ein paar Telefonate führen.«

Ich küsste ihn noch ein letztes Mal, und dann verschwand er aus dem Zimmer. Jetzt war ich allein und packte in aller Ruhe meine Tasche aus.

Ich blickte mich um und betrachtete das Schlafzimmer von allen Seiten, um den Kleiderschrank zu finden, der sich hinter einer Wand versteckte.

Dieser hatte so viel Platz, dass eine Großfamilie reinpasste und ich musste bei dieser Vorstellung schmunzeln.

Ich war froh, dass wir noch Zeit für uns alleine hatten und nicht sofort seine Familie kennenlernten.

Sie waren so beschäftigt, dass wir sie erst am nächsten Tag beim Abendessen treffen würden. Mir war das nur allzu recht, denn so hatte ich mehr Zeit, mich auf sie vorzubereiten.

Bis dahin wollte Derrick mir etwas von der Stadt zeigen, und ich freute mich schon auf die Tour mit ihm.

Ich duschte ausgiebig und probierte neugierig alle Funktionen aus. Es gab sogar eine Massage-Einstellung, die ich natürlich genießen wollte und aufschrie, weil ich aus Versehen auf die härteste Stufe eingestellt hatte.

Die Kabine hatte eine Sitzbank und war so groß, dass ich darin eine Party hätte veranstalten können.

Ich setzte mich hin und ließ das Wasser auf mich herabrieseln. Es war die reinste Wohltat, und ich überlegte, mich einfach auf dieser Bank hinzulegen. Allerdings war sie doch etwas zu unbequem dafür.

Seufzend drehte ich den Hahn ab und stieg aus der Dusche, um mich mit einem superweichen Handtuch abzutrocknen und anschließend ins Bett zu legen.

Es war himmlisch bequem und ich fühlte mich wie ein Baby, das in die Wiege gelegt wurde.

Keine zehn Sekunden später verfiel ich in einen traumlosen Schlaf.

O Gott, stöhnte ich.

Dieser Traum war so sexy und fühlte sich so echt an, dass ich kurz davor war, zu kommen.

Starke Hände streichelten meine Beine mit einer solchen Zärtlichkeit, dass es mich verrückt machte und meine innere Mitte zum Pulsieren brachte.

Eine Zunge berührte meine empfindliche Perle und ich wölbte mich ihr entgegen, um sie noch intensiver zu spüren, während sie sie erforschte und umkreiste, und mir den Atem nahm.

Diese besagte Zunge bewegte sich immer schneller und ich konnte es kaum noch aushalten. Ich wollte ihn endlich in mir haben. In mir spüren. Ich krallte mich am Laken fest und rang nach Luft.

Ich schlug meine Augen auf und entdeckte Derrick zwischen meinen Beinen, der mich voller Verlangen ansah und mir wurde schlagartig bewusst, dass es sich nicht um einen Traum handelte. Sondern pure Realität war.

Was mich noch mehr antörnte.

Mich hatte noch nie jemand im Schlaf verführt und das war einfach nur … *heiß*.

Ich packte Derrick an den Schultern und zog ihn zu mir hoch.

»Bitte nimm mich«, kam es lautlos über meine Lippen und seine Augen wurden noch dunkler, noch begieriger.

Ich meinte sogar zu spüren, dass er knurrte.

»Jetzt sofort«, sagte ich plötzlich laut.

Und dann gab es kein Halten mehr.

Er drang in mich ein und ich keuchte erneut auf.

Ich würde jeden Moment kommen und das wusste er auch.

Er bewegte sich immer schneller, bis wir beide den Höhepunkt erreichten und ein Feuerwerk tausender Gefühle vor meinen Augen ausbrach. Kurz darauf sackten wir voller Glückseligkeit zusammen.

Eine Weile lag dieser attraktive Kerl auf mir, während ich schwer atmete. Dann wurde ihm bewusst, dass er zu schwer für mich war und er rollte sich entschuldigend zur Seite. Seine Haare standen in alle Richtungen ab und ich musste lächeln.

Ich streichelte sein markantes Kinn und spürte die kurzen Bartstoppeln.

»Das war …«, versuchte ich das Ganze zu beschreiben, aber mir fehlten immer noch die Worte.

Intensiv sah er mich an und ich konnte ein bestimmtes Grün in seinen braunen Augen erkennen. Er wirkte entspannter und es machte mich glücklich, dass ich der Grund dafür war.

»Du bist wunderschön. Und du warst nackt. Das konnte ich nicht so stehen lassen«, gebärdete er mit einer Unschuldsmiene.

Daraufhin lachte ich. »Ich hatte sogar gehofft, dass du mich nimmst.«

»Oh, das war also Absicht. Böses, böses Mädchen …«

»Böser, böser Kerl«, neckte ich ihn zurück und wir alberten noch eine Weile im Bett herum.

Anschließend standen wir auf, um uns für die erste Stadtbesichtigung fertig zu machen.

Es war aufregend, von einem New Yorker die Stadt gezeigt zu bekommen und tatsächlich war das noch besser. Er zeigte mir nicht nur die touristischen Highlights wie das Empire State Building oder Times Square, sondern auch die Insidertipps, die ich noch aufregender fand.

Als wir auf dem New Yorker High Lane im Park waren, war ich sichtlich beeindruckt von der Stadt und konnte es Luisa nicht verdenken, dass sie in die USA ausgewandert war.

»Apropos«, wandte ich mich an Derrick. »Eine Freundin von mir, die Luisa, die wohnt auch hier.«

»Echt? Das ist ja cool. Willst du sie treffen?«

»Ich habe ihr über Instagram geschrieben, aber ich wusste nicht, wie unser Zeitplan aussieht, also habe ich es noch offengelassen.«

Er küsste mich auf die Stirn. »Wenn du sie sehen willst, dann bekommen wir das auf jeden Fall in unserem Zeitplan unter.«

Kapitel 33

Seufzend betrachtete ich mich im Spiegel und erkannte mich in dem schwarzen eng anliegenden Etuikleid und meinen offenen Haaren nicht wieder.

Normalerweise trug ich keine Kleider, weil mich das an eine Zeit erinnerte, in der ich ständig solche Sachen tragen musste und keine Wahl hatte.

Und weil ich dadurch das Gefühl hatte, nur noch auf mein Äußeres reduziert zu werden.

Derrick hatte mir in einem Laden dieses Kleid ausgesucht und als ich es anprobierte, hatte ich in seinen Augen gesehen, dass es ihm sehr gefiel. Aber er würde mich nie zu etwas bedrängen und ich hatte das Kleid zurückgelegt. Er dachte, dass es mir nicht gefiel und klapperte mit mir weitere Läden ab, um etwas Passendes für mich zu finden.

Zum Abendessen mit seinen Eltern wollte ich etwas Schickes tragen, aber mir ging das Kleid und Derricks Reaktion darauf nicht mehr aus dem Kopf.

Also hatte ich das Kleid gekauft, ohne dass Derrick es bemerkte und ich hoffte, ihn damit zu überraschen.

Und gleichzeitig einen guten Eindruck bei seiner Familie zu machen.

Wenn es etwas gab, was ich konnte, dann war es gut auszusehen, auch wenn es mir weniger darum ging. Ich wollte Derrick unterstützen. Vor allem, damit sein Vater und sein Bruder ihn in Ruhe ließen, die beide ein Faible für schöne Frauen hatten.

Denn wie hatte es Maurice Chevalier formuliert?

Eine schöne Uhr zeigt die Zeit an, eine schöne Frau lässt sie vergessen.

Ich wusste auch, dass ich nie im Leben mit diesen reichen und schönen Frauen mithalten konnte, die sie gewohnt waren, aber das Kleid würde vielleicht einen bleibenden Eindruck hinterlassen.

Oder hätte ich mich doch lieber für einen dezenten Hosenanzug entscheiden sollen?

Meine Pilotenuhr, die ich nie im Leben abnehmen würde, verriet mir jedoch, dass keine Zeit mehr war, um mich umzuziehen.

Ich atmete tief durch und ging ins Schlafzimmer, um mir meine Lederjacke zu schnappen.

Meinem Stil und meinen Prinzipien blieb ich treu. Da hatten auch Männer wie die van Kamps keinen Einfluss.

Statt hoher Schuhe entschied ich mich für weiße Canvas Sneakers, die superbequem waren.

Zum Glück hatten wir Spätsommer und diese Kombination passte zur Jahreszeit.

Ich lief die Stufen hinunter und traf im Foyer auf Derrick, der noch am Telefon war.

Er musste mich gehört haben, denn kaum war ich fast unten, hatte er sich umgedreht. Und war erstarrt.

Hatte ich es doch übertrieben?

Sein Kehlkopf hüpfte auf und ab und er fasste sich am Hemdkragen, um Luft zu holen.

Für einige Sekunden hatte er vergessen, dass er mit jemandem telefonierte.

Daraufhin entschuldigte er sich bei seinem Gesprächspartner und warf mir einen verblüfften Blick zu.

Ich hatte wohl ins Schwarze getroffen.

Aber auch ich musste kurz innehalten, denn Derrick hatte sich ebenfalls in Schale geworfen und ich war froh, dass er noch beschäftigt war. So konnte ich ihn in Ruhe anschmachten.

Er trug ein weißes, eng anliegendes Hemd und hatte ein paar Knöpfe offen, dass man einen Blick auf seine durchtrainierte Brust bekam.

Dazu trug er eine schwarze Chinohose, die bis zu seinen Knöcheln reichte und die braunen Lederschuhe, die ich so an ihm liebte. Sein Outfit ließ ihn männlich und gleichzeitig sexy aussehen.

Er legte auf und kam mit langsamen Schritten auf mich zu.

Wie ein Raubtier, das liebte, zu jagen.

Ich sollte öfter ein Kleid tragen.

Denn es war *heiß,* wie wild ich ihn damit machen konnte.

Er packte mich an den Hüften und flüsterte etwas, was ich nicht verstand.

In diesem Moment hatte er wohl vergessen, dass ich nichts hörte.

Ich presste meine Hände auf seine Brust und sah ihn fragend an.

»Entschuldige … ich bin nur …«

»Ja?«

»… völlig überwältigt.«

»Ist es nicht zu overdressed?«

Er schüttelte den Kopf.

»Es ist perfekt. Du bist voller Überraschungen, Elena.« Und dann beugte er sich zu mir, um mich innig zu küssen und wieder nach oben zu führen.

Doch als ich bemerkte, was er vorhatte, stoppte ich abrupt.

»Derrick, wir müssen los, sonst kommen wir noch viel zu spät.«

Seine Augen wurden schmal.

»Das ist mir egal. Wie soll ich es den ganzen Abend sonst aushalten?«

Lachend gab ich ihm einen Klaps auf seine Brust. »Du wirst das schon überleben.«

Augenzwinkernd ging ich an ihm vorbei und dachte mir: *Mein Gott, was war ich nur für eine Frau geworden?*

Verwirrt stand ich mit Derrick in einem riesigen, schicken Gebäude, das einem Fünf-Sterne-Hotel glich, und sah mich um. Ich fragte mich, ob er hier aufgewachsen war.

Wenn das der Fall war, kam es mir ziemlich unpersönlich vor und ich konnte mir beim besten Willen nicht vorstellen, dass seine Mutter es zugelassen hätte.

Ein Pförtner begrüßte uns und strahlte Derrick vertraut an. Daraufhin unterhielten sie sich kurz auf Englisch, bis Derrick mich sanft am Rücken berührte und zu den Aufzügen begleitete.

»Normalerweise wären wir in den Hamptons, wo wir die meiste Zeit gelebt haben, als wir noch Kinder waren. Aber meine Mutter hatte angerufen, dass wir uns hier in Manhattan treffen. Sie hat noch einen Termin und würde erst später dazu kommen.«

Das hieß, dass ich mich mit den van Kamp Männer fürs Erste allein begnügen musste.

Bei diesem Gedanken wurde mir etwas flau im Magen, denn ich hatte gehofft, dass seine Mutter von Anfang an dabei sein würde.

Ich werde schon irgendwie mit den Männern fertig werden, oder?

Derrick runzelte die Stirn und sah mich besorgt an. Doch ich lächelte breit, um mir nichts anmerken zu lassen. Es brachte nichts, wenn wir beide angespannt waren.

Der Aufzug hielt direkt in der Wohnung an und die Türen öffneten sich.

Ein atemberaubender Blick auf die Skyline von New York schlug uns wie eine zarte Ohrfeige entgegen und ließ mich wie betäubt dastehen. Es war tatsächlich wie in den Hollywoodfilmen, die so spektakuläre Aussichten boten.

Es war surreal.

Alles war verglast, modern und elegant. Überall standen ungewöhnliche Kunstfiguren und faszinierende Gemälde hingen an den Wänden, sodass ich gar nicht wusste, wo ich zuerst hinschauen sollte.

Plötzlich kam um die Ecke ein attraktiver Mann mit dunkelgrauem, gewelltem Haar und schwarzen Augenbrauen.

Sein Bart war kurz und perfekt auf die Haarfarbe abgestimmt. Seine Haut sonnengebräunt und der Körper durchtrainiert, aber es war der Blick, der mich unvorbereitet traf. Es war unerwartet kühl.

Ich wusste sofort, dass es sich um Derricks Vater handelte. Es war das Aussehen, das unverwechselbar war.

Tom van Kamp trug ein dunkelgraues Sakko über seinem hellgrauen Kaschmirpullover, aus dem ein weißer Hemdkragen hervorlugte.

Seine Hände blieben in den Hosentaschen, als er auf uns zukam. Er hatte eine reservierte Art, die auf andere Frauen wohl anziehend wirkte.

Zur Begrüßung warf er Derrick einen distanzierten Blick zu und ich erschauderte. Man konnte die angespannte Stimmung zwischen ihnen spüren.

Und dann dachte ich an das schmutzige Geheimnis, das er mit sich trug und das der Grund dafür war, dass das Verhältnis so zerrüttet wurde. Mir wurde schlecht.

Das Ganze war noch schlimmer als zwischen meinem Vater und mir. Aber Tom van Kamp war ein guter Schauspieler, der alles unter Kontrolle zu haben schien.

Er wandte sich mir zu und durchbohrte mich mit einem prüfenden Blick, der mein Unbehagen zusätzlich fütterte.

Plötzlich streckte er mir seine Hand entgegen, die ich zögernd annahm. Sie war stark und kräftig. Wie Derricks Hand. Nur mit dem kleinen Unterschied, dass Tom van Kamp einen unangenehm harten Händedruck hatte, der schon fast weh tat.

Daraufhin küsste er sie, was mich etwas aus der Bahn warf.

»Elena Viviana König«, sein Gesicht war mit einem Mal butterweich und plötzlich charmant »welch eine Ehre, dass Sie uns besuchen. Wie geht es Ihrem Vater?«

Er sprach so langsam und deutlich auf Deutsch, dass ich ihn mühelos verstehen konnte. Mein Vater hatte ihm also von meinem Handicap erzählt. Wenigstens wusste er Bescheid.

»Danke, ihm geht es gut, Mr. van Kamp.«

Er lächelte knapp und sah wieder zu Derrick. Dann sprach er zu ihm irgendetwas auf Englisch.

Natürlich.

Ich sollte es nicht mitbekommen.

Wie rücksichtsvoll.

Doch noch bevor Derrick ihm antworten konnte, wurden wir durch einen weiteren jungen Mann abgelenkt, der den Raum betrat.

Und ihn völlig für sich einnahm.

Er hatte eine unsympathische Art und ich wusste nicht, ob es an seiner Aura lag oder an seinem Gang.

Es gab Frauen, die ihn deswegen attraktiv gefunden hätten, aber er hatte etwas Unechtes an sich, das ich nicht erklären konnte und mit einem Mal verstand ich, was Clara meinte, als sie von Paul van Kamp sprach.

Sie fand ihn selbstverliebt und arrogant und normalerweise war ich niemand, der über andere urteilte, aber es war greifbar.

Ich musterte ihn unauffällig und musste zugeben, dass die Männer im Hause van Kamp wussten, wie man sich kleidete.

Paul hatte ein hellblaues Hemd an, das er bis zur Brust offen trug und dazu eine passende dunkelblaue Chinohose. Auch wenn der Körperbau ansehnlich gewesen war, konnte er nicht mit Derrick mithalten. Im Gegensatz zu ihm war Derrick größer und muskulöser.

Und Millionen Mal attraktiver.

Okay, ich war voreingenommen, aber das, was sie voneinander unterschied, war nicht nur körperlicher Natur. Derrick hatte eine ehrliche, offene und einladende Ausstrahlung, während Paul sehr von sich selbst überzeugt war und sich nicht für andere interessierte.

Er würdigte mich keines Blickes, was meine Vermutung bestätigte.

So behandelte er also Frauen.

Diese Kerle waren die Schlimmsten.

Dann sagte er zu Derrick etwas auf Englisch, während dieser seine Kiefermuskeln anspannte. Bruderliebe sah für mich anders aus.

Ich wusste, dass Paul etwas sagte, was ihn wütend machte.

Und dann sprach Derrick gleichzeitig mit den Händen zu seinem Vater und zu seinem Bruder, ohne mich aus den Augen zu lassen.

»Ich würde es begrüßen, wenn wir alle auf Deutsch sprechen könnten. Es wäre für Elena einfacher.«

Niemand sagte etwas.

Und ich konnte vor meinem inneren Auge schwarze Wolken über diesen Herrschaften schweben sehen.

Wo war ich nur gelandet?

Tom durchbrach plötzlich die Stille und zuckte entschuldigend mit den Schultern.

»Natürlich. Verzeihen Sie, Miss König. Lasst uns doch zu Tisch gehen. Dort kann man sich besser unterhalten.«

Ich bekam gerade noch mit, wie Paul genervt die Augen rollte und Derrick einen missbilligenden Blick zuwarf.

Die Situation war so angespannt, dass ich am liebsten gehen wollte. Aber ich musste mich Derrick zuliebe zusammenreißen und darauf hoffen, dass seine Mutter bald eintreffen würde.

Etwas mehr Warmherzigkeit könnte ich jetzt in dieser Situation gut vertragen und diese Männer mussten dringend ihren Testosteronspiegel herunterfahren.

Wir setzten uns an einen langen Tisch, der aus massivem Holz war und fast den gesamten Raum einnahm.

Warum fühlte ich mich gerade wie im Königshaus zu Gast bei Queen Elizabeth der Zweiten?

Paul fing ein anregendes Gespräch mit seinem Vater an. Allerdings auf Englisch.

Damit ignorierten sie Derricks Bitte absichtlich und behandelten uns wie Luft. Ich wusste nicht, was ich von dem Ganzen halten sollte und fühlte mich noch unwohler.

Derrick wurde wütend und war kurz davor, zu protestieren, aber ich hielt ihn gerade noch davon ab, indem ich meine Hand auf seine legte und sie drückte.

»Lass sie. Ich bin das gewohnt.«

»Das ist nicht okay, und das weißt du auch.«

»Ich weiß. Aber es bringt nichts. Ich bin nur hier, um deine Mutter kennenzulernen. Und ich habe einen Vater, der mich abgehärtet hat.«

Derrick suchte in meinen Augen nach Bestätigung, um sich zu vergewissern, dass es mir gut ging und ich es ehrlich meinte.

Ich gab ihm einen flüchtigen Kuss.

»Lass dich nicht von ihnen provozieren. Wir haben uns.«

Er gab nach und entspannte sich ein wenig. Daraufhin dolmetschte er das Gesprochene von Paul und Tom in Deutscher Gebärdensprache und ich erfuhr, dass sie über die neuesten Autos sprachen, die sie sich gekauft hatten.

Wie zwei große, verwöhnte Jungs, die nichts Besseres zu tun hatten, ergänzte Derrick und schnaubte.

Zwischendurch wurde das Essen serviert und die Herren unterhielten sich weiterhin auf Englisch, was Derrick mühelos für mich übersetzte. Ich hatte ihn nicht darum gebeten, aber er wollte es unbedingt tun.
Lass mich üben, hatte er gemeint und ich musste lächeln. Es war so schön, zu sehen, wie er immer besser wurde und beim Dolmetschen aufblühte.

Paul legte seine Gabel zur Seite, während der Vater sich mit einer Serviette seinen Mund abtupfte und einen weiteren Whiskey in sein Glas einschenken ließ.

Beide hatten aufgehört zu reden und sahen uns an.

Mit arroganter Miene wandte sich Paul plötzlich zu mir, als ob er mich erst jetzt bemerkte.

»Du hörst also nichts?«

Demonstrativ zeigte er mit beiden Händen auf die Ohren, aber es war provokativ. Denn er lächelte spöttisch und sah mich abwartend an.

Ich blieb gelassen. »Nein, ich höre nichts. Aber es macht mir nicht aus«, sagte ich selbstbewusst.

»Derrick hat sich mal wieder selbst übertroffen. Eine Frau, die schön und taubstumm ist, muss bestimmt viele Vorteile haben …«

Abrupt stand Derrick auf. »Was soll das?«

Ich hatte ihn noch nie so aufgebracht erlebt.

Dann wandte er sich an seinen Vater, als erwartete er von ihm, dass er die Vaterrolle übernahm und einschritt.

Doch dieser tat nichts dergleichen und trank einen Schluck aus dem Glas. Wie jemand, der das Ganze ein bisschen zu sehr genoss.

»Ich muss Paul leider recht geben. Keine Ahnung, was du dir dabei gedacht hast. Du triffst jedes Mal dumme Entscheidungen und wenn du uns mit ihr provozieren willst, versaust du dir dein Leben.« Tom drehte seinen Kopf zu mir. »Nichts gegen Sie, Miss König. Ich respektiere Ihren Vater und Sie sind in der Tat eine schöne Frau, aber Sie können nicht mit meinem Sohn mithalten.«

Schockiert sah ich ihn an.

Und erkannte, warum er sich so gut mit meinem Vater verstand.

Sie waren aus demselben Holz geschnitzt und hielten sich für etwas Besseres.

Denn Menschen wie ich waren für ihn nicht von Nutzen.

Und ich dummes Mädchen hatte noch versucht, einen bleibenden Eindruck zu hinterlassen, und gehofft, dass Derricks Familie mich akzeptieren würde.

Doch ehrlich, auf solche Menschen konnte ich getrost verzichten.

Wütend und verletzt stand ich vom Tisch auf und tat zum ersten Mal etwas in meinem Leben, was ich mich bisher nie getraut hatte, aber es schon längst hätte machen sollen.

»Mr. van Kamp«, sagte ich laut und deutlich. »Bei allem Respekt, aber Sie sind ein Arschloch.«

Kapitel 34

Ich warf die Serviette auf den Tisch und verließ den Raum so schnell, dass ich fast stolperte.

Zornig rannte ich durch die Straßen und bog mehrmals ab, bis ich mich irgendwann keuchend auf eine Mauer setzte. Ich hatte keine Ahnung, ob mir Derrick hinterhergelaufen war, aber ich wollte ihn nicht sehen.

Ich hatte gerade seinen Vater als Arschloch bezeichnet, was gar nicht zu meiner Art passte. Er hätte mir sagen müssen, wie schlimm sein Vater wirklich war und es machte mich wütend, dass er mich nicht auf diese Situation vorbereitet hatte.

In letzter Zeit hatte ich das Gefühl, dass ich mich immer mehr veränderte und zu einer Person geworden war, die sich nicht mehr alles gefallen lassen konnte.

Ob das so gut war, konnte ich gerade nicht beantworten. Dafür war ich viel zu aufgewühlt. Aber eins konnte ich mit Sicherheit sagen, ich musste meine Emotionen besser in den Griff bekommen.

Zuerst die Sache mit Patrick und Anna, jetzt auch noch mit Tom van Kamp, beide liefen völlig aus dem Ruder.

Ich wollte nicht dieser Mensch sein, der in der Öffentlichkeit ausflippte und die Kontrolle verlor. Auch wenn ich jedes Recht dazu gehabt hätte, aber es half nicht. Im Gegenteil. Es machte alles nur noch schlimmer, weil ich damit meine Macht an andere abgab.

Ich fluchte so laut, dass sich Passanten zu mir drehten und sich vergewisserten, ob ich Hilfe brauchte.

Ich hatte völlig vergessen, dass ich allein in New York war und keine Ahnung hatte, wo ich mich befand.

Zum Glück war die Gegend ziemlich belebt, dass ich mich etwas sicherer fühlte.

Vernünftig wäre jetzt, wenn ich mich von einem Taxi zu Derricks Wohnung fahren lassen würde.

Aber es fühlte sich nicht richtig an.

Ich schlang die Arme fest um mich und bedauerte, dass ich nirgendwo hingehen konnte.

Doch dann fiel mir auf einen Schlag jemand ein.

***

Zwei Stunden später holte mich Luisa an der Station vom Central Park ab.

Ich hatte ewig gebraucht, den Weg dorthin zu finden und schon Angst, meine Freundin zu verpassen.

Fast hätte ich Luisa nicht wiedererkannt.

Sie sah toll aus mit ihrem Bob und der stylischen Nerdbrille.

Zu Schulzeiten war sie unscheinbar und schüchtern gewesen, und der introvertierte Typ. Sie interessierte sich nicht für Mode und Kleidung, sondern für Computer und war träumerisch, gleichzeitig aber auch super ehrgeizig.

Neben ihrem USA-Traum wollte sie die beste Informatikerin der Welt werden und es mit Steven Wozniak oder Elon Musk aufnehmen. Nicht, weil sie größenwahnsinnig war, sondern die Welt zu einem besseren Ort machen wollte.

Luisa Schell entsprach zwar dem Klischee eines weiblichen Nerds, aber sie war zugleich super cool.

Und jetzt sah ich eine junge Frau vor mir, die sich nicht nur äußerlich verändert hatte, sondern auch selbstbewusster und offener geworden war.

Ich ließ sie nach der Umarmung los und betrachtete sie staunend von allen Seiten. »Ich kann es immer noch nicht fassen. Du siehst völlig anders aus und das Nasenpiercing steht dir so gut.«

Luisa kicherte und ihre Wangen erröteten.

An Komplimente würde sie sich wohl nie gewöhnen, was mich zum Schmunzeln brachte. Denn das war eines der Dinge, die sie so liebenswürdig machte. Süß und vertraut.

»Du aber auch«, gebärdete sie und rückte ihre Brille zurecht. »Ich hätte nie gedacht, dass du mal in einem Kleid durch die Stadt läufst. Der Lederjacke und den Sneakers entnehme ich aber, dass du deinem Stil wohl noch treu geblieben bist.«

Ich seufzte. »Zugegebenermaßen, war es mit dem Kleid heute ein Ausnahmezustand und …« Ich hörte auf zu gebärden, da mich Luisa besorgt ansah und ich für einen kurzen Moment vergessen hatte, was überhaupt passiert gewesen war.

Ich war total wütend und hilflos, als ich sie benachrichtigte und war so dankbar dafür gewesen, dass sie sich daraufhin schnell gemeldet hatte.

Ich hatte sie zwar damals schon bei Instagram informiert, dass ich nach New York fliegen würde. Aber seitdem war Funkstille und es hätte genauso gut sein können, dass sie nicht erreichbar war.

Umso glücklicher war ich, eine gute, alte Freundin wiederzusehen.

Auch wenn wir lange Zeit keinen Kontakt mehr pflegten, die Vertrautheit war sofort zurückgekehrt. Als hätten wir uns erst gestern gesehen. Solche Freundschaften waren selten.

Nur hatte ich mir unser Wiedersehen mit weniger Drama vorgestellt.

»Komm, lass uns erstmal zu mir fahren«, schlug Luisa vor und ich nickte.

Sie erklärte mir daraufhin, dass sie in Queens wohnte und man ungefähr eine Stunde mit der U-Bahn brauchte.

Durch die Fahrt wurde mir bewusst, wie groß New York eigentlich war und ich sah auch die weniger schönen Seiten dieser Großstadt, die von Armut und Kriminalität geprägt waren.

Luisa und ich unterhielten uns auf der Fahrt und ich erfuhr, dass sie nach dem Informatikstudium als Freelancer arbeitete. Es bereitete ihr richtig viel Spaß und sie blühte regelrecht auf, wenn sie über ihre Arbeit sprach. Sie konnte sich die Zeit selbst einteilen und von zu Hause aus arbeiten, was perfekt zu ihr passte. Denn auch sie war gern unabhängig.

Dass sie sich ihre Kunden aussuchen konnte und mehr als genug verdiente, war nur das Sahnehäubchen. Ich freute mich für sie und ich wurde immer neugieriger, ihr neues Zuhause kennenzulernen.

Allerdings hatte sie bisher mit keinem Wort erwähnt, dass sie einen Freund hatte. Das war irgendwie typisch Luisa.

Sie war kein offenes Buch und in dieser Beziehung zurückhaltend, was ich respektierte.

Als wir aus der U-Bahn ausstiegen, liefen wir zu einem älteren Einfamilienhaus, das einige Renovierungen benötigte und im Kolonialstil gebaut war. Die Garage sah aus, als ob sie gleich einstürzen würde.

Verwirrt blieb ich neben Luisa stehen und betrachtete sie von der Seite. Laut Clara sollte sie in einem Penthouse wohnen.

»Da wären wir nun. Es ist alles noch total unordentlich, weil wir erst vor ein paar Wochen hergezogen sind.«

»Was ist passiert? Und wer ist wir?«, fragte ich sie eine Spur zu neugierig.

Daraufhin wurde Luisa verlegen und ihre Wangen färbten sich rötlich.

»Wir mussten leider aus der Wohnung in Greenwich Village raus. Dylan bekam die Chance, auch von zu Hause aus zu arbeiten und dann hatten wir die Gelegenheit, das Haus für einen günstigen Preis zu kaufen. Es ist etwas außerhalb, dafür noch leistbar. Allerdings muss noch einiges gemacht werden.«

»Das ist ziemlich cool. Es hat so viel Potenzial.«

Mein Herz schlug höher bei solchen Immobilien und in meinen Händen kribbelte es. Ich wollte am liebsten gleich anfangen zu renovieren, aber da musste ich mich bremsen, denn es war das Haus von Luisa und Dylan.

Wir gingen in das Haus und als Luisa das Licht einschalten wollte, flackerte es. Entschuldigend hob sie ihre Augenbrauen, was mich zum Lachen brachte.

Ich blickte mich neugierig um.

Überall standen Kisten und Möbel, die noch nicht ausgepackt waren. Die Wände waren alt und vergilbt, die Farben an den Türen am Abblättern, der Boden schmutzig und zum Teil kaputt.

Es erinnerte mich sofort an eines der Häuser aus Cheap Old Houses, die regelmäßig Newsletter mit den neuesten Objekten an ihre Abonnenten verschickten. Es wurde von einem amerikanischen Paar geführt, das ein Händchen dafür hatte, wunderschöne, alte Häuser ausfindig zu machen, die einer Renovierung bedurften, aber zu einem unschlagbaren Preis zu kaufen waren.

Tatsächlich musste man noch viel Arbeit in dieses Haus reinstecken, aber ich hoffte für Luisa, dass sie Hilfe bekam. Als könnte sie meine Gedanken lesen, wandte sie sich zu mir.

»Dylan und ich sind beide überhaupt nicht praktisch veranlagt, aber zum Glück ist seine Familie handwerklich begabt und hilft uns bei den Renovierungen. Tut mir wirklich leid für das Chaos.«

Ich winkte ab. »Du weißt, ich liebe so etwas und ich würde am liebsten sofort loslegen.«

Und das meinte ich auch so. Ich war froh, etwas Normalität zu erleben, nachdem ich im reichsten Viertel von Manhattan war.

Luisa kicherte erneut und bot mir ein Glas Wasser, das ich dankend annahm.

Plötzlich erschien ein süßer, schmal gebauter Kerl im Türrahmen und rückte seine Nerdbrille zurecht.

»Oh. Hi«, gebärdete er schüchtern in amerikanischer Gebärdensprache. »Ich wusste gar nicht, dass wir Besuch haben.« Seine Gebärden waren schnell und fließend.

Luisa machte ein erschrockenes Gesicht.

»Oh Gott, tut mir so leid, ich hatte komplett vergessen, dir Bescheid zu geben, dass es bei Elena einen Notfall gab. Ich hoffe, es ist okay, dass sie erstmal hierbleibt?«

»Aber natürlich«, antwortete er sofort und lächelte. »Endlich lerne ich dich kennen. Ich habe so viel von dir gehört und du darfst so lange bleiben, wie du willst. Es ist nur …« Er kratzte sich verlegen am Hinterkopf und sah sich im Raum um.

Es war ihm offensichtlich unangenehm, dass ihr Haus auf dem Kopf stand und alles unaufgeräumt war.

»Das macht doch gar nichts. Ich liebe Chaos und ich freue mich sehr, dich kennenzulernen. Danke, dass ich hier sein darf.«

Daraufhin entspannte er sich ein wenig und gab Luisa einen Kuss.

Die beiden waren so süß und passten wirklich gut zusammen. Für mich war es ungewohnt, Luisa mit jemandem so glücklich zu sehen. Es erfüllte mich mit Wärme.

Plötzlich zeigte Dylan die Gebärde für Telefonieren und machte ein entschuldigendes Gesicht. Dann kramte er sein Handy aus der Tasche, um den Anruf entgegenzunehmen und verließ das Zimmer.

Fragend sah ich zu Luisa, die ihre Brille erneut zurechtrückte.

Eine Angewohnheit, die sie hatte, wenn sie nervös gewesen war. Sie antwortete nicht.

»Ist er hörend?«, fragte ich etwas verwirrt. Denn davon hatte Clara nichts gesagt.

»Ja. Ist das schlimm?«, fragte sie schüchtern. Fast so, als ob sie etwas Verbotenes tat.

Und dann brach ich in Tränen aus.

Kapitel 35

Erschrocken versuchte Luisa mich zu trösten und drückte meine Hand. Statt mich zu bedrängen, schwieg sie und wartete, bis ich mich etwas beruhigt hatte.

»Es tut mir leid«, schniefte ich und sie überreichte mir ein weiteres Taschentuch. »Ich wusste nicht, dass du auch einen hörenden Freund hast. Es klingt vollkommen absurd, aber ich bin froh, dass ich nicht allein bin.«

Jetzt musterte mich Luisa mit einem neugierigen Blick und Dylan kam wieder zurück.

Als er mich anblickte und ich mich noch mehr wie ein Häufchen Elend fühlte, blieb er abrupt stehen und sah mich geweiteten Augen an. »Ich wollte nicht stören. Ich gehe wohl lieber.«

»Nein, schon okay. Du darfst gerne bleiben. Wenn Luisa dir vertraut, tue ich es auch.«

Etwas unbeholfen stand er im Türrahmen, bis Luisa ihn zu uns hereinwinkte.

Dylan setzte sich auf den Sessel und schwieg. Nach einer Weile fragte er besorgt, was passiert war und ob er etwas tun könnte. Die Geste war so süß, dass ich erneut schluchzen musste und weitere Tempotaschentücher voll schniefte.

Beide machten sich große Sorgen, hielten sich aber zurück.

Wenn ich mit ihnen reden wollte, musste ich es in amerikanischer Gebärdensprache tun, damit Dylan sich nicht ausgeschlossen fühlte. Doch ich hatte nur grundlegende Kenntnisse und wusste nicht, ob es ausreichte. Aber ich wollte sie nicht noch mehr beunruhigen. Also fing ich an, ihnen die Geschichte von Anfang zu erzählen.

Dass ich nicht mehr mit Patrick zusammen war und mich für Derrick entschieden hatte, daraufhin mit ihm nach New

York geflogen war, um seine Familie kennenzulernen, was sich allerdings als reines Fiasko entpuppte, weil Derrick mich nicht vorgewarnt hatte.

Dylan und Luisa hatten sich währenddessen immer wieder wissende Blicke ausgetauscht und wenn mir die englische Übersetzung nicht gelang, übersetzte Luisa für ihn, damit er meinem Durcheinander auch folgen konnte.

Luisa sah mich nachdenklich an, als ich die Geschichte zu Ende erzählte.

»Wow. Ich finde, du solltest mit Derrick darüber reden. Das ist wichtig in einer Beziehung. Und ich kann deine Bedenken gut verstehen, aber es kann wundervoll funktionieren, wenn man sich dafür entscheidet. Bei mir und Dylan tut es das, auch wenn es am Anfang ziemlich holprig war und wir heute immer noch mit bestimmten Dingen zu kämpfen haben. Aber das gehört dazu.«

So viel hatte Luisa an einem Stück noch nie geantwortet, weil sie jemand war, der zuhörte und ihre Gebärden mit Bedacht wählte. Doch sie verstand mich auf einer Ebene, die nur wir beide teilen konnten und es bedeutete mir so viel, dass sie sich auch mir öffnete.

Dylan sah Luisa liebevoll an und drückte ihre Hand, dass mir erneut warm ums Herz wurde.

Dann räusperte er und wandte sich zu mir. Seine Hände bewegten sich wie von selbst und ich konnte immer noch nicht glauben, dass er hörend war.

»Ich kenne dich kaum, aber Luisa hat recht. Und wenn ich richtig verstanden habe, hat Derrick für dich die Deutsche Gebärdensprache gelernt. Das hätte er nicht gemacht, wenn es ihm nicht ernst gewesen wäre. Er versucht, dir damit entgegenzukommen.«

Luisa unterstrich seine Aussage, indem sie mehrmals heftig nickte. Ich hatte schon Sorge, dass ihr Kopf abfiel.

Dylan machte eine kurze Pause und sah Luisa mit einem Blick an, den ich nicht ganz deuten konnte.

»Du kannst es ihr ruhig erzählen«, sagte sie dann und neugierig drehte ich meinen Kopf zu Dylan.

Er hatte auf ihre Zustimmung gewartet.

Ach du meine Güte, die beiden konnten sich ohne Gebärden miteinander verständigen. Wie romantisch war das denn?!

Ich wünschte mir, dass Derrick und ich irgendwann auch an diesen Punkt gelangten.

»Ich hatte Luisa bei einem Auftrag kennengelernt und es hat sofort Klick gemacht. Damals aber konnte ich nur ein paar Gebärden, dass ich die ganze Zeit nur mit ihr gechattet habe.«

Ich musste lachen. Das passte zu den beiden, und es war so süß, dass er die Geschichte erzählen wollte.

»Aber ich habe gemerkt, dass es auf Dauer keine Lösung war. Also habe ich mich wie Derrick auch für Kurse angemeldet und Tag und Nacht Videos angeschaut, um mir die Gebärden zu merken. Es war harte Arbeit, aber es hat sich gelohnt.«

Luisa warf ihm einen verliebten Blick zu und er lächelte.

Verwundert sah ich ihn an. »Darf ich fragen, wie lange ihr schon ein Paar seid? Ich dachte, du hättest vielleicht eine taube Familie.«

»Jetzt sind es bereits sieben Jahre und das ist ein großes Kompliment, wenn man bedenkt, dass ich am Anfang wie ein Roboter gebärdet habe und man schon dachte, ich wäre gestört oder so.«
Jetzt lachte Luisa lauthals und ich hatte sie noch nie so erlebt. Es war richtig ansteckend und so schön zu sehen, wie sie in Gegenwart von Dylan aufblühte.

Sie wischte sich die Tränen aus den Augen und Dylan zog daraufhin einen Schmollmund, was sie erneut in Gelächter ausbrechen ließ. Irgendwann beruhigte sie sich wieder und sah mich an. »Du hättest ihn am Anfang sehen müssen. Seine Bewegungen waren so abgehakt wie beim Terminator mit zusätzlichem Stromausfall.«

»Hey«, sagte Dylan und warf ihr einen bösen Blick zu. »Das war gemein. Zumal ich Terminator liebe und du ihn wie eine Witzfigur darstellst.« Und dann sah er mich wieder an. »Was man nicht alles aus Liebe tut«, gebärdete er achselzuckend.

Luisa streckte ihm die Zunge raus und wir mussten alle lachen.

Das Gespräch mit den beiden gab mir neue Hoffnung und Derrick hatte bestimmt gute Gründe, dass er mich nicht vor seinem Vater vorgewarnt hatte.

Doch das Ausschlaggebende war, Luisa und Dylan als glückliches Paar zu erleben und zu wissen, dass es auch zwischen einem hörenden und gehörlosen Menschen klappen konnte, wenn die Liebe echt war. Und wenn Dylan nach sieben Jahren so fließend gebärden konnte, würde es Derrick erst recht schaffen, der jetzt schon ziemlich große Fortschritte machte und Talent besaß.

Ich verabschiedete mich von Luisa und Dylan und bedankte mich für ihre Gastfreundschaft, die ich nicht länger beanspruchen wollte.

Obwohl die beiden mir mehrmals anboten, dass ich über Nacht bleiben konnte, musste ich zurück und die Sache mit Derrick klären. Es war schon ziemlich spät, dass ich mir ein Taxi bestellte.

Wir machten aus, dass wir uns noch einmal zu viert treffen würden, wenn Derrick und ich uns ausgesprochen hatten.

Ich umarmte Luisa fest und wir versprachen einander, dass wir diesmal in Kontakt bleiben würden.

Daraufhin fuhr ich mit dem Taxi zu Derricks Wohnung und schaltete mein Handy ein.

Derrick hatte mir viele verzweifelte Nachrichten geschickt und mich mehrmals über FaceTime angerufen.

Ich bekam ein schlechtes Gewissen. Ich hatte ihm nicht einmal Bescheid gegeben, wo ich gewesen war.

Ich probierte, ihn zurückzurufen, allerdings nahm niemand ab. Gleich darauf sendete ich ihm eine Nachricht, aber sie blieb noch ungelesen, als der Wagen vor dem Townhouse hielt.

Hoffentlich war er zu Hause.

Ich bedankte mich beim Taxifahrer und gab ihm gutes Trinkgeld.

Daraufhin holte ich den Zweitschlüssel aus meiner Tasche und betrat die Wohnung, die stockdunkel war.

Derrick war also nicht hier.

Mist.

Wo war er nur?

War er etwa noch bei seinen Eltern?

Oder suchte er die ganze Stadt nach mir ab?

Besorgt sah ich wieder auf mein Handy und machte mir Vorwürfe. Wie konnte ich so blöd sein und davonlaufen?

In einem fremden Land, ohne ihn zu informieren.

An seiner Stelle wäre ich auch durchgedreht und stinksauer.

Ich versuchte, ihn erneut über FaceTime anzurufen.

Diesmal nahm er ab.

Derricks Gesicht tauchte vor meinem Bildschirm auf. Er war völlig aufgelöst. »Endlich meldest du dich! Wo warst du? Wo bist du? Geht es dir gut?«

»Ich war bei Luisa, aber jetzt bin ich wieder in deiner Wohnung. Es tut mir so …« Doch dann hielt ich inne.

Derrick weinte plötzlich und wandte sich kurz von der Kamera ab.

Es schockierte mich so dermaßen, dass mein Herz in tausende Scherben brach.

Ich war viel zu weit gegangen.

Das musste aufhören.

Er erschien wieder im Bild und schwieg.

»Es tut mir so leid«, sein Anblick machte alles noch unerträglicher und ich musste sofort zu ihm. »Ich mache so etwas nie wieder. Wohin soll ich …?«

»Bleib, wo du bist«, gebärdete er und hatte sich schnell wieder gefasst. »Ich schicke dir unseren Chauffeur vorbei, der dich zu uns fahren wird.«

Mein Magen zog sich zusammen.

Ich wollte auf keinen Fall seinem Vater begegnen, aber Derrick brauchte mich und ich sollte mich endlich zusammenreißen. Für uns.

»Keine Sorge, du wirst das Arschloch nicht mehr sehen. Ich bin bei meiner Mutter.«

Perplex sah ich ihn an.

Und dann schrillten bei mir alle Alarmglocken.

»Wieso denn das? Was ist passiert?«

»Nachdem du gegangen bist, kam meine Mutter und ich habe die Bombe hochgehen lassen. Sie weiß nun über alles Bescheid: Dass mein Vater sie nach Strich und Faden betrogen hat.«

Kapitel 36

Als ob der Abend nicht schon schlimm genug war.

Das Ausmaß hatte seinen Höhepunkt erreicht und kam einem Super-GAU gleich.

Übelkeit stieg in mir auf, aber ich musste stark bleiben. Für uns beide und vor allem für Derrick.

Gleich würde ich seine Mutter kennenlernen und das in einer schrecklichen Situation.

Wollte sie mich überhaupt sehen? Hatte Derrick sich das gut überlegt? Oder hätte ich ihm sagen müssen, dass das keine so gute Idee war?

Bevor ich mir den Kopf mit noch mehr Fragen zermartern konnte, hielt der Chauffeur an und stieg aus dem Wagen, um meine Tür zu öffnen und mir hinauszuhelfen.

Ich betrat ein schickes Hotel, das all meine Vorstellungen von Luxus übertraf und stand vor den Aufzügen.

Für mich war das eine andere Welt, und ich konnte mir nicht vorstellen, in einem Hotel zu leben. Es wäre mir viel zu anonym.

Und ja, ich war ein Mädchen, das davon träumte, irgendwann ein süßes Häuschen zu kaufen und es nach den eigenen Vorstellungen renovieren zu dürfen. Mit dem Mann, den ich über alles liebte.

Würde Derrick mir verzeihen?

Als ich mit dem Lift in den zwanzigsten Stock gelangte, spürte ich Druck in den Ohren und intuitiv tat ich (mit komischer Gesichtsgymnastik) alles, um das unangenehme Gefühl wieder auszugleichen.

Ich lief den Flur entlang und suchte nach der Zimmernummer, die mir Derrick gesimst hatte. Es war wie im Labyrinth.

Doch dann ging eine Tür auf und Derrick winkte mir zu.

Seufzend und mit schlechtem Gewissen lief ich direkt in seine Arme. Er sagte nichts, zog mich in die Wohnung und verriegelte die Tür.

»Meine Mutter ist bereits schlafen gegangen. Es ist schon ziemlich spät«, gebärdete er zurückhaltend und ich konnte es ihm nicht verübeln.

Gleichzeitig war ich erleichtert, dass ich seine Mutter erst am nächsten Tag kennenlernen würde. Ich war viel zu aufgewühlt und musste mit Derrick reden. Ihm schien es genauso zu gehen, als er mich in ein Schlafzimmer führte, sich auf einen der Sessel setzte und mich abwartend ansah.

Erschöpft rieb er sich durch das Gesicht. Ich sah kurz auf meine Uhr.

Zwei Uhr morgens.

Doch an Schlaf konnte ich gerade nicht denken. Ich stellte meine kleine Reisetasche neben dem Bett ab, die ich gepackt hatte, während ich auf den Abholservice wartete. Anschließend nahm ich auf dem Sessel gegenüber von Derrick Platz.

»Es tut mir so …«, wollte ich erneut ansetzen, aber Derrick stoppte mich.

»Nein, mir tut es leid. Ich hätte dich vor meinem Vater schützen müssen. So wie er sich aufgeführt hat, war deine Reaktion mehr als nur angemessen. Ich habe nur nicht damit gerechnet, dass er sich wie ein Arschloch verhält.«

Ich zuckte zusammen, denn Derrick war sichtlich wütend.

Aber nicht auf mich, wie ich erstaunt feststellte.

»Trotzdem hätte ich nicht abhauen dürfen. Ich wollte nur noch weg und habe nicht wirklich nachgedacht. Ich war so wütend, weil ich dachte, du hättest mich nicht vorgewarnt.«

»Das ist richtig«, sagte er. »Du hättest mir wenigstens schreiben können, dass du in Sicherheit bist. Ich habe mir große Sorgen gemacht. Mach so etwas in Zukunft bitte nie wieder, wenn das mit uns funktionieren soll.«

Ein Stich durchbohrte mein Herz. »Es wird mit uns funktionieren. Egal wie. Ich glaube an uns.«

Überrascht blinzelte er und ich konnte einen winzig kleinen Anflug von einem Lächeln auf seinen Lippen erkennen.

Dieses kleine Zeichen genügte und nahm all meinen Mut zusammen und setzte mich auf seinen Schoß. Sein anfänglicher Widerstand schwand sekündlich und er ließ sich auf die Geste meiner Entschuldigung ein.

Ich umarmte ihn dankbar und schwor mir, ihn nie wieder loszulassen.

Dafür war ich viel zu sehr in diesen Mann verliebt, der sich auch nach einer so verkorksten Situation reif und erwachsen verhielt. Ich hatte definitiv viel zu viel von Patrick abgeschaut, der nach jedem Problem abgehauen war, während ich reden wollte. Und jetzt hatte ich einen starken Kerl, der blieb und sich bemühte, während ich ständig vor ihm weglief.

Ich rückte wieder von Derrick ab, um mir meine Tränen wegzuwischen.

Doch er hielt meine Hand fest, um die Tränen sanft mit seinem Daumen wegzustreichen und mich federleicht auf die Lippen zu küssen.

WAS sich wie ein hauchzartes *Ich-verzeih-dir* anfühlte.

Dann löste er sich von mir und entfernte seinen Haargummi vom Zopf.

Daraufhin fielen seine Haare bis zum Kinn und er wusste nicht, wohin mit den ganzen Gefühlen.

Ich strich ihm eine Strähne hinters Ohr.

»Möchtest du darüber reden, was mit deiner Mutter passiert ist?«

Traurig musterte er mich. »Ich war so wütend auf Dad und als meine Mutter kam, wollte ich nicht mehr so weitermachen. Also habe ich die ganze Wahrheit gesagt. Meine Mutter war natürlich geschockt und hatte meinen Vater direkt gefragt. Ich wusste, dass er wieder alles abstreiten würde, also habe ich die Fotos auf den Tisch gelegt.«

Ich riss meine Augen weit auf. »Du hattest Fotos? Aber woher …?«

Für eine kurze Zeit schloss er seine Augen, um sich zu sammeln.

»Du erinnerst dich noch an die Nacht, als ich dir davon erzählt hatte, dass mein Vater meine Mutter betrog?«

Ich nickte und erinnerte mich nur allzu gut daran.

»Weißt du denn auch noch, was du damals gesagt hast?«

Ich wusste nicht, worauf er hinaus wollte und zog fragend meine Augenbrauen hoch.

»Dass meine Mutter die Wahrheit wissen sollte. Und ja …« Er atmete tief durch und strich sich durch sein mittellanges Haar. »Sie hatte mir damals nicht geglaubt, und ich hatte keine Beweise. Dann habe ich einen Privatdetektiv auf meinen Vater angesetzt, auch wenn es falsch war. Ich hatte gehofft, dass es mit unserem Au-pair nur ein Ausrutscher gewesen war. Aber Fehlanzeige …«

Ich rückte von ihm ab. »Warum hast du es mir nicht erzählt? War das der Grund, warum du nach New York wolltest?«

»Nein, ich habe die Fotos erst bekommen, als wir schon hier waren. Ich wusste nicht, was ich damit anfangen sollte. Ich wollte erst das Familienessen hinter uns bringen und danach mit dir reden. Denn ich wollte nicht, dass du eine gute Miene zum bösen Spiel machen musst.«

Ich lachte voller Spott auf. »Du meinst, um unvoreingenommen deinen Vater kennenzulernen?« Ich stand auf und musste mir die Beine vertreten. »Das hat ja super funktioniert.«

Derrick nickte mit Bedauern.

»Als er dich so behandelt hat, war für mich eine Grenze überschritten. Ich bin mit diesem Mann fertig. Ein für alle Mal!«

Ich wusste, dass er es ernst damit meinte, denn seine Augen waren hart und undurchdringlich.

»Wie hat Paul eigentlich reagiert?«

Jetzt zog Derrick ein verächtliches Gesicht. »Mein Bruder? Natürlich war er geschockt, als er die Fotos gesehen hat. Aber Paul ist wie mein Vater. Er würde jede Frau betrügen, weil er seinen Schwanz nicht in der Hose lassen kann.«

»Das sind harte Worte …«

»Ich kenne Paul besser als jeder andere. Er hält nicht viel von Frauen und behandelt sie auch so.«

»Das habe ich gestern Abend bemerkt. Aber es geht hier um deine Mutter. Ich kann mir nicht vorstellen, dass es ihm nichts ausmacht.«

Nachdenklich rieb sich Derrick seine Stirn. »Du hast recht. Ich weiß es nicht. Paul war schon immer ein Papakind. Aber ganz ehrlich, es ist mir egal.«

Ich setzte mich auf die Bettkante, denn ich wusste, dass er seinen Raum brauchte und ich wollte ihn ihm geben.

Irgendwann stand er auf und gab mir einen flüchtigen Kuss. »Ich glaube, wir sollten erstmal schlafen gehen, okay?«

***

Der Geruch nach frischem Kaffee und warmen Bagels kitzelte meine Nase und ich schlug die Augen auf.

Just in diesem Moment kam Derrick aus dem Bad und hatte bereits seine Jeans angezogen, die ich sicherheitshalber für ihn eingepackt hatte.

Sein Oberkörper war noch frei und etwas, was ich sehr gerne als Erstes sah, wenn ich aufwachte.

Verschlafen streckte ich mich und lächelte ihn verführerisch an.

Er legte sich zu mir und küsste mich leidenschaftlich.

Mein Körper war schneller wach als mein Geist und ich gab mich ihm genüsslich hin.

Bis mir wieder einfiel, dass wir nicht allein waren. Ich schubste ihn zur Seite.

»Deine Mutter könnte uns hören. Wie spät ist es eigentlich?«

Er grinste mich an. »Fast zehn. Und es ist nicht so, dass meine Mutter enthaltsam lebt, also …«

»O Gott, davon will ich nichts wissen.« Ich schlug die Augen auf und dann sprang ich vom Bett. »Ich muss mich beeilen. Deine Mutter wartet sicher schon auf uns.«

Mit einem Mal lachte er und machte einen gelösten Eindruck. »Sie weiß, dass es spät wurde«, gebärdete er und stand vom Bett auf. »Danke übrigens, dass du für mich auch noch ein paar Sachen eingepackt hast. Was wäre ich nur ohne dich?«

Er gab mir einen weiteren Kuss, bis ich ihn wieder von mir wegstieß und er in sich hineinlachte.

Er wusste genau, welche Wirkung er auf mich ausübte, ich hatte jetzt aber gerade keinen Kopf dafür, wilden Sex mit ihm zu haben, während seine Mutter auf uns wartete.

Ich sprang schnell unter die Dusche und machte mich frisch.

Aufregung machte sich in mir breit.

Ich würde gleich die Frau kennenlernen, die Derrick auf die Welt gebracht und zu einem wundervollen Mann großgezogen hatte.

Ohne Vorwarnung kam sie aus der Küche zu mir gestürmt und umarmte mich so fest, dass mir die Luft wegblieb. Überwältigt von der herzlichen Begrüßung, musste ich mich kurz sammeln.

Silvia van Kamp trug einen lässig orange-gelben Zweiteiler und ihre schulterlangen braunen Locken fielen so elegant herab, als ob sie gerade frisch vom Friseur gekommen wäre. Und ich dachte bisher, Derrick hätte das gute Aussehen von seinem Vater. Sie war wunderschön, elegant und bodenständig zugleich.

Sie strahlte eine solche Herzlichkeit aus, dass man nicht anders konnte, als sich von ihr umarmen zu lassen.

Als sie sich wieder von mir löste, strahlte sie noch mehr und sprach langsam und deutlich. »Du bist also die berühmte Elena Viviana König. Endlich lerne ich die Frau kennen, die meinen Sohn glücklich macht.«

Meine Wangen glühten und ich fühlte mich geschmeichelt. Den Charme hatte Derrick definitiv auch von ihr.

Ich hatte riesigen Respekt vor dieser Frau, die sich gerade so verhielt, als ob nichts passiert gewesen war.

Nur um mich voller Liebe zu empfangen.

»Die Freude ist ganz auf meiner Seite«, sprach ich in Lautsprache und gebärdete gleichzeitig.

Ich wusste nicht, wie ich mich verhalten sollte, also hielt ich mich zurück und würde nichts sagen, was ihren Mann betraf.

Silvia hakte sich bei mir unter, so als ob wir schon immer beste Freundinnen waren und führte mich ins Esszimmer.

Dort wartete ein mit viel Liebe gemachtes Frühstück auf uns und ich fragte mich, ob Silvia es selbst zubereitet hatte oder einer ihrer Angestellten.

Doch anscheinend konnte sie auch Gedanken lesen. Diese Familie war gefährlich.

»Heute habe ich das Hotelpersonal mal abbestellt und für uns Frühstück gemacht. Ich wollte, dass wir allein sind.«

Derrick küsste seine Mutter auf die Wange, um sich bei ihr zu bedanken und sie schenkte ihm daraufhin einen liebevollen Blick.

Wir setzten uns an den Tisch und Silvia stand wieder auf, um uns Kaffee einzuschenken. Sie sprudelte voller Energie und mit einem Mal mehr wuchs meine Bewunderung für diese Frau.

Ich wollte sie unbedingt kennenlernen und freute mich auf die kommenden Stunden und Tage mit ihr.

Sie setzte sich wieder zu uns und sah mich an. »Elena, spreche ich denn langsam und deutlich genug für dich? Bitte sag mir, wenn ich zu schnell spreche. Das passiert mir nämlich häufiger, als mir lieb ist.«

Überrascht über diese Frage, nickte ich verwirrt.

Sie hatte ein hervorragendes Mundbild, was ich ihr auch sagte und ich verstand sie sehr gut. Sie freute sich über meine Antwort so sehr, als ob ich ihr gerade das größte Kompliment gemacht hätte. Dabei machte sie mir eines, indem sie sich rücksichtsvoll benahm und nach meinen Bedürfnissen fragte.

»Ihr müsst mir unbedingt ein paar Gebärden beibringen. Derrick hat mir erzählt, dass es eine komplizierte Sprache ist.«

Verblüfft sah ich zu Derrick, der peinlich berührt sein Brötchen mit Marmelade beschmierte. »Mama, das musst du ihr doch jetzt nicht sagen …«

»Was denn?«, antwortete sie. »Sie gehört doch jetzt zur Familie, also sind wir alle offen zueinander.«

Derrick verdrehte die Augen und ich lachte.

»Das kann ich mir gar nicht vorstellen. Er lernt die Gebärden so schnell und ist wirklich talentiert«, wollte ich ergänzen.

Doch Silvia winkte ab. »Er hat dir nur nicht verraten, dass er sich die ganze Nacht irgendwelche Lernvideos mehrmals anschauen musste.«

Erneut sah ich zu Derrick, der protestierte. »Mama!«

Die ganze Situation lief so amüsant ab, dass wir alle lachten und die Stimmung ganz anders war als die am Vorabend.

Auch wenn ich dankbar dafür war, Silvia van Kamp endlich zu begegnen, wünschte ich, dass sie nicht ein solches Leid erfahren musste.

Unter der Oberfläche wusste ich nämlich nur zu gut, wie es sich anfühlte, wenn man von jemandem betrogen wurde, den man geliebt hatte.

Wie schlimm musste es sich erst recht anfühlen, wenn es sich um den Mann handelte, der womöglich die Liebe des Lebens war, den man geheiratet und mit dem man auch noch zwei gemeinsame Kinder in die Welt gesetzt hatte?

Kapitel 37

»Du hast also meinen Mann als Arschloch bezeichnet. Das ist das Beste, was du an dem Abend getan hast. Danke dafür«, meinte Silvia plötzlich und trank genüsslich aus ihrem Cocktail.

Ich zuckte zusammen und würde am liebsten im Erdboden versinken. Sie war ehrlich und direkt und daran musste ich mich erst noch gewöhnen.

Auch, dass wir beide auf einer Liege in einem luxuriösen Wellness-Hotel auf den Dächern von New York waren.

Es war total verrückt und ich hatte das Gefühl, mich in einer anderen Welt zu bewegen, in der ich mich wie ein Fremdkörper fühlte. Silvia hatte mich dazu überredet, den Tag mit ihr zu verbringen, weil sie mich noch besser kennenlernen wollte.

Und zwar ohne Derrick.

Anfangs bereitete es mir Unbehagen, weil Silvia auch Furcht einflößend sein konnte. Sie war eine knallharte Geschäftsfrau und hatte sich ein riesiges Imperium aufgebaut, was man ihr erst einmal nachmachen musste.

Als Derrick mir davon erzählte, dass sie schon mehrmals als erfolgreichste Frau der Welt in einem bekannten Magazin gekürt wurde, hatte ich noch mehr Bammel.

Zum Glück legte sich das schnell wieder, als wir uns am Eingang von besagtem Hotel trafen und Silvia mich herzlich empfangen hatte. Sie hatte eine Art an sich, dass man sich schnell bei ihr wohlfühlte und sich fallen lassen konnte. Man musste nicht darüber nachdenken, was man sagte, denn sie nahm es einem nicht übel, weil sie genauso direkt war.

Neugierig musterte ich sie und wagte vorsichtig eine persönliche Frage, die mir schon seit Ewigkeiten auf der Seele brannte. »Hast du denn nichts gemerkt?«

Silvia blickte mich an und stellte das Cocktailglas auf dem Beistelltisch ab.

»Im Geschäft lautete mein Motto: Vertrauen ist gut, aber Kontrolle ist besser. Aber in der Liebe wollte ich nicht die Sorte von Frau sein, die ihren Mann kontrollierte. Liebe ist für mich ein freiwilliges Geschenk, was man nicht kontrollieren kann und darf.«

Sie machte eine kurze Pause und spielte mit ihrer Sonnenbrille, die sie schon lange abgenommen hatte. »Doch ich war wohl zu blind und zu naiv. Ich wusste, dass mein Mann nicht ohne ist, aber ich hätte es besser wissen müssen. Wusstest du eigentlich, dass Derrick mich in der Pubertät schon einmal versucht hat, darauf aufmerksam zu machen? Spätestens da hätte ich ihn überwachen lassen sollen, aber ich hatte ihm vertraut. Ich hatte gedacht, wir würden das Gleiche füreinander empfinden, aber da war ich wohl eine hoffnungslose Romantikerin.«

Gedankenverloren betrachtete sie die Sonnenbrille und drehte ihr Gesicht wieder zu mir, damit ich von ihren Lippen absehen konnte.

»Mir war es schon immer wichtig, unabhängig zu sein. Deshalb wollte ich mein eigenes Geld verdienen. Davon habe ich mir eine Wohnung gekauft und mein Unternehmen gegründet, an dem mein Mann keinen Anteil besitzt. Es klingt absurd, aber im Nachhinein bin ich dankbar. Von einem Mann abhängig zu sein, war für mich, als ob man sich sein eigenes Grab schaufelt. Was meinst du, warum viele Frauen so unglücklich sind und trotzdem bei ihren Männern bleiben?«

Ich war hoch konzentriert, jedes einzelne Wort von ihren Lippen abzusehen und spürte, wie verspannt ich war. Obwohl sie sich Mühe gab und deutlich sprach, war es für mich sehr anstrengend, weil ich nicht jedes Wort verstand und sie miteinander kombinieren musste.

Aber Silvia war für mich eine Inspiration, deshalb nahm ich es in Kauf.

»Ich habe mir dieses Jahr auch meine eigene Wohnung gekauft«, platzte es aus mir heraus und Silvia warf mir einen anerkennenden Blick zu.

»Dann weißt du, wovon ich spreche. Dieses Gefühl von Unabhängigkeit kann man nicht beschreiben. Es ist, wie ein Schritt in die eigene Freiheit, verstehst du, was ich meine?«

»Absolut«, stimmte ich ihr zu. »Gerade wegen meinem Vater habe ich mich entschieden, dass ich andere Wege gehen muss. Er demütigt mich permanent und denkt, dass ich nicht in der Lage bin, das Familienunternehmen zu leiten.«

Derricks Mutter warf mir einen verständnislosen Blick zu.

»Was für ein Schwachsinn. Nur weil du nicht hören kannst?«

Ich nickte traurig, und Silvia machte empört mehrmals den Mund auf und wieder zu.

»Das ist für mich eine dumme Ausrede. Du bist eine wundervolle, intelligente Frau, und ich verstehe nicht, wo das Problem ist. Gut, es ist anders, du musst wahrscheinlich viel mehr organisieren, aber alles ist möglich.«

Ich sah sie an und fühlte mich endlich wahrgenommen. Verstanden.

Doch Silvia war noch lange nicht fertig. Sie schnaubte.

»Gott, die Deutschen sind manchmal so defizitorientiert. Wir haben hier in Amerika berühmte taube Schauspieler, Models oder Unternehmer, die trotz oder gerade wegen ihres Handicaps riesige Erfolge gefeiert haben. Das zeigt mir, dass ein Handicap kein Hindernis sein muss. Im Gegenteil, es ist eine Chance, die man unbedingt nutzen sollte. Nur leider geht das noch nicht in die Köpfe so mancher Menschen. Das macht mich traurig und wütend, weil so viel Potenzial verschwendet wird.«

Als sie mein überraschtes Gesicht sah, fuhr sie fort. »Entschuldige, dass ich so schlecht über die Deutschen geredet habe. Nicht alle sind so, das weiß ich und das habe ich natürlich nicht so gemeint. Hier in den USA haben wir auch unsere Probleme, aber es geht mir um das Alles-ist-möglich-Prinzip. Um die lösungsorientierte Variante. Dein Vater ist ein Idiot, der eine Tochter wie dich besser behandeln sollte.«

Gerührt wischte ich eine Träne weg und Silvia berührte mich am Arm. »Ich sehe, was mein Sohn an dir hat und ich fände es schade, wenn du dein unglaubliches Potenzial nicht nutzt."

Sie band ihre Haare zu einem Knoten.

»Angenommen, du würdest das Familienunternehmen übernehmen, was würdest du denn anders machen? Hast du bestimmte Visionen?«

Das war das erste Mal, dass jemand mich nach meinen Träumen fragte und es bewegte etwas in mir.

Sollte es mir tatsächlich erlaubt sein, groß zu denken?

»Ich weiß es offen gestanden nicht. Wir haben uns auf Luxusimmobilien spezialisiert, aber ich würde viel lieber mit Bestandsimmobilien arbeiten und sie für jedermann zugänglich machen. Damit jeder für seine Zukunft gesichert ist. Ich finde, jeder Mensch hat es verdient, sich seine eigene vier Wände leisten zu dürfen oder darin zu investieren.«

Silvia strahlte und musterte mich interessiert. »Das klingt nach einem spannenden Konzept. Hast du schon mal darüber nachgedacht, dein eigenes Unternehmen zu gründen?«

Bam!

Darüber hatte ich tatsächlich noch nicht nachgedacht und dieser Denkanstoß löste in mir eine Flutwelle aus.

Wellen der Begeisterung, Wellen der neuen Hoffnung.

Erneut griff sie nach dem Cocktail, zog am Strohhalm und sah mich abwartend an.

Als ich nach wie vor nichts sagte und diesen Gedanken nachhing, zeigte sie plötzlich mit einem Finger auf mich.

»An deiner Stelle würde ich deinen Vater ein letztes Mal zur Rede stellen. Wenn er dich immer noch nicht als Nachfolger haben will, würde ich gehen und mein eigenes Unternehmen gründen. Du hast ohnehin andere Vorstellungen als er. Also, worauf wartest du?«

Mir stockte der Atem und in meinem ganzen Körper kribbelte es. Silvia van Kamp hatte es geschafft, in mir ein Feuer anzuzünden, das ich mir zuvor nie erlaubt hätte..

Feuer der Motivation, Feuer des Mutes.

Wir schwiegen eine ganze Weile und ich dachte darüber nach, wie es tatsächlich sein könnte, wenn ich meine eigene Firma aufbauen würde. Unzählige Bilder schossen mir durch den Kopf. Ich wurde immer aufgeregter und hatte schon einige Ideen, die ich später Derrick erzählen würde.

Daraufhin schwammen wir im Pool, um uns abzukühlen, was herrlich erfrischend war.

Silvia drehte wie eine Leistungssportlerin ein paar Runden, während ich meinen Körper treiben ließ und irgendwann aus dem Wasser stieg, um mich an den Beckenrand zu setzen.

Derricks Mutter ging auf die einundsechzig zu, aber das Alter sah man ihr überhaupt nicht an und sie war erstaunlich fit.

Als sie mit ihrer Sporteinheit fertig war, setzte sie sich zu mir und trocknete sich kurz ab.

Mir fiel noch eine Frage ein, die ich ihr schon die ganze Zeit stellen wollte.

»Warum ist Paul so ganz anders als Derrick? Er scheint mir ziemlich unnahbar zu sein …«

Sie starrte nachdenklich in die Ferne. »Paul geht sehr nach Tom. Ich glaube, der Fehler war, dass ich viel zu früh wieder arbeiten gehen musste. Ich war diejenige, die das Geld nach Hause brachte und meine Familie versorgte. Mein Mann dagegen war jemand, der schon mit einem goldenen Löffel im Mund geboren wurde und sich nie sonderlich anstrengen musste. Mal hier, mal da hatte er ein Projekt, oder kaufte sich ständig das neueste Auto, hatte den Spaß seines Lebens und warf quasi das Geld aus dem Fenster. Bis seine Eltern ihm den Geldhahn zugedreht hatten und plötzlich alles von mir abhing.« Sie strich sich eine nasse Strähne aus dem Gesicht. »Als Derrick geboren wurde, hatte ich dafür gesorgt, dass ich die ersten zwei Jahre zu Hause bleiben konnte. Ich wurde daraufhin wieder schwanger und Paul kam zu einem Zeitpunkt, an dem ich gezwungen war, ins Business zurückkehren oder mein ganzes Unternehmen wäre bankrott gegangen.«

Ich sah sie mit großen Augen an und legte eine Hand auf meine Brust.

»Paul war erst sechs Wochen alt, aber die Leute kamen in meiner Abwesenheit einfach nicht zurecht und Tom hätte mein Unternehmen fast an die Wand gefahren. Was hieß, dass Paul von einem Kindermädchen großgezogen wurde und mein Mann eigentlich Zeit mit ihm verbringen sollte.« Dann hielt sie inne, weil ihr plötzlich eine Erkenntnis kam.

»O Gott, ob er auch mit dem Kindermädchen geschlafen hat?« Sie schüttelte mehrmals den Kopf, um den Gedanken wieder zu verdrängen und fuhr unbeirrt fort. »Jedenfalls war es eine Katastrophe, wie ich viel später erfahren sollte. Ich bekam irgendwann von gemeinsamen Geschäftsfreunden mit, dass er Paul sogar in Bars mitgenommen hatte und Sachen tat, die man mit einem kleinen Baby nicht machen sollte. Daraufhin war Schluss und ich übertrug unserem Kindermädchen die volle Verantwortung. Mir hätte damals schon klar sein müssen, dass mein Mann als Vater ziemlich ungeeignet war und wir unterschiedliche Vorstellungen von Kindererziehung hatten. Aber ich war jung und ehrgeizig. Ich wollte den Absprung mit meinem Unternehmen schaffen und gleichzeitig als Mutter funktionieren. Mit Derrick hatte es besser funktioniert, weil ich die ersten zwei Jahre Vollzeitmutter war und es sehr genossen habe. Später habe ich ihn jeden Tag mit zur Arbeit genommen, da ich dort eine Krippe für die Mitarbeiter gegründet hatte. So konnte ich in jeder Pause Zeit mit Derrick verbringen.«

Ihr Blick war voller Melancholie. »Paul war da noch zu jung, um ihn mitzunehmen und irgendwann war es zu spät. Paul war in der Krippe ein wütendes Kind, hatte ständig Dinge kaputt gemacht oder andere Kinder gehauen, dass es für ihn besser war, zu Hause zu bleiben. Dabei wollte er nur meine Aufmerksamkeit. Bei ihm habe ich als Mutter versagt.«

Eine Träne rollte über ihre Wange, die sie schamlos zuließ und ich durfte Silvia auch von ihrer verletzlichen Seite kennenlernen.

Niemand war perfekt und ich konnte mir nicht vorstellen, wie hart es für sie gewesen sein musste, alles allein zu jonglieren. Irgendetwas litt immer darunter, aber sie hatte auch vieles richtig gemacht.

Ich legte vorsichtig eine Hand auf ihre Schulter und sie blickte mich schwermütig an.

»Ich kann mir gar nicht vorstellen, wie du das alles unter einen Hut bekommen hast. Aber eins kann ich dir versichern, bei Derrick hast du alles richtig gemacht. Aus ihm ist ein großartiger, wohlerzogener Mann geworden und das kommt nicht von ungefähr. Ich glaube, dass auch Paul solche Anteile in sich trägt und es nie zu spät ist, um eine Mutter-Kind-Beziehung zu retten.«

Das ist wohl der Wunsch eines jeden Kindes, geliebt zu werden. Und solange wir das nicht von unseren Eltern spüren, rennen wir unser Leben lang dieser elterlichen Liebe hinterher.

Würde mein Vater sich nämlich entschuldigen und so reflektiert sein wie Derricks Mutter und sein Verhalten ändern, dann würde ich ihm alles verzeihen.

Die Hoffnung starb zuletzt.

Kapitel 38

Nachdenklich sah ich aus dem Fenster und beobachtete unter mir das Schauspiel der Wolken.

Wir befanden uns auf über 10.000 Meter Höhe und hatten gerade New York hinter uns gelassen.

Es waren aufregende Tage und etwas, was ich nicht so schnell vergessen würde.

Jetzt verstand ich, was es mit dem Reisen auf sich hatte und warum es so wichtig war. Man sah nicht nur über den Tellerrand hinaus, sondern erlebte auch neue Erkenntnisse und Erfahrungen, die man für das Leben und Weiterkommen brauchte. Es half, die Dinge aus einer völlig anderen Perspektive zu sehen und Entscheidungen zu treffen, die für einen gut und wichtig waren.

Derrick saß neben mir und arbeitete an seinem Laptop, da er die letzten Tage zu nichts gekommen war.

Zwischendurch küsste er mich und vergewisserte sich, dass es mir gut ging. Er war wie immer süß und aufmerksam.

Ich dachte über das Gespräch mit Silvia nach.

Nachdem ich Derrick davon erzählt und ihm meine Visionen ausführlich geschildert hatte, war er begeistert gewesen. Er meinte, ich sollte den Schritt wagen, egal wie es mit meinem Vater ausging. Doch ich brauchte die Klarheit, um mich endgültig entscheiden zu können.

Ich starrte auf den Monitor. Noch sechs Stunden Flug lagen vor uns.

Wenn ich Glück hatte, schaffte ich drei neue Blockbuster. Ich verhielt mich gerade wie ein Film-Junkie, aber zu Hause sah ich mir kaum Filme an und es war eine willkommene Abwechslung.

Ich drückte auf Start und machte es mir im Sitz bequem, indem ich mich zurücklehnte und meine Beine anhob.

Zehn Stunden später ließ ich mich völlig erschöpft auf mein bequemes Bett fallen und war froh, wieder zu Hause zu sein.

Am Flughafen ging es hektisch zu und wir mussten ewig auf die Koffer warten. Dann bekam Derrick noch einen Anruf, der wichtig gewesen war, woraufhin er noch einmal zur Firma fahren musste.

Ich hatte zum Glück heute freigenommen und würde den Nachmittag mit Auspacken und Wäsche waschen verbringen.

Aber zuerst wollte ich ein Nickerchen machen, auch wenn Derrick mir davon abgeraten hatte. Ich würde damit den Jetlag nur schlimmer machen.

Doch meine Augenlider wurden immer schwerer und irgendwann gab ich nach.

Und versank in einen traumlosen Schlaf.

Gefühlt keine zehn Minuten später wurde ich von zärtlichen Küssen übersät.

Mein Körper weigerte sich, aufzuwachen, doch der Küsser gab nicht auf und blieb hartnäckig.

Irgendwann schaffte ich es, meine Augen zu öffnen und sah Derrick vor mir, der mich angrinste.

»Hey Schlafmütze.«

»Lass mich weiterschlafen«, stöhnte ich und drehte mich um. Ich fühlte mich, als ob ich von einem Lastwagen überfahren wurde, aber ich hatte die Rechnung ohne Derrick gemacht. Plötzlich fing er an, mich zu kitzeln.

»Hör auf, das ist nicht fair.«

»Du hast den ganzen Tag verschlafen. Wir haben schon fast neun.« Ruckartig hob ich mich hoch und mir wurde schwindlig. »Was?«

Ich blickte zum Fenster und tatsächlich war es schon stockdunkel.

»Oh nein, ich wollte noch so vieles erledigen.«

Er lachte und zog mich aus dem Bett.

Wie ein Zombie folgte ich ihm ins Wohnzimmer und blickte überrascht auf den gedeckten Tisch. Mein Magen wurde hellwach.

»Du hast gekocht?«

»Nee, aber ich habe uns auf dem Heimweg schnell etwas vom Chinesen geholt und hoffe, das passt?«

Diesen Kerl würde ich nie wieder loslassen.

Strahlend bedankte ich mich bei ihm und küsste ihn.

Daraufhin aßen wir und packten gemeinsam die Koffer aus. Weil es schon zu spät war, um die Waschmaschine laufen zu lassen, sortierten wir die Kleidung und bereiteten sie für den nächsten Tag vor.

Kurz darauf gingen wir wieder ins Bett und Derrick war bereits nach drei Sekunden in einen Tiefschlaf gefallen.

Ich dagegen hatte etwas länger gebraucht und noch ein wenig gelesen, um wieder müde zu werden.

Nach drei Stunden war ich auch endlich wieder eingeschlafen.

***

Auch der zweite Kaffee half am Morgen nicht, den ich mir unterwegs extra besorgen musste, um meine Augen offenzuhalten.

Nun wusste ich, wie sich Jetlag anfühlte und ich bereute es sofort, keine weiteren Urlaubstage eingereicht zu haben.

Total erschöpft betrat ich mein Büro, das einsam und verlassen aussah. Ein seltsames Gefühl machte sich in mir breit.

Mein Schreibtisch war aufgeräumt und ich starrte gedankenverloren aus dem Fenster.

Der Ausblick war etwas, was ich am meisten liebte und es auch am meisten vermissen würde, wenn ich nicht mehr hier arbeitete.

Ob das der Fall war, würde ich gleich nach dem Gespräch mit meinem Vater herausfinden.

Er hatte mir gestern eine pampige Nachricht geschrieben, dass wir heute reden mussten und ich sofort in sein Büro kommen sollte, wenn ich wieder zur Arbeit erschien.

Monatelang war ich meinem Vater aus dem Weg gegangen und der Abstand hatte mir mehr als gut getan, was mich nachdenklich stimmte.

Ich sah auf die Wanduhr und die Stunde der Wahrheit war gekommen. Mir blieb kaum noch Zeit, um durchzuatmen, also machte ich mich mit einem Umschlag in der Hand direkt auf den Weg.

Wie gewohnt klopfte ich zuerst an und wartete einen kurzen Moment, bevor ich eintrat.

Mein Vater war gerade am Telefonieren, also setzte ich mich auf einen der Sessel und wartete.

Er ließ sich Zeit und diskutierte eindringlich mit dem Anrufer. Ich wusste das, weil seine Wangen brannten und er herumwütete.

Irgendwann knallte er den Hörer auf und ich zuckte zusammen. Es war ziemlich selten, dass er so aus der Haut fuhr, also vermutete ich, dass noch etwas anderes dahinter steckte.

Ich würde es gleich herausfinden, denn er betrachtete mich mit schmalen Augen.

»Elena, bitte setz dich auf diesen Stuhl.«

Seufzend stand ich auf und lief zu seinem Schreibtisch, um Platz zu nehmen. »Dir auch einen schönen guten Morgen.«

Doch er ging wie immer nicht darauf ein.

Ohne Vorwarnung schmiss er direkt vor meiner Nase irgendwelche Unterlagen hin und ich starrte verwirrt auf die Papiere.

Dann schnürte sich mir die Kehle zu.

Die Unterlagen kamen vom Regierungspräsidium. Von der Stelle, auf die ich mich beworben hatte.

»Was soll das?«, fragte mein Vater bedrohlich ruhig.

»Woher hast du das?«, schoss ich fassungslos zurück.

»Das spielt keine Rolle. Wie konntest du es nur wagen, dich hinter meinem Rücken woanders zu bewerben? Ist dir klar, dass du dort ein mickriges Gehalt bekommst und dich selbst herabstufst?«

In mir fing die alte Wut an zu kochen. Dieser Mann mischte sich überall in meinem Leben ein.

Das musste sofort aufhören.

»Erstens geht dich das nichts an. Zweitens hast du mir klargemacht, dass du in mir keine Nachfolge siehst. Warum soll ich also noch für dich arbeiten?«

Wütend schlug er mit der Faust auf die Papiere und ich erschrak über seinen Ausbruch.

»Es war ein Fehler, Derrick einzustellen.«

Ich riss die Augen weit auf. »Was soll das jetzt bedeuten?«

»Seit er hier ist, hast du dich vollkommen verändert und ich weiß, dass du mit ihm schläfst. Sonst wärst du nicht mit ihm nach New York geflogen.«

Schockiert sah ich den Mann an, der nie wirklich ein Vater für mich gewesen war, und ich umarmte mich selbst. Um mich davor zu schützen, was als Nächstes kam.

»Ab jetzt wirst du nur noch das tun, was ich dir sage, bevor du alles noch schlimmer machst. Ich habe ihnen gesagt, dass du nicht dort arbeiten wirst, sondern hierbleibst und …«

Abrupt stand ich auf und warf den Stuhl um. »Du hast was?«, schrie ich ihn an und mir war egal, ob es die ganze Firma hörte. Sollten alle ruhig wissen, was seine Tochter wirklich von ihm hielt.

»Du kannst mich mal. Du warst nie ein Vater für mich. Stattdessen hast du jede Gelegenheit genutzt, mich niederzumachen oder zu demütigen. Mittlerweile glaube ich, dass du einfach nur Angst hast, dass ich erfolgreicher sein könnte als du.«

Er lachte ungläubig auf und seine Ohren wurden feuerrot, aber ich würde ihn diesmal nicht mehr ausreden lassen.

Ich wollte nicht mehr die brave Tochter sein, die sich ihm unterwarf und sich viel zu viel gefallen lassen hat.

Die ihre Würde und ihre Seele verkauft hat.

Für einen Mann, der kein Stück Respekt für mich übrig hatte.

»Lach so viel du willst, aber ich kündige. Und breche jeden Kontakt zu dir ab. Ich will dich nie wieder sehen. Und wenn du mich doch weiterhin kontrollierst, werde ich dich wegen Stalking anzeigen. Ist dir das klar?« Ich sagte das lauter als beabsichtigt, dafür mit einer doppelten Portion Selbstbewusstsein.

Wir standen uns gegenüber und zum ersten Mal war ich ihm überlegen.

Diesmal sagte ich ihm direkt meine Meinung. Auch wenn es nicht die feine Art war, aber ich musste lernen, dass es einen nicht immer weiter brachte, wenn man nett und höflich blieb.

Denn auch da gab es Grenzen.

Und er hatte die Grenzen eindeutig schon viel zu lange überschritten und ich hatte es viel zu lange geduldet.

Es war endlich an der Zeit, dass ich für mich selbst einstand. Und für mich selbst kämpfte, auch wenn es mir das Herz endgültig brechen würde.

Ich würde meinen Vater für immer lieben, auch wenn er es nicht verdient hatte. Aber er hatte mich gezeugt und wir waren genetisch miteinander verbunden, was die Sache erschwerte.

Es war eine unsichtbare Verbindung, die man nicht erklären konnte. Aber die jeder nachvollziehen würde, wenn er an meiner Stelle gewesen wäre. Familie war leider etwas, was man sich nicht aussuchen konnte.

Ich hatte auf ein Happy End gehofft, aber ich musste loslassen. Ich musste aufhören, die dumme, naive, behinderte Tochter zu sein.

Ich knallte ihm den Umschlag mit meiner schriftlichen Kündigung auf den Tisch und war stolz darauf, dass ich sie bereits geschrieben hatte. Dass ich mich auf diese Situation vorbereitet hatte.

Bewaffnet mit meinem Mut und neuem Selbstbewusstsein würde ich gehen. Auf die schmerzvollste Art und Weise.

Denn dieses Mal war es ein Abschied für immer.

Kapitel 39

Nach drei Monaten voller durchgearbeiteter Tage und Nächte war es endlich so weit. Ich hatte zum ersten Mal in meinem Leben einen Businessplan erstellt, eine Art Elevator Pitch für die Banken vorbereitet und nach geeigneten Räumen für zukünftige Mitarbeiter und mich gesucht.

Nachdem ich bei meinem Vater gekündigt hatte, war plötzlich das Feuer in mir entfacht und ich hatte mich hingesetzt, um ein Konzept meines Traumunternehmens auszuarbeiten.

Aber dann stellte sich schnell Frust ein, weil ich überhaupt keine Ahnung hatte, wo und wie ich anfangen sollte.

Zum Glück war Derrick ein erfahrener Unternehmer und hatte mir wahnsinnig hilfreiche Tipps gegeben, wie ich Schritt für Schritt mein eigenes Unternehmen aufbauen konnte. Es gab so vieles zu beachten, dass ich permanent überfordert war, aber Derrick hatte mir erklärt, dass das dazu gehörte und dieses Gefühl wichtig war, um über mich hinauszuwachsen. Schließlich verließ ich meine Komfortzone und wagte es, meinen Träumen zu folgen.

Natürlich wollte ich nicht, dass Derrick mich finanziell unterstützte. Umso stolzer war ich, dass ich mir all die Jahre etwas angespart hatte und damit für mindestens ein Jahr über die Runden kam. Allerdings nur für die Alltagsausgaben, nicht aber für die Firma.

Was hieß, dass ich die Banken überzeugen musste, mir Kapital dafür zu geben. Es war schwieriger als gedacht und ich hatte schon die Hoffnung fast aufgegeben, bis mir eine Bank das Startkapital zusagte. Ich war so glücklich gewesen, dass ich jubelnd hinauslief und es mir egal war, was andere von der scheinbar Übergeschnappten dachten.

Trotzdem hatte ich auch mit Ängsten zu kämpfen und malte mir die schlimmsten Szenarien aus.

Was wäre, wenn es nicht klappen würde und ich mit einem Haufen Schulden dastand?

What if I fall? Oh but my darling, what if you fly?

Mit diesem bekannten Zitat von Erin Hanson hatte Derrick jedes Mal auf meine Zweifel geantwortet und er hatte recht. Wir konzentrierten uns häufig viel zu sehr darauf, was nicht klappen könnte und waren dann nicht darauf vorbereitet, wenn der Plan tatsächlich funktionierte.

Derrick dachte nie darüber nach zu scheitern. Er ging jedes Mal davon aus, dass er gewann. Und wenn dem nicht so war, nahm er das Gelernte mit und machte es besser. Ich lernte so viel von ihm und er schaffte es, mich immer wieder herauszufordern und das Beste aus mir herauszuholen.

Ich wartete vor dem Bankgebäude und sah, wie Derrick aus dem Wagen zu mir sputete und mich atemlos küsste.

»Sorry, der Verkehr ist die Hölle. Bin ich zu spät?«

»Alles gut, sind nur fünf Minuten. Die Maklerin ist schon vorgegangen und wartet auf uns.«

»Dann mal los. Ich bin gespannt, ob es endlich das ist, was du dir vorgestellt hast.«

Wir gingen Hand in Hand in ein älteres Bürogebäude und ich war richtig aufgeregt, obwohl ich mir in den letzten Wochen schon mehrere Räume angesehen hatte.

Leider kamen sie alle nicht infrage, weil sie entweder viel zu weit vom Schuss weg lagen oder einer Sanierung bedurften, die ich mir für meinen Start nicht leisten konnte und wollte.

Dieses hier hatte ich schon auf Bilder gesehen und mich sofort verliebt, allerdings keinen Besichtigungstermin mehr bekommen, weil es bereits einen Käufer gab.

Doch wie es das Schicksal so wollte, platzte der Deal in letzter Minute und das Büro stand wieder zum Verkauf. Sie hatten mich daraufhin sofort kontaktiert.

Zuerst hatte ich überlegt, etwas zu mieten, um das Risiko einer Jungunternehmerin geringer zu halten, aber die Mietpreise waren viel zu hoch und Derrick hatte mir geraten, bei den Kosten lieber etwas zu kaufen. Denn das konnte ich im Notfall wieder schnell veräußern. Natürlich ging er davon aus, dass Letzteres nicht passieren würde.

Lächelnd betrat ich die Stufen zum ersten Stock und traf auf die Maklerin, die vor der Tür stand und wartete.

Strahlend schüttelte sie Derrick die Hand und sprach plötzlich nur noch mit ihm, als ob er der potenzielle Käufer war. Das machte mich wütend und ich überlegte, ob ich etwas sagen sollte.

Doch dann nahm mich Derrick in den Arm und sprach langsam und deutlich mit zusätzlichen Gebärden. »Ich bin nur als Begleitung dabei. Frau König ist diejenige, mit der Sie sprechen sollten. Ich danke Ihnen.«

Röte stieg in ihre Wangen und auch wenn Derrick höflich geblieben war, war sie peinlich berührt und richtete ihre volle Aufmerksamkeit wieder auf mich. »Natürlich, entschuldigen Sie. Ich dachte, weil Sie nichts hören …«

»Wenn Sie mich anschauen und langsam sprechen, ist es für mich einfacher. Ich bin hier, um mir das Büro anzusehen. Könnten Sie es mir bitte zeigen.«

Ich war etwas verstimmt, weil ich mich über ihr Verhalten ärgerte. Vor allem, weil wir vorher ohne Derrick wunderbar miteinander kommuniziert hatten und sie informiert gewesen war. Meine Stammdolmetscher hatten leider so kurzfristig keine Zeit, und ich wollte mir die Gelegenheit nicht entgehen lassen. Denn ich wusste, dass begehrte Immobilien schnell weg waren.

Als wir den Raum betraten, verschlug es mir den Atem und der Ärger war schnell verflogen.

Die Maklerin, die sich als Frau Jensen vorgestellt hatte, bemerkte meine Begeisterung und ließ sich davon anstecken. Wahrscheinlich war sie erleichtert, dass ich nicht nachtragend war.

Sie führte mich durch den Raum, der schön hell war und zeigte mir weitere kleinere Räume, die voneinander abgeschlossen waren.

Genau das war mir am wichtigsten gewesen. Dadurch konnten sich die Mitarbeiter besser konzentrieren. Vor allem die, die gehörlos oder schwerhörig waren. Eigentlich würde man meinen, dass ein großer Raum als Arbeitsplatz doch gar kein Problem für uns darstellte, aber das Gegenteil war der Fall. Weil wir Augenmenschen waren, nahmen wir jede Bewegung intensiver wahr und standen unter Dauerstrom, weil wir denken, wir würden etwas Wichtiges verpassen. Die Hörschädigung eines Menschen war so individuell, dass man sie nicht in eine Schublade stecken und verallgemeinern konnte. Es gab Gehörlose, die noch ein Restgehör hatten und empfindlicher auf Geräusche reagierten, während so mancher Schwerhöriger damit klarkam.

Derrick hatte mir erklärt, dass es für hörende Menschen auch anstrengend sein konnte, wenn sie in einem Großraumbüro arbeiteten, das ständig von irgendwelchen Geräuschen oder lauten Stimmen überlagert und beschallt wurde.

Umso perfekter waren diese Räumlichkeiten, die ich auf jeden Fall schalldicht machen wollte und damit für alle eine Win-Win-Situation schuf.

»Den Boden müsste man neu verlegen und die Wände streichen, aber sonst ist alles in bester Ordnung. Sie könnten theoretisch auch schon gleich anfangen«, erklärte Frau Jensen und breitete die Arme aus.

Ich begutachtete alle Räume noch einmal in Ruhe und lächelte immer breiter.

Das war es. Es fühlte sich richtig an.

Mit diesem Gefühl lief ich zu Frau Jensen.

»Ich möchte dieses Büro kaufen. Können wir gleich einen Vertrag unterschreiben?«

***

In den drei Wochen, nachdem ich das Büro gekauft hatte, wurden einige Renovierungsarbeiten vorgenommen. Ich hatte angeordnet, dass der Boden mit einem schicken Teppichboden ausgestattet wurde, weil dieser Geräusche verschluckte.

Des Weiteren wurden Türen ausgetauscht, Wände neu verputzt und mit Akustikpaneelen in Walnussfurnier versehen.

Ich wollte auf keinen Fall die uncoolen Akustikwände anbringen lassen, die mich an die Schule erinnerte.

Umso erstaunter war ich, was es heute für moderne Möglichkeiten gab, ein Büro zu dämmen und freute mich schon auf das Ergebnis.

Während die Baustelle nach Zeitplan lief, kümmerte ich mich um die Bewerbungen und Mitarbeiter.

Ich brauchte ein starkes Team und hatte als erstes Stefan angerufen, der auf der Baustelle arbeitete und jahrelang Erfahrung hatte.

Er war total aus dem Häuschen gewesen und hatte sofort zugesagt, was mich überraschte. Denn ich hatte noch gar nicht angefangen, aber Stefan vertraute mir und das rührte mich zutiefst. Außerdem war es schon immer sein großer Traum gewesen, die Leitung auf dem Bau zu übernehmen, was nicht möglich gewesen wäre, wenn er weiterhin für andere Firmen arbeitete.

Mein Konzept unterschied sich nämlich vor allem darin, dass gehörlose und hörende Mitarbeiter gleichermaßen behandelt wurden und die Kommunikation untereinander in Gebärdensprache stattfinden sollte.

Mir war durchaus bewusst, dass es ein hochgestecktes Ziel war, was vielleicht den einen oder anderen Bewerber abschrecken würde. Aber mein Plan war, dass es innerhalb der Firma regelmäßig Gebärdenkurse gab und alle darin geschult wurden, was den Umgang miteinander anging, um von vornherein Missverständnisse auszuschließen. Selbstverständlich würde ich bei Teamkonferenzen regelmäßig Dolmetscher einsetzen, damit niemand ausgeschlossen wurde.

Hier war es nur umgekehrt.

Was hieß, dass ich die Dolmetscher nicht für uns, sondern für die hörenden Mitarbeiter benötigte.

Jeder Mitarbeiter würde außerdem mit der besten Technik ausgestattet sein, sodass er überall erreichbar war.

Ich hatte Clara gleich von Anfang an von meinem Vorhaben erzählt, dass ich mich auf Bestandsimmobilien konzentrierte, um sie für jedermann anzubieten, und nach geeigneten Arbeitnehmern suchte.

Daraufhin hatte sie mir Dorothee und Simon empfohlen. Beide waren gehörlos und auf der Suche nach einer Stelle. Dorothee hatte als Bankkauffrau gearbeitet und wollte eine neue Herausforderung, weil sie sich unterfordert fühlte. Simon kam frisch von der Uni und hatte ein abgeschlossenes, erfolgreiches wirtschaftswissenschaftliches Studium. Zuerst war ich kritisch gewesen, da ich nur Leute mit Berufserfahrung einstellen wollte. Aber als Simon sich bei mir persönlich vorstellte, war er überaus ehrgeizig und so sympathisch gewesen, dass ich ihm eine Chance geben wollte.

Moritz hatte sich ebenfalls gemeldet und nachgefragt, ob er im neuen Jahr auch dazukommen könnte, wenn er nach München zu Clara zog.

Er hatte bereits Erfahrung mit Immobilienverwaltung, was mir sehr gelegen kam, da ich in dem Bereich noch niemanden gefunden hatte. Weil ich aber jemanden von Anfang an in diesem wichtigen Gebiet brauchte, hatte Moritz angeboten, Home-Office zu machen. Ich war mir nicht sicher, ob das zu viel für ihn werden würde, da er noch Vollzeit in einer Firma arbeitete und ich konnte kein Risiko eingehen. Daraufhin musste ich ihm klarmachen, dass, wenn ich jemand anderes fand, diesen bevorzugen müsse.

Er hatte mich angefleht, das nicht zu tun, und es fiel mir schwer, bei meinen Bedingungen zu bleiben. Denn ich mochte ihn und er war Claras Freund. Aber ich musste Berufliches vom Privaten trennen.

Mein Handy vibrierte und ich sah auf das Display. Verwundert nahm ich den FaceTime Anruf entgegen. Ich hatte nicht einmal Zeit, etwas zu sagen, denn es war Moritz, der drauflos gebärdete.

»Ich habe gekündigt und könnte jetzt sofort loslegen. Bitte sag Clara noch nichts. Sie würde ausflippen, wenn ich schon nächste Woche in München bin.«

Schockiert sah ich ihn an, aber er grinste nur breit. »Alles gut, das wird Hammer und du wirst es mit mir nicht bereuen.«

Es war wirklich verrückt, wie schnell alles ging und wie sehr die Menschen mir vertrauten, aber gleichzeitig spürte ich einen enormen Druck in mir aufsteigen.

Plötzlich war ich verantwortlich für die Menschen, die ihren Job meinetwegen aufgaben und daran glaubten, dass mein Unternehmen ein großer Erfolg werden würde.

Dabei waren wir erst in den Startlöchern und mussten uns noch auf dem Markt bewähren. Ich hatte ihnen das zwar von Anfang an klargemacht, aber trotzdem hatten sie alle zugesagt.

Ich atmete tief durch und freute mich insgeheim, dass Moritz doch noch von Anfang an dabei sein konnte.

Mein Handy vibrierte erneut und es kamen weitere Nachrichten von Maria, die nach wie vor für meinen Vater arbeitete. Nachdem ich gekündigt hatte, war Maria eine der wenigen Mitarbeiter, die sich sofort bei mir gemeldet und nach meinem Befinden gefragt hatten, was ich sehr aufmerksam von ihr fand. Daraufhin bat sie, dass wir in Kontakt bleiben sollten, weil sie mich mochte.

Wir hatten uns danach ein paar Mal zum Kaffee getroffen, was sich als sehr lustig herausstellte und ich hatte ihr nebenbei von meiner Firmengründung erzählt.

Sie war so begeistert gewesen, und als ich sie fragte, ob sie zufällig einen Architekten oder Immobilienmakler kannte, der auf der Suche nach einem Job war, kam sie gleich mit fünf Kandidaten. Ich hätte es wissen müssen, denn Maria war schließlich im HR-Bereich tätig und hatte ein riesiges Netzwerk. Sie liebte Menschen und war erfolgreich darin, ihr System stets zu erweitern.

Ich bin gleich da und komme mit dem Rest. Maria

Nervös lief ich im Meetingraum auf und ab, den ich extra für die Vorstellungsgespräche gebucht hatte und blickte auf meine Uhr. Ich hatte Gebärdensprachdolmetscher bestellt, die auch noch nicht da waren. Mir wurde etwas flau im Magen, denn ich wollte professionell wirken und dass alles glattlief. Außerdem zahlte ich für die Dolmetscher aus eigener Tasche, weil nach wie vor immer noch nicht klar war, wer bei Selbstständigen für die Dolmetscherkosten zuständig war. Fünfhundert Euro, die ich wahrscheinlich nie wieder sehen würde.

Es war definitiv ein Hindernis, das mich richtig ärgerte, weil ich darauf angewiesen war und dafür bestraft wurde, dass ich auch hörende Mitarbeiter einstellen wollte.

So viel zum Thema Inklusion.

Plötzlich ging die Tür auf und Katja und Jens, meine Lieblingsdolmetscher, kamen reingestürmt und sahen ziemlich gestresst aus.

»Mein Gott, der Verkehr ist zum Kotzen. Es tut mir so leid«, gebärdete Katja und umarmte mich zur Begrüßung. Jens tat es ihr gleich und fügte hinzu. »Mir ist das noch nie passiert, aber mein Auto hatte ausgerechnet heute eine Panne. Katja hatte auf mich gewartet, aber ich habe ihr gesagt, dass sie schon mal vorgehen soll. Doch dann kam der Abschleppwagen von ADAC schneller als gedacht.«

Beide gebärdeten durcheinander und erzählten das Ganze ziemlich bildhaft, dass ich das Gefühl hatte, dabei gewesen zu sein und musste lachen.

»Alles gut. Die anderen sind auch noch nicht da. Ich bin jedenfalls sehr erleichtert, dass ihr jetzt hier seid.«

Keine zwei Minuten später ging die Tür erneut auf und Maria kam mit einem strahlenden, entspannten Lächeln hereinspaziert. Gleich hinter ihr tauchten vier weitere Menschen im Schlepptau auf. Zwei Männer und zwei Frauen.

Maria umarmte mich und gab mir ein Küsschen auf die Wange.

»Entschuldige, aber Mimi konnte doch nicht kommen«, erklärte Maria und machte ein bedauerndes Gesicht. Die Dolmetscher hatten sofort umgeschaltet und das Ganze übersetzt.

»Kein Problem. Ich danke dir«, gebärdete ich Maria und wandte mich an die anderen Personen, die sich bereits an den runden Tisch gesetzt hatten und mich von zurückhaltend bis neugierig anstarrten.

»Möchtet ihr Kaffee oder Wasser?«, fragte ich höflich in die Runde. Die Köpfe wechselten dabei zu mir und zu den Dolmetschern, die sich zwischen uns setzten.

»Ach ja, ich möchte euch Katja und Jens vorstellen, die alles simultan übersetzen. Ihr braucht euch keine Sorgen zu machen, das bleibt alles diskret und sie sind zu absoluter Verschwiegenheit verpflichtet. Wenn ihr Fragen habt, könnt ihr sie mir gerne stellen.«

Keiner rührte sich oder sagte etwas.

Maria, die ungern Stille aushielt, ergriff das erste Wort. »Ich habe das Ganze ja in die Wege geleitet, also dachte ich, ich stell sie dir alle der Reihe nach vor. Linda ist Architektin, Sarah und Michael sind beide Immobilienmakler und Luca, nun ja, der kennt sich hervorragend mit Buchhaltung aus. Ich dachte, dass du auch in dem Bereich vielleicht jemanden gebrauchen könntest …«

Daraufhin mischte Luca sich ein. »Oder auch als Assistent, ich bin sehr gut darin, Leute zu bedienen.« Er stand auf und verbeugte sich wie ein Diener vor mir.

Alle lachten und ich war Maria dankbar, dass sie das Eis zum Schmelzen brachte. Und dass Luca ein solcher Witzbold war.

Das Gespräch lief wunderbar und die Atmosphäre wurde immer lockerer. Es wurden viele Fragen gestellt und alle schienen nicht nur an der Deutschen Gebärdensprache interessiert zu sein, sondern auch an der einzigartigen Firmenphilosophie. Des Weiteren erfuhr ich viel über ihre beruflichen Hintergründe und stellte fest, dass es nicht nur starke

Leute, sondern auch liebe Menschen waren, die mein Team perfekt machen würden.

Daraufhin stellte ich sie alle ein und sie waren alle perplex über meine schnelle Entscheidung gewesen.

Aber es war mein Bauchgefühl, das nie trog.

»Bist du dir sicher? Wir verstehen es völlig, wenn du noch einmal eine Nacht darüber schlafen möchtest«, sagte Linda vorsichtig.

»Ich bin mir völlig sicher«, beruhigte ich sie und lächelte.

Der Abschluss konnte nicht perfekter sein und ich hatte endlich ein vollständiges Team, das loslegen konnte.

Wir verabschiedeten uns und als alle gegangen waren, räumte ich den Raum auf und fühlte mich richtig euphorisch. Ich konnte es kaum abwarten, Derrick davon zu erzählen und beeilte mich, um nach Hause zu kommen.

Als ich mein Handy in die Tasche packen wollte, sah ich, dass eine E-Mail von Frau Fischer einging. Sie arbeitete beim Integrationsfachdienst und war unter anderem für die Übernahme der Dolmetscherkosten zuständig.

Sofort öffnete ich die Mail und musste mich setzen.

Sehr geehrte Frau König,

nun konnte ich nach einem ewigen Hin und Her ausfindig machen, dass die Arbeitsagentur für Sie in Zukunft zuständig sein wird. Allerdings werden die Dolmetscherkosten nur dann übernommen, wenn Sie als Selbstständige für die letzten drei Monate ein Mindesteinkommen von 1500 Euro monatlich nachweisen können. Bis dahin müssen Sie für alle Ausgaben selbst aufkommen. Aber ich bin mir auch nicht sicher, deshalb fragen Sie am besten direkt dort nach.

Es tut mir leid, dass ich Ihnen keine besseren Nachrichten übermitteln konnte.

L. Fischer

Kapitel 40

Langsam bekam ich Panik, denn in zwei Wochen würde die Eröffnung sein und ich hatte immer noch keine Lösung gefunden, wie die Dolmetscherkosten finanziert werden sollen.

Und vor allem, wer dafür zuständig war. Das Treffen mit der Arbeitsagentur war aussichtslos gewesen, denn auch sie konnten mir nicht wirklich weiterhelfen.

Stattdessen ging es wieder von vorn los und sie versuchten, die Verantwortung einem anderen Zuständigkeitsbereich zuzuschieben und schickten mich wieder weg.

Manchmal hasste ich die deutsche Bürokratie, die einem unnötig Nerven und Zeit raubte und einem damit das Leben schwerer machte.

Ich zermarterte mir das Hirn, als Derrick zur Tür hereinkam und mich zur Begrüßung küsste.

»Alles okay?«, fragte er. »Ich habe dich seufzen gehört.«

»Ich werde mich nie daran gewöhnen, dass du ein so scharfes Gehör hast und ich nichts vor dir verbergen kann«, lächelte ich.

»Hast du denn etwas zu verbergen?« Derrick machte Sherlock Holmes mit der Lupe nach und ich musste lachen.

»Keine Sorge. Es geht immer noch um die Finanzierung für die Dolmetscher. Ich habe keine Ahnung, was ich noch machen soll und an wen ich mich wenden könnte.«

Derrick ließ sich neben mir auf die Couch fallen und machte ein nachdenkliches Gesicht. »Vielleicht solltest du noch mal überlegen, ob du nicht doch einen Investor an Bord holen möchtest. Du könntest …«

»Nein«, sagte ich entschieden. »Du weißt auch, wieso.«

Ich wollte nämlich von niemandem abhängig sein und wenn man mit einem Investor arbeitete, gab es immer Bedingungen. Entweder bestand er auf Firmenanteile oder Mitspracherecht. Nur die wenigsten hielten sich raus.

Daher kam die Idee nicht infrage, auch wenn sie nicht schlecht war.

Derrick nickte mit verständnisvoller Miene und starrte Löcher in die Luft, aber ich wusste, dass auch er über weitere Möglichkeiten nachdachte und sich zurückhielt.

Ihm war wichtig, dass ich das Gefühl hatte, ich würde für jedes Problem eine Lösung finden.

Deshalb ermutigte er mich zum Beispiel darin, dass ich mit den Banken mithilfe von Dolmetschern sprach oder die Dinge auf meine Art machte. Damit ich wusste, dass ich es auch allein schaffen konnte und von niemandem abhängig war.

Ich erlebte mit ihm eine völlig neue Art von Beziehung. Eine Beziehung, in der man sich gegenseitig unterstützte und den anderen herausforderte, seine beste Version zu leben.

Stellenweise hatten wir an unserer Kommunikation zu arbeiten, aber es wurde immer besser. Auch seine Gebärdenkompetenz machte unglaubliche Fortschritte, dass ich nicht glücklicher sein konnte.

Erschöpft schmiegte ich mich an Derrick, der mich in seine Arme zog und küsste. Für eine ganze Weile vergaß ich alles um mich herum und versank in ihm.

Doch dann kam mir plötzlich eine Idee und ich unterbrach den Kuss, woraufhin Derrick mich verwirrt ansah.

»Wieso war ich nicht gleich darauf gekommen?«

Voller Euphorie sprang ich von seinem Schoß, um meinen Laptop zu holen und zu überprüfen, ob es tatsächlich eine Möglichkeit war.

Ich spürte, wie Derrick mich von der Seite amüsiert anstarrte. Ich bewegte meinen Kopf zu ihm, denn ich konnte mich nicht konzentrieren, wenn er mich beobachtete.

Derrick grinste. »Wenn meine Küsse dir neue Ideen bringen, sollte ich mir überlegen, daraus ein Geschäftsmodell zu machen.«

»Hey«, gebärdete ich gespielt empört. »Sei nicht so frech.«

»Dann verrat mir, was dir in den Sinn kam.«

»Kennst du dich mit Crowdfunding aus?«

Sein Gesicht hellte sich auf. »Ich habe es noch nie gemacht, aber es klingt nach einer genialen Idee.«

»Ich weiß, dass man es normalerweise nur für bestimmte Projekte macht oder für den Bildungsbereich.«

»Nee, soweit ich weiß, ist es egal, um welches Projekt es sich handelt. Du könntest aber angeben, dass du auch für die Teammitglieder Gebärdenkurse in der Firma anbieten möchtest, dann würde es definitiv in den Bildungsbereich fallen. Außerdem hat es einen wichtigen, inklusiven Gedanken, der sehr wertvoll ist.«

»Stimmt, dann wäre es doch perfekt, oder?«

»Allerdings. Siehst du, du kannst für alles eine Lösung finden«, gebärdete er stolz und küsste mich auf die Stirn. »Musst mich halt öfter küssen.«

Ich lachte. »Du weißt, dass ich dich immer küssen würde. Aber ich nehme dein Angebot gerne an, wenn es mal wieder brenzlig wird.«

Mit Crowdfunding könnte ich die ersten Monate die Finanzierung der Dolmetscher sicherstellen und gleichzeitig die Kosten für die Gebärdenkurse. Es war so ähnlich wie Spenden, allerdings eine riesige Chance, ohne irgendwelche Bedingungen zu Geldern zu kommen.

Wobei es schon nett war, wenn man den Leuten etwas zurückgab, oder?

Ich drehte mich zu Derrick. »Aber welche Gegenleistung soll ich dafür anbieten?«

»Das ist nicht zwingend notwendig. Du könntest jedoch darüber nachdenken, dass ihr sie vielleicht zu einem internen Workshop bei euch einladet oder eine jährliche Broschüre mit Zusammenfassungen verschickt.«

»Oder für sie die ersten, besten Objekte, die sie erwerben können, zu reservieren«, sprudelte es aus mir heraus. Ich war wirklich begeistert.

Denn ich wollte den Menschen etwas zurückgeben und sie einbeziehen. Es sollte für beide Seiten profitabel sein. Andererseits fand ich es traurig, dass ich Privatpersonen um Hilfe für Barrierefreiheit bitten musste, weil der Staat darin versagte.

»Dann lass ich dich mal weiterarbeiten und bereite für uns Abendessen vor, okay?«

»Oh, das wäre ganz toll, aber ich habe schon ein schlechtes Gewissen, weil du schon so viel für mich machst.«

»Alles gut. Ich koche gern für uns«, beruhigte mich Derrick und gab mir einen letzten Kuss, bevor er in meiner Küche verschwand.

Tatsächlich hatte ich mit ihm das Glückslos gezogen, denn er übernahm derzeit alles, damit ich mich auf meine Firmengründung konzentrieren konnte.

Noch nie hatte ich so viel Unterstützung und Liebe erfahren, weshalb ich ihm auf jeden Fall eine Überraschung machen würde, sobald die ersten Hürden geschafft waren und die Firma lief.

Mit neuer Motivation setzte ich mich an den Tisch und meldete mich für eine Crowdfunding-Kampagne auf einer Plattform an. Daraufhin nahm ich ein Video für die sozialen

Medien auf und erklärte den Menschen, worum es bei diesem Projekt ging und warum ich auf das Geld angewiesen war.

Ich war super aufgeregt und hoffte, dass es eine gute Sache war.

Wenn viele Menschen eine kleine Summe spenden würden, wäre das Ziel schnell erreicht. Ich hatte mir vor allem zum Ziel gesetzt, dass das Geld für die Dolmetscher und für die Gebärdenkurse für die ersten sechs Monate gesichert war. Denn ich wusste, dass es noch eine ganze Weile dauern konnte, bis die Finanzierung mit den zuständigen Behörden geklärt war und ich wollte genügend Puffer einplanen.

Wenn die Sache jedoch früher geklärt werden sollte, würde ich das restliche Geld für gute Zwecke weiterspenden und die Geldgeber mitentscheiden lassen. Dank sozialer Medien war heutzutage alles möglich und mit einem Mal mehr war ich dankbar, dass ich nicht im Mittelalter geboren wurde.

***

Der Start war ein voller Erfolg gewesen.

Alles war wie am Schnürchen gelaufen, was schon fast unheimlich gewesen war.

Nachdem ich das Crowdfunding gestartet hatte, war das Ziel innerhalb von drei Tagen erreicht und die meisten Unterstützer kamen aus der Deaf Community.

Ich war völlig gerührt. Sie hatten meine Videos mehrfach geteilt, kräftig Werbung gemacht und zum Teil großzügig gespendet, dass ich unendlich stolz und dankbar für meine Gemeinschaft war.

Das war die Seite, die ich an dieser Community liebte, weil sie einen auch stärken konnte. Dieses Netzwerk war unglaublich wichtig, um auch in der hörenden Gesellschaft Erfolg zu haben. Wenn das jeder begreifen würde, hätten wir das Problem mit der Piranha Theorie nicht mehr. Natürlich aber waren es auch viele, liebe hörende Mitmenschen, die dazu beigetragen hatten und so manch einer von ihnen hatte unglaubliche Summen gespendet, sodass ich gar nicht wusste, wie ich damit umgehen sollte und von so viel Support überwältigt war.

Clara hatte mir geholfen, das Büro zu dekorieren und meine Mutter hatte Caterer bestellt, die für ein tolles Buffet gesorgt hatten. Ich wollte nicht, dass sie die Kosten dafür übernahm, aber sie war stur geblieben und wollte mich auf diese Art unterstützen, was ich sehr süß von ihr fand.

Ich war so froh, dass sie darauf bestand und bei der Eröffnungsfeier dabei war.

Mein Team packte ebenfalls mit an und hatte für eine tolle Stimmung gesorgt, dass sich alle wohlfühlten und es viel Gelächter gab.

Berührt von so viel Unterstützung und dass ich von lieben Menschen umgeben war, war ein riesengroßes Geschenk und ich musste mich beherrschen, nicht loszuheulen.

Kurz nach Mitternacht leerte sich der Raum immer mehr und die Menschen verabschiedeten sich nacheinander.

Meine Mutter, die eine der letzten Personen war, kam auf mich zu. Sie hatte Tränen in den Augen und blickte mich liebevoll an.

»Ich bin so stolz auf dich, mein Mädchen. Ich wusste, dass du es schaffst«, gebärdete sie emotional.

Der Damm war gebrochen.

Ich konnte mich nicht mehr zurückhalten und Tränen liefen über meine Wangen, die ich permanent versucht hatte, zu unterdrücken.

»Danke« brachte ich nur hervor und meine Mutter nahm mich fest in die Arme. Dann küsste sie mich auf die Wange und verabschiedete sich von mir.

Daraufhin kam Derrick und nahm mich in den Arm. Obwohl er sich die ganze Zeit zurückgehalten hatte, bestand er darauf, mithelfen zu dürfen.

»Das war ein voller Erfolg, oder?« Er sah mich mit einem stolzen Blick an.

Ich lächelte. »In der Tat.«

Und ich wusste, dass ich bereits das Beste in meinem Leben hatte, auch wenn es absolut kitschig klang. Aber ohne ihn wäre ich nicht hier. »Aber ich hätte das alles ohne dich nicht geschafft. Danke für alles, Derrick.«

Er neigte seinen Kopf zur Seite. »Warum? Den Weg bist du allein gegangen.«

»Nicht ganz«, widersprach ich ihm. »Ich hatte dich an meiner Seite und könnte nicht glücklicher sein. Ich liebe dich.«

***

Am nächsten Abend bat mich Derrick, ihn in seiner Wohnung zu treffen und ich freute mich auf die Zweisamkeit.

Denn wir hatten in den letzten Monaten kaum Zeit miteinander verbracht, und wenn wir zusammen waren, hatten wir über meine Firma gesprochen oder an meinem Konzept gearbeitet.

Ich fuhr mit dem Aufzug in Derricks Wohnung und wunderte mich, wo er war.

Dann plötzlich sah ich einen Zettel auf der Theke und las seine Notiz:

Ich bin oben.

Ich wurde nervös. Ich wusste, dass irgendetwas mich erwartete. Aufgeregt lief ich zur Dachterrasse hinauf und blieb mit offenem Mund stehen.

Überall hingen Lichterketten und ein Heizstrahler war aufgebaut, damit es nicht zu kalt war. Dann sah ich, wie der Jacuzzi beleuchtet blubberte und ein Tisch mit zwei Stühlen aufgestellt war.

Derrick hielt zwei Weingläser in der Hand und schlenderte auf mich zu. Ihn so barfuß in Blue-Jeans und in seinem weißen Hemd zu sehen, raubte mir jedes Mal den Atem.

Ich glaube, dass ich mich nie daran gewöhnen würde, einen so attraktiven Freund zu haben. Dabei ging es mir nie um das Aussehen, aber an ihm stimmte einfach alles.

Und dann kam mir plötzlich ein Gedanke.

Würde er mir etwa einen Heiratsantrag machen?

Panik überfiel mich.

Das wäre viel zu früh, auch wenn ich wusste, dass er der Richtige war. Aber es passierte gerade so viel in meinem Leben, dass ich jeden Moment mit ihm genießen wollte. Und der Stress, den eine Hochzeit mit sich brachte, würde mich zum jetzigen Zeitpunkt neben der Firmengründung nur überfordern.

Wie als ob Derrick meine Gedanken lesen konnte, grinste er breit.

»Keine Sorge, es ist nicht das, was du denkst, auch wenn ich mich gerade etwas beleidigt fühle. Ich wollte dich überraschen und mit dir auf den erfolgreichen Start anstoßen.«

Ich strich ihm zärtlich über die Wange und spürte seine kurzen Bartstoppeln. »Die Überraschung ist dir gelungen.«

Dann küsste ich ihn leidenschaftlich und ich spürte, wie sein Körper sich anspannte.

Was mich zum Schmunzeln brachte.

Ich unterbrach den Kuss und sah ihm intensiv in die Augen. Ich konnte darin ablesen, dass er noch auf eine Antwort wartete. »Ich würde Ja sagen, wenn du mich gefragt hättest. Aber ich bin froh, dass wir uns noch Zeit lassen. Ich hätte nie gedacht, dass man als Unternehmerin so vieles beachten muss. Dabei haben wir noch nicht mal richtig angefangen.«

Derrick strich mir eine Haarsträhne hinters Ohr. »Ich bin erleichtert, dass ich ein Heiratskandidat wäre.« Seine Augen waren so klar und dunkel wie der Nachthimmel. »Und ich weiß, dass es gerade ein ungünstiger Zeitpunkt wäre. Zumal nicht nur du ein Unternehmen zu leiten hast, sondern auch ich.«

Überrascht blinzelte ich ihn an. »Mein Vater geht schon in den Ruhestand?«

»Nein. Ich arbeite nicht mehr für deinen Vater.«

Perplex sah ich ihn an. »Wie …?«

»Ich werde die Firma von meiner Mutter übernehmen.«

Mit weit aufgerissenen Augen sah ich ihn an. »Aber du wolltest doch etwas anderes?«

»Ich habe meine Meinung geändert.«

Verständnislos blickte ich meinen Freund an. »Bist du dir sicher? Ich hoffe, es ist nicht, weil du dich deiner Mutter verpflichtet fühlst. Ganz besonders nach der Sache mit deinem Vater.«

»Nein, da brauchst du dir keine Sorgen zu machen. Ich habe es mir gut überlegt und irgendwie bin ich stolz darauf, dass ich das Imperium meiner Mutter fortführen darf. Es sollte in der Familie bleiben. Außerdem heißt das nicht, dass ich kein weiteres Unternehmen mehr gründen werde.«

Ich musterte ihn mit einem prüfenden Blick und plötzlich wurde mir bewusst, dass sein Familienunternehmen sich auf einem anderen Kontinent befand.

»Aber … Moment mal, das bedeutet, dass du wieder zurück nach New York musst?«

Jetzt war Derrick derjenige, der mich mit einem atemberaubenden Kuss völlig aus dem Konzept warf. Es war stürmisch und aufwühlend zugleich.

Als er sich wieder von mir löste, befand ich mich nach wie vor in einer Blase und hatte Angst davor, dass er sie zum Platzen brachte.

Denn ich wusste nicht, wie mein Herz es aushalten sollte, wenn er ging.

»Nein, ich werde hier eine Zweigstelle aufmachen und immer mal wieder rüberfliegen. Aber was hast du denn gedacht? Ich würde dich niemals verlassen, Elena. Mein Zuhause ist hier bei dir.«

Kapitel 41

Die ersten Monate liefen besser als erwartet und ich war rundum glücklich. Mein Team passte hervorragend und alle waren so hoch motiviert, dass wir bereits einige große Aufträge an Land ziehen und damit auch schon die ersten Kunden glücklich machen konnten. Des Weiteren übten sie fleißig die Deutsche Gebärdensprache, und zwar auch untereinander, wenn gerade kein Kurs lief.

Das fand ich richtig schön und ich freute mich, dass ich damit meiner Vision näherkam.

Ich wollte gerade aufstehen, um mir einen Kaffee zu holen, doch just in dem Moment öffnete sich die Tür und mir schnürte sich die Kehle zu.

»Wow, was für ein cooles Büro«, gebärdete Melanie und sah sich staunend im Raum um.

Unbehagen breitete sich in mir aus.

Ich hatte sie seit der Trennung mit Patrick nicht mehr gesehen oder gesprochen und auch nicht auf ihre Nachricht geantwortet, nachdem die ganze Welt erfahren hatte, dass Patrick mich auch mit Anna betrogen hatte.

Dann konnte ich nicht glauben, dass auch Erik im Türrahmen erschien.

»Nett hast du es hier«, kam es von ihm und er lächelte mich an. Es war ein: *Alles-ist-okay-wir-sind-in-Frieden-hier-Lächeln-und-zwar-ohne-Patrick.*

Mein Herzschlag beruhigte sich daraufhin etwas. »Danke«, wandte ich mich an Erik und er nickte mir unmerklich zu.

»Warum hast du mir nicht geantwortet?«, fragte Melanie plötzlich an mich gewandt. In ihren Augen konnte ich sehen, dass sie verletzt war.

»Ich habe mich geschämt und ich habe gedacht, ihr wollt nichts mehr mit mir zu tun haben, nachdem ich Patrick wehgetan hatte«, versuchte ich, ihr zu erklären.

»Um Gottes willen, was redest du da? Du bist für uns wie Familie und du wirst es auch immer bleiben, egal ob du mit Patrick zusammen bist oder nicht«, gebärdete Melanie empört.

Tränen schossen mir in die Augen und ich wusste nicht, was ich sagen sollte. Es bedeutete mir so viel, dass sie extra hierher gekommen waren, um mir das zu sagen und es auch so zu meinen. Denn diese Familie hatte mich immer unterstützt.

»Patrick ist einfach ein Arschloch und das war er schon immer. Nur weil ich seine Schwester bin, heißt das nicht, dass ich das gut finden muss, was er macht.« Sie brach ab und dann kamen ihr auch die Tränen, die sie noch mit aller Kraft versuchte, zurückzuhalten. »Aber ich habe dich immer gemocht und dachte, es würde auf Gegenseitigkeit beruhen.«

»Natürlich tut es das«, antwortete ich etwas überrascht. Ich hatte nicht erwartet, dass ich in all den Jahren auch so wichtig für sie geworden war.

»Sie wollte nur, dass du Patrick heiratest, damit sie dich als Schwester hat. Wir Jungs sind ihr etwas zu viel«, grinste Erik.

Melanie boxte ihm in die Seite. »Du bist echt blöd.«

Daraufhin musste ich lachen. Melanie dagegen funkelte Erik immer noch böse an.

»Okay, ich glaube, ich gehe dann mal wieder und lasse euch Mädels alleine.« Erik machte einen Schritt auf mich zu und nahm mich fest in die Arme. Dann sah er mir mit einem Schalk wissend in die Augen und schielte kurz zu Melanie.

»Du hast etwas Besseres verdient. Nur schade, dass ich es nicht sein darf.« Er zwinkerte mir zu und lächelte sein charmantestes Lächeln, um das die Frauenwelt sich prügeln würde.

»Oh Mann, du bist so ein Vollidiot«, gebärdete Melanie und schlug erneut auf ihn ein.

In dieser Familie wurde es nie langweilig und ich war erleichtert, dass ich immer noch ein Teil von ihnen sein durfte.

Erik wuschelte mit seiner Hand durch Melanies Haare und als sie noch wütender wurde, lachte er nur und verabschiedete sich noch einmal mit einer festen Umarmung. Dann warf er mir einen letzten Blick zu, der bedeutete: *Ich werde dich vermissen.*

Erneut hatte ich Tränen in den Augen, aber ich wollte nicht sentimental werden und blieb tapfer.

Als Erik verschwand, sah mich Melanie aus traurigen Augen an.

»Kannst du mich nicht irgendwie als deine Schwester adoptieren oder so? Denn wer rettet mich denn jetzt von meinen doofen Brüdern?«

Ich lachte und zog Melanie am Arm, um sie fest zu drücken. Daraufhin hatte sie noch feuchtere Augen, aber sie war immer noch zu cool, um es zu zeigen. »Das reicht noch nicht. Du musst dich schon mehr anstrengen.« Melanie tat nach wie vor beleidigt und verschränkte die Arme.

»Okay, ich werde mich bemühen …«, setzte ich an. »Möchtest du nicht noch einen Augenblick hierbleiben und ich führe dich durch die Firma? Danach können wir gemeinsam einen Kaffee trinken gehen«, schlug ich vor.

Melanies Augen fingen an zu leuchten. »Das ist schon viel besser. Ich nehme an. Du musst mir alles zeigen.« Daraufhin hakte sie sich bei mir unter und schleifte mich aus dem Büro.

***

Am Abend war ich völlig überfordert von den vielen Anfragen, die ich über den Tag verteilt bekam und die mein Postfach sprengten.

Die Gehörlosenzeitung sowie andere Magazine hatten mich um ein Interview gebeten und ich bekam zahlreiche Komplimente per Mail oder in den sozialen Medien. Und immer mehr Kunden, die sich unbedingt eine Immobilie für ihre Altersvorsorge kaufen wollten.

Darunter ganz viele aus der Deaf Community, was mich ungemein freute. Sie teilten auch in den sozialen Medien begeistert mein Unternehmen und machten weiterhin kräftig Werbung, ohne dass ich sie darum bitten musste.

Es war komplett verrückt, wie sich das alles entwickelte, gleichzeitig musste ich aufpassen, dass ich meinen Fokus nicht verlor und einen kühlen Kopf bewahrte.

Ich blickte auf die Uhr und war erschrocken, dass es schon so spät war.

Mein Handy vibrierte erneut und ich stöhnte. Doch als ich den Namen aufleuchten sah.

Wann kommst du heim? Ich vermisse dich. Derrick

Ich sollte wirklich nach Hause, sonst würde ich noch einen Burnout bekommen.

Allerdings würde ich eine Stunde bis zu Derrick brauchen, weil seine Wohnung auf der anderen Seite der Stadt lag.

Zu mir wären es nur zwanzig Minuten gewesen und ich wusste, dass es keine Dauerlösung war. Bei ihm hatten wir zwar mehr Platz und seine Wohnung war wunderschön, aber ich konnte es mir nicht leisten, täglich zwei Stunden Fahrerei in Kauf zu nehmen. Ich seufzte.

Dieses Thema würde ich ansprechen müssen.

Ich hoffte nur, dass Derrick es verstand und wir eine andere Lösung fanden. Denn ich wollte mit ihm zusammen einschlafen und wieder aufwachen.

Ich schaltete das Licht aus und fuhr zu Derrick nach Hause.

Dort angekommen, empfing mich Derrick mit einem zärtlichen Kuss und zog mich unerwartet aus. Bis ich völlig nackt war.

Plötzlich hob er mich hoch und ging die Treppen hinauf zur Dachterrasse, die er wieder einmal mit Lichterketten ausgestattet hatte und mich in den Jacuzzi hineingleiten ließ. Das heiße Wasser war Wellness pur für mich und ich lehnte meinen Kopf an den Rand.

Und wartete darauf, dass Derrick neben mir im heißen Wasser Entspannung fand.

Aber er hatte etwas anderes vor und fing an, meinen Nacken zu massieren.

O Gott, tat das gut. Dieser Mann wusste genau, was ich brauchte.

Ich spürte, wie sich all die Verspannungen lösten, auch wenn einige davon schmerzhaft waren, aber Derrick hatte magische Hände und ich konnte nicht anders, als es zuzulassen.

Irgendwann hörte er auf, mich zu berühren und eine kalte Brise wehte über meine nackten Schultern, dass ich Gänsehaut bekam. Ich öffnete die Augen und sah, wie Derrick nackt zu mir in das Becken stieg. Sein Anblick erregte mich so sehr, dass sich alles in mir zusammenzog.

Sein Blick war voller Verlangen, als ich mich auf ihn setzte und ich spürte etwas Hartes zwischen meinen Beinen.

Ich übernahm die Kontrolle und bewegte mich langsam auf und ab, was seine Geduld merklich strapazierte.

Er packte meine Hüften unter Wasser und stieß unerwartet in mich hinein, sodass ich aufkeuchte.

Dann küsste er mich am Hals und saugte an meinen Nippeln, bis ich wahnsinnig wurde und mich nicht mehr zurückhalten konnte. Er sah es in meinen Augen und das ließ mich explodieren.

Eine Mischung aus Nirwana und Glückseligkeit überkam mich und noch bevor ich mich am Rand abstützen konnte, erlebte Derrick genau das Gleiche.

Ich wusste es, weil es mir sein Gesicht verriet.

Seine Art. Und sein gesamter Körper.

Wir waren fast gleichzeitig zum Höhepunkt gekommen und hatten das erste Mal Sex im Wasser, was eine völlig neue Erfahrung war, sich aber gleichzeitig vertraut anfühlte.

Weil wir einander verstanden.

Ich rang immer noch nach Atem und auch Derrick brauchte eine Weile, um zu begreifen, wie perfekt wir zueinander passten.

Und dann sah er mich mit einem Blick an, bei dem ich wusste, dass er entweder meine Gedanken lesen konnte oder einfach nicht von dieser Welt war.

»Süße, wollen wir zusammenziehen?«

Kapitel 42

In den folgenden vier Jahren passierte viel.

Lächelnd hielt ich die Postkarte in meinen Händen, deren Absenderin aus New York kam und die mich dazu inspirierte, wieder träumen zu dürfen. Die das Ganze zum Rollen brachte, wofür ich ihr auf ewig dankbar sein würde.

Wer will findet Wege. Wer nicht will, findet Gründe.

Schön, dass du deinen Weg gehst. Ich gratuliere dir von Herzen und proste dir aus der Ferne zu. Wenn ich euch in Deutschland besuche, darfst du mir eine Wohnung aussuchen.

Silvia

Ich hatte da gerade mein Unternehmen gegründet und meine Eröffnungsfeier hinter mich gebracht. Am darauffolgenden Tag kam sie an und sie war so bedeutsam für mich gewesen, dass ich sie immer im Blickfeld hatte. Seitdem war so viel Zeit vergangen und viel passiert. Derrick und ich hatten uns eine neue Wohnung gekauft und waren zusammengezogen. Silvia kam daraufhin aus den Staaten zu uns zu Besuch und kaufte tatsächlich eine Wohnung bei mir.

Meine Firma bekam immer mehr Anfragen, dass ich mein Team vergrößerte und irgendwann auch das Unternehmen an einen anderen Standort verlegen musste. Gleichzeitig wuchsen auch die Probleme und Herausforderungen.

Wir konnten uns kaum noch vor Anfragen retten und fanden nicht mehr für jeden eine geeignete Immobilie, sodass viele Kunden verärgert oder enttäuscht waren.

Des Weiteren hatte sich die Stimmung im Team verändert. Alle waren gestresst und es musste schnell gehen, was zur Folge hatte, dass die hörenden Kollegen lieber mit hörenden Personen arbeiteten, während unsere gehörlosen Mitarbeiter sich ebenfalls zusammentaten. Dadurch spaltete sich das Team und meine ursprüngliche Vision, Brücken zu bauen, rückte immer mehr in die Ferne.

Irgendwann kam ich auf die Lösung, dass die DGS-Kurse nicht reichten, sondern auch Kommunikationskurse dringend vonnöten waren. Dadurch lernten die Teammitglieder, sich wieder auf Augenhöhe zu begegnen und Unterschiede zu respektieren.

Ich saß in meinem neuen Büro am Schreibtisch und blickte hinaus zum Fenster.

Es hatte zwar nicht dieselbe Aussicht wie bei meinem Vater, aber es war um Welten besser. Es war meine Aussicht, die ich mir selbst erschaffen hatte und nur darum ging es.

Zum ersten Mal in meinem Leben spürte ich Erfüllung und nun verstand ich, was es bedeutete, wenn man seinen eigenen Weg ging.

Es war beängstigend und aufregend, aber auch befreiend. Und ich fühlte mich so lebendig wie noch nie zuvor.

Gleichzeitig spürte ich einen Riss in meinem Herzen, der immer bleiben würde.

Der mich ein ganzes Leben lang begleiten würde.

Jemand hatte einmal gesagt, man muss nicht verzeihen und nicht vergessen, aber loslassen, um endgültig frei zu sein.

Doch all die Jahre musste ich schmerzlichst erkennen, dass Loslassen nicht hieß, dass man aufhörte zu lieben.

Ich ließ meinen Blick über die Wand streifen, die mit Bilderrahmen voller unzähliger Auszeichnungen und Magazine geschmückt war. Vor kurzem wurde ich in einem der bekanntesten Magazine zur erfolgreichsten Unternehmerin deutschlandweit gekürt.

Niemals würde ich vergessen, wie Derrick mit dieser Nachricht in mein Büro gestürmt kam und mich damit völlig überraschte. Ich dachte zuerst, er hatte einen Witz gemacht, aber als ich es selbst mit eigenen Augen sah, konnte ich es nicht fassen.

Ich war so sprachlos, dass ich den ganzen Tag kein einziges Wort aus mir herausbrachte. Stattdessen saß ich wie gelähmt auf meinem Stuhl, während mein Team wie die verrücktesten Hühner vor lauter Begeisterung um mich herumtanzte und meinen Erfolg feierte.

Derrick hatte sich die ganze Zeit Sorgen um mich gemacht und gefühlte alle fünf Minuten meinen Puls gecheckt. Nach vierundzwanzig Stunden, als die Party schon längst vorbei war, realisierte ich, was passiert gewesen war und sprang schreiend aus dem Bett. Nur war es um vier Uhr morgens gewesen und Derrick hatte fast einen Herzinfarkt bekommen.

Diese Erinnerungen würde ich immer in meinem Herzen tragen und auch wenn ich mehr als nur glücklich gewesen war, konnte ich den unsichtbaren Schmerz nicht von mir abschütteln.

Mein Vater war der einzige Mensch, der sich seit unserem letzten Gespräch nie wieder bei mir gemeldet hatte und auch dann nicht, als ich es bis an die Spitze geschafft hatte. Zuerst dachte ich, ich wollte nur seine Bestätigung oder Aufmerksamkeit. Aber das war es nicht.

Es war Akzeptanz, nach der ich mich mein ganzes Leben gesehnt habe.

Akzeptanz, dass er eine Tochter hatte, die taub war, aber sein Blut, das gut genug war.

Ich wollte einen Vater, der mich bedingungslos liebte.

Doch seine Liebe war mit Erwartungen gefüllt und mit Bedingungen, die ich niemals erfüllen konnte.

Ich versuchte den Gedanken wieder abzuschütteln, indem ich mein Handy aus der Box nahm und stutzte.

Auf dem Display wurden mehrere Anrufe von meiner Mutter in Abwesenheit angezeigt.

Meine Mutter rief nie mehrmals an einem Stück an.

Außer, es war dringend.

Aber ich hatte das Handy in die Box gelegt, damit ich ungestört arbeiten konnte.

Ein flaues Gefühl überkam mich.

Sofort drückte ich auf die Nummer, um zurückzurufen, aber dann kam auch schon der nächste Anruf herein. Ich nahm direkt an.

Das Bild meiner Mutter tauchte auf und mein Herz blieb stehen.

Ihr Gesicht war tränenüberströmt. Ihre Augen gerötet und voller Trauer. Ihre Körperhaltung gebrochen.

Doch noch bevor ich verstand, gebärdete sie mit letzter Kraft.

Elena. Dein Vater ist heute Morgen gestorben.

Dann war Stille.

Ich nahm nichts mehr um mich herum wahr.

Alles war wie auf Pause gedrückt.

Ich war wie auf Pause gedrückt.

Mein ganzes Leben war in diesem Moment wie ausgelöscht.

***

Ich wusste nicht mehr, wie lange ich schon vor dem Haus stand, in dem ich aufgewachsen war.

Ich hatte aufgehört zu atmen, ich hatte aufgehört, noch irgendetwas zu sein. Noch irgendetwas zu fühlen.

Zu unreal war das Ganze. Und ich wusste, wenn ich dieses Haus betrete, würde es nie mehr so sein wie zuvor.

Aber ich musste es für meine Mutter tun.

Ich musste für sie da sein.

Mit letzter Kraft stieg ich tränenüberströmt und haltlos die Treppen hinauf.

Meine Ohnmacht drohte, mich zu verschlucken.

Mein inneres Kind wollte von meinem starken Vater hochgenommen werden. Doch mein erwachsenes Ich musste die kleine hilflose Elena halten und ich presste meine Arme eng um mich.

Wir hielten aneinander fest, um endlich den Schmerz loslassen zu können.

Oben angekommen, schloss ich meine Mutter fest in die Arme.

Ich wusste nicht mehr, wie lange wir im Flur standen. Wie lange wir uns in den Armen lagen.

Ich wusste nur, dass wir uns nicht mehr losließen und gemeinsam ins Esszimmer gingen.

Nichts hatte sich verändert.

Der Geruch, das Licht, die Stimmung. Ja, auch die Farbe an den Wänden.

Und doch hatte sich alles verändert.

Dabei dachte ich, es würde mir nichts mehr ausmachen.

Aber der Tod hatte unendlich viele Gesichter. Unendlich viele Gefühle, auf die man nicht vorbereitet war.

Ich holte zwei Gläser, füllte sie mit Wasser und reichte eins meiner Mutter.

Aber sie trank keinen einzigen Schluck, sondern bat mich, mich hinzusetzen.

Und dann schob sie mir einen Umschlag zu.

Mir schnürte sich die Kehle zu, denn er hatte die Handschrift meines Vaters und war an mich gerichtet.

Ich starrte auf den Umschlag und überlegte ernsthaft, ihn niemals zu öffnen. Zu groß war die Angst, dass er mich ein letztes Mal verletzten wollte.

»Dein Vater hat mich gebeten, dass du ihn aufmachen sollst.«

Der erste Satz, die ersten Gebärden, die von meiner Mutter kamen, seit ihrer Verkündung, dass er gestorben war.

Sie nahm meine Hand. »Ich bin draußen im Garten und lasse dich mal allein.«

Meine Mutter drückte mir einen Kuss auf den Scheitel und verließ das Zimmer.

Ich atmete tief durch und versprach mir, dass ich stark sein würde.

Denn es gab nichts mehr, womit mich mein Vater noch erschüttern konnte, oder doch?

Ich öffnete den Umschlag und war verwirrt, weil mehrere Schreiben herausfielen.

Eines davon war von einem Notar und ich musste es mehrmals lesen.

Die Luft wurde immer dünner und hektisch sah ich die anderen Papiere durch.

Das durfte doch wohl nicht wahr sein.

Aber warum? Warum jetzt?

Und dann entdeckte ich einen kleinen, gelben Zettel.

Liebe Elena,

wie du schon an den Briefen erkennen kannst, habe ich dir unser Unternehmen überschrieben. Damit bist du meine Nachfolgerin und ich weiß, dass du es erfolgreich führen wirst.

Denn es warst nicht du, die versagt hat.

Sondern ich.

Ich bin stolz auf dich.

Dein Vater

Glossar

Hier erfährst du in „short words“ noch einmal, was die wichtigsten Begriffe, die in dieser Geschichte vorkommen, in der Gehörlosenkultur bedeuten. Wenn du noch mehr darüber erfahren möchtest, findest du auf meiner Autoren – Webseite weitere Informationen.

Audismus: ist eine Form von Diskriminierung gegenüber hörbehinderte Menschen. Es ist ähnlich wie bei Rassismus oder Sexismus, nur dass es hier um Vorurteile und Barrieren geht, die aufgrund der Gehörlosigkeit oder Hörverlust entstehen. Zum Beispiel werden hörbehinderte Menschen aufgrund von Vorurteilen oder Unverständnis oft als weniger fähig angesehen und bekommen weniger Chancen oder Möglichkeiten, an der Gesellschaft teilzuhaben oder am Arbeitsmarkt zu bestehen. Dabei ist Gehörlosigkeit oder eine Hörbehinderung keine Beeinträchtigung, sondern erfordert nur andere Rahmenbedingungen und eine andere Kommunikation – mithilfe von Gebärdensprache und technischer Hilfsmittel können sie aktiv am Leben teilnehmen und genauso erfolgreich sein.

Baby Signs: sind einfache Gebärden oder Handzeichen, um die Kommunikation zwischen Babys und Eltern zu unterstützen, bevor sie sprechen können. Diese Kurse richten sich überwiegend an hörende Babys mit hörenden Eltern und sind zu einem Trend geworden. Weil die Babys mithilfe der Gebärden ihre Bedürfnisse und Wünsche schon früh mitteilen können und dadurch die frühkindliche Kommunikation gefördert wird. Oft aber sind die Gebärden nicht aus der Deutschen Gebärdensprache entnommen.

CODA: ist eine englische Abkürzung und steht für „Children of Deaf Adults“. Das sind hörende Kinder gehörloser Eltern.

Deaf Community (Gehörlosenkultur): ist eine Gemeinschaft, die aus gehörlosen und schwerhörigen Menschen besteht, die die Gebärdensprache nutzen. Sie teilt eine gemeinsame Kultur, Sprache und Erfahrungen und hat ihre eigenen sozialen Normen, Werte und Traditionen. Die „Deaf Community“ setzt sich auch für die Rechte und Belange gehörloser Menschen ein und fördert die gegenseitige Unterstützung und Teilhabe innerhalb der Gemeinschaft. Heutzutage verwendet man auch immer häufiger das Wort „Gebärdensprachgemeinschaft“, um die Menschen, die mit der Gebärdensprache und Kultur aufgewachsen sind (z.B. CODAs) oder die die Gebärdensprache erlernt haben und sich mit der Kultur identifizieren, aber hörend sind, willkommen zu heißen.

Deaf Gain: sieht die Gehörlosigkeit nicht als eine Behinderung oder Verlust, sondern als eine Chance, als eine Bereicherung für die Gesellschaft. Denn sie legt den Fokus auf die positiven Aspekte der Gehörlosigkeit und betont die einzigartigen Fähigkeiten, Perspektiven und kulturellen Beiträge. Wenn du zum Beispiel die Gebärdensprache kannst, könntest du auf ganz romantische Art und Weise unter Wasser beim Tauchen einen Heiratsantrag machen oder durch die Glasscheibe kommunizieren ;-)

Deutsche Gebärdensprache (=DGS): ist eine eigenständige visuelle Sprache, die erst 2002 in Deutschland anerkannt wurde. Sie hat eigene Grammatik, Wortschatz und Linguistik, die sich von der (deutschen) Lautsprache deutlich

unterscheidet. Du kommunizierst gleichzeitig mit Mimik, Gestik, Handformen, Mundbild und Körperhaltung. Dazu verwendest du Gebärden, um Wörter, Sätze und komplexe Gedanken auszudrücken. Wie jede andere Sprache hat auch die DGS Dialekte und regionale Unterschiede.
Aber jeder kann sie wie jede andere Fremdsprache lernen. Und nein, die Deutsche Gebärdensprache ist keine internationale Gebärdensprache.

Wichtige Anmerkung: Nicht alle gehörlose Menschen können die Deutsche Gebärdensprache, da sie unterschiedlich aufwachsen und oft nicht die Chance dazu bekommen, sie zu erlernen. Oder eben andere Kommunikationsformen wie zum Beispiel die Lautsprache oder Lautsprachbegleitende Gebärden bevorzugen. Die Gemeinschaft ist sehr vielfältig: Es gibt gehörlose Menschen, die die Lautsprache sprechen, dann gibt es schwerhörige Menschen, die nur gebärden und kein einziges Wort sprechen (können), dann gibt es hörbehinderte Menschen, die bimodal - bilingual mit zwei Sprachen (in dem Fall die Gebärdensprache und die Lautsprache) aufwachsen und dann gibt es leider auch diejenigen, die ohne eine Sprache durch das Leben gehen (müssen).

Gehörlosenpädagogen: haben in der Regel eine Ausbildung (Studium) im Bereich der Sonderpädagogik mit dem Schwerpunkt der Gehörlosenpädagogik und unterrichten meistens Kinder und Jugendliche mit einer Hörbehinderung. Entweder arbeiten sie in Schulen für Hörgeschädigte oder auch in der Inklusion. Leider können die meisten Gehörlosenpädagogen auch heute immer noch keine Gebärdensprache, obwohl nach außen hin etwas anderes behauptet wird. Das hängt mit dem Mailänder Kongress 1880 zusammen und

mit immer noch bestehenden, falschen Vorurteilen und mangelnder Aufklärung, aber auch dem politischen Bildungssystem an den Universitäten. Damals wurde die Deutsche Gebärdensprache verboten, weil man gedacht hatte, sie wäre keine richtige Sprache und würde nur die Lautsprache behindern. Das hatte weitreichende Konsequenzen, die leider noch bis heute andauern, obwohl sie schon längst wissenschaftlich widerlegt wurden.
Lautsprachbegleitende Gebärden (LBG): es wird zu jedem einzelnen Wort gleichzeitig gesprochen und gebärdet. Es dient zur Unterstützung, um die Lautsprache besser zu verstehen und ist ideal für den Grammatikunterricht. Aber es ist NICHT die Gebärdensprache.

Lautsprachunterstützende Gebärden (LUG): sind ähnlich wie die lautsprachbegleitenden Gebärden, nur hier wird nicht mehr zu jedem einzelnen Wort gleichzeitig gesprochen und gebärdet, sondern nur noch bei den wichtigsten Wörtern dazu gebärdet. Es ist ebenfalls eine Methode, um die Lautsprache zu unterstützen.

Lautspracherwerb: kann bei gehörlosen und schwerhörigen Kindern eine größere Herausforderung darstellen und sehr unterschiedlich ausfallen. Da sie nicht oder nur eingeschränkt auf die Lautsprache zugreifen können, ist das Erlernen der gesprochenen Sprache in der Regel schwieriger als bei hörenden Kindern.

Es gibt natürlich Hilfsmittel wie Hörgeräte oder Cochlea Implantate, die den Lautspracherwerb erleichtern könnten, aber auch keine Garantien sind. Denn auch mit diesen Hilfsmitteln brauchen sie zusätzliche Förderung. Es wurde allerdings wissenschaftlich bewiesen, dass die Gebärdensprache den Lautspracherwerb positiv beeinflussen kann.

Sprachliche Deprivation: den meisten gehörlosen Kindern wird immer noch der Zugang zur Gebärdensprache verwehrt und damit gleichzeitig die Chance genommen, überhaupt eine richtige Sprache auf natürlicher Weise lernen zu dürfen. Das kommt daher, weil 90 Prozent der gehörlosen Kinder hörende Eltern haben und diese durch den Diagnoseschock verunsichert sind und mit falscher, unsensibler Aufklärung sowie zu vieler, unzureichender Informationen von Ärzten und der Gesellschaft überfordert werden. Zum großen Nachteil für das Kind, denn das kann langfristig negative Auswirkungen auf die Sprachentwicklung, die kognitive Entwicklung und die soziale Kommunikation haben.

Danksagung

Dieses Buch war absolut nicht geplant. Genau wie die Geschichte zwischen Elena, Derrick und Patrick, die sich still und heimlich in meinem Unterbewusstsein versteckt hatten und nur darauf warteten, bis ich sie treffe. Ursprünglich hatte ich ein völlig anderes Buch und Genre geplant und hatte bereits über die Hälfte geschrieben. Doch als ich merkte, dass ich immer wieder stecken blieb, suchte ich mir einen Mentor.

Das war der Moment, in dem Rainer in mein Schriftstellerleben kam und es völlig auf den Kopf stellte. Sein Rat war: *Corina, du solltest Liebesromane schreiben. Das ist genau dein Ding. Deine andere Geschichte kannst du wegwerfen. Fang von vorne an.*

Du glaubst nicht, wie schockiert ich war. Wie wütend ich war. Wie viele Tränen geflossen sind. Ich hatte so viel Arbeit, so viele Stunden, so viel Herzblut investiert.

Doch ich durfte noch einmal richtig viel dazu lernen und ich wurde von mir selbst überrascht. Warum?

Weil die jetzt vorliegende Geschichte so leicht zu schreiben war. Weil ich niemals gedacht hätte, dass Rainer recht hatte und über Liebe zu schreiben für mich etwas völlig Natürliches ist. Dass es mir sogar richtig Spaß gemacht hat - vor allem die Sexszenen. Haha.

Hier ein großes DANKE an Rainer für das Augenöffnen und für diese Weichenstellung. Danke auch an meinen lieben Freund Anselm: Du warst nicht nur derjenige, der mich zu ihm gebracht hat, sondern standest auch immer mit unbezahlbarem Rat und Tat an meiner Seite. Danke, dass ich so viel von dir lernen darf!

Obwohl diese Geschichte innerhalb von nur vier Monaten fertig geschrieben wurde, dauerte es abermals über ein ganzes Jahr und bedurfte weiterer ganz toller Menschen, um es fertigzustellen und zu veröffentlichen. Immerhin musstest du diesmal keine 10 Jahre warten :D

Danke an Malu, dass du dir die wertvolle Zeit genommen hast, mein zweites Buch zu lesen und ausführliches, total hilfreiches Feedback zu geben. Das bedeutet mir unglaublich viel und danke, dass es dich gibt! :) Natürlich auch vielen Dank an die Mädels (JoViCla), dass ihr - obwohl ihr kaum Zeit hattet - es nicht abwarten konntet, dieses Manuskript zu lesen und mir immer wieder Mut gemacht habt .

Nun möchte ich einer ganz besonderen Person ebenfalls von Herzen danken, und zwar dir, meiner wundervollen Lektorin Annett, die sich bereit erklärt hat, sich meiner Geschichte anzunehmen und sie nochmal auf Herz und Nieren zu prüfen!! Die Chemie hat von Anfang an gestimmt und die Zusammenarbeit war eine so große Freude, dass ich dich immer wieder fragen würde (stell dich schon mal auf weitere Bücher ein :D) Was hätte ich denn sonst ohne dich gemacht?

Auch ein liebes Dankeschön geht an Renee, die viel Geduld und Durchhaltevermögen mit mir hatte, um das perfekte Cover zu erstellen.

Nicht zu vergessen - meine Mama - die sich hoffentlich über die Überraschung freut, dass es diesmal ein Liebesroman geworden ist. Danke, dass du mich auf die Welt gebracht hast und mich mit bedingungsloser Liebe reich beschenkst.

Doch dieses Buch wäre niemals entstanden, wenn meine Frau und meine Tochter mir nicht so viel Freiraum zum Schreiben gegeben hätten und so viel aushalten mussten. Und trotzdem immer unerschütterlich an mich glauben. Danke - you two rock my life and my heart!

Die vorletzte Dankeschön- Zeilen gehen definitiv an Markus: Auch wenn du es schon tausendmal gehört hast, aber ich bin dir für so vieles dankbar, dass ich es gar nicht in

Worte fassen kann. Dein Last-Minute-Lektorat war wahnsinnig. Damit hast du das Buch perfekt gemacht – wie ein Diamant, der noch den letzten Feinschliff bekommen hat. Für mich ist es eine große Ehre, weil du eigentlich gar keine Zeit hast (und dir die ganzen Liebesszenen trotzdem über dich ergehen lassen hast). DANKE!

Ich bedanke mich bei jedem einzelnen, der zu diesem zweiten Roman beigetragen hat und auch bei der Deaf Community, die mich bei meinem ersten Buch so toll unterstützt und supportet hat! Einer für alle, alle für einen! THANK YOU!

Und natürlich geht auch ein riesiges Dankeschön an Dich:

Danke, dass du mein Buch gelesen hast.

Ich hoffe, meine Geschichte hat dich überrascht und dir bestensfalls gefallen. Wenn ja, freue ich mich über eine Rezension oder Feedback von dir! Gerne direkt an mich oder auf Social Media und Amazon & Co. Ein paar Worte reichen völlig aus!

Denn damit würdest du mich sehr unterstützen!

Wenn du mehr über mich erfahren möchtest oder nichts mehr verpassen willst, dann besuche doch meine Webseite oder mein Instagram Profil:

https://www.corinabrosch.com

Instagram: dietaubeautorin

Über die Autorin

Corina Brosch kam 1988 als gehörloses Kind zur Welt und wuchs zweisprachig mit Deutsch und Deutscher Gebärdensprache auf. Schon früh entwickelte sie eine Liebe zum Lesen und Schreiben und hatte bereits unzählige Geschichten in ihrem Kopf.

Obwohl sie eine Zeit lang als Sonderschullehrerin tätig war, entschied sie sich letztendlich, ihre Träume zu verwirklichen und als Schriftstellerin und Copywriterin zu leben.

Im Jahr 2021 veröffentlichte sie ihren ersten Roman „Stille Verdrängung" im Selbstverlag und ist damit deutschlandweit die erste gehörlose Schriftstellerin, die seit ihrer Geburt taub ist und im Bereich der Belletristik tätig ist. Mit dieser Veröffentlichung hat sie ihren Traum wahr werden lassen und lebt nun vom Schreiben.

Als taube Schriftstellerin erzählt sie Geschichten aus einer Perspektive, die vielen bisher verschlossen blieb und bringt somit neue Einblicke und Erfahrungen in die Literatur.